JN228262

スノーデン 独白

消せない記録

Permanent Record

エドワード・スノーデン
Edward Snowden
山形浩生 訳

河出書房新社

Lに捧ぐ

目次

はじめに　11

第Ⅰ部

第1章　窓から外を　23
ある夜、ぼくが最も興味を持ったガラクタが、ちょうど寝る時間の直後にやってきた。市販された最初期のコンピュータシステム、コモドール64に初めてご対面したのだ。

第2章　透明な壁　32
究極的には、いまだに人生で最も重要な教えとも言えるものを教えてくれたのは「スーパーマリオブラザーズ」だった。これは冗談ぬきで完全に本気だ。

第3章　ベルトウェイの少年　47
うちの左隣の一家は国防総省勤務だった。右隣はエネルギー省と商務省にいた。しばらくは、学校でぼくが心惹かれた女の子のほぼ全員は、父親がＦＢＩだった。

第4章　アメリカオンライン　53
ごく短く美しい一期間だけ——その期間はぼくにとっては幸運なことに思春期と一致した——インターネットは、人々のために、人々により、人々に向けて作られた。

第5章　ハッキング　66
あらゆるティーンはハッカーだ。そうならざるをえない。宿題を一切やらなくなった。
毎日が至福だった。それは年寄りには禁じられているような至福だった。

第6章　未修了　78
一〇代の頃、人生の重要な問題が白か黒かの二進法になっていると思いこみすぎていた。
ぼくはまったく違う種類の質問に直面した――作文だ。自分って一体誰だろうか。

第7章　9・11　87
狂気があふれ出、怒号がとびかい、携帯電話が鳴り響き、自動車がエンジンを吹かせ、
先を争って通りに出た。史上最悪のテロ攻撃の瞬間、NSA職員は職場を放棄していた。

第8章　9・12　96
新時代の最初の日だった。アメリカは決意を結集させ、愛国心を新たにして、
新時代に立ち向かった――最悪のやり方で。ぼくは、何かの一部になりたかった。

第9章　X線　103
陸軍に入ったのは、自分がなれるすべてになるため、という宣伝文句そのもののためだった。
みんな自分がビン＝ラディンを捕まえるのだと確信していた。

第10章　セキュリティクリアランスと恋　115
国に奉仕したいなら、頭と手を使わなければならない――つまりコンピュータを通じて。
それだけが、母国に自分の最も優れた部分を捧げることになる。

第Ⅱ部

第11章　ザ・システム　129
二〇〇〇年代初頭、インターネットはまだその草創期を脱したばかりで、
アメリカ自身よりも正当かつ完全なアメリカ的理想を体現しているように思えた。

第12章　ホモ・コントラクタス　135
アメリカ政府では、最も高い機密性を必要とする諜報機関の再編を民間のシステムエンジニアやシスアドが行っていた。そしてこれが「イノベーション」と称されていた。

第13章　インドック　146
ぼくは契約業者が決してしない聖なる儀式を行った。手を掲げて、忠誠の誓いを宣誓したのだ――政府や、雇用者であるＣＩＡに対してではなく、アメリカ憲法に対する忠誠だ。

第14章　丘の伯爵（ザ・ヒル カウント）　163
現代外交でいまや公然の秘密になっているのは、大使館の現在の機能はスパイ活動のプラットフォームなのだということだ。

第15章　ジュネーブ　177
勤務期間中、安全で、高速で、もっと効率的なネット検索方法を尋ねられ、ぼくはＴｏｒを紹介した。監視からの自由を味わわせてくれるＴｏｒは、スイスよりも中立的なのだ。

第16章 東京 192
日本はぼくの原子の瞬間だった。まさにそのとき、新技術がどこに向かっているのかに気がついた。ぼくの世代が介入しなければ、このエスカレーションは続く一方なのだ。

第17章 クラウド上の故郷 217
デル社を含む主要技術企業は、ぼくがＣＩＡ向けに作っているものの民間バージョンを新たに発表しつつあった。クラウドだ。人々が平然と契約しているのでぼくは驚いた。

第18章 長椅子の上で 234
ぼくは絶望をふりはらい、イランのインターネット制限を迂回するブリッジリレーを設立した。アラブの春を始めた人物は、ぼくとほとんど同い年だった。

第Ⅲ部

第19章 ザ・トンネル 245
人生で最も重要な決断は無意識裏に行われ、完全に固まったときにやっと意識にあらわれる。ぼくは、アメリカの大量監視システムが本当にあるのかを突き止めようと決意していた。

第20章 ハートビート 251
ぼくはＮＳＡや諜報活動の脈を測るシステムを作った。その血管を流れる情報量はとにかくすさまじく、あらゆる内部サイトから文書を収集してまわった。

第21章 内部告発 259
ぼくは、すべてを包含する一つの事実に光を当てようとしていた。アメリカ政府が、市民の知識すらないうちに、世界的大量監視システムを開発配備していたという事実だ。

第22章 第四の権力 274
ぼくは、公表のためのパートナーの絞り方を誤っていたことに気づいた。最高のパートナーは、安全保障国家がすでに標的としているジャーナリストであるはずだ、とぼくは確信した。

第23章 読み、書き、実行 289
SDカード一枚を満たすには、八時間以上——勤務シフト丸ごと——かかった。すべてのファイルがコピーされるまで、ぼくは冷や汗まみれで、ビクビクものだった。

第24章 暗号 299
暗号は、万人にとっての現実だ。それは監視に対する唯一の心の保護だ。暗号はあらゆる監視と戦うための、唯一最大の希望だ。

第25章 少年 308
ぼくのやっている準備は、死のうとしている人間のものだった。彼女が玄関を出た瞬間、ぼくは泣き出した。空港にでかけ、東京行きのフライトチケットを現金で買った。

第26章 香港 320
暴露がテレビやウェブに流れるにつれて、政府が全力を挙げて情報源を見つけようとしているのは明らかだった。反撃の希望は、ぼくが進み出て、名乗りを上げることだ。

第27章　モスクワ　333
シェレメーチェボ空港に着陸したのは六月二三日、二〇時間ほどの乗り継ぎになるはずだった。それがいまや六年続いている。亡命というのは果てしない乗り継ぎなのだ。

第28章　リンジー・ミルズの日記より　347
家から遠く離れてはいたけれど、ぼくの思いはリンジーのことでいっぱいだった。運のいいことに、彼女は思春期以来ずっと日記をつけていた。

第29章　愛と亡命　361
場所がどこだろうと、時間がいつだろうと、あなたが何をしようとも、あなたの人生はいまや、白日のもとに曝されている。これが二〇年にわたるイノベーションの結果だ。

謝辞　374

スノーデン 独白——消せない記録

装丁　中西要介（STUDIO PT.）

はじめに

ぼくの名前はエドワード・ジョセフ・スノーデンだ。かつては政府のために働いていたけれど、いまは社会のために働いている。この二つがちがうのだということに気がつくまで、三〇年近くかかったし、それに気がついたことで、職場ではちょっとしたトラブルに巻き込まれた。結果として今のぼくは、社会をかつての自分のような人物——中央情報局（CIA）と全米国家安全保障局（NSA）のスパイ、もっとよい世界だと確信していたものを構築しようとする、ただの若き一技術屋——から守ろうとして日々を過ごしている。

アメリカ課報業界（IC）でのぼくのキャリアは、たった七年しか続かなかった。これが自分で選んだわけでもない国で過ごした亡命生活の年月よりもたった一年長いだけだというのには驚かされる。でもその七年にわたる勤務で、ぼくはアメリカ諜報活動における最大の変化に参加することになった——的を絞った個人の諜報から、全国民の大量諜報への変化だ。ぼくは一国の政府が、全世界のデジタル通信を集め、それを長期にわたり保存して、好きなように検索するのを技術的に可能とする支援を行った。

9・11同時多発テロ以来、ICはアメリカを保護できず、真珠湾以来で最も悲惨かつ破壊的な国土に対する攻撃を、目の前でみすみす容認してしまったことで、深い罪の意識にとらわれていた。これに対処すべきICの指導者たちは、二度と不意を突かれたりしないようにするシステム構築に乗り出した。その基盤にあるのは技術だ。これは政治学専攻やビジネス経営修士（ＭＢＡ）たちの群れには馴染みがないものだ。その結果、極度の秘密性につつまれた諜報機関の扉が、ぼくのような若い技術屋に大きく開かれた。こうして技術おたくが世界を受けついだのだった。

当時ぼくは、コンピュータについては誰にも負けないほどの知識を持っていたので、すぐに頭角をあらわした。ＣＩＡにいたおかげで、地球上で最も秘密裏のネットワークに何でもアクセスできた。唯一の大人の上司はといえば、勤務時間中ずっと、ロバート・ラドラムやトム・クランシーのペーパーバックを読んで過ごすヤツだった。各種諜報機関は、自分たちの内規をすべて無視して技術的な能力をもった人間をなんとか雇おうとしていた。大学も出ていない人や、短大すら出ていない人なんか通常なら絶対に雇わない。ぼくはこのどちらも出ていなかった。本来なら、ぼくはこの建物に足を踏み入れることさえ許されなかったはずだ。

二〇〇七年から二〇〇九年にかけて、ぼくは在ジュネーブのアメリカ大使館に駐在し、外交官という仮面の下で、ヨーロッパの拠点をオンライン化し、アメリカ政府がスパイ活動をするネットワークをデジタル化、自動化することでＣＩＡを未来に送り出す作業を担当した。ぼくの世代がやった作業は諜報作業の再編と改良にとどまらない。諜報とは何なのかを完全に定義し直したのだ。ぼくたちにとって、それは秘密会合だの秘密情報交換場所だのの話ではなく、データについての話なのだった。

二六歳になる頃には、名目上はデル社の社員だったけれど、再びＮＳＡで働いていた。契約作業の実施が見かけの仕事だ。これはぼくの年代の技術系スパイほぼ全員がそうだった。ぼくは日本に送られて、ＮＳＡの世界的バックアップに相当するものの設計を手伝った――これは巨大な隠密ネットワークで、ＮＳＡの本部が核爆発で灰燼（かいじん）に帰しても、データは一切失われない。当時のぼくは、あらゆる人の生活について永続的な記録を残すようなシステムをエンジニアリングするのがひどいまちがいだということを認識していなかった。

二八歳でアメリカに戻ると、物凄い昇進を受けて、デル社とＣＩＡとの関係を扱う技術リエゾンチームに入った。ぼくの仕事はＣＩＡ技術部門の部長と額をつきあわせ、彼らが思いつくありとあらゆる問題について、ソリューションを設計販売することだった。ぼくのチームはＣＩＡが新種の計算アーキテクチャを構築するのを手伝った――いまで言う「クラウド」だ。これはあらゆるエージェントが、物理的にどこにいようと、距離に関係なく必要なデータすべてにアクセスし検索できるようにする最初の技術だった。

まとめると、諜報の流れを管理し接続する仕事から、それを永遠に保存する方法を考案する仕事に移り、さらにそれがあらゆる場所からアクセス検索できるようにする仕事へと進んだわけだ。こうしたプロジェクトが明確になってきたのは、二九歳でＮＳＡとの新規契約のために移ったハワイでのことだった。それまでのぼくは、知る必要のあるものしか教えない、というドクトリンの下で苦闘しており、自分のきわめて専門化され、区分化された作業の背後にある累積的な目的を理解できずにいた。自分の作業すべてがどうはまりあうのか、それらが巨大機械の歯車のようにかみ合って、世界的大量諜報システムを形成しているのだというのを理解する立場になったのは、やっと天国ハワイにきてからのことだった。

あるパイナップル畑の下のトンネル奥深くで――真珠湾時代の元地下飛行機工場だった場所だ――ぼくは端末に向かい、電話をかけたりコンピュータに触ったりした、ほとんど世界中あらゆる老若男女の通信に無限にアクセスできた。そうした人々の中には、同胞たるアメリカ国民三・二億人もいて、彼らは日常生活を送る中で、アメリカの憲法だけでなく、あらゆる自由な社会の基本的価値観を大幅に侵害する形で監視されているのだ。

あなたが本書を読んでいる理由は、ぼくがこうした立場にいる人間としては危険なことをやったからだ。ぼくは真実を語ることにしたのだ。ぼくはアメリカ政府の違法活動の証拠となるＩＣ内部文書を集め、それをジャーナリストに渡し、彼らはそれを検分して公開し、世界は一大スキャンダルに驚いた。

本書は、その決断に到る過程、それを支える道徳・倫理的原則、そしてそれがどうやって生まれたかについてのものだ――つまりはぼくの人生についての本でもあるということだ。

人生を形作るものとは何だろうか？　ぼくたちの言うことだけじゃない。やることだけでもない。人生とはまた、ぼくたちが何を愛し、信じるかということでもある。ぼくにとって、自分が何よりも愛して信じるものはつながり、つまり人間とのつながりであり、それを実現する技術だ。こうした技術には本も含まれる。でもぼくの世代にとって、つながりとはおおむねインターネットのことだった。のけぞらないでほしい。現代のあの場所に巣喰う有害な狂気は十分に知っている。でもぼくがそれを知るようになり始めた頃、インターネットはまったくちがうものだった。それは友だちだったし、親でもあった。それは国境も制限もないコミュニティで、一つの声と一〇〇万の声があり、多様な部族が入植はしていても収奪はしておらず、仲良く共存し、それぞれのメンバーは自分の名前も経歴も習慣も好きに選べた。みんな仮面をかぶっていたけれど、この多様性を通じた匿名性は、ウソよりも真実を生産した。というのもそこは商業的で競争的なところではなく、クリエイティブで協力的な場所だったからだ。確かに紛争はあったが、善意と好意のほうが強かった――これぞ真の開拓精神だ。

だから今日のインターネットが変わり果ててしまったと言ったら、わかってもらえるだろうか。この変化は意識的な選択であり、特権的な少数者による系統的な活動の結果なのだということは認識してほしい。初期の、商業をｅ－コマースにしようという騒動はすぐにバブルと化し、そしてちょうど世紀の変わり目直後に崩壊した。その後、企業はオンラインの人々が、共有したいだけでお金を使うことにまるで興味がないことに気がつき、さらにインターネットが実現した人のつながりを金銭化できることにも気がついた。ほとんどの人がオンラインでやりたいのは、家族や友人や見知らぬ人たちに何をやっているか伝え、その家族や友人や見知らぬ人たちが何をしているかをお返しに教えてもらうことだけだ。それなら、企業としてはそうした社会的やりとりの真ん中に自らを置いて、それを利潤に変えればいい。

これが監視資本主義の発端であり、ぼくの知っていたインターネットの終焉だった。

さて、崩壊したのはクリエイティブなウェブだった。無数の美しく、むずかしく、個人的なウェブサイトが閉鎖されてしまった。利便性を約束された人々は、個人サイト――それは絶え間ない面倒な更新を必要とした――をフェイスブックのページとGメールアカウントに換えてしまった。一見すると自分が所有しているように見えるせいで、多くの人は本当にそれを所有していると誤解してしまった。当時はほとんどの人が理解していなかったが、そこで共有するものはすべて、もはや自分のものではなくなっていた。e-コマース企業は、ぼくたちが買いたがるようなものを何も見つけられずに破綻したけれど、その後継者たちは売り込む新製品を見つけた。

その新製品とはぼくたちだ。

ぼくたちの関心、活動、位置、欲望――ぼくたちが意識的だろうとそうでなかろうと、自分について明かすすべてのことが、監視されこっそり売られて、いずれまちがいなくやってくる侵犯の感覚を鈍らせるようになっていた。そしてその侵犯の感覚が、いまやついにぼくたちを襲い始めている。そしてこの監視は活発に奨励されるようになり、手に入る大量の諜報に飢えた無数の政府から資金さえもらっている。ログインや金融取引以外は、二〇〇〇年代初頭には暗号化されたオンライン通信はほとんどなく、つまり多くの場合に政府は顧客がやっていることを知りたければ、その会社に接触する必要さえなかったということだ。誰にも告げることなく、世界中をスパイできた。

アメリカ政府は、その建国の憲章をまったく無視して、まさにこの誘惑の犠牲となり、いったんこの有毒の果実を味わったら、もはやどうしようもない熱にうかされてしまった。アメリカ政府は秘密裏に大量監視の力を身につけた。これは定義からして、罪人たちよりも無実の人々にはるかに大きく影響する権限だ。

監視とその害についてもっと完全な理解に到達してやっと、ぼくたち市民——ある一国のみならず、全世界の市民——が、このプロセスで投票はおろか、自分の意見を述べる機会さえ与えられなかったという認識につきまとわれるようになった。ほぼ全面的な監視システムは、単に同意なしで設置されたというだけではない。その計画のあらゆる側面を意図的に知らせず隠すような形で設置されたのだった。変化する手順やその影響は、あらゆる段階でほとんどの立法者を含むほとんどの人々から隠された。誰に訴えればいいだろう？　誰に話をすればいいだろう？　真実を囁くだけでも、弁護士や裁判官や議会に対して告げるだけでも、あまりに重い刑事犯罪にされており、最も漠然とした事実の概略ですら連邦刑務所で終身刑となってしまう。

ぼくは途方に暮れ、良心と苦闘する中で暗い気分へと沈んで行った。自分の国は愛しているし、公共への奉仕も信じている——ぼくの家族すべて、何世紀にもわたる祖先はずっと、この国や市民への奉仕に命を捧げた人々ばかりだ。このぼく自身も、奉仕を誓ったのはある機関ではなく、政府に対してですらなく、国民に対してであり、憲法を支持し擁護すると約束したのに、その憲法による市民の自由がここまで露骨に侵害されているのだ。いまやぼくは、その侵犯の一部にとどまらない。その片棒を担いでいるのだ。あの大量の仕事、あの長い年月——ぼくは誰のために働いていたんだろうか？

ぼくを雇った機関との守秘契約と、わが国の建国の理念に対して行った誓いとをどうバランスさせればいいのか？　自分が最大の忠誠心を抱くのは、誰に対して、あるいは何に対してだろうか？　どの時点でぼくは、道徳的に法を破る義務を負うのだろうか？　こうした原理を考察することで答が出た。告発し、ジャーナリストたちに対しわが国の濫用のひどさを開示するのは、別に政府の破壊ではないしＩＣの破壊にすらつながるものではないと気がついた。それはむしろ、政府およびＩＣ自身がはっきり述べている理想追求への回帰となる。

国の自由は、その市民の権利尊重によってしか計測できず、こうした権利は実は国の権力に対する制限であり、政府がずばりいつ、どこで個々人の自由の領域を侵犯してはいけないのか定義しているのだとぼくは確信している。これはアメリカ独立革命では「自由」と呼ばれ、インターネット革命では「プライバシー」と呼ばれるものだった。

世界中の、先進的だと言われる政府がこのプライバシーを守るという約束を軽視しているのを目撃したので、ぼくは告発した。もうすでにそれから六年になる。ぼくは――そして国際連合も――このプライバシーを基本的人権だと考える。だがこの六年にわたり、こうした軽視は続く一方で、その間に民主主義国は専制主義的なポピュリズムへと退行した。この退行が最も露骨に出ているのは、政府とマスコミとの関係だ。

選出された公職者がジャーナリズムを骨抜きにしようとする試みは、真実の原則に対する全面的な攻撃により後押しされ、促進されている。何が本当かが、意図的にフェイクとごっちゃにされ、そこで使われている技術は、その混同を空前の世界的な混乱へとスケールアップできてしまう。

ぼくはこのプロセスを十分身に染みて理解している。というのも非現実の創造は、諜報業界の最も恐ろしい技術だからだ。ぼくのキャリア期間だけですら諜報を操作して戦争の口実を作り出したその機関は——そして違法な政策と影の法廷により、誘拐を「超法規的移送」として、拷問を「拡張された尋問」として、大量監視を「バルク収集」として許容したその機関は——一瞬のためらいもなくぼくを中国の二重スパイ、ロシアの三重スパイ、いやもっとひどい「ミレニアル」呼ばわりさえしたのだった。

彼らがこんなひどいことを、こんなに平然と言えたのは、ぼくが自己弁護しなかったからだ。内部告発に進み出てから現在に到るまで、ぼくは個人生活の詳細については一切明かさないと決意していた。自分の家族や友人たちにこれ以上の苦労をかけかねないからだ。彼らはすでに、ぼくの原理原則のために十分苦しんでいたのだから。

本書執筆をためらったのも、その苦しみを増やしてしまうのではと懸念したからだった。最終的には、政府のまちがった行動を証拠つきで内部告発しようという決意は、自分の生涯についてここで語ろうという決意よりも容易だった。ぼくが目撃した濫用は行動を必要とするものだったけれど、良心の呵責(かしゃく)に抵抗できないから回想記を書くという人はいない。だからこそぼくは、本書に登場し、公的に誰だかわかってしまうあらゆる家族、友人、同僚たちの許可を得ようとした。

ぼくは他人のプライバシーの唯一の裁定人となるのを拒否したし、同様にわが国の秘密のうち、どれを世間に報せるべきで、どれを報せるべきでないかについて、自分一人が判断できるなどと考えたこともない。だからこそぼくは、政府の文書をジャーナリストたちだけに開示した。実はぼくが社会に対して直接開示した文書の数は、ゼロだ。

ぼくはそうしたジャーナリストたちと同様に、政府は一部の情報を隠してもいいと信じている。最も透明性の高い民主主義ですら、たとえば秘密エージェントたちの正体や、戦場での兵の動きなどは機密にしても許されるはずだ。本書にはそういう秘密は一切含まれていない。

ぼくの人生について記述しつつ、愛する者たちのプライバシーを守り、正当な政府の秘密は暴露しないというのは単純な作業ではないが、それがぼくの仕事だ。この二つの責任の間——それがぼくの居場所なのだ。

第Ⅰ部

第1章　窓から外を

ぼくが生まれて初めてハックしたのは睡眠時間だった。

両親に無理矢理寝かしつけられるのは、不公平に思えた──両親たちは寝ていないし、姉も寝ていないし、ぼくは疲れてもいないというのに、人生初のちょっとした不正だ。

生涯最初の二〇〇〇回ほどの多くの夜は、市民不服従で終わった。泣き、懇願し、あれこれ交渉し──それが二一九三回目の夜、六歳になった夜に──直接行動をぼくは発見した。権威当局は、改革の呼びかけに無関心だし、こっちもそんなに無邪気ではなかった。ちょうど幼い人生最高の一日を過ごしたところだったのだ。友だち、パーティ、それにプレゼントすらもらえたので、他のみんながおうちに帰らねばならないからといって、ぼくはそれを終わらせるつもりなんかなかった。そこでぼくはこっそりと、家中の時計を数時間戻したのだった。電子レンジについている時計は、コンロの時計よりも戻しやすかった。単に手が届きやすかったからというだけだけれど。

権威当局が──果てしない無知のため──これに気がつかなかったので、ぼくは自分の力に熱狂し、居間をグルグル走り回った。時間の主たるぼくは、二度と寝かしつけられたりなんかしないんだぞ！ぼくは自由だった。そうやってぼくは、六月二一日の夏至の日、一年で最も昼間の長い日に、ついに日没を目にしてから、床の上で寝てしまったのだった。目を覚ますと、家中の時計は再びお父さんの腕時計に合わされていた。

もし今日、いちいち時計を合わせようなどという人がいたら、何を基準に合わせればいいだろうか?

*

ほとんどの人なら、スマートフォンの時計に合わせるだろう。でもスマホを見れば、そして本当にそれを見据え、そのメニューの奥深くの設定まで入り込んだら、スマートフォンの時計は「自動設定」になっているのがわかってくる。ときどき、あなたの電話は静かに——だまって——サービスプロバイダのネットワークに尋ねるのだ。「おい、いま何時?」そのネットワークは、今度はもっと大きなネットワークに尋ね、そのネットワークはさらに次のネットワークに尋ね、それがどんどん続いてすさまじいタワーや電線が続いたあげくに、その要求が時間の真の主であるネットワークタイムサーバに到達する。これはアメリカ国立標準技術研究所(NIST)やスイスの連邦気象気候研究所(メテオスイス)、日本の情報通信研究機構(NCIT)などで運用されているか、そこで維持されている原子時計を参照して設定されている。この長い目に見えない旅は一秒よりはるかに短い時間で終わり、おかげでスマホの電池が切れて再起動させても、画面に12:00がチカチカ点滅したりしないのだ。

ぼくは一九八三年に生まれた。これは人々が自分で時計を合わせた世界が終わった年。アメリカ国防総省が省内の相互接続されたコンピュータのシステムを半分に切り、片方のネットワークは国防エスタブリッシュメント用のMILNETにして、別のネットワークを一般向けのインターネットと呼ばれるものにした年だった。その年が終わる前に、この仮想空間の境界を決める新しいルールが決められ、いまだにぼくたちが使うドメイン名システムが生まれた——.gov、.mil、.edu、そしてもちろん.comなどだ。アメリカ以外の国に割り当てられた国コードも決まった。.uk、.de、.fr、.cn、.ru、といった具合だ。この時点ですでに、ぼくの国（そしてぼく）は優位性を持っていた。それでも、ワールドワイドウェブが発明されるまでにはあと六年かかり、うちの家族がそこに接続できるモデム付きのコンピュータを手に入れるまでには九年かかる。

もちろんインターネットは単一の存在ではない（とはいえぼくたちは、それが単一であるかのような言い方はするけれど）。技術的な現実を言えば、あなた——そしてその他三〇億人、あるいは世界人口のおよそ四二パーセント——が日常的に使う、相互接続通信ネットワークの世界的クラスター上には、毎日のように新しいネットワークが生まれている。それでもぼくは、この用語を最も広い意味で使おう。世界のコンピュータの大半を、共有プロトコル群を通じて相互に接続するネットワークの、ユニバーサルなネットワークがインターネットだ。

プロトコルとポルトガルのちがいもわからないと思って心配する人もいるだろう。でもぼくたちはみんな、たくさんプロトコルを使っている。プロトコルというのは、機械のための言語だと思ってほしい。機械が相互に話をするために使う、共通のルールのことだ。もしぼくくらいの年齢だったら、ウェブブラウザのアドレスバーの冒頭に、「http」とタイプしなくてはならなかったのを覚えているかもしれない。これはハイパーテキスト転送プロトコルを指すもので、ワールドワイドウェブのアクセスに使う言語だ。ワールドワイドウェブは、ほとんどが文字ながら、音声やビデオも使える。グーグルやユーチューブやフェイスブックなどのがあるところで、httpはそこへのアクセスに使う。メールをチェックするたびに、ＩＭＡＰ（インターネット・メッセージアクセスプロトコル）やＳＭＴＰ（シンプルメール転送プロトコル）、ＰＯＰ３（ポストオフィスプロトコル３）といった言語が使われる。ファイル転送がインターネット経由で起こるときにはＦＴＰ（ファイル転送プロトコル）を使う。そしてさっき触れた、スマートフォンの時間設定手順では、ＮＴＰ（ネットワーク時間プロトコル）を使って時間を更新する。

こうしたプロトコルはどれも、アプリケーションプロトコルと呼ばれるもので、オンライン上で無数にあるプロトコルの一グループでしかない。たとえば、こうしたアプリケーションプロトコルのどのデータであれ、インターネットを横断してあなたのデスクトップパソコンやラップトップや電話に届くには、まず専用の転送プロトコルの中にパッケージされなくてはならない――普通の郵便だと、手紙や小包を定形封筒や定形の箱に入れてくれと言われるけれど、それと同じだ。TCP（伝送制御プロトコル）は、ウェブページや電子メールをはじめとする各種のアプリケーションを経路配送する。UDP（ユーザデータグラムプロトコル）は、もっと時間に敏感なリアルタイプのアプリケーション、たとえばIP電話やライブ放送なんかの経路配送に使われる。

ぼくの子供時代にはサイバー空間とか、ザ・ネットとか、インフォバーンとか、情報スーパーハイウエイとか呼ばれていたものにおける多層構造の仕組みについての説明は、どんなものであれ不完全にならざるを得ないけれど、覚えてほしいのは次の点だけだ。こうしたプロトコルは、人々が飲み食いしたり、着たり、住んだりする以外のほとんどあらゆる代物をデジタル化してオンラインにのせる手段を与えてくれたということだ。インターネットは、ぼくたちの多くのコミュニケーションを伝える空気と同じくらい生活と不可分になっているのだ。そしてみんなが――ソーシャルメディアのフィードが、ぼくたちのヤバい側面をタグ付けした投稿についてアラートしてくれるたびに――思い知らされているように、何かをデジタル化するのは、それを永遠に劣化しない形式で記録するということだ。

子供時代、特にインターネットのなかった最初の九年間を振り返って驚かされるのは、その頃に起こったすべてのことを記述できないということだ。自分の記憶しか頼りにできないからだ。データがそもそもない。子供の頃の「忘れがたい体験」という表現は、まだ恐ろしいほど文字通りの、本当に技術的に消却できないという意味ではなく、むしろ重要だと言うことを述べる、熱烈ながらも比喩的な説明でしかない。ぼくのしゃべった最初の言葉、最初に歩いたときのこと、最初に抜けた歯、最初に自転車に乗ったときのことは記録されていない。

ぼくの世代は、これを言えるアメリカ史上最後の人々、ひょっとしたら世界でも最後の人々かもしれない――最後のデジタル化されない世代で、子供時代はクラウドに上がっておらず、ほとんど手書きの日記やポラロイドやVHSカセットなどのアナログ形式にとらわれ、有形かつ不完全な人工物として時間とともに劣化し、回復不能な形で失われかねないのだ。ぼくの勉強は、紙を使って鉛筆と消しゴムでやった。キーストロークを記録するネットワーク化したタブレットでやったのではない。ぼくの成長も、スマートホーム技術で追跡されたりはせず、育った家のドア枠の木に、ナイフの刻み目となって記録されている。

*

ぼくたちが暮らしていた家は、でかくて古い赤レンガの家で、ちょっとした芝生にハナミズキの木が日陰を落とし、夏には白いマグノリアの花で覆われて、それがぼくといっしょに這いずり回るプラスチックの兵隊人形にとっては隠れ場所になった。家はちょっと変わったレイアウトになっていた。玄関は二階にあって、巨大なレンガの階段でそこまで上がるのだ。その二階が主要な生活空間で、台所も食堂も寝室もその階にあった。

この主要階の上には、ほこりっぽいクモの巣にまみれた禁断の屋根裏部屋があって、物置がわりとなっていた。そこに巣喰っていたのは、お母さんはリスだと言ったけれど、お父さんによれば絶対に吸血鬼オオカミ男で、そこに登ろうなんてバカなことをする子供はみんな食べられちゃうのだそうな。

主要階の下にあるのはほぼ完成した地下室だった――ノースカロライナ州では珍しいし、特にこんなに海岸の近いところではなおさらだった。地下室は水浸しになりがちで、うちのも確かに、除湿機と排水ポンプをいくら動かしても、いつまでも湿っぽかった。

うちの一家が引っ越してきた頃に、主要階の奥が拡張され、洗濯室、洗面所、ぼくの部屋、さらにテレビとソファのある小部屋に仕切られた。ぼくの部屋からは、もともと家の外壁だった壁越しに、その小部屋がのぞけた。この窓は、かつては外向きだったのが、いまや屋内を見る窓になっていた。

一家がエリザベスシティのその家で過ごしたほぼ全期間を通じ、この部屋がぼくの部屋で、その窓もぼくのだった。窓にカーテンはあったけれど、大して（いやまったく）プライバシーは与えてくれなかった。思い出せるかぎり、ぼくのお気に入りの活動は、そのカーテンを引っ張って、窓から隣の小部屋をのぞくことだった。つまり、思い出せるかぎりぼくのお気に入りの活動はスパイ活動だったということだ。

ぼくは姉のジェシカをスパイした。姉はぼくより遅くまでおきて、ぼくがまだ小さくて見せてもらえない漫画も見せてもらえた。母ウェンディのこともスパイした。お母さんはソファにすわって、洗濯物をたたみつつ夜のニュースをテレビで見ていた。でもぼくがいちばんスパイした相手は、父ロンだった――むしろ南部スタイルの通り名ロニーと言おうか。お父さんは、深夜になるまでその小部屋にこもっていたのだった。

お父さんは沿岸警備隊員だったけれど、当時のぼくはそれがどういう意味か、まるで見当もつかなかった。ときには制服を着たり、ときには着なかったりするのは知っていた。朝早くに家を出て、帰りは遅く、しばしば新しいガラクタを持って帰ってきた。テキサス・インスツルメンツのＴＩ‐30科学電卓、首紐についたカシオのストップウォッチ、ホームステレオ用のスピーカー――その一部は見せてくれたし、一部は隠した。ぼくがどっちのほうに興味を持ったかは言うまでもないだろう。

ある夜、ぼくが最も興味を持ったガラクタが、ちょうど寝る時間の直後にやってきた。ぼくはベッドに入ってうつらうつらしていたけれど、そこでお父さんの足音が廊下をやってくるのが聞こえた。ぼくはベッドの上にたってカーテンをひっぱり、中を見つめた。お父さんは謎の箱を持っていて、その大きさは靴箱くらいだった。そこからベージュ色の、コンクリートブロックみたいなものを取り出した。箱からは長い黒のケーブルがくねくねと、ぼくの悪夢の一つから出てきた深海の怪獣の触手みたいにくねり出ていた。

ゆっくりと着実に——これは一部は、お父さんが何でもやるときの、規律正しいエンジニア流の動きであり、一部は音を立てないようにするための行動だった——お父さんはケーブルをほどき、ふかふかのじゅうたんの上に一本を延ばし、箱の後ろからテレビの後ろにつないだ。そしてもう一本のケーブルを、ソファの後ろにある壁のコンセントにつないだ。

いきなりテレビがついて、それとともにお父さんの顔も明るくなった。いつもならお父さんは、晩にはソファにすわったまま、サンドロップのソーダを飲みつつ、テレビに映った人がフィールドを走り回るのを見るのが常だったけれど、これはちがっていた。ほんの一瞬でぼくは、それまでの（短いとはいえ）全生涯で、最も驚異的な認識に到達した。お父さんが、テレビに映っているものを操っているんだ。

ぼくはコモドール64に初めてご対面したのだった——市販された初のコンピュータシステムの一つだ。

もちろん、コンピュータとは何やらぼくには見当もつかなかったし、お父さんがやっているのが遊びなのか仕事なのかもわかるわけがない。ニコニコして楽しんでいるようだったけれど、でも家のまわりのあらゆる機械作業に取り組むときと同じ集中力で、画面上に起こっていることに取り組んでいた。ぼくにわかったのはただ一つ。お父さんが何をしてるにせよ、ぼくもやりたいということだ。

その後、お父さんが小部屋にやってきてベージュのレンガを開くたびに、ぼくはベッドに立ってカーテンを引っ張り、お父さんの冒険をスパイした。ある晩の画面では、ボールが落ちてきて一番下に棒があった。お父さんはその棒を水平に動かしてボールに当て、するとそれがはねかえって、色とりどりのレンガの壁を壊した（アルカノイド）。別の晩には、別の形をした色とりどりのレンガの画面を前にしていた。それが絶えず落ちてきて、落ちてくる間にお父さんはそれを回転させ、横一列に並ぶようにすると、それがすぐに消えた（テトリス）。でもぼくは、ある晩に窓から覗いて、お父さんが空を飛んでいたので、それが何をやっているのか——娯楽なのか仕事の一部なのか——本当に混乱した。

お父さんは——いつも沿岸警備隊の飛行基地から本物のヘリコプターが家の近くに飛んでくるとそのことを教えてくれて、ぼくは大喜びだった——ここでぼくの目の前で、その小部屋で自分だけのヘリコプターを操縦していた。ちゃんと小さな星条旗までついた小さな基地から離陸し、キラキラ星でいっぱいの黒い夜へと飛び立ち、そしてすぐに地面に墜落した。お父さんもちょっと声をあげたので、ぼくの声は聞こえなかったようだ。でも、これでもうお楽しみはおしまいかと思ったそのとき、お父さんはすぐにあの小さな旗つきの基地に戻り、またもや離陸した。

このゲームは「チョップリフター！」と呼ばれていた。そしてこの感嘆符はゲーム名の一部というだけでなく、それで遊ぶときの体験の一部だった。「チョップリフター！」にはわくわくした。何度も何度も、ぼくはそのヘリコプターたちが、うちの小部屋から飛び立って、平らな砂漠の月を越え、敵のジェット機や戦車と撃ち合うのを眺めた。ヘリコプターは何度も着陸しては離陸した。お父さんは、ピカピカ光る群集を救助して、安全なところへ運ぼうとしていた。それがお父さんについてぼくがいちばん最初に思ったことだった。お父さんは英雄なんだ。

その小さなヘリコプターが、初めて大量のミニチュア人を乗せて無事着陸したときにソファであがった歓声は、ちょっと大きすぎた。お父さんの頭はキッと窓のほうを向き、ぼくが起きたかどうか確認しようとした。そしてしっかり目が合ってしまった。

ぼくはベッドに飛び込み、毛布を引っ張りあげて、身じろぎ一つしないようにしたけれど、お父さんの重い足音がこちらの部屋に近づいてきた。

お父さんは窓を叩いた。「寝る時間は過ぎてるよ、坊主。まだ起きてるのか？」

ぼくは息を殺した。いきなり、お父さんは窓を開け、ベッドに手を伸ばしてぼくを――毛布ごと――抱き上げ、小部屋に引っ張り込んだ。あまりに素早い出来事だったので、足は一度もじゅうたんに触れなかったほどだ。

ハッとする間もなく、ぼくはお父さんのひざにすわって副操縦士になっていた。幼くて興奮しすぎていたから、渡してもらったジョイスティックがつながっていないことになんか気がつかなかった。大事なのは、お父さんといっしょにヘリを飛ばしているということだけだった。

第2章　透明な壁

エリザベスシティは静かな中規模の港湾都市で、歴史的な中心市街地がそこそこ残っている。ほとんどのアメリカ初期の入植地同様、水を中心に発展した都市で、ここでの水はパスクォタンク川のほとりとなる。この名前はアルゴンキン語の「流れが分岐するところ」を意味する単語の英語訛りだ。この川はチェサピーク湾から発して、ヴァージニア州とノースカロライナ州の境界にある沼地を通り、チョワン川、パーキマンス川などの河川と並んでアルベマール湾に流れ込む。自分の人生にあり得たかもしれないほかの方向性を考えるたびに、この分水界のことを考える。水が水源からどんな個別の経路をたどろうとも、結局は同じ場所にたどりつくのだ。

うちの一家はずっと海とつながっていた。これは母方で特に顕著だ。母方の先祖はまっすぐ清教徒からきている――アメリカでの最初の先祖は、メイフラワー号の樽職人だったジョン・アルデンだ。彼は同乗していたプリシラ・マリンズの夫となった。彼女は船上で結婚適齢期の唯一の独身女性という怪しい位置づけの人物だったので、つまりはプリマス入植地第一世代で結婚適齢期の唯一の独身女性だったということだ。

でもジョンとプリシラの感謝祭での婚姻は、プリマス入植地の指揮官マイルズ・スタンディッシュの介入のおかげで、ほとんどお流れになりかけた。彼がプリシラに求愛し、プリシラがそれを袖にして、やがてジョンと結婚したという物語は、ぼくが若い頃にずっと言及されつづけた、ある文芸作品のネタにもなっている。ヘンリー・ワズワース・ロングフェロー『マイルズ・スタンディッシュの求愛』だ（ロングフェロー自身がアルデン＝マリンズの子孫だ）：

部屋で聞こえるのは若者が急ぎ走らせ得るペンの音のみ
メイフラワー号で送るべき重要な書簡をしたためている
出港は明日か、神のご意志次第で遅くともその翌日
かの悲惨な冬すべての消息をたずさえ故国に戻る
アルデンのしたためし手紙、そしてプリシラの名前だらけ
清教徒の乙女プリシラの名前と栄誉に満たされ！

ジョンとプリシラの娘エリザベスは、ニューイングランドで生まれた初の清教徒の子供だった。ぼくの母親の名前もエリザベスで、その直系の子孫だ。でもこの血縁はほとんどが女系なので、名字はほとんど世代ごとに変わった——アルデンがパボディと結婚し、次いでグリンネル、それがスティーブンス、それがジョセリンと結婚。船乗りだったこれらご先祖たちは、いまのマサチューセッツからコネチカットとニュージャージーへ、岸づたいに下った——通商ルートをたどり、植民地とカリブ海の間にいる海賊たちを避けてまわった——でも革命戦争を機に、ジョセリンの家系はノースカロライナ州に落ち着いた。

アマジア・ジョセリン（アマシアとも書く）は、いろいろな側面を持っていたが、私兵でもあり、戦争の英雄でもあった。十銃バーク船ファイアーブランド号の船長として、ケープフィアー防衛でも戦果を認められている。アメリカの独立に続き、彼はウィルミントン港でアメリカ海軍業者または補

給担当官となり、同市初の商工会議所を設立して、何とも笑えることに、それを諜報局と呼んだ。ジョセリン家とその子孫――ムーア家、ホール家、メイランド家、ハウウェル家、スティーブン家、レストン家、ストクレー家――こうしたぼくの母方の一族は、独立戦争から南北戦争（ここではカロライナ系の親戚たちは南軍側につき、ニューイングランド／北軍のいとこたちを相手に戦った）から両世界大戦まで、あらゆる戦争で戦っている。わが一族は常に、国への奉仕の呼びかけには応えるのだ。

母方の祖父を、ぼくは爺さんと呼んでいたけれど、エドワード・J・バレット海軍少将というほうが有名だ。ぼくの誕生時にはワシントンの沿岸警備隊本部航空エンジニアリング局副局長だった。その後、様々な場所で各種のエンジニアリングおよび作戦指揮官を務めている。たとえばニューヨーク市のガバナーズ島から、東部多機関共同タスクフォース長官（これは多数の機関と多数の国にまたがる、アメリカ沿岸警備隊主導の部隊で、カリブ海の麻薬輸送摘発を専門としている）まで務めている。ぼくは爺さんがどんなに高位にまで上り詰めているのかは知らなかったけれど、時間がたつにつれて指揮官歓迎式典がますます大がかりになって、演説もながったらしく、ケーキもでかくなるのはわかった。そうした式典の一つで砲衛兵にもらったおみやげは忘れられない。四〇ミリ砲弾の薬莢（やっきょう）で、ちょうど爺さんの栄誉を讃えるために発射されたばかりでいまだに暖かく、火薬地獄みたいなひどい匂いがした。

一方の父親ロンは、ぼくが生まれた頃にはエリザベスシティの沿岸警備隊航空技術研修センターで下士官を務め、カリキュラムの設計とエレクトロニクスの講師をやっていた。出張が多く、姉とぼくの育児は家に残された母親に任された。責任感を育てるため、お母さんはいろいろ家事を分担させた。読み方を教えるために、たんすの引き出しすべてに中身を示すラベルを貼った――くつした、したぎという具合に。お母さんが二人をレッドフライヤーのワゴンに乗せて、それを引っ張って近くの図書館にでかけると、ぼくは即座に一番お気に入りの棚にでかけた。ぼくが「おっきなきかいくるま」と呼んでいた棚だ。お母さんが、どの「おっきなきかいくるま」が好きなの、と尋ねると、ぼくはもうとまらなくなった。「ダンプトラックとローラーしゃとフォークリフトとクレーンしゃと――」

「それだけなの、坊や？」

「えーと、それとセメントミキサーとブルドーザーと――」

お母さんは、算数の問題を出すのが大好きだった。Kマートやウィンディクシーに行くと、本やミニカーやトラックを選ばせてくれて、その値段を暗算で合計できたら買ってくれる。子供時代を通じて、母はだんだん難易度を高めて、最初のうちは概算していちばん近いドルの数字に丸めさせ、次に正確なドルとセントの金額まで計算させて、最後にその金額の三パーセントを計算して加算させた。この最後のやつはよくわからなかった――計算のほうではなく、なぜそんなことをするのかについて。

「なんで？」

お母さんは説明してくれた。「税金っていうのよ。買うものはなんでも、政府に三パーセントあげないとダメなの」

「政府はそれでどうすんの？」

「道路は好きよね、坊や。橋も。政府はそのお金を使って、そういうのを直すのよ。図書館に本をいっぱい買ったりもするの」

しばらくして、ぼくは芽生えつつある自分の計算能力がダメになったかと思ってしまった。暗算した合計額が、レジに表示される金額とちがっていたからだ。でもまたもやお母さんが説明してくれた。

「売上税が上がったのよ。いまは四パーセント足さなきゃいけないの」

「図書館にもっと本を買えるようにするの？」とぼく。

「そうだといいけどね」とお母さん。

祖母は通り数本離れたところに住んでいた。カロライナ飼料種子工場と、そびえるようなピーカンの木の向かいだった。シャツを広げて、落ちてきたピーカンでいっぱいにしてから、ぼくは祖母の家にでかけ、長く低い本棚の横のじゅうたんに寝そべった。いつも読むのは、『イソップ物語』と、たぶんいちばんのお気に入り『ブルフィンチのギリシャローマ神話』だろう。ぼくはページをめくり、たまにナッツを割るのに手を止める以外は、天馬や複雑な迷路や、ヘビの髪の毛をして人を石にかえるゴルゴンの話に没頭した。オデッセウスを崇拝し、ゼウス、アポロ、ヘルメス、アテナイも好きだったけれど、いちばん好きな神様となると、ヘパイストス以外はあり得なかった。火、火山、鍛冶、工芸の醜い神様、鋳掛け屋の神様だ。ぼくはそのギリシャ名を書けるのが得意だったし、『スタートレック』でスポックの故郷の惑星として、そのローマ神話での名前であるヴァルカンが使われたというのを知っているのも得意だった。ギリシャ＝ローマ神話の基本的な設定は、常にぼくの頭を離れなかった。どっかの山のてっぺんに、何やら男神や女神の集団がいて、その無限の存在のほとんどの時間を、お互いにけんかしたり、人類のやることをスパイしたりして過ごしているのだ。たまに、何かおもしろそうなことや、気に入らないことに気がつくと、神様たちは子羊とか白鳥とかライオンとかに変身して、オリンポス山の斜面を下り、手出しする。不死の神々が自分の意志を押しつけ、人間のやることを邪魔しようとすると、結果はしばしば大惨事だった。誰かが必ず溺れ死んだり、雷に撃たれたり、木に変えられたりする。

あるとき、アーサー王伝説とその騎士たちのイラスト版を手にして、自分が別の伝説の山について読んでいるのに気がついた。こちらはウェールズにあるやつだ。それはリタ・ガウルという専制的な巨人の要塞になっていて、この巨人は自分の支配する時代が終わり、未来の世界が人間の王に統治されるのだという事実を受け入れようとしなかった。彼から見れば人間などチビで弱かったからだ。自分の権力を維持しようとして、彼はその山頂から下り、王国を次々に攻撃してはその軍を全滅させた。やがて、ウェールズとスコットランドのあらゆる王様を破って殺した。殺すと、巨人は王様たちのひげを剃って、それを編んで外套にして、血なまぐさいトロフィーとして身にまとうのだった。そして巨人は、ブリトンの最強の王であるアーサー王に挑もうとして、選択肢を与える。アーサーは自分のひげを剃って降伏するもよし、あるいはリタ・ガウルが王の首をはねて、自分でそのひげを剃るのもよし。この傲慢さに激怒したアーサーは、リタ・ガウルの要塞山に向かう。王と巨人はいちばん高い山頂で対面し、何日にもわたる戦いを繰り広げるが、アーサー王はひどく負傷してしまう。ちょうどリタ・ガウルが王の髪をつかみ、その首をはねようとしたところで、アーサーは最後の力をふりしぼって有名な剣を巨人の目に突き立て、巨人はひっくり返って死ぬ。アーサー王とその騎士たちはそれからリタ・ガウルの屍体の上に葬送ケルンを積み上げ始めたが、その作業が終わるまえに雪が降り始めた。一同がそこを離れると、巨人の血みどろのひげ外套は真っ白に戻っていったのだった。

その山はスナウダン（Snaw Dun）と呼ばれ、注によればこれは「雪山」を指す古い英語だという。今日では、スナウダンはスノードン山と呼ばれている。古い休火山で、高さはおよそ一〇八五メートル、ウェールズ地方の最高峰だ。この文脈で自分の名前に出会ったときの気分は忘れられない――わくわくした――そしてその古風な綴り（つづ）は、世界が自分よりも、いや両親よりも古いのだという初の実感を与えてくれた。この名前が、アーサー王やランスロットやガウェインやパルシファルやトリスタンなど、円卓の騎士たちの英雄的な活動と関係しているというのも、ぼくには誇らしかった――でもそうした活動は史実ではなく、ただの伝承だと知ってその誇りは消えたけれど。

何年もたって、お母さんの助けを借りて、ぼくは図書館を探し回り、神話と実話とを区別しようと頑張った。スコットランドにあるスターリング城は、このアーサーの勝利を称えてスノードン城と改名されたそうだ。これはスコットランド人が、自分たちこそイングランド王位の正統な継承権を持っているという主張を強化するためなのだった。現実というものは、いつもこっちの希望よりもごちゃごちゃして、あまり嬉しいものでもないけれど、でもある不思議な形で、神話よりもしばしば豊かなのだった。

アーサー王についての真実を解明した頃、ぼくはとっくに新しくちがう種類の物語、というか新しくちがう種類の叙述方式に没頭するようになっていた。一九八九年のクリスマスに、うちにニンテンドーがやってきた。ぼくはその濃淡二色の灰色コンソールにあまりに夢中になったので、心配したお母さんはルールを決めた。本を一冊読み終えないと、新しいゲームを借りてはいけない、というものだ。ゲームは高かったし、コンソールにおまけでついてきたゲーム――スーパーマリオブラザーズとダックハントの入ったカートリッジ一つ――をとっくにマスターしていたぼくは、他のゲームを試したくて仕方なかった。唯一の問題は、六歳だからゲームを終えるほど速く本を読めないということだった。ここでまたもや、ぼくのガキめいたハックの出番となった。図書館から借りる本を、なるべく短くて絵の多いものにしたのだ。発明の百科図鑑には、速歩機や飛行船の異様な図が載っていたし、マンガ物語は、後になって気がついたのだけれど、ジュール・ヴェルヌやH・G・ウェルズの児童向け簡略版なのだった。

ぼくに真の教育を与えてくれたのは、NES――あの貧相ながらも天才的な八ビットの任天堂エンターテイメントシステム〔訳注 日本のファミコンの外国仕様版〕だった。「ゼルダの伝説」から、ぼくは世界が探索するためにあるのだと学んだ。「メガハント」というか「ダックハント」では、誰かがこっちの失敗を笑っても、そいつの顔を撃ったりはできないんだということを学んだ。でも究極的には、いまだに人生で最も重要な教えとも言えるものを教えてくれたのは「スーパーマリオブラザーズ」だった。これは完全に本気だ。冗談だと思わず受けとめてほしい。「スーパーマリオブラザーズ」の1・0版は、サイドスクロール式ゲームの史上最高の傑作だろう。ゲームが開始すると、マリオはあの伝説のオープニング画面でいちばん左に立っている。だから一方向、つまり右にしかいけない。新しい場面や敵は、そっち側からスクロールしてくるのだ。それぞれ四ステージで構成される、八つのワールドを進むが、そのすべてに時間制限があり、最後にクッパを倒して、捕らわれたピーチ姫を救わねばならない。この全三二ステージを通じて、マリオはゲームの業界用語で「透明な壁」と呼ばれるものの前に立っているので、後ろにはいけない。後戻りはできない、前に進むだけ――マリオもルイージも、ぼくもあなたも。人生は一方向にしかスクロールせず、それは時間の方向であり、どんなに遠くまで出かけても、その透明な壁はすぐ背後にいて、人を過去から切り離し、未知の世界へと進むようながす。一九八〇年代のノースカロライナ州の小都市で育ったガキにとって、人間はいつか死ぬという感覚をどこかで身につけねばならない以上、下水道のキノコが好きな、イタリア系移民の配管工二人からそれを学んだっていいではないか？

ある日、使い込んだ「スーパーマリオブラザーズ」のカートリッジが読み込まれなくなった。どんなに強く息を吹きかけてもダメだ。当時は、そうやることになっていた、というかそうやるのが正しいとみんな思っていた。カートリッジの開口部に息を吹きかけて、そこに溜まりがちなほこりやゴミやペットの毛をきれいにするのだ。でもそのときには、どんなに強く吹いても、カートリッジと、本体のカートリッジスロットをいくら吹いても、テレビ画面は変な点々や波が表示されるだけで、まったく心穏やかではなかった。

今にして思えば、あのファミコンは単にピンの接続がどこかおかしかっただけなんだと思う。でも当時七歳のぼくはピン接続というのが何なのかさえ知らなかったので、イライラして必死だった。最悪なことに、お父さんはちょうど沿岸警備隊の出張にでかけたばかりで、二週間後にならないと修理を手伝ってくれない。ぼくにはマリオ式の時間超越技もないし、飛び込めば時間が素早く経過するパイプもなかったので、自分でこいつを直そうと決意した。もし成功したら、お父さんは絶対に感心してくれる。そこでガレージに出かけて、パパの灰色い金属工具箱を持ちだしてきた。

どこがおかしいかつきとめるには、まず分解しなきゃと思った。基本的には、お父さんが台所の机にすわって、ビデオデッキやカセットデッキを修理するときにやる行動を真似ていた、というか真似ようとしていただけだった。この二つの家電製品は、ぼくから見て任天堂コンソールに最も近いものだったのだ。コンソールの分解には一時間ほどかかった。不器用でとても小さな手で、マイナスのねじ回しでプラスねじを回そうとしていたんだから。でもやがて成功した。

コンソールの外側は、鈍重で単調なグレーだったけれど、内側は極彩色だった。まるで草のように緑の回路基板から、虹色の電線や金と銀の輝きが飛びだしてくるようだった。ぼくはあっちを締め、こっちをゆるめたりした——ほとんどデタラメに。そしてあらゆる部品に息をふきかけた。それから、すべてをペーパータオルで拭いた。そして、いまならピンだとわかるものにくっついてしまったペーパータオルのかけらを取りのぞくために、また息をふきかけた。

清掃と修理を終えたので、組み立て直すときがきた。うちのゴールデンラブラドール犬のトレジャーが、どうも小さなねじを飲み込んでしまったのか、それとも単にじゅうたんにまぎれてしまったのか、ソファの下に落ちてしまったかしたらしい。それと、たぶん部品を全部元通りに戻してなかったんだろう。コンソールに全然おさまらないのだ。ふたがはずれてばかりいるので、がんばって部品を押し込んだ。詰め込みすぎのスーツケースを閉めるときの要領だ。やっとふたはパチンとはまったけれど、でも片側だけだった。反対側がふくれあがり、そっちをパチンとはめたら、こっちがまたふくれあがる。それを何度か繰り返したあげく、とうとうあきらめて、そのままコンセントにつないでみた。

電源スイッチを押すと――何も起きない。リセットボタンを押すと――何も起きない。コンソールにはそれしかボタンがなかった。ぼくが修理する前には、ボタンの横にある明かりがいつも真っ赤に点灯していたけれど、いまやそれも死んでる。コンソールはそこにじっと、変な形で役立たずに転がっているだけ。ぼくは罪悪感をおぼえると同時に、ゾッとした。

お父さんが沿岸警備隊の出張から帰ってきたら、感心してはくれないぞ。クリボーみたいにぼくの頭にとびかかってくるぞ。でもぼくがこわかったのは、お父さんの怒りよりも失望だった。同僚から見れば、お父さんは電子システムの主任エンジニアで航空機器が専門だ。ぼくにとって、お父さんは家のマッドサイエンティストで、なんでも自分で修理しようとする――コンセント、皿洗い機、温熱機、エアコン。許してもらえるときには手伝ったし、その中でぼくは手作業の肉体的な喜びと、基本的な機械工学の知的な喜び、さらにはエレクトロニクスの基本原理も学んだ――電圧と電流のちがい、電力と抵抗のちがいなど。いっしょにやった仕事はどれも、修理が成功するか、さもなければ呪詛で終わった。お父さんが救いようのない機器を部屋越しに投げ捨て、これ以上は壊せないものの入った段ボール箱にぶちこむのだ。失敗しても、お父さんの評価が下がることはなかった――そもそも修理しようなどと思う勇敢さに感心しすぎていたからだ。

出張から戻ったお父さんは、ぼくがファミコンに何をしたかを知ったけれど、驚いたことに怒らなかった。まあ喜びもしなかったけれど、でも辛抱強かった。どの部品がダメになったかをつきとめるのに負けず劣らず、なぜ、どうやってこれがおかしくなったのかを理解するのも重要なんだと説明してくれた。なぜ、どうして、というのがわかれば、同じ故障がこの先起こるのを防げるからだ。コンソールの部品をそれぞれ指さして、それがそもそも何なのか、何をするのか、他の部品とどう相互作用して、この仕組みの正しい働きにどう貢献しているのかを説明してくれた。仕組みをそれぞれの部品ごとに分析しないと、その設計が結果を出すにあたり、いちばんよい設計だったかはわからない。それが効率的な設計で、ちょっと故障しているだけなら、その故障をなおせばいい。でもそうでないなら、仕組みを改善するために改良しよう。お父さんによれば、修理の正しいやり方はそれしかなく、そこに手抜きの余地は一切ない――それどころか、これこそ技術に対してぼくたちが持つ根本的な責任なんだ、という。

お父さんのあらゆる教訓と同じく、これも目先の仕事を超えた幅広い応用の利くものだった。究極的に、それは自分で何とかするという原理の教えなのだった。お父さんは、アメリカがこれを自分の子供時代からぼくの子供時代までのどこかで忘れてしまったのだと主張していた。いまやアメリカは、壊れた機械を新型に買い換えるほうが、それを専門家に修理してもらうより安上がりな国になっていたし、また修理してもらうほうが、自分で部品を探してその修理方法を自分で突き止めるよりも安上がりになっていた。この事実だけでも技術的な専制主義が生じるのはほぼ確実で、これはその技術そのものだけでなく、それを日常的に使うくせに理解しようとしない人々の無知によって永続化されてしまう。自分が依存している機器の基本的な仕組みやメンテナンスについて学ばないというのは、その専制を諾々と受け入れることであり、その条件に同意するということだ。その条件とはつまり、機器が動けば自分も動くけれど、機器が壊れたら自分も壊れる、ということだ。そういう人は、所有物に所有されているのだ。

さてぼくはおそらく、ハンダ付けをどこかダメにしただけらしかった。でもどのハンダ付けかを調べるために、お父さんは沿岸警備隊の基地にある実験室で使える、特別な試験装置を使いたがった。たぶんその試験装置を持って帰ることもできたんだろう。でもそのかわりになぜか、ぼくを職場につれていってくれた。たぶん自分の実験室を見せたかっただけだったんだろう。ぼくの心の準備ができていると思ったわけだ。

でもそんなことはなかった。あんなすごいところは見たことがなかった。図書館ですらかなわない。リンヘイブン・モールにあるラジオシャックでもかなわない。いちばん記憶に残っているのはスクリーンだ。実験室自体は薄暗くて空っぽで、政府建築物で標準のベージュと白だった。でもお父さんが電気のスイッチを入れる前から、ぼくは電気グリーンの脈打つ輝きに魅了されずにはいられなかった。どうしてここにはこんなにテレビがあるの？　というのがまっ先に思ったことで、すぐに続いて、それにどうしてみんな同じチャンネルになってるの？　と思った。お父さんは、これはテレビではなくコンピュータなんだ、と説明してくれた。ぼくはその言葉に何か聞き覚えはあったけれど、意味は知らなかった。たぶん最初はそのスクリーン――モニタ――がコンピュータの本体だと思ったはずだ。

そのままお父さんはそれを一つずつ見せてくれて、その働きを説明しようとした。これはレーダー信号処理で、あっちは無線送信の中継で、あそこのは飛行機の電子システムをシミュレーションするんだよ、という具合。その半分もわかったようなふりはするまい。そこにあったコンピュータは、民間部門で使われているほとんどどんなものよりも先進的で、ぼくの想像をはるかに超えて進んだものだった。そりゃもちろん、処理ユニットの起動だけで丸五分はかかったし、ディスプレイはモノクロで、サウンドや音楽用のスピーカーもなかった。でもそういう制約は、かえってこの設備がいかに真面目なものかを示すだけだった。

お父さんはぼくを椅子にすわらせると、それをいちばん上まで高くして、なんとか机と、そこにのっかっている長方形のプラスチックの塊に手が届くようにした。生まれて初めて、ぼくはキーボードに向かっていた。お父さんはコモドール64は決してタイプさせてくれなかったし、テレビで遊べたのは専用コントローラつきのビデオゲームコンソールだけだった。でもこのコンピュータはプロ用の汎用機械で、ゲーム装置ではなく、ぼくはその使い方がわからなかった。コントローラもジョイスティックも鉄砲もない――唯一のインターフェースはこの平べったいプラスチックの塊で、そこに何列も字や数字のついたキーが並んでいる。その文字ですら、ぼくが学校で習ったのとはちがう並び方になっていた。最初の字はAではなくQで、続いてW、E、R、T、Yだ。少なくとも数字は習ったのと同じ順番だった。

お父さんは、キーボードのどのキーも――どの数字も文字も――目的があるのだと言う。そしてその組み合わせにも目的がある。そしてコントローラやジョイスティックのボタンと同じく、もし正しい組み合わせがわかれば、奇跡のようなことができる。それを実証してみせるため、お父さんはぼくの頭越しに手を伸ばして、コマンドをタイプすると、リターンキーを押した。すると、画面に何か出てきた。いまならそれがエディタだったとわかる。そしてお父さんはポストイットとペンを手にして、何か文字や数字を書き殴り、ファミコンの修理にいっている間、そこにある通りタイプしろと言う。

お父さんが姿を消した瞬間に、ぼくはキーをつついて、その殴り書きを再現しはじめた。左利きだったのを右利きに直されて育った子供としては、すぐにこれが、いままで出会った中で最も自然な書き方だと感じた。

```
10 INPUT "きみの名前はなんですか？";NAME$
20 PRINT "こんにちは "+NAME$+" くん！"
```

簡単に思えるかもしれないけれど、ガキにとってはそうはいかない。ぼくはガキだったし、しかも不器用で太い指の持ち主で、引用符が何なのかも知らなかったし、それをタイプするにはシフトキーを押さねばならないというのも知らなかった。山ほどの試行錯誤のあげくに、やっとこのファイルを打ち終えた。リターンキーを押すと、一瞬でコンピュータは、ぼくに質問していた。「きみの名前はなんですか？」

ぼくは魅了された。メモには、次にどうしろとは書かれていなかったので、ぼくは質問に答えることにした。そしてこの新しい友だちにもう一回リターンを押した。いきなり、どこからともなく「こんにちはエディくん！」という文字が画面上に、真っ黒な背景に浮かぶ放射線めいた緑の文字で登場したのだった。

これがぼくのプログラミングと、コンピュータ一般への導入だった。この機械が何かやるのは、誰かがそうしろと、とても特別で、とても注意深いやり方で教えるからなのだ、という事実を教わったのだ。そしてその誰かというのは、七歳児でもかまわないのだ、と。

ほとんど即座に、ぼくはゲーム機の限界を悟った。コンピュータシステムに比べると、ゲーム機は不自由きわまりなかった。任天堂、アタリ、セガ——どれも何かのレベルや世界にぼくたちを押し込め、それを進めたり、倒すことさえできるけれど、それを変えることは絶対にできない。修理したファミコンは小部屋に戻り、お父さんとぼくは対戦型のマリオカート、ダブルドラゴン、ストリートファイターで競い合った。その頃には、ぼくはそういうゲームすべてで、お父さんよりはるかに上手かった——ぼくがお父さんより上手になった初の分野だ——でもときどきは勝たせてあげた。恩知らずだと思われたくなかったからだ。

ぼくは天性のプログラマなんかじゃないし、特にコンピュータが得意だとも思わない。でもその後一〇年ほどで、危険になれるくらい上手にはなった。今日に到るまで、ぼくはいまだにあのプロセスが魔法のようだと感じる。あれやこれやの変な言語で命令をタイプすると、プロセッサがそれを、ぼくだけでなく万人に提供される体験へと翻訳してくれるのだ。ぼくは、たった一人のプログラマが、何か普遍的なもの、基本的に因果関係に還元できるものを除けば、どんな法律にもルールにも規制にも縛られないものをコーディングできるという発想に魅了された。自分の入力と出力との間には、完全な論理的関係があった。ぼくの入力がダメなら、出力もダメだ。入力が完璧なら、出力もそうなる。それまでこんなに一貫性を持ち公平なもの、これほど文句なしに偏向していないものは体験したことがなかった。コンピュータはぼくの命令を受け取るまでいくらでも待ってくれるけれど、ぼくがリターンキーを押した瞬間に、問答無用でそれを実行する。こんなに辛抱強く、しかも即応してくれる先生はいなかった。他のどこでも——学校はもとより、自宅でも——これほど自分がコントロールしているのだという感覚を強く感じたことはない。完璧に書かれた命令群が、同じ操作を何度となく実行してくれるということは、やがてぼくにとって——そしてこのミレニアムの、あの賢い技術に傾倒した子供たちの多くも同様に——ぼくたち世代で唯一確固たる救いとなる真実に思えたのだった。

第3章　ベルトウェイの少年

九歳の誕生日の直前に、一家はノースカロライナ州からメリーランド州に引っ越した。驚いたことに、ぼくの名前が先回りしていた。「スノーデン」はぼくたちが引っ越したアン・アルンデル郡のそこらじゅうにいたのだ。でもその理由がわかったのはしばらくしてからのことだった。

リチャード・スノーデンはイギリスの大佐で、メリーランド地方に一六五八年にやってきた。ボルチモア卿による、カソリックとプロテスタント双方に対する信教の自由保証が、クェーカー教徒にも適用されると考えてのことだった。ウィリアム・ペンの船ウェルカム号が一六八二年にデラウェア川を遡上したとき、ジョンはそれを迎えた数少ないヨーロッパ人の一人だった。

ジョンの孫三人は、革命で大陸軍に加わった。クェーカー教徒は平和主義なので、独立のための戦いに加わると決めたことで社会的な批判を受けたが、良心がその平和主義の見直しを要求したのだった。父方の直系の先祖ウィリアム・スノーデンは艦長を務め、ニューヨークのワシントン要塞の戦いで英軍捕虜となり、マンハッタンの悪名高い砂糖倉庫監獄で囚われのまま死んだ（伝説によれば、英軍は戦争捕虜を、粉ガラス入りの粥を食わせて殺したとか）。その妻エリザベス・ネー・ムーアはワシントン将軍の有能な顧問で、別のジョン・スノーデンの母だった――こちらはペンシルバニアの政治家、歴史学者、新聞出版人で、その子孫は南に移住してスノーデン一族のいとこたちがメリーランド州に持つ所領の中に落ち着いた。

アン・アルンデル郡は一六八六年にチャールズ二世王がリチャード・スノーデンに与えた森林一九七六エーカー（約八平方キロメートル）ほぼすべてを包含している。スノーデン家がそこに確立した事業体は、パトクセント鉄工所（これは植民地時代のアメリカにおける最も重要な溶鉱炉の一つで、砲弾や銃弾の大規模メーカーだった）とスノーデン農園（リチャード・スノーデンの孫たちによる農場兼酪農場）だ。大陸軍の英雄的なメリーランド戦線に参加してから、二人は農場に戻り——独立の原則を徹底的に体現して——南北戦争の一世紀近く前に、一家の奴隷制を廃止して、アフリカ奴隷二〇〇人を解放した。

今日、かつてのスノーデン平野には、スノーデン川パークウェイが通っている。交通量の多い四車線道路で、高級チェーンレストランやカーディーラーが並ぶ商業路線だ。近くの三二号線パタクセント高速は、国で二番目に大きな陸軍基地フォート・ジョージ・G・ミードに直結している。この基地はまたNSAの本拠でもある。実はフォートミードは、うちのスノーデン家のいとこたちがかつて所有していた土地の上に建てられており、その土地をアメリカ政府が買収した（という説もある）か接収した（という説もある）のだった。

当時は、こんな歴史は何も知らなかった。両親は、メリーランド州は誰か新しい人が移住してくるたびに、看板の名前を変えるのだと冗談を言っていた。二人はそれが可笑しいと思っていたけれど、ぼくは不気味だと思った。アン・アルンデル郡は、I95高速でエリザベスシティから四百キロしか離れていないのに、ちがう星にきたように思えた。落ち葉の積もる川辺からコンクリート歩道にやってきて、ぼくが人気者で成績もよかった学校から、絶えずメガネのせいや、スポーツへの無関心のせいでからかわれ、そして特に、ぼくの訛りのせいでからかわれた——強い南部の粘るような訛りで、新しい同級生たちはぼくを「知恵遅れ」と呼んだ。

自分の訛りについて気にしすぎたために、もう教室では口を開かず、家で一人で練習して、なんとか「普通」に話せるようにした――少なくとも、自分の恥辱の現場である授業を「アングリッシュ・クレエイス」ではなく「イングリッシュ・クラス」と発音し、自分の「ファンガー」ではなく「フィンガー」を切ったと言えるようになるまで。一方、その間ずっと自由にしゃべるのがこわかったために、成績は暴落し、一部の教師はぼくが学習障害だと思いこみ、それを確認するためIQ試験を受けさせた。成績が以前のレベルに戻ってきても、教師が謝ってくれた記憶はないどころか、追加で山ほど「濃縮宿題」なるものが出ただけだった。それどころか、ぼくの学習能力を疑っていたその同じ教師たちが、こんどはぼくがやたらにしゃべるようになったことを問題視し始めた。

新しい家はベルトウェイに面していて、これは伝統的にはインターステート四九五号線を指す。ワシントンDCを取り囲む高速道路だ。でもそれがだんだん、首都周辺にあるますます広がる爆心地状の広大なベッドタウンを指すようになった。北はメリーランド州のボルチモアまで、南はバージニア州クワンティコまで延びる地域だ。こうした郊外の住民はほとんどが例外なしに、政府職員か、あるいはアメリカ政府と取引のある企業の社員だった。はっきり言って、それ以外にこんなところに住む理由はなかった。

ぼくたちが住んでいたのはメリーランド州クロフトン、アナポリスとワシントンDCの中間くらいのところで、アン・アルンデル郡の西端であり、住宅開発はすべて、樹脂サイディングのフェデラリスト様式で、みんな瀟洒（しょうしゃ）で古くさい、クロフトンタウンとか、クロフトンミューズとか、プリザーブ、ライディングスといった名前がついている。クロフトン自体は、クロフトンカントリークラブの曲線にあわせて作られた住宅開発だ。地図上では、何よりも人間の脳みそに似ていて、街路はくねり、折れ曲がり、お互いに折り重なって、まるで中枢神経系の襞やしわのようだ。ぼくたちの通りはナイツブリッジターンで、広くゆるい曲線を持つ二階建て住宅の並ぶ通りだった。どの家も広い車寄せを持ち、二台分のガレージを持っている。ぼくたちが暮らす家はループの一端から七軒目で、反対の端からも七軒目だった――つまり真ん中の家だ。ぼくはハフィーの一〇段変速自転車をもらい、それと共に新聞配達ルートの受け持ちももらって、アナポリスで刊行されている立派な新聞『キャピタル』を配達した。でもその日々の配達は苛立つほど不具合になってきて、特に冬期、しかもクロフトンパークウェイとルート450の間はそれがひどかった。このルート450は、うちの近所を通ると名前が変わって、国防高速と呼ばれるようになる。

両親にとってはわくわくする時期だった。クロフトンは彼らにとっては、経済的にも社会的にもステップアップだった。街路樹があり、ほぼ犯罪もなく、ベルトウェイの外交官連中や諜報コミュニティの多様性を反映した、多文化、多人種、多言語の住民たちは豊かで教育水準も高かった。うちの裏庭は基本的にゴルフコースで、角を曲がってすぐのところにテニスコートもあり、その向こうにはオリンピックサイズのプールもある。通勤面からもクロフトンは理想的だった。お父さんは、沿岸警備隊本部の航空エンジニアリング部門における上級兵曹長という新しい職場まで、たった四〇分で行けた。沿岸警備隊本部は当時、ワシントンDCの南でフォート・レスリー・J・マクネアのすぐ隣、バザードポイントにあったのだ。そしてお母さんも、NSAでの新しい仕事に通うのにたった二〇分かそこらだった。NSAの箱じみた未来的な本部は、レードームをてっぺんにつけ、通信信号を漏らさないように銅で包まれていて、フォートミードの中心となっているのだ。

この点は部外者にいくら強調してもしたりないほどだ。この種の雇用は普通だった。うちの左隣の一家は国防総省勤務だった。右隣はエネルギー省と商務省にいた。しばらくは、学校でぼくが心惹かれた女の子のほぼ全員は、父親がFBIだった。フォートミードは、単にお母さんが働いている場所でしかなく、他に従業員は一二万五〇〇〇人いて、うち四万人ほどはその基地内に、多くは家族と一緒に住んでいた。基地には一一五以上の政府機関があって、もちろん陸海空軍を含む軍の五部門すべての兵もいた。全体をざっと見渡すなら、アン・アルンデル郡は人口が五〇万人強ほどだけれど八〇人に一人は郵便局で働き、三〇人に一人は公立学校に勤務して、四人に一人はフォートミードで働くか、その基地のために働くか、そことつながりのある企業、機関、支部で働いていたのだった。この基地には自前の郵便局も、学校も、警察も、消防署もあった。地域の子供たちは、軍のガキ大将も文民も区別なしに、基地に毎日でかけては、ゴルフやテニスや水泳教室に通うのだった。ぼくたちは基地の外に住んではいたけれど、お母さんはそれでも基地の物品販売所を雑貨屋がわりに使い、いろんな品物を箱買いしてきた。また基地の売店も最大限に活用し、すぐにちんちくりんになる姉とぼくの服を買っていた。まともな服だったし、何よりも重要なこととして免税だったので、そこでしか買わなかった。つまりこうした世界で育っていない読者のみなさんには、フォートミードとその周辺、いやベルトウェイすべてを、一つの巨大な大繁栄企業城下町と思ってもらうのがいちばんいいかもしれない。そこは単一の産物しかない場所で、その有様は、たとえばシリコンバレーとかなり似ている。ただし、ベルトウェイの製品は技術ではなく、政府そのものだったのだけれど。

付け加えておくと、両親はともに極秘情報のクリアランスを持っていた。でもお母さんはさらに、フルスコープの嘘発見器にもかけられていた——軍人にはかけられない、もっと高い水準のセキュリティチェックだ。可笑しいのは、うちのお母さんはスパイとは最も縁遠い存在だということだ。NSA職員向けの、独立保険厚生協会の事務員だったのだ——要するに、スパイたちに退職プランを提供していたわけだ。でも年金書類を処理するためには、クーデター煽動のためにジャングルに落下傘降下する人物と同じように、試験を受けねばならなかったのだった。

お父さんのキャリアは、今日にいたるまでかなりはっきりしないものだけれど、実はぼくのこの点における無知は決して異様なものではない。ぼくが育った世界では、誰も仕事の話を本気ではしない——子供にしないだけでなく、お互いにもしないのだ。確かにぼくのまわりの多くの大人は、家族相手ですら仕事の話は法的に禁止されていた。でもぼくから見ると、もっと正確な説明としては、彼らの仕事が専門的なものだったのと、政府が情報の区分化にこだわったせいだと思う。技術屋は自分がアサインされているプロジェクトが持つ、もっと広い応用や政策的な意味合いなんか、ほとんどと言っていいほどわかっていない。そして彼らが没頭する仕事は実に専門的な知識が必要なので、それをバーベキューのときに持ち出すと、次のバーベキューには呼ばれなくなってしまう。誰もそんな話に興味がないからだ。

いまにして思えば、いまのような状況になっているのはまさにそのせいなのかもしれない。

第4章　アメリカオンライン

クロフトンに引っ越して間もなく、お父さんが初のデスクトップパソコンを家に持ってきた。コンパックのプレサリオ４２５で、定価一三九九ドルだけれど、軍割引で買ったものだ。最初は――お母さんは歯がみしたけれど――それは食堂テーブルのどまんなかに設置された。それがやってきた瞬間から、ぼくはコンピュータにかじりついて離れなくなった。それまでのぼくは、外に出てボールを蹴飛ばすのを嫌がっていたけれど、いまやそんなことを考えるだけでもバカげていた。この陰気なポンコツのＰＣクローンの中にあるものに匹敵するような屋外なんかなかった。これは当時、すさまじく高速に思えた二五メガヘルツのインテル４８６ＣＰＵと、無限のように思えた二〇〇メガバイトのハードディスクを備えていた。さらに、なんとまあ、こいつにはカラーモニタがついていた――厳密には、８ビットカラーモニタで、二五六色を同時に表示できるのだ（いまのみなさんのデバイスは、数百万色を同時に表示できるはずだ）。

このコンパックは、ぼくの絶え間ない伴侶となった。ぼくの第二のきょうだいで、初の恋人だ。ぼくがはじめて、独立した自己と、この世界の中で同時に存在できる複数の世界があるのだと発見した年齢で、ぼくの人生にやってきた。この探究プロセスはあまりにわくわくするものだったから、少なくともしばらくは、家族やすでに持っていた生活を当然のものと考えるどころか、無視するようにさえなった。別の言い方をすると、ぼくはちょうど、思春期の初期の苦しみを体験しつつあったのだった。でもこれはテクノロジー化された思春期で、それがぼくにもたらしたすさまじい変化は、ある意味で、あらゆるところで、万人が体験しつつあった変化なのだった。

両親が名前を呼んで、学校に行く支度をしろと言っても、聞く耳なんか持たない。名前を呼ばれて夕食向けに手を洗えと言われても、聞こえないふりをする。そしてコンピュータはみんなのものであって、ぼく個人のものじゃないと言われると、ぼくはあまりに席を譲るのをぐずり、お父さん、お母さん、お姉さんが交代でコンピュータに向かうときには、完全に部屋から出て行けと命じられたほどだ。そうでないと、そわそわして家族の肩越しに画面を見ては、あれこれ入れ知恵しようとするのだ――姉が科学レポートを書いているとワープロのマクロやショートカットを示し、両親が税金の確定申告をやろうとしていると、表計算のコツをあれこれ教えたりする。

ぼくは家族の作業をさっさと終わらせるよう促した。そうすれば、ぼくが自分のはるかに重要な作業に戻れるからだ――たとえばLoomをやるとか。技術の進歩にともなって、テニスゲームのパドルやヘリコプターを使うゲーム――お父さんが、いまや完全に時代遅れとなったコモドールで遊んでいたようなもの――は、あらゆるコンピュータ利用者の心の奥底には本の読者がいて、刺激のみならず物語を求めているのだ、ということに気がついたゲームに道を譲った。子供時代の粗雑なファミコン、アタリ、セガのゲームは、アメリカ大統領を忍者から救うとかいった（これは本当にあった実例なのだ）お話だったけれど、それがいまや、祖母の家のカーペットに寝っ転がってながめていたような、古代物語の詳細な再現に道を譲ったのだった。

Loomは、織り手社会の物語で、その長老たち（ギリシャの運命の女神にちなんで、クロートー、ラケシス、アトロポスと名付けられている）は秘密の織機をつくる。その織機は世界をコントロールするか、あるいはゲームの台本によると、「現実のあらゆる肌理に、細やかな影響パターン」を編み込むのだ。少年が織機の力を発見すると、亡命を余儀なくされ、すべてがカオスへと転落して、やがて世界は秘密の運命機械などというものが、実はそんなによいものではないかもしれないと結論するのだ。

荒唐無稽だって？　その通り。でもそれを言うなら、これはただのゲームだ。

それでも、そんな若い年頃であっても、ゲームの題名にもなっている織機が自分のいまプレイしているコンピュータの一種の象徴なのだというのはわかった。織機の虹色の糸は、コンピュータの虹色の内部配線のようなもので、不確実な未来を告げるたった一本の灰色の糸は、コンピュータの背後からのびて彼方の大きな世界とそれをつなぐ、長い灰色の電話線のようなものだ。この線と、コンパックの拡張カードとモデム、そして使える電話があれば、ぼくはダイヤルアップでインターネットと呼ばれる新しいものに接続できるのだ。

ポストミレニアム生まれの読者のみなさんは、そんなの大したことじゃないだろうと思うかもしれないけれど、信じなさい、それはもうとんでもない奇跡だったのだ。最近では、接続性なんてあたりまえのこととされる。スマートフォン、ラップトップ、デスクトップ、すべてが常時接続だ。でもずばり何に接続されてるんだろうか？　どうやって？　どうでもいい。年寄りの親戚なら「インターネットボタン」と呼ぶアイコンを押すだけで、ドーンと入れる。ニュース、ピザの配達、ストリーミング音楽、かつてはテレビや映画と呼ばれていたビデオストリーミングも手に入る。でも当時は、学校に行く前も帰ってきてからもずいぶん苦労して、たくましい一二歳の手でモデムを直接壁に差し込んだのだった。

別に当時のぼくがインターネットの何たるかを十分知っていたとか、どうやってそこに接続していたか正確に知っていたとか言いたいのではない。でもそれがいかに奇跡的なことかは理解していた。

というのも当時、コンピュータに接続しろと言ったら、すさまじいプロセスが開始されて、コンピュータはビービーガーガーとヘビの交通渋滞みたいな音を立て、その後やっと――そしてそれがもう一生くらいかかる、少なくとも数分丸ごとくらいは――家の中の電話の子機を持ち上げると、実際にコンピュータが相互に話をしているのが本当に聞こえるのだ。もちろんお互いに何を言っているのかは理解できない。というのも、毎秒最大一万四〇〇〇の記号を送信する機械の言葉でしゃべっていたからだ。それでも、そのわからなさですら、電話の通話というのがもはや、年上のティーンの姉だけがやるものではないのだということを、驚異的なまでに明確に示すものなのだった。

インターネットへのアクセスとウェブの台頭は、ぼくの世代にとってのビッグバンであり、先カンブリア紀大爆発だった。それはぼくの人生の方向性を回復不能な形で変えたし、それは他のみんなの人生も同様だった。一二歳かそこら以来、ぼくは目を覚ましているあらゆる時間をオンラインで過ごそうとした。それができないときには、次に接続したときに何をするか忙しく計画していた。インターネットはぼくの聖域で、ウェブはぼくのジャングルジムで、ツリーハウスで、要塞で、壁なき教室となった。もともと机に向かっているほうが多いぼくだったけれど、もっとすわりっぱなしとなった。もともと青白かったのが、もっと青白くなった。やがて夜に眠るのをやめ、むしろ日中に学校で寝た。成績はまたも急降下した。

でもこの学校面の後退は気にならなかったし、両親も気にしたかどうか。結局のところ、オンラインで得ている教育は、学校で得られるどんなことに比べても、ぼくの将来のキャリア見通しにとってはずっと役立ち、もっと実用的にすら思えたのだから。少なくとも、ぼくが何度もお父さんとお母さんに説明したのはそういうことだった。

自分自身の好奇心も、インターネットそのものに負けないくらい広大に感じられた。無限の空間が指数関数的に成長し、一日ごと、一時間ごと、一分ごとに、まったく知らない内容や、まったく聞いたこともない内容についてのウェブページを追加していた——でもそれについて耳にした瞬間に、それをあらゆる細部にわたり理解したいという、癒しがたい欲望が広がるのだった。その意欲は、CD-ROMドライブをどうやって修理するかといった真面目な技術的な内容にはもちろん限られなかった。大量の時間を、DoomやQuakeの神様モードインチキコードを探して過ごした。でも、一般には、目先のすぐに手に入る情報量にひたすら圧倒されていたので、一つの内容がどこで終わり、次の内容がどこから始まるのか、はっきり言えたかどうかもわからない。コンピュータ自作の即席講座が、プロセッサアーキテクチャの即席講座につながり、その寄り道として格闘技、銃、スポーツカーについての情報もつまみ食いし、そして——全面開示といこうか——ゴスっぽいソフトポルノもいろいろ見た。

ときどき、すべてを知らねばならないという感覚に襲われ、それができるまでは回線を切らないぞと思うのだった。まるで技術と競争しているようだった。まわりのティーン少年たちが、お互いに誰がいちばん背が高くなるかとか、誰が最初にヒゲを生やすか、といった競争をしているのと同じだ。学校でまわりにいるのはガキどもで、一部は外国からきていて、とにかくハブられないように苦労して、しかもすさまじい努力をしてクールに見られよう、流行に乗り遅れないようにしようとしていた。でも最新のノー・フィアの帽子を所有し、その縁の曲げ方を知っているなんてのは、ぼくがやっていることに比べたら児戯に等しかった——いやまさに児戯そのものだった。追いかけているあらゆるサイトやハウツーチュートリアルに置いて行かれないようにするのは、本当に大仕事だったので、特にひどい成績表や居残り通知への対応として平日夜にコンピュータ禁止令が施行されると、本当に両親を憎むようになっていた。そうした特権を取りあげられるなんて耐えられなかった。オンラインにいないあらゆる瞬間に、ますます多くの材料が出現して、それを見逃していると思うと耐えられなかった。親が繰り返しコンピュータ禁止を言い渡すぞと脅すと、ぼくはやっと折れて、読んでいたファイルを印刷し、ドットマトリックスのページをベッドに持っていくのだった。ハードコピーを夜中に見つつ、両親が寝静まるのを待ってから、こっそりと暗闇の中に出て、きしむ扉や廊下の板にビクビクしつつ、スクリーンセーバーの輝きだけに導かれ、ぼくはコンピュータを起こしてオンラインに戻り、枕をマシンに押しつけてモデムのダイヤルトーンと、接続のますます大きくなるピーガー音を抑えようとするのだった。

あの場にいなかった人にどう説明したものだろうか？　若い読者の若い基準から見れば、胎動しつつあったインターネットはあまりに遅く、胎動しつつあるウェブはあまりに醜くおもしろくないと思うかもしれない。でもそれはまちがいだ。当時、オンラインにいるというのは別の人生であり、ほとんどの人はそれを現実生活とはまったく別のものと考えていた。バーチャルとリアルはまだ融合していなかった。そしてどこで片方が終わり、もう片方が始まるかという判断は、それぞれの個別ユーザ次第だった。

まさにこれが、その体験をあれほどまでに啓発的にしていた。まったく新しいものを想像する自由、新しくやり直す自由だ。ウェブ1・0が使いやすさやデザインの洗練度でいかにダメだったにしても、その実験の促進と表現の独自性、そして個人の創造的な優位性の強調により、そんなものは完全に克服されていた。たとえばジオシティーズのありがちなサイトは、背景が緑と青に点滅し、その真ん中に白いテキストがテロップ状にスクロールする――まず、これを読んで!!!――その上に踊るハムスターのGIFファイルがある。でもぼくには、こんなへっぽこで下手くそなアマチュア製作の権化のような代物でも、そのサイトの背後にある導きの知性が人間であり、独得な存在だというのを示すにすぎなかった。計算機科学の教授やシステムエンジニア、夜に徘徊する英文学専攻、口呼吸で地下室に住むへっぽこ政治経済おたくたちは、自分の研究や主張を喜んで共有した――別に少しでも金銭的報酬が得られたからではなく、単に自分の大義の支持者を集めたかったからだ。そしてその大義がPCかマックか、という話だろうと、マクロビオティックだろうと、死刑廃止だろうと、ぼくは興味をおぼえた。興味をおぼえたのは、彼らが熱意を持っていたからだ。こうした奇妙で聡明な人々は、サイトにあるフォーム（「このハイパーリンクをクリックするか、ブラウザにコピペしてください」）やメールアドレス（@usenix.org、@frontier.net）を通じた質問にも喜んで答えてくれた。

世紀の変わり目が近づくにつれて、オンライン世界はますます中央集権化し、集約され、政府や企業がそれまではずっと、根本的に個人対個人の関係だったものに介入しようという試みを加速する。だがごく短く美しい一期間だけ――その期間はぼくにとっては幸運なことに、ほとんど完全に思春期と一致した――インターネットはほとんどが、人々のために、人々により、人々に向かって作られた。その狙いは啓蒙することで、お金ではなく、収奪的で世界的に強制されるサービス合意条項なんかでもなく、絶えず変動する集合的な規範の暫定的な集まりによって管理されていた。今日に到るまで、ぼくは一九九〇年代のオンラインこそは自分が体験した中で最も心地よく成功したアナーキーだと考えている。

ぼくは特に、ウェブ掲示板に深入りしていた。そこでは、ユーザ名を選んで好きなことを何でも投稿し、既存のグループ議論に参加するか、自分で新しい議論を始めてもいい。その投稿への返信メッセージはすべて、そのスレッドでまとめられる。これまでに体験した中で一番長いメールのチェーンを考えてほしい。それが公開で行われるのだ。これと同じ現象が、インターネットリレーチャットのようなチャットアプリでも見られた。これは同じ体験ではあるけれど、リアルタイムで満足が得られるインスタントメッセージ版のものだ。そこではリアルタイムでどんなトピックでも議論できた。というか、電話の会話、ライブラジオ、テレビニュースで可能なかぎりリアルタイムに近づけたと言うべきか。

ぼくがやったほとんどのメッセージやチャットは、コンピュータ自作に関する質問の答を探してのものだった。受け取った回答は今日ではあり得ないほど実に思慮深く詳細、親切で鷹揚だった。お小遣いをずっと貯めて買ったチップセットが、たまたまクリスマスプレゼントで手に入れたマザーボードと互換性がないみたいだけどなぜだろうというパニックまみれの問い合わせに対し、国の反対側にいる、プロの計算機科学終身教授から、二〇〇〇語の説明とアドバイスが得られた。これはどこかのマニュアルの引き写しではなく、ぼくだけのために、ぼくの問題を一歩ずつたどり、解決までトラブルシュートするものとなっていた。ぼくは一二歳で、相手は遠くの見知らぬ大人だったけれど、でも彼はこの技術に敬意を示したぼくを対等に扱ってくれた。この礼儀正しさ（いまのソーシャルメディアによるイジメとはかけ離れたもの）は、当時の高い参入障壁のせいだろう。結局のところ、そうした掲示板にいる人は、そこにいるだけの能力がある人だったのだから——そこにいたいと熱心に思うだけの理由があり、またそれだけの能力と情熱があった人々なのだ。一九九〇年代のインターネットは、ワンクリックで到達できるようなものじゃなかった。ログオンするだけでもかなりの努力が必要だったのだ。

一度、ぼくが参加していた掲示板が、全国にいる常連の気楽なオフ会を開催しようとした。ワシントン、ニューヨーク、ラスベガスのCESで。参加しろとかなり激しくせっつかれて——そして飲めや喰えやの華々しい夜も約束されて——ぼくはとうとう、自分が何歳かを明かした。やりとりをしていた人がもう口をきいてくれなくなるのではと恐れたけれど、むしろ逆にみんなもっと応援してくれるようになった。ＣＥＳの報せやカタログの画像を送ってくれたし、一人は中古のコンピュータ部品を無料で送ってあげると言ってきたほどだ。

＊

掲示板の常連に年齢は明かしても、名前は一度も明かさなかった。こうしたプラットフォームで最大の喜びは、そこでは自分にならずにすむということだからだ。誰にでもなれる。匿名化、無名化という特徴は、あらゆる関係に平等性をもたらし、その不均衡を修正した。ぼくはどんなハンドル（当時は「ニム」と呼ばれていた）でも使えたし、いきなり実際よりもっと高齢で背の高い、男らしい自分に変身できた。複数の自分にすらなれた。この特徴を利用して、ぼくはもっと素人っぽく見えた掲示板で、素人っぽい質問を毎回ちがうペルソナをまとって行った。ぼくのコンピュータ技能はあまりに急速に向上していたので、自分の進歩を誇りに思うどころか、それまでの無知が恥ずかしくなって、かつての自分と距離をおきたいと思うようになったのだった。自分の様々な人格を切り離したかった。あの squ33ker とかいうヤツは、はるか昔にあんなチップセットの互換性について質問するなんて、どうしようもないバカだったよな、と自分に言い聞かせるのだ。そのはるか昔というのは、先週の水曜日だったのだけれど。

こうした協力的で集合的なフリー文化のエートスは大量にあったが、だからといって競争が無慈悲でなかったとか、参加者――ほとんど例外なく男性、異性愛者、ホルモンまみれ――がときに残酷で了見の狭い言い争いに堕さなかったなどというふりをするつもりはない。でも実名ではないから、おまえなんか嫌いだと言われても、それは本当の人ではなかった。議論の中身および態度以外はこちらについて何も知らない。もし議論のどれかがなにやらオンラインで炎上しても、そのスクリーン名を捨てて別の仮面をまとえばいい。それを使えば、そのまがいもののタコ殴りに自分でも参加して、すでに捨て去った自分のアバターをまるで見知らぬ人物であるかのようにぶちのめせる。それがときに、どんなに甘い救いとなったかは言いようがない。

　一九九〇年代のインターネットは、まだデジタル史上最大の不正の犠牲にはなっていなかった。その不正とは、政府と企業双方による、利用者のオンラインペルソナをオフラインの法的アイデンティティとなるべく緊密に関連づけようという動きだ。かつてのガキは、オンラインにでかけてどうしようもなくバカなことを言っても、翌日にはそれについてそしらぬ顔ができた。これは成長するにあたって、そんなに健全な環境とは思えないかもしれない。でもまさに、これこそ成長が本当に可能となる唯一の環境なのだ——つまり、初期インターネットの分断的な機会は、ぼくや同世代の連中が、最も根深く抱いていた意見をあっさり変えるよう奨励してくれた。そうでないと、それを疑問視されたときに、頑固に意地を張ってそのまちがった意見にしがみつくしかなくなってしまう。自分自身を再発明できるというこの能力は、敵とか味方とかを選んで心を閉ざす必要がないということだし、自分の評判にどうしようもない被害を与えるのを恐れて徒党を組む必要もないということだ。すぐに処罰されるがすぐに修正されるまちがいは、コミュニティ全体にとっても「違反者にとっても」、水に流しやすい。ぼくや多くの人にとって、これは自由のように感じられた。

　毎朝起きたときに世間に対する新しい名前と顔を選べると想像できるだろうか。新しい声や、それを使う新しい話し方を選べると想像してほしい。まるで「インターネットボタン」が人生のリセットボタンだったように。この新たな千年紀に入って、インターネット技術はまったくちがう目標に向けられることになる。記憶の一貫性、アイデンティティ的整合性、つまりはイデオロギー的従順性だ。でもかつては、少なくともしばらくは、自分自身の侵犯を忘れ、こちらの罪を許してくれることで、インターネットは人々を守ってくれたのだ。

だがオンラインの自己提示との最も重要な初期の遭遇は、掲示板ではなく、もっと空想的な領域で起きた。封建時代もどきの土地や地下室でのロールプレイングゲーム、MMORPG（超多数プレイヤーオンラインロールプレイングゲーム）だ。特に、お気に入りのMMORPGであるウルティマオンラインをやるためには、別のアイデンティティ（「オルタ」）を作って身につけねばならなかった。たとえばぼくは、ウィザードか戦士、鋳掛け屋か盗賊を選べたし、こうした「オルタ」を切り替えることもできた。オフラインの生活ではありえない自由だ。オフラインの制度はあらゆる変化可能なものを怪しいと見なす傾向があったからだ。

ある「オルタ」としてウルティマのゲームスケープをうろつき、他人の「オルタ」と交流した。各種探索でこうした他の「オルタ」を知るようになると、ときにはそのユーザに前に会ったことがあって、でもそのときのアイデンティティはちがっていたぞと気がつくのだ。そして向こうもこちらについて、同じことに気がついただろう。ぼくのメッセージを読み、何か特徴的なフレーズや、示唆する具体的な探索を通じて、ぼく――そのときは、たとえばシュライクという女騎士かもしれない――が、コーウィンと名乗る吟遊詩人だったり、ベルガリオンを名乗る鍛冶屋だったりする／したのを突き止めるかもしれない。ときには、こうした機会を楽しんで冗談のネタにしたけれど、むしろ競争的な扱いをして、自分が他人に「オルタ」を見破られるより、自分が他人の「オルタ」を見破るほうが多いかどうかで自分の成功を計測するほうがずっと多かった。自分の正体をばらさずに他人の正体を暴けるかというコンテストのためには、自分の正体をばらしかねないメッセージのパターンに陥らないよう慎重になる必要があり、同時に他人の動きを引き出して、正体をうっかり明かしかねない各種の方法に対してアンテナを張っておくことが必要だった。

ウルティマの「オルタ」は名前こそ実に多種多様だったけれど、基本的にはその役まわりの性質により安定させられた。そうした役回りはしっかり定まっていて、ほとんど原型的で、ゲームで確立された社会秩序の中に実にしっかり根を張っていたので、その役をプレイするのは、ときに何か市民の義務を果たしているかのような気分だった。学校や仕事で、何やら無意味で報われない一日を過ごした後で、晩を治療師や羊飼い、有益な錬金術師や魔術師として過ごすのは、何か有益なサービスを実施しているかのような気分になれる。ウルティマ世界は比較的安定していたので——決まった法や行動規範に基づいた継続的な開発のおかげだ——それぞれのオルタは役割固有の仕事を持っており、そうした仕事を完遂し、その機能が社会的に期待されているものを実行する能力や意志に基づいて判断される。

ぼくはこうしたゲームや、それが可能にしてくれる別の人生が大好きだったが、その愛は家族の他の人々にとっては、さほど解放的ではなかった。ゲーム、特にＭＭＯＲＰＧは、時間を喰うので悪名高い。そしてぼくはウルティマで何時間も遊びすぎていたから、電話代がすさまじいことになり、さらに電話をまるで受けられない。いつも話し中になっているのだ。姉はすでにティーンまっさかりで、ぼくのオンライン生活のおかげでいくつか致命的に重要な高校ゴシップを聞き逃したと知って激怒した。でもすぐに、仕返ししたければ、電話機を取ればいいだけだというのに姉は気がついた。そうなればインターネット接続は切れてしまう。モデムのピーガー音は止まり、通常のダイヤルトーンが戻る間もなく、階下ではぼくが大声でわめきだす。

たとえばオンラインのニュースを読んでいるときに邪魔されたなら、いつでも戻って続きを読める。でも一時停止もセーブもできないゲーム——だって他に何万人もが同時にプレイしているのだから——をやっているときに邪魔されたら、もうおしまいだ。世界の頂点にいて、伝説のドラゴンスレイヤーとして自前の城と軍隊を持っていても、「接続が切れました」がたった三〇秒続いたら、再接続しても灰色の画面が出てきて、残酷な墓碑銘が表示されるだけ。「お前は死んだ」

いまにして思えば、あんなにむきになっていたのはちょっと恥ずかしいのだけれど、当時は姉がぼくの人生破壊を狙っているとしか思えなかったという事実は否定しがたい――特に、階下の受話器を持ち上げにでかける前に、部屋の向こうから必ずこっちと視線を合わせるようにして、にっこりしてみせるときなど。それは別に姉が電話をしたいからではなく、どっちが上かをこちらに思い知らせるためだったのだ。両親はぼくたちの怒鳴りあいにうんざりしきって、珍しくこちらのわがままを容認してくれた。まずインターネットの課金方式を、従量制から無制限のつなぎ放題にした。そして二本目の電話回線をひいたのだった。

われらが寓居に平和が微笑みかけた。

第5章　ハッキング

あらゆるティーンはハッカーだ。そうならざるを得ない。人生の状況が耐えがたいものだというだけでそうなってしまう。自分では大人のつもりなのに、大人には子供扱いされる。

　できることなら、自分のティーン時代を思い出してほしい。あなたもハッカーで、親の監督を逃れるためならなんでもやった。基本的には、子供扱いにうんざりしていたからだ。

自分より年配で大きな人物が、年齢や身体の大きさが権威に等しいとでも言わんばかりに、自分をコントロールしようとしたときどんな気持だったか思い出そう。どこかの段階で、親、教師、コーチ、スカウトマスター、聖職者が自分の地位を利用してこちらの私生活を侵略し、こちらの将来に関する期待を押しつけ、古くさい基準への準拠を強制しようとする。こうした大人たちが、自分の希望、夢、欲望を強いるとき、当人たちは「あなたのためを思って」とか「これがきみにとっては一番いいんだ」と思ってやっているのだ。そしてときにはその通りである場合もあるが、そうでないことも多いのはみんな知っている――「いいから言うことをききなさい」では不十分で「いつかこれをありがたく思うようになるからな」というのがあまりに嘘くさい場合だ。もし思春期の子供だったことがあれば、こういう決まり文句を聞かされる側になったことがまちがいなくあるはずだ。聞かされる側ということはつまり、権力の不均衡における負け組の側ということだ。

成長するというのは、自分がルールや漠然としたガイドライン、規範などを押しつけられてきたことに気がつくということだ。そうした規範などは、ますます同意しかねるものになってくるのに、こちらの同意もなく押しつけられ、勝手なときにすぐに変えられる。違反した後になって、やっとそんなルールがあるのを聞かされるという場合も多い。

ぼくと多少なりとも似ている人物なら、ひどい話だと思うだろう。

ぼくと多少なりとも似ている人物なら、政治について不思議に思うようになったときには近眼、ガリガリ、生意気で、一〇代になりたてくらいだろう。

学校では、アメリカの政治で市民は、自分と平等な存在により統治されることについて、仕組みを通じて同意を与えるのだと教わる。それが民主主義だ。でもアメリカ史の授業そのものには、民主主義なんか決してなかった。もし同級生やぼくが投票すれば、マーティン先生はクビになっていただろう。でもマーティン先生はアメリカ史の講義のルールを作り、エヴァンス先生は英語の講義のルールを作り、スウィーニー先生は科学のルールを作り、ストックトン先生は数学のルールを作り、そしてこうした先生は絶えず自分勝手にルールを変えて、権力を最大化しようとした。もし教師が生徒をトイレに行かせたがらなければ、生徒は我慢するしかない。もし先生がスミソニアン博物館への遠足を約束していたのに、何やら勝手に違反があったと思い込んでそれをキャンセルしても、自分の権限を掲げ、適切な秩序を維持するためだという以上の理由は述べない。当時ですら、このシステムに逆らうのがむずかしいのはわかっていた。多数派の利益にかなうようにルールを変えさせるためには、ルール作成者に対し、意図的に自分を不利な立場に置いてみるよう説得する必要があるからだ。これこそが究極的には、あらゆるシステムに意図的に組み込まれた、決定的な欠陥あるいは設計上の不備だ。これは政治でもコンピュータでも同じだ。ルールを作り出した人々は、自分自身に逆らうインセンティブなどないのだ。

少なくとも学校が不当なシステムだというのをぼくに確信させたのは、それが正当な異論を認知しないということだった。声が枯れるまで無駄に主張を繰り返すか、あるいはそもそも自分に声なんか与えられていなかったという事実をあっさり受け入れるしかないのだ。

だが学校の博愛的な圧制は、あらゆる圧制と同じく、持続期間は限られている。どこかの時点で、主体を否定されているという事実が抵抗の口実となる。とはいえ青少年の常として、抵抗と逃避や、ときに暴力さえも混同しがちではあるのだけれど、反抗的なティーンの最もありがちなはけ口は、ぼくには役立たずだった。というのもぼくは破壊活動をするにはクールすぎたし、ドラッグに手を出すほどクールではなかったからだ（今日に到るまで、ぼくは飲んだくれたこともないし、タバコを吸ったこともない）。代わりにぼくはハッキングを始めた——これはいまだに、子供が自立性を確立し、大人と対等にやりあうための、ぼくが知る限り最も正気で、最も健全で、最も教育的な方法だ。

ほとんどの同級生と同じく、ぼくはルールが嫌いだったけれど、それを破るのはこわかった。システムの仕組みはわかっていた。先生のまちがいを指摘すると、警告を受ける。まちがいを認めなかった先生を追及したら、居残り命令を受ける。誰かが試験でこちらの答案をカンニングしたら、こちらがわざとカンニングさせたわけでもないのに、こちらは居残りさせられ、カンニングしたヤツは停学だ。これはあらゆるハッキングの起源となる。入力と出力、原因と結果の系統的なつながりに気がつくということだ。ハッキングはコンピュータに限ったものではない——それはルールのあるところすべてに存在する。システムのハックには、そのルールを作成者や運用者よりもよく知り、その人々が意図したシステムの仕組みと実際の働き（または実際にそれにやらせられる働き）との間の、脆弱な距離をすべて活用する必要がある。そうした意図せざる利用を活用するにあたり、ハッカーはルールを破っているのではなく、むしろそのダメな部分を暴いているのだ。

人間はパターンを認識するように脳が結線されている。人のあらゆる選択は、各種の想定に左右されており、そうした想定は経験によるものも論理によるものも、無意識に獲得されたものも意識的に発達させたものもある。人はそうした想定を使い、各種選択の潜在的な結果を放棄する。それをすばやく正確に行う能力が知性と呼ばれる。だが人々の中で最も賢い者ですら、一度も検証されたことのない想定に依存している――だから人々が行う選択には欠陥があることが多い。もっと知識がある人や、もっと素早く正確に考えられる人は、こうした欠陥を逆手に取って予想外の結果を作り出せる。これがハッキングの博愛的な性質だ――その人が誰かは気にせず、その論理だけを考慮するからこそ、自分のシステムの正しさを確信しきって、検証してみようと思いもしない権威主義者どもに対する対処方法として、ハッキングは実に信頼性が高いのだ。

もちろんそんなことは学校で教わらない。オンラインで学んだのだ。インターネットは自分の興味がある話題すべてを追求する機会を与えてくれたし、それぞれの間にあるつながりも検討できた。そしてそれは、同級生や先生のペースには制約されない。だがオンラインでの時間が増えると、それにつれて学校の勉強のほうが課外活動に思えてきた。

一三歳になった夏に、もう学校には戻らないか、少なくとも教室への参加を本格的に減らすと決意した。でもその実行方法は、よくわからなかった。いろいろ思いついた計画は、すべて逆噴射しそうだ。学校をサボっているのがわかれば、両親はコンピュータの特権を奪うだろう。落第することにしたら、両親はぼくを殺して森の奥深くに埋め、ご近所には家出したと言うだろう。何かハックを考案しなくては――そして新年度の初めに、それが見つかった。実際、それは向こうから降ってきたと言ってもいいほどだ。

それぞれの授業の冒頭に、先生たちはシラバスを配り、どんな内容を教えるか、読むべき資料、テストやクイズや宿題のスケジュールを詳述する。これと並んで、採点方式も教えてくれた。これは要するに、成績のA、B、C、Dがどうやって計算されるかを説明したものだ。こんな情報にはお目にかかったことがなかった。その数字や文字は不思議な方程式のようで、ぼくの問題に対する解決策を示唆していた。

その日の放課後、ぼくは各種シラバスを持ってすわり、それぞれの講義でどの側面ならあっさり無視しても、合格点をギリギリ確保できるかつきとめようとした。たとえばアメリカ史の講義を考えよう。シラバスによると、クイズは二五パーセント、テストは三五パーセント、レポートは一五パーセント、宿題は一五パーセント、授業への参加——どの講義でも最も主観的な分類——は五パーセントだった。ぼくは通常、クイズや試験は大して勉強しなくてもそこそこよい成績だったから、この二つは時間効率の高い得点プールとしてあてにできた。だがレポートと宿題は、大幅に時間を喰う。価値が低く、自分の時間をやたらに犠牲にする負担でしかない。

こうした数字からわかるのは、宿題をまったくやらなくても他のを完璧にこなせば、累積得点は八五点でBになるということだ。でも宿題もせず、レポートも書かなくても、他が完璧ならば累積得点は七〇点、つまりCマイナスだ。授業参加の五パーセントはバッファになる。先生がゼロをつけても——ぼくの参加をむしろ邪魔しているのだと解釈しても——六五点にはなる。Dマイナスで、ギリギリ単位は取れる。

先生たちのシステムはどうしようもない欠陥を抱えていた。最高得点を得るための指示は、最高の自由度を獲得するための指示にも使える——やりたくないことをやらずにすませ、それでも何とか単位は確保する方法だ。

それを解明した瞬間に、ぼくは宿題を一切やらなくなった。毎日が至福だった。それは仕事をして納税しなくてはならない年寄りには禁じられているような至福だった。でもある日、数学のストックトン先生がぼくを教室の前に呼び出して、なぜ過去六回かそこらの宿題を出していないのかと尋ねたのだった。ぼくは年齢に伴う狡猾さを身につけていなかった――そして一瞬、自分のハックを明かしたら優位性が失われるのを忘れてしまった。だから数学の先生に嬉々として自分の方程式を説明したのだった。同級生たちは笑ったが、即座にみんな何やら書き物を始め、計算して、自分もまたポスト宿題人生を採用できるか考え始めた。

「なかなか賢いな、エディ」とストックトン先生は言って、そのままにっこりしつつ次の課題に移った。

ぼくは学校で一番賢い生徒なんだ!――と思ったら二四時間ほどたって、ストックトン先生は新しいシラバスを配布した。そこには、学期末までに六回以上宿題を出さなかった生徒は自動的に落第点のFがつく、と述べられていた。

なかなか賢いね、ストックトン先生。

そして先生は、放課後にぼくを脇に呼んだ。「それだけの頭があるんなら、宿題逃れの方法なんかじゃなくて、最高の宿題をやる方法を考えなさい。きみの潜在力は実にすごい。でもここでの成績は一生ついてまわるんだぞ。どうもそれがわかってないようだな。自分の経歴書のことを考え始めたほうがいいぞ」

*

宿題の軛から逃れていた（少なくともしばらくの間）ぼくは、もっと暇ができたので、もっと伝統的な――コンピュータを使った――ハッキングもやった。経験を積むと腕も上がった。本屋では、

「2600」とか「フラック」といった名前の、汚いコピーをホチキスで留めたような小さなハッカー雑誌を立ち読みして、その技法を吸収し、その過程で彼らの反権威主義的な政治思想も吸収した。

ぼくは技術的なトーテムポールの最下層民だった。スクリプト小僧の n00b〔訳注　ハッカーの世界で技量のない駆け出しを指す蔑称〕で、自分が理解しないツールを使い、そのツールの元となる原理も理解できていなかった。いまだに尋ねられるのは、やっとのことでぼくが多少の腕前を身につけたとき、すぐに他人の銀行口座を空にしてまわったり、クレジットカード番号を盗んだりしなかったのはなぜか、ということだ。正直に答えると、ぼくは幼くてバカすぎたため、そんなことができるということさえ思いつかず、ましてそんなものを盗んでもどうすればいいかもわからなかったのだった。欲しいものはすべて、必要なものはすべて、無料で手に入った。むしろぼくは、一部のゲームをハックする単純な方法を見つけ、いくつか追加の命を手に入れたり、壁を透視したりといった追加能力を獲得したりした。さらに当時はインターネット上にはさほどお金がなかった（少なくとも今日の基準では）。ぼくの知っている誰かや読んだことの中で、最も窃盗に近いものといえば「フリーキング」、つまり電話のただがけ術だった。

当時の大物ハッカーに、なぜたとえば大規模ニュースサイトに侵入しておきながら、見出しを鮮やかなGIFで置きかえて、フォン・ハッカーフェイス男爵の偉業を喧伝するだけにしたのか、と尋ねてみよう。そんなものは、三〇分もたたずに元に戻されてしまうだけなのだ。その答はおそらく、なぜエベレスト山に登るのかと尋ねられた登山家の答の変種になったことだろう。「それがそこにあるから」。ほとんどのハッカー、特に若いハッカーは、自分の力による収益を求めるのではなく、自分の才能の限界と、不可能なことが可能だと証明するあらゆる機会を求めて探索するのだ。

ぼくは幼かったし、好奇心は純粋ながら、最初期のぼくのハッキングが自分の神経症を和らげる方向に向けられていたというのは、今にして思えばいろいろ心理学的にわかりやすい。コンピュータセキュリティの脆弱性について知れば知るほど、まちがったマシンを信頼してしまったらどうなるだろうかと不安になってきたのだ。ティーン時代に初めてトラブルを引き起こした最初のハックは、いきなり頭を離れなくなってしまった、ある恐怖から生じたものだった。全面焦土的な核戦争ホロコーストの脅威だ。

アメリカ核開発の歴史についていくつか記事を読んでいて、何度かクリックしたらいつの間にか、ロスアラモス国立研究所のウェブサイトにいた。アメリカの原子力研究機関だ。インターネットというのはそういうものだ。好奇心を抱いたら、指が代わりに考えてくれる。でもいきなり、ぼくは本当にビビった。アメリカ最大で最も重要な科学研究兵器開発機関に、すごいセキュリティホールがあるのだ。その脆弱性は、基本的には仮想版の開けっぱなしのドアだった。オープンディレクトリ構造というものだ。

説明しよう。多数のページで構成されるウェブサイトで、専用ページにあるPDFファイルのダウンロードリンクを送信したとしよう。このファイルのURLは通常、website.com/files/pdfs/filename.pdfとかいうものになる。さて、URLの構造はディレクトリ構造を直接反映しているので、このURLの各部分はディレクトリ「ツリー」の個別の「枝」を示すものとなる。この場合、website.comのディレクトリの中にはfilesというフォルダがあって、その中にはPDFが入ったサブフォルダがあって、その中にダウンロードしたいfilename.pdfというファイルがあるわけだ。今日では、ほとんどのウェブサイトは訪問者にその個別ファイルしかアクセスさせず、ディレクトリ構造は閉鎖してプライベートにしておく。でもかの恐竜時代には、大規模ウェブサイトですら、この技術の新参者が作って運用していたので、しばしばディレクトリ構造がモロ出しになっていた。つまりそのファイルの

URLを短縮すると――つまりwebsite.com/filesだけにすると――そのサイト上でPDFだけでなくあらゆるファイルも見られてしまい、中には必ずしも訪問者に見られたくないものも含まれる。ロスアラモスのサイトもそんな状態だったのだ。

ハッキング業界では、これは基本的に、初心者最初のハックとも言うべきものだ――まったくつまらない単純作業で「ディレクトリウォーキング」と呼ばれる。まさにぼくがやったことだ。ファイルからサブフォルダ、最上位フォルダまでできるだけ素早く移動し、そして戻ってきた。ティーンのガキが、上位ディレクトリの中に解き放たれているのだ。核兵器の脅威について記事を読んでから三〇分もしないうちに、ぼくは研究所で機密クリアランスを持った職員しか見られないはずのファイル庫を見つけてしまったのだった。

言っておくと、ぼくがアクセスした文書は、ガレージで核兵器を作るための機密設計図といったものではなかった（どのみちそんな設計図はすでに、何十ものDIYサイトにあった）。むしろぼくが手に入れたのは、秘密の部局間メモや個人的な職員関連情報だった。それでも、いきなり水平線のキノコ雲についてえらく心配するようになった人物として、さらには――特に――軍事系の両親を持つ子供として、ぼくはやるべきだと思ったことをやった。大人に告げたのだ。研究所のウェブマスターに脆弱性の説明メールを送り、返事を待ったが何も連絡はなかった。

毎日放課後になるとサイトに戻り、ディレクトリ構造が変わったか調べたけれど、相変わらずだ。何も変わらず、変わったのはぼくのショックと憤りだけだった。ついにぼくは電話を取ると（さっき述べた二本目の回線だ）、研究所サイトの一番下に出ていた、一般問い合わせ窓口の電話番号にかけた。

交換手が出た瞬間に、ぼくはわめきだした。たぶん「ディレクトリ構造」というところまでもいかないうちに、交換手は事務的に「ＩＴ部門におつなぎしますので、少々お待ちください」と言ってぼくを遮った。そしてお礼を言うよりもはやく、ぼくは留守電に転送された。

ビープ音がくる前に、ぼくは少し落ち着きを取り戻して、もっと落ち着いた声でメッセージを残した。そのメッセージについていま覚えているのは、最後の部分だけだ――ホッとして、自分の名前と電話番号を入れたのだった。たぶん自分の名前の綴りまで言ったと思う。お父さんがときどきやっていたように、軍のフォネティックコードを使ったのだ。「シエラ、ノベンバー、オスカー、ウィスキー、デルタ、エコー、ノベンバー」〔訳注　それぞれの単語が、頭文字のアルファベットを指す。ここではＳＮＯＷＤＥＮ〕。そして受話器を置くと、自分の人生に戻った、というのは一週間にわたり、ロスアラモスのウェブサイトばかりやたらにチェックし続けたということだ。

最近では、政府のサイバー諜報能力を考えれば、ロスアラモスを毎日何十回もピングするような人物は、ほぼまちがいなく要注意人物になって興味を惹く。でも当時のぼくは単に、こっちが興味を抱いているだけの人物だった。ぼくには理解できなかった――どうして誰も気にしないんだ？

何週間もたった――そしてティーンのガキには、何週間は何か月にも感じられる――でもある晩、夕食の直前に、電話が鳴った。台所で夕食の料理をしていたお母さんが出た。

ぼくは食堂のコンピュータに向かっていたけれど、それがぼく宛の電話だと気がついた。「ええ、はいはい、息子はおりますが」そして「どちら様でしょうか？」

ぼくが椅子にすわったまま振り返ると、お母さんが頭上に立って、胸に受話器を抱えている。顔面蒼白で、震えていた。

そのささやき声には、これまで聞いたこともないような悲しげな緊迫感があって、ぼくは怯えた。

「おまえ、何をやらかしたの？」

それがわかれば話しただろう。でも代わりにぼくは尋ねた。「誰？」

「ロスアラモスよ、原子力研究所」

「ああよかった」

ぼくは優しく電話をもぎ取ると、お母さんにもすわるように言った。「もしもし？」

電話にいたのは、ロスアラモスＩＴ部門の親切な代表者で、ずっとぼくをスノーデンさんと呼び続けていた。この問題を報告してくれてありがとうと言い、いま修正したところだと言う。なんでこんなに時間がかかったのかと尋ねたいのは抑えた――そしてコンピュータに手を伸ばし、すぐにサイトをチェックしたかったけれど、それも自制した。

お母さんはぼくから目を離さなかった。会話をなんとか推測しようとしているけれど、ぼくの言うことしか聞こえないのだ。ぼくは親指を立てて見せて、そしてさらに安心させようとして、もっと年寄りめいた、真剣で、わざとらしいほど深い声を出し、ＩＴ代表にすでに向こうが知っていることをぎこちなく説明してみせた。どうやってディレクトリ移行問題に気がついたか、どうやって報告したか、これまで何の反応もなかったこと。そして最後にこう言った。「教えてくださって、どうもありがとうございました。ご面倒をおかけしたのではないでしょうか？」

「いやいやそんな」とＩＴ代表は言って、こちらがどんな仕事をしているのか尋ねた。

「実は何も」とぼくは答えた。

仕事を探しているのかと言うので、ぼくは言った。「学期中はかなり忙しいんですけど、でも休暇はいっぱいあるし、夏は空いてますよ」

それを聞いて向こうの頭に何かひらめいたらしい。相手にしているのがティーンのガキだと気がついたのだ。「そうかい、坊や。わたしの連絡先は知ってるね。一八歳になったら、是非とも連絡をくれよな。さて、さっき話をしたあの素敵な女性に代わってくれないか」

　ぼくは電話を不安そうにしているお母さんに返した。お母さんはそれを持って台所に戻っていった。いまや煙が充満している。夕食は丸焦げになってしまったけれど、たぶんあのＩＴ代表はぼくのことをずいぶんほめてくれたんだと思う。だからお仕置きをうけるのではと覚悟していたけれど、そんなものは一切なかった。

高校のことはあまり覚えていない。というのも夜ごとの不眠症じみたコンピュータとの夜を補うため、ほとんど寝て過ごしたからだ。アルンデル高校では、ほとんどの教師はぼくがちょっと寝ていても気にせず、いびきをかいてでもいないかぎり放っておいてくれた。それでも相変わらず残酷でつまらない少数派がいて、ぼくを起こすのが仕事だと考えていた——チョークをキーッと鳴らしたり、黒板消しをはたいたりするのだ。そしてぼくに不意打ちの質問をする。「で、スノーデン君、きみはどう思うね？」

ぼくは机から頭をもたげ、椅子にすわりなおしてあくびをし——そして同級生たちが笑いをこらえる中——答えるしかなかった。

実は、ぼくはそういう瞬間が大好きだった。これぞ高校が提供してくれる、最大級の挑戦の一つだったのだから。ぼくはグロッキーになってぼんやりした状態で、三〇対の目と耳がこちらに集中して失敗を待ち構えている状態が好きだった。こちらは半ば空っぽの黒板を見てヒントを探す。もし十分素早く立派な答を思いついたら、ぼくは伝説になれる。たとえ思いつかなくても、冗談の一つも飛ばせばいい——冗談が遅すぎることはない。絶対最悪の場合には、ぼくは口ごもり、同級生たちはぼくがバカだと思う。そう思わせとけ。いつも人には過小評価されるほうがいい。人がこちらの知性と能力を読み違えたら、それはその人物の弱点を示すだけだ——それはそいつらの判断力に見られる大穴で、いずれこっちがそこを燃える馬に乗ってくぐりぬけ、正義の剣をもって記録を修正するときまで、その穴は残っていてもらわなければ困る。

一〇代の頃、ぼくは人生の最も重要な質問が二進法になっているという考え方にちょっとばかりこだわりすぎていたと思う。つまり一つの答が必ず正しく、それ以外の答はまちがっているということだ。ぼくはコンピュータプログラミングのモデルに魅了されすぎていた。そこでは答は、1か0のどちらかでしか答えられない。これは機械語版のイエスかノー、あるいは真か偽か、というわけだ。クイズや試験の多肢選択問題も、二進法の対立的論理によりアプローチできる。考えられる答の一つのどれが正解かすぐにわからなくても、消去法で選択肢を減らせる。「必ず」「決して」といった用語を探し、それを否定する例外を考えればいい。

でも一年生の終わり頃に、ぼくはまったくちがう種類の質問に直面した――マークシートをBの鉛筆で埋めるのでは答えられず、レトリックを使わねばならないものだ。完全な文章で完全な段落の文章を作らねばならない。普通に言えば、英語の授業の宿題で、作文だ。「一〇〇〇語以上使って自伝的な記述を行うこと」。ぼくは見知らぬ人に、自分が何も考えたことのない唯一の主題かもしれないものについて、明かすよう求められていたのだった。自分という主題だ。自分って一体誰だろうか。ぼくにはどうしてもできなかった。ぼくは何も書けず、何も提出せず、未修了という成績がついた。

ぼくの問題は、この作文課題同様に、個人的なものだった。「自伝的な記述」ができなかったのは、当時のぼくの人生があまりにややこしかったからだ。なぜかというと、家族が崩壊しかけていたのだ。両親は離婚しかけていた。すべてがあまりに急だった。お父さんは家を出て、お母さんはクロフトンの家を売りに出し、姉とぼくを連れてアパートに移り、それから近くのエリコットシティにある新開発のマンションに引っ越した。本当に大人になるには、両親の片方を埋葬するか、自分が親になるしかないのだ、と言った友人がいる。でも誰も言わないことだけれど、ある年代の子供にとって、離婚というのはこの両方が同時に起こるようなものだ。いきなり、自分の子供時代の無敵アイコンたちが消えてしまう。そのかわりに、誰か残っている場合でも、その人物はこちらよりもっと途方にくれていて、涙と怒りにあふれ、すべてよくなるよ、というこちらの慰めをひたすら求めようとする。でも、よくなったりはしない。少なくとも当分の間は。

親権と面会条件が法廷で取り決められている間、姉は大学入試に没頭し、合格して、ノースカロライナ大学ウィルミントン校に向けて発つ日を首を長くして待つようになった。彼女がいなくなると、うちの家族とぼくとの最も密接なつながりが失われることになる。

これに対する反応として、ぼくは内向きになった。腹を決めて、無理矢理別人になろうとした。大切な人々がそのときに必要としている者の仮面を何でもかぶる、カメレオンになったのだ。家族の間では、ぼくは頼りになる正直者だった。友人たちの間では陽気でくよくよしないヤツ。でも一人きりのときには、落ち込んで、不機嫌ですらあり、絶えず他人の負担になるのを心配していた。ぼくはノースカロライナへの引っ越し道中でやたらにグチをこぼしたことに苛まれた。ひどい通信簿を持って帰ってきてクリスマスをたくさん台無しにしたのも後悔したし、ネットを切って雑用をやらなかったことすべてを後悔した。ぼくがやった子供時代のわがままがすべて、頭の中で犯罪現場写真のようにちらつき、起こったことはすべて自分のせいだという証拠として掲げられる。

その罪悪感を逃れるため、自分の感情を無視して自給自足のふりをして、やがて一種の早熟な大人じみた雰囲気になった。コンピュータで「遊んでいる」とは言わず、コンピュータで「働いている」と言うようになった。やっていることの中身はまったく変わらなくても、その表現を変えるだけで、他人や自分自身ですらそれをどう受け止めるかが変わってきた。

「エディ」と自称するのもやめた。これからのぼくは「エド」だった。初の携帯電話も手に入れ、それをいっちょまえの男のようにベルトにつけた。

トラウマの予想外の恵み――再発明の機会――は、家の四方の壁の外側にある世界を重視するよう教えてくれた。我ながら驚いたけれど、自分を最も愛してくれる二人の大人との間にますます距離を置くにつれて、仲間扱いしてくれる他の人々と接近することになった。ヨットの操船を教えてくれた人、けんかの仕方を教えてくれた人、人前での話し方をコーチングしてくれて、壇上に立つだけの自信を与えてくれた人――その全員がぼくの成長を助けてくれた。

でも二年生の始めに、ぼくはやたらに疲れて、いつもよりも眠りがちになった――もう学校だけでなく、いまやコンピュータに向かっていても寝てしまう。夜中にほぼすわったままの状態で目をさますと、目の前の画面はデタラメな文字だらけになっている。キーボードの上に突っ伏して寝てしまったからだ。やがて関節が痛み、リンパ腺が腫れ、目の白い部分が黄色くなり、一二時間以上寝ても、疲れすぎてベッドから起き上がれなくなっていた。

自分の身体の中にある以上の血を検査用に採られてから、やがて伝染性単核症という診断を受けた。これは本当に身動きが取れなくなる病気でもあり、また本当に恥ずかしい病気でもあった。それは、これが通常は同級生たちが「ヤリヤリ」と呼ぶ活動を通じて感染するものだという点も大きい。一五歳でぼくが「ヤリヤリ」だったのはモデム経由でしかなかった。学校は完全に忘れ去られ、欠席が積み上がって、それでもちっとも嬉しくなかった。アイスクリームばかり食べていても嬉しくなかった。両親がくれたゲームをする体力しかなかった――お父さんもお母さんも、まるでぼくを元気づけようとする競争でもしているのか、あるいは離婚についての罪悪感を軽減しようとしているかのように、もっとクールなゲーム、もっと新しいゲームを持ってこようとした。ジョイスティックすら扱えないほど衰弱すると、もうなぜ自分が生きているのか不思議なくらいだった。ときには目を覚ましても、どこにいるかわからない。暗いのはお母さんのマンションにいるせいなのか、お父さんのワンルームアパートにいるせいなのかしばらくはわからないほどで、その二つの間を車で運ばれた記憶すらない。毎日が同じものとなった。

すべてがぼんやりしていた。『ハッカーの良心』（または『ハッカー宣言』）とニール・スティーブンスン『スノウ・クラッシュ』と、J・R・R・トールキンの巨巻を読んで、章の途中で眠ってしまい、登場人物とその動きがごっちゃになって、やがてゴラム（ゴクリ）がベッドの横にいて泣き言を言っている夢を見た。「旦那、旦那、情報は自由になりたがってますぜ」

熱にうかされて各種の夢に退行しているときも、学業に追いつかねばというのが真の悪夢だった。四か月ほど休学した結果、アルンデル高校から手紙がきて、二年生をやり直さねばならないと言われた。衝撃だったと言いたいところだけれど、その手紙を読んだ瞬間、これが避けられないことで、何週間もこれを恐れていたのだということに気がついた。復学する、まして学期を二つ繰り返すというのは、ぼくには考えられないことだったから、それを避けるためなら何でもするつもりだった。

ちょうど、腺病が完全な鬱（うつ）病へと発展したときに、この学校の報せを受け取ったことでぼくは休眠状態から揺り起こされた。すぐさまぼくは起き上がり、パジャマ以外のものに着替えた。いきなりネットにつなぎ、電話をかけ、システムの縁を探し、ハックを探し回った。ちょっとした調査と、大量の書類作業の挙げ句、解決策が郵便受けにやってきた。大学への入学許可だ。明らかに、高卒資格がなくても受験希望は出せるのだ。

アン・アルンデル・コミュニティ大学（AACC）は地元大学で、姉の学校ほどの名声はもちろんないけれど、それで十分だった。大事なのは、それが有資格校だということだ。合格書類を高校の教務に持っていくと、好奇心と、諦めと安堵の入り混じったものをほとんど隠そうともせずに、進学が認められた。州に二日、大学の講義に出席する。まともに起き上がっていられるのは、それが限界だった。自分の学年以上の講義を受けることで、ぼくは休学期間を苦労して取り戻さなくてもよくなった。飛び級になる。

ＡＡＣＣは二五分ほど離れたところで、そこまで初めて運転していったときは危なっかしかった——免許取り立てで、しかもハンドルを握って起きているのも危ういほどだ。講義に出て、まっすぐ家に帰って寝る。どの講義でも最年少で、全学校でもいちばんの若者であり、おかげで目新しいマスコットのような存在にもなり、同時に穏やかならぬ存在にもなった。これと、ぼくがまだ回復途上だという事実のため、他の学生とのつきあいはほとんどなかった。さらにＡＡＣＣはほとんどの学生が自宅からの通学となるコミュータースクールだったので、活発なキャンパスライフもなかった。学校の匿名性はぼくにはありがたかったし、また講義もよかった。アルンデル高校でぼくが寝過ごしたどんなものよりも、ほとんどの講義は圧倒的におもしろかったのだ。

＊

先に進んで高校の話を完全に終わらせる前に、あの英語講義の宿題はいまだに終わっていないと言っておくべきだろう。あの未修了とされたものだ。ぼくの自伝的記述。歳を取るにつれて、それがぼくの肩にのしかかるが、それでもその執筆は少しも楽にならない。

実のところ、ぼくのような生涯の人間は、自伝なんかなかなか書けるものじゃない。人生の相当部分を、身元が割れないようにして過ごしてきたのに、いまさらそれを完全にひっくり返して、本として「個人的開示」を行ったりするのはむずかしい。諜報業界はそこで働く人々に、基本的に匿名性を植えつけようとする。一種の白紙の人格で、そこに秘密となりすましの術を書き付けるわけだ。目立たないよう自分を訓練し、他の人と見かけも話し方も似たようなものにする。いちばん普通の家に住み、いちばん普通の車を運転し、他のみんなと同じ普通の服を着る。ちがいは、それを意図的にやるということだ。普通性、目立たなさが変装なのだ。これは、公的な栄光をまったくもたらさない、自己否定キャリアの倒錯した報酬だ。私的な栄光は仕事ではなく、仕事が終わって、また他の人々の間に戻り、そして自分も同じ仲間の一員なのだとみんなにうまく思い込ませると得られるのだ。

この種の人格分裂には、各種の通俗的な呼び名があるし、まちがいなくもっと正確な心理学用語もあるはずだけれど、ぼくはそれを人間暗号化だと思うことが多い。暗号化のあらゆるプロセスと同じく、もとの材料——中核となる人格——は存在するけれど、鍵のかかった、スクランブルされた形になっている。この暗号化用の方程式は、ごく簡単な比例式となる。他人についての知識が増えるほど、自分についての知識は減る。しばらくすると、自分の好みや、嫌いなものすら忘れるかもしれない。政治的な指向も失い、それとともに、かつて持っていたかもしれない政治プロセスに対するあらゆる敬意も失う。すべては仕事に埋もれてしまう。それは人格否定から始まり、良心否定で終わる。「任務が優先」

いま書いたことの一バージョンは、自分がなぜプライバシーをこれほど重視するか、個人的なことを言えないまたは言いたがらないときの説明として、長年使ってきたものだ。いまになってやっと、ICにいたのとほとんど同じくらいの時間をその外で過ごしてから、この説明ではまったく不十分だと気がついた。結局のところ、英語の授業の宿題を提出できなかったとき、ぼくはまるでスパイなんかではなかったのだから——ひげも生えそろっていなかった。むしろぼくは、すでにしばらくスパイの技を実践しているガキだったのだ——一部はゲームの各種アイデンティティを通じたオンライン体験によるものだけれど、何よりも両親の離婚に続いて生まれた沈黙とウソに対処する中で、それを実践するはめになったのだった。

両親の決裂で、ぼくたちは秘密を隠す一家となった。ごまかしと隠蔽の名手だ。両親はお互いに隠し事をしたし、ぼくや姉にも隠し事をした。姉とぼくもまた、やがて自前の秘密を隠すようになった。片方が週末をお父さんのところで過ごし、片方がお母さんといっしょにいるときだ。離婚した両親の子供が直面しなくてはならない、最もむずかしい試練の一つは、片方の親がもう片方の新しい生活について尋問することだ。

お母さんはかなり長いこと不在にした。またデートをするようになっていたのだ。お父さんはなるべくその空虚を埋めようとはしたけれど、ときには長引く高価な離婚プロセスに激怒するようになった。それが起こると、まるでぼくたちの役割が逆転したかのように思えた。しっかりとお父さんに立ち向かい、道理を吹き込むのがぼくの役割になった。

これを書くのはつらいことだ。でもそれは、この時期の出来事を思い出すのがつらいというよりもむしろ、それが両親の根本的な誠実さとかけ離れたものだからだ――二人が子供達への愛から、やがてお互いの不一致を忘れ、敬意をもって和解し、お互い平和に別離して立派に復活したこともここからは見えてこない。

この種の変化は絶え間なく、ごく一般的だし、人間的なことだ。でも自伝的記述は静的で、変動する人物についての固定した文書となる。だからこそ、誰かが自分について行える最高の記述は、論述ではなく誓いなのだ――自分が奉じる原理への誓い、そしてその人がなりたいと願う人物のビジョンについての誓いだ。

ぼくがコミュニティ大学に入学したのは、つまずきの後で時間を節約するためであり、高等教育を継続したいからではなかった。でも、少なくとも高卒資格はいつかきちんと取ろうという誓いは立てていた。その約束を果たしたのはある週末のこと、ボルチモア近くの公立学校に車ででかけて、メリーランド州の最後の試験を受けたときだ。その試験は、一般教育開発（GED）学位で、アメリカ政府は高校卒業証書と同等なものと見なしてくれる。

試験を受けて、いつになく気持が軽かったのを覚えている。二年の就学という州への借りを、二日間の試験だけで返したのだから。ハックのように感じられたが、でもそれ以上のものだった。それは、自分が自分の約束を守ったということなのだった。

一六歳のときから、ほぼ一人暮らしに等しかった。お母さんは仕事に没頭していたので、マンションでは一人きりのことが多かった。自分で自分のスケジュールをたて、自炊して、自分で洗濯もした。各種料金の支払い以外はすべて自分でこなした。

一九九二年型ホンダシビックを手に入れ、それで州を駆け巡り、インディー系オルタナロック専門局のWHFSを聴いた――「ではこれを聴いて」というのがこの局のキャッチフレーズの一つだった――それは他の人がみんなそうしていたからだ。ぼくは普通でいるのがあまり上手ではなかったけれど、でも頑張った。

ぼくの人生は周遊ルートと化した。自宅、大学、友人たちの間を往き来するだけ。友人たちというのは特に、日本語の講義で会った新しいグループだ。ぼくたちが徒党を組んだと気がつくまでにどのくらいかかったかははっきりしないけれど、二学期に入ると、言語を学ぶのと同じくらい、お互いに顔を合わせるために出席するようになった。ちなみにこれは「普通に見られる」最高の方法だ。自分と同じくらい変な、いやもっと変なやつらに囲まれることだ。こうした友人たちのほとんどは、新進アーティストやグラフィックデザイナーで、みんな当時は毀誉褒貶(きよほうへん)激しかったアニメ、つまり日本アニメに夢中だった。友情が深まるにつれ、アニメのジャンルに関するぼくの知識も増え、『火垂(ほた)るの墓』『少女革命ウテナ』『新世紀エヴァンゲリオン』『カウボーイビバップ』『天空のエスカフローネ』

『るろうに剣心』『風の谷のナウシカ』『トライガン』『スレイヤーズ』、そして個人的にいちばんのお気に入り『攻殻機動隊』といったタイトルで構成される共有体験について、そこそこ聞いた風な口がきけるようになった。

こうした新しい友人の一人——メイと呼ぼう——はもっと年配で、二五歳の立派な大人だった。他のみんなにとってはアイドル的存在だった。すでに発表作品のあるアーティストで、熱心なコスプレイヤーだった。彼女はぼくの日本語会話のパートナーで、成功したウェブデザイン企業も経営していたと知って、ぼくは感激した。ときどき彼女が紫のフェルト製クラウンローヤルの袋に入れて連れ歩いていた、ペットのフクロモモンガにちなんで、その会社をモモンガ産業と呼ぼう。

これがぼくがフリーランサーになる入り口だった。学校で会った女の子の下でウェブデザイナーとして働きはじめたのだ。彼女、というかその会社がぼくを、当時としては実に気前のよい時給三〇ドル現金払いで非公式に雇ったのだ。ただしひねりは、実際に支払いを受けられるのは何時間分か、ということだ。

もちろん、お金なんかなくてもメイがにっこりしてくれるだけでぼくは働いただろう——彼女に惚れて目がくらんでいたのだから。そしてそれをあまりうまく隠せなかったとはいえ、メイがそれを気にしたとも思えない。というのもぼくは絶対に納期を守ったし、彼女の役に立つためならどんな小さな機会も逃さなかったからだ。それに、ぼくは学習が早かった。二人しかいない会社では、何でもできなくてはならない。モモンガ産業の仕事はどこでもやれたし、また実際にやっていたけれど——結局のところそれがオンライン作業の利点なんだから——彼女はぼくに出勤しろと言う。出勤先は彼女の家、彼女が夫と同居している二階建てのタウンハウスだ。この夫はきちんとした賢い男性で、ノームと呼ぼう。

そう、メイは既婚者だった。それ以上に、彼女とノームが住んでいた家は、フォートミードの南西端の基地の中にあった。ノームはNSA配属の空軍言語学者としてフォートミードで働いていたのだった。自宅が軍事施設上の連邦所有物件の場合、自宅を事業所にするのが合法なのかどうかぼくにはわからないが、既婚者兼上司である女性に魅了されていたティーン青年としては、そんな法的正当性にこだわるつもりはあまりなかった。

いまやもうほとんど考えられないことだけれど、当時フォートミードはほぼ誰でも出入りできた。保護柱にバリケードに検問所ですべて鉄条網の中、という状況ではなかった。世界で最も秘密主義的な諜報機関がある基地内の住宅に、一九九二年型シビックで乗りつけ、窓は開けっぱなしでラジオを流し、別にゲートで止まって身分証を見せる必要もなかった。二週に一度くらいは、日本語講座の受講者四分の一くらいはNSA本部裏の小さな家に集まって、アニメを見てマンガを描いた。「だって自由の国だろう、ここは?」というのがどこの学校やテレビのコメディドラマでも聞かれた、古きよき日々にはそういうものだったのだ。

仕事がある日にはメイの家に朝やってきて、ノームがNSAに出勤した後でその車寄せに駐車して、一日中そこにいて、ノームが帰る直前に去った。奥さんの下で働いていた二年かそこらで、ノームとたまたま顔をあわせたときには、彼は全体として見れば、親切で鷹揚に接してくれた。当初、ぼくの横恋慕に気がついてないのだろうと思った。あるいは誘惑者としてのぼくの成功確率があまりに低いと考えて、妻と二人きりにしても構わないと思っていたのかもしれない。でもある日、たまたますれちがったとき――ノームは出勤途上、ぼくはちょうど着いたところ――彼は礼儀正しくも、ナイトスタンドには銃が入ってるぞ、と報せてくれた。

モモンガ産業、といっても本当はメイとぼくだけだったけれど、これはドットコムバブル時代の地下室新興企業として、かなり典型的なものだった。すべてが破綻する前にカスをかき集めようと競合する中小企業だ。どういう仕組みかというと、大企業——たとえば自動車メーカー——が大規模広告業者や代理店を雇って、ウェブサイトを構築させ、インターネット上のプレゼンスを丸ごと外注するのだ。この大企業はウェブサイト構築なんて何も知らず、広告代理店もそれに毛が生えたくらいのことしか知らない——当時大流行だったフリーランス求人ポータルに、ウェブデザイナー募集の仕事内容説明を投稿できる程度だ。

パパママショップ——あるいはうちの場合、年上既婚女性／若い独身女性ショップ——がその仕事をめぐり応札するのだけれど、競争は激しすぎて、提示価格はバカみたいに低くなる。勝った事業者が求人ポータルに支払う取り分まで考えれば、お金は大人一人が暮らすのもカツカツ、まして家族を喰わせられるようなものじゃない。金銭的報酬の欠如に加え、自分の仕事についてクレジットもないという屈辱もある。フリーランサーたちは自分のやった仕事をほとんど口に出せない。というのも広告代理店が全部インハウスでやりましたと主張するからだ。

メイが上司だったことで、世間、特にビジネス業界のことはいろいろ勉強できた。メイは驚くほど鋭かった。かなりマッチョな男社会だったこの業界で、半数以上のクライアントがただ働きさせようと企む中で、同業者の二倍も頑張って働いた。平気で収奪が行われる文化のため、フリーランサーはシステムを迂回する方法を見つけようとした。メイは仕事関係をうまく管理して求人ポータルを避ける才能があった。なるべく中抜き業者や仲介人を削り、できるかぎり大手の顧客と直接取引しようとした。この点で彼女の手腕は見事だったし、特に技術面でぼくが支援するようになったことで、彼女はビジネスとアート方面に専念できるようになった。彼女はイラスト技能をロゴデザインにも応用し、基本的なブランディングサービスも提供した。ぼくの仕事はといえば、手法もコード書きも簡単すぎたので、走りながら十分身につけられた。死ぬほど退屈な繰り返し作業も多かったけれど、文句も言わなかった。ノートパッド＋＋でできるような、実につまらない作業まで喜んでこなした。愛のためならここまでやるか、という感じだ。特にそれが報われない愛だというのに。

メイがずっと、彼女に対するぼくの気持を百も承知で、それをいいように利用しただけなんじゃないかと思わざるを得ない。でもぼくが被害者だったとしても、進んでその役を引き受けたのだった。そして彼女の下で働いたことで、それなりの収入もできた。

それでもモモンガ産業で一年ほど働いた頃、そろそろ将来の計画を立てねばと気がついた。ＩＴ部門でのプロフェッショナル業界資格は無視しづらいものになっていた。高度な仕事の求人や契約は、応募者がＩＢＭやシスコといった企業が自社製品の利用とサービスについて公式な認定を受けるよう要求するようになりだしていた。少なくとも、しゅっちゅう耳にするラジオコマーシャルはそう言っていた。ある日、もう一〇〇回以上も聴いたはずのそのコマーシャルを通勤の帰り道で聴いて、気がつくとぼくはその無料電話に電話をかけて、ジョンズホプキンス大学コンピュータキャリア研究所が提供するマイクロソフト認定コースに登録していた。この仕組みすべては、恥ずかしいほど高い受講料から、大学本体ではなく「サテライトキャンパス」での実施場所まで、かすかにインチキなぼったくりの匂いがしたが、気にしなかった。もう露骨な取引でしかなかったのだから――マイクロソフトは、ＩＴ業者の需要激増に対して課税できて、人事部担当者は高価な紙切れが本物のプロと薄汚いなりすましとを区別できるというふりができる。そしてぼくみたいな無名人は、経歴書に「ジョンズホプキンス大学」という魔法の言葉を入れて、採用ラインの先頭にまでジャンプできる。

認定資格は、業界が発明する端から業界標準として採用されていった。「Ａ＋認定」は、コンピュータの保守修理ができるということだ。「ネット＋認定」は基本的なネットワークも扱えるということだ。でもこんなのは、ヘルプデスクで働けるという程度でしかない。最高の紙切れは、マイクロソフト認定プロフェッショナルシリーズというくくりになっている。入門レベルのＭＣＰは、マイクロソフト認定プロフェッショナルだ。もっと上級のＭＣＳＡ、マイクロソフト認定システムアドミニストレータもある。そして技術資格証書としてトップはＭＣＳＡ、マイクロソフト認定システムエンジニアだ。これがあれば成功は約束されたも同然で、確実に喰っていける。ＭＣＳＥの初任給は最低限でも年四万ドルだ。世紀の変わり目で一七歳という年齢のぼくから見れば、驚異的な金額となる。でも無理もなかろう。マイクロソフトは一株一〇〇ドル超で取引されていて、ビル・ゲイツは世界で一番の金持ちになったところだったんだから。

技術的なノウハウからすると、ＭＣＳＥは簡単には取れるものではないながら、もっと自尊心あるハッカーたちがユニコーン級の天才と考えるような才能も必要としなかった。お金と時間の面からいえば、かなり身を入れる必要はある。ちがう試験を七つも受けねばならず、それぞれ一五〇ドルもした上、各種の準備講義としてジョンズホプキンス大学には一万八〇〇〇ドルかそこらを支払わねばならなかったけれど、そういう準備講義は――ぼくの常として――修了せずに、もう十分だと思った時点ですぐに試験を受けた。悲しいかな、ジョンズホプキンス大学は返金はしてくれなかった。

学費ローンの返済がかさんだので、メイといっしょに過ごすべきもっと実務的な理由ができた。お金だ。もっと長時間働かせてくれと言うと、彼女は同意して、朝九時に出勤しろと言う。とんでもなく早い時間で、特にフリーランサーにとっては厳しく、おかげでその火曜日の朝、ぼくは遅刻していた。

三二号線を、美しきマイクロソフト・ブルーの空の下、高速で走りつつも速度違反取締カメラに捕まらないようにしていた。運がよければ、九時半前にはたどりつける――そして窓を下ろして風に手を泳がせながら――なんだか今日はツイているような気がした。ラジオのトークショーのボリュームを上げ、ニュースが交通情報に切り替わるのを待った。

ちょうどケイナイン通りの近道をしてフォートミードに向かおうとしたところで、ニューヨークで飛行機事故があったという臨時ニュースが流れた。

メイが戸口に迎えに来て、ぼくは彼女の後につき、暗い玄関から寝室隣の狭いオフィスへと階段を上がった。オフィスと言っても大したものじゃない。ぼくたちの二つのデスクが隣り合わせにならび、彼女のアート用ドローイングテーブルがあり、モモンガのかごがあった。ニュースがちょっと気にはなっていたけれど、仕事があった。ぼくは無理矢理目先の作業に集中した。ちょうど単純なテキストエディタでプロジェクトのファイルを開いたところで――ウェブサイトのコードは手打ちだった――電話が鳴った。

メイが出た。「え、ホント?」

すごくくっついてすわっていたから、彼女の夫の声まで聞こえた。そしてその声は怒鳴っていた。メイの表情が厳しいものになり、ニュースサイトを自分のコンピュータにロードした。唯一のテレビは階下にあった。ぼくは世界貿易センターのツインタワーの片方に航空機が激突したというそのサイトの報告を読んでいたが、そこでメイが「わかった。うわあ。わかった」と言って電話を切った。

そしてぼくに向き直った。「二機目の飛行機がもう一つのタワーに突っ込んだって」

その瞬間まで、ぼくはそれが事故だと思っていた。

メイが言う。「ノームによると、基地が閉鎖されるんじゃないかって」

「え、それってゲートとか? マジ?」とぼく。起こったことの規模がまだ呑み込めずにいた。通勤のことを考えていたのだ。

「ノームが、あなたは家に帰れって、ここから出られなくなると嫌だから」

ぼくはため息をつき、取りかかったばかりの作業をセーブした。ちょうど立ち上がって帰ろうとしたところで、また電話が鳴り、今回の会話はもっと短かった。メイは真っ青だった。

「信じられないことになってる」

煉獄、カオス。最も古くからの恐怖の形だ。どちらも秩序崩壊と、その空白を埋めるために襲ってくるパニックを指す。ペンタゴン攻撃に続いてケイナイン通り——NSA本部の横の道——を通って帰るときのことは忘れられない。NSAの黒ガラス棟から狂気があふれ出て、怒号がとびかい、携帯電話が鳴り響き、自動車が駐車場でエンジンをふかせ、先を争って通りに出た。アメリカ史上最悪のテロ攻撃の瞬間に、NSA職員は——アメリカICで最大の信号諜報機関の職員は——数千人規模で職場を放棄していた。そしてぼくはその洪水に飲み込まれた。

NSA長官マイケル・ヘイデンは、アメリカのほとんどが何が起きたかも知らないうちに退避命令を出した。その結果、NSAとCIA——こちらも9・11には、ほんの形ばかりの職員を除き本部から全員を避難させた——は自分たちの行動について、最後にハイジャックされた飛行機、ユナイテッド航空九三便が、ホワイトハウスや議事堂ではなく、この二つの機関のどちらかである可能性が、潜在的になくもなかったと弁解したのだった。

みんなが同じ駐車場から同時に車を出そうとして大渋滞が発生し、そこをくぐりぬけようとする中で、少なくともぼくは次に考えられる標的のことなんか絶対に考えていなかった。何も考えてなかった。ぼくがやっていたのは、今にして思えばすべてが問いただされるその一瞬において、従順にみんなに従うだけだった——クラクションが鳴り響き（それまでアメリカの軍事施設でクラクションなんか聞いたことはなかったはずだ）、同調のずれたラジオが、南タワー崩壊のニュースをわめきたてる中で、運転手たちは膝でハンドルを操作しつつ、指で電話のリダイヤルボタンを狂ったように押しまくる。いまでも感じられる——携帯のセルが過負荷になり、通話が切られるたびに感じた現在形の空疎感と、世界から切り離されてバンパーとバンパーがくっついて身動きできない状態では、ぼくは運転席にいても、ただの乗客でしかないのだという次第に強まる認識。

ケイナイン通りの信号は人間に取って代わられた。NSA特別警察が交通制御に乗り出したのだ。その後の数時間、数日、数週間で、この警察に機関銃をてっぺんに据えたハンビーの大群が加わり、新しい道路封鎖や検問を護衛するようになった。こうした多くの新しい警備体制は永続化し、そこに果てしない鉄条網と、莫大な数の監視カメラが加わった。セキュリティがこれほど厳しくなると、基地に戻ってNSAの横を車で通り過ぎるのはむずかしくなった——そこで働くようになるまでは。

9・11以降、ぼくがメイのことをあきらめたのは、こうした後に対テロ戦争と呼ばれるようになるものの余波のせいだけではなかったけれど、でもそれが一助となったのは確かだ。その日の出来事で、彼女は衝撃を受けた。間もなくぼくたちはいっしょに働くのをやめ、疎遠になった。ときどきはおしゃべりしようとしたけれど、自分の気持が変わり、ぼく自身も変わったというのが痛感されるだけだった。やがてメイはノームと別れてカリフォルニアに引っ越したけれど、その頃には彼女はまったく別人のように感じられた。戦争に反対しすぎるようになっていたのだ。

出席した最大の家族行事を思い出そう――家族集会だろうか。そこに何人いた？　三〇人か、五〇人か？　その全員が一家の構成員ではあっても、その全員と一人残らず十分に知り合うには到らなかったはずだ。ダンバー数、人生で有意義な形で維持できる人間関係の有名な推計値はたった一五〇だ。では学校を考えよう。小学校のクラスには何人いただろうか。高校は？　うち何人が友だちで、それ以外の何人がただの知り合いで、さらにその他に何人が単なる顔見知りだったろうか？　アメリカで学校に通った人なら、まあそれを合わせて一〇〇〇人としようか。それがみんな「仲間」だと言うといささか風呂敷を広げすぎではあるけれど、それでも何らかのつながりくらいは感じられるだろう。

9・11では三〇〇〇人近くが死んだ。自分の愛する人、友人、知り合い、ただの顔見知りまで全員を想像しよう――そしてその人たちが消えてしまったと考えよう。無人の家を考えよう。無人の学校、無人の教室。自分が混じって暮らしていた人々すべて、いっしょになって日々の肌理を構成していた人々が、もうそこにはいないのだ。9・11のできごとは穴を残した。家族の穴、社会の穴。そして地面の穴。

ではこれを考えよう。それに対するアメリカの対応の過程で、一〇〇万人以上が殺されている。

9・11以来の二〇年は、アメリカの破壊の連続だった。そしてそれはアメリカ自身の自爆によるものであり、秘密政策、秘密法、秘密法廷、秘密戦争が実施され、そのトラウマ的な影響――そうしたものが存在すること自体——をアメリカ政府は繰り返し機密にし、否定し、関与を否定し、歪曲した。その期間のおよそ半分をアメリカ諜報業界の従業員として過ごし、残りおよそ半分を亡命生活で過ごした身として、ぼくはほとんどの人よりも、各種機関がいかにしょっちゅうまちがえるかを知っている。また諜報の収集分析が、陽動情報やプロパガンダの生産にも使えてしまい、それがアメリカの敵と同じくらい同盟国に対しても——そしてときにはその市民についても使われるのも知っている。でもこの知識があってすら、ぼくはいまだにこの変化の速さととんでもない規模を受け入れるのに苦闘してしまう。かつては計算ずくで実体的な、異論に対する敬意を通じて自らを定義していたアメリカが、軍事化された警察が服従を要求し、銃を抜いていまやあらゆる都市で聞かれる、完全服従の命令を発するような安保国家になってしまったのだ。「抵抗はやめろ！」

だからこそ、過去二〇年の由来を理解しようとするたびに、ぼくはあの九月に立ち戻る——あのグラウンドゼロの日とその直後の状況に。あの秋に戻るということは、タリバンをアルカイダと結びつけ、サダム・フセインの大量破壊兵器備蓄なるものをでっちあげたウソよりも暗い真実に直面するということだ。それは最終的には、ぼくの成人期初頭を特徴づけている死傷者と濫用は、閣僚たちや諜報機関が生み出したのではなく、すべてのアメリカ人の頭と心の中で生まれたのだ、という事実を直視するということだ。そしてそのアメリカ人には、このぼくも含まれる。

フォートミードを逃げ出す、パニックになったスパイたちの大群から脱出できたのは、北タワーが倒壊したときだったのを覚えている。いったん高速に乗ったら、片手でハンドルを操縦しつつ、片手でボタンを押して家族に片端から電話をかけたが、全然つながらなかった。やっとお母さんと連絡がついた。この頃にはもうＮＳＡでは仕事をしておらず、ボルチモアの連邦裁判所で事務員をしていたのだ。裁判所は少なくとも避難していないようだった。

彼女の声はこわかった。だからいきなり、彼女をなだめることだけが何より重要になった。

「大丈夫、ぼくは基地を離れたから。ニューヨークには誰もいないんだよね？」

「それが――わからないのよ。おばあちゃんと連絡取れなくて」

「爺さんはワシントンなの？」

「ペンタゴンにいた可能性だってあるわ」

ぼくは息をのんだ。二〇〇一年に爺さんは沿岸警備隊を引退して、いまやＦＢＩのシニア職員となり、その航空部門の局長の一人になっていた。つまりワシントンやその周辺の大量の連邦施設で大量の時間を過ごしたということだ。

慰めの言葉を思いつく間もなく、お母さんがまた口を開いた。「誰か割り込み通話だわ。おばあちゃんかもしれない。切るわね」

かけ直してこなかったので、お母さんの番号に果てしなくかけ続けたけれど、でもつながらなかった。だから家に帰り、テレビを大音量で流しつつ、新しいサイトのリロードを繰り返した。新しいケーブルモデムは、あらゆる電話会社の人工衛星や携帯基地局よりも頑健だった。基地局は全国で破綻していた。

お母さんがボルチモアから車で戻る道は、危機時の渋滞で緩慢だった。涙まみれで到着したけれど、ぼくたちは幸運だった。爺さんは無事だった。

次に爺さん婆さんと会ったときには、いろいろな話をした――クリスマスの予定、新年の予定――でもペンタゴンと世界貿易センターの話は決して出なかった。

お父さんはこれに対し、９・11のことを赤裸々に語った。貿易センターが攻撃されたときには沿岸警備隊の本部にいて、彼と仲間の職員二人は作戦司令部のオフィスを離れてスクリーンのある会議室を探し、ニュースを見た。若い職員が横の廊下を駆け下りつつ言った。「やつらがペンタゴンを爆撃したところです」。信じられないという表情に対して、その若い職員は繰り返した。「本当です――やつらがペンタゴンを爆撃したところなんです」。お父さんは、壁一面の窓へと駆け寄った。そこからはポトマック川越しに、ペンタゴンが半分くらい見える。濃い黒煙がもくもくと舞い上がっていた。

お父さんがこの記憶を語るたびに、ぼくはその一言に魅了されてしまう。「やつらがペンタゴンを爆撃したところです」。お父さんがそれを繰り返すたびに、ぼくはこう思ったものだ。「やつらって？誰のこと？」

アメリカは即座に世界を「われわれ」と「やつら」に分割してしまった。そして誰もが「われわれ」の味方か敵かになった。これはまだ瓦礫（がれき）の煙がおさまらないうちに、ブッシュ大統領が実に印象的に述べた通りだ。うちの近所の人はアメリカの旗を掲げ、まるでどっち側についたか示そうとでもいうようだった。人々は赤青黄色のディクシーカップを買いこんで、お母さんの家からお父さんの家にいたる高速のあらゆる高架歩道の金網に押し込んで「われら一致団結」とか「団結して決して忘れるな」といった標語を作った。

昔はよく射撃場に出向いたものだけれど、いまや古い標的である丸型標的や人型シルエットと並んで、アラブのヘッドドレスをつけた人々の人形もあった。ショーウィンドウのほこりっぽいガラスの向こうで、長年にわたり売れ残っていた銃が、いまや「売約済み」というシールをつけている。アメリカ人たちはまた列をなして携帯電話を手に入れ、次の攻撃のときに警告を受け取るか、少なくともハイジャックされた飛行機からさよならを言えるようにしておこうと考えた。

各種機関では、一〇万人近いスパイたちが職場に戻り、自分たちがアメリカを守るという最大の仕事で失敗したと悟っていた。その罪悪感は想像もつかない。他のみんなと同じくらい怒ってはいたが、後ろめたさもあった。自分たちのヘマの評価は後回しだ。いま一番重要だったのは、自分たちの名誉挽回だ。一方、その上司たちは緊急予算と緊急権限を求めてキャンペーンを開始し、テロの脅威を活用して自分の能力や使命を、世間の想像はおろか、それを承認した人々にすら想像もつかないほど拡張させたのだった。

九月一二日は、新時代の最初の日だった。アメリカは、決意を結集し、愛国心を新たにして、世界の善意と同情を集めてその新時代に立ち向かった。いまにして思えば、わが国はこの機会に実に多くのことができたはずだった。テロを神学的な現象として偽装するのではなく、実態に即した犯罪として扱うこともできた。このまたとない連帯の機会を使い、民主的な価値観を強化して、いまや接続された世界の人々の間に抵抗力を涵養(かんよう)することもできた。

だがアメリカは戦争に出た。

ぼくの人生最大の後悔は、その決断を反射的に何ら疑問をいだかず支持したことだった。確かにぼくは激怒していた。でもそれは、心が合理的な判断を完全に蹴倒すプロセスの発端でしかなかった。メディアが垂れ流す主張をすべて事実として鵜呑みにし、お金をもらったわけでもないのに、それを繰り返した。ぼくは解放者になりたかった。抑圧された者を解放したかった。国家のために構築された真実を受け入れたけれど、熱意のあまり国家のためというのと、国のためというのを混同してしまった。まるでぼくが構築してきた各種の個人的な政治嗜好は崩壊したかのようだった——オンラインで養われた反体制的なハッカーのエートスや、両親から受けついだ非政治的な愛国心は、一掃されてしまった——そしてぼくは復讐の道具へと喜んで再起動されてしまった。この恥辱の最悪の部分は、この変身がいかに容易で、ぼくがいかにそれをあっさり歓迎したかということだ。

たぶんぼくは、何かの一部になりたかったんだろう。9・11以前には、国への奉仕なんかどうでもよかった。無意味か、とにかく退屈に思えたからだ。従軍した知り合いはすべて、ポスト冷戦の世界秩序の中でそれを行った。ベルリンの壁崩壊と、二〇〇一年攻撃の間だ。その期間は、たまたまぼくの若い頃と一致していて、アメリカに敵がいない時期だった。ぼくが育った国は世界唯一の超大国で、すべては——少なくともぼくみたいな人々にとっては——繁栄して決着がついたように見えた。征服すべき新しいフロンティアもなく、解決すべき大きな市民問題も、オンライン以外はなかった。9・11攻撃はそのすべてを変えた。いまやついに、戦いがあった。

でも自分の選択肢を見てがっかりした。国に奉仕するなら、端末の背後でやるのがいちばん自分にあっているとは思ったけれど、でもこの非対称紛争の新世界において、普通のIT職はあまりに安全で快適すぎるように思えた。映画やテレビみたいなことができればと思った——ハッカー対ハッカーの対戦みたいなやつで、ウィルス警報の壁がチカチカ点滅し、敵を追跡してその企みを覆す、といった場面みたいなやつだ。残念ながら、そういうことをする主要機関——NSAとCIA——の採用条件は半世紀前に書かれたもので、しばしば伝統的な大学の学位を厳しく要求していた。つまり技術業界ならぼくのAACCの単位とMSCE証書で十分なのに、政府はそれでは満足しないということだ。でもオンラインでこれについて読むにつれて、ポスト9・11世界は例外だらけだということに気がつくようになった。こうした機関はあまりに急成長し、その規模も膨れ上がっていたから、軍隊経験者ならときどき、学位要件は免除されることがあるのだ。それを見て、ぼくは軍に入ることにした。

家族がずっと軍関係だから、ぼくのこの決断も筋が通っているとか、当然だとか思うかもしれない。でも、筋は通らなかったし、当然でもなかった。志願することで、ぼくは、その一家の伝統に従うと同時に、それに反逆していたのだった——というのも、それぞれの軍の募集担当と話をした結果、ぼくは陸軍に入ることにしたからだ。陸軍の指導層は、わが沿岸警備隊の一家に昔から、米軍のイカレた叔父さん扱いされていた。

お母さんに話すと、何日も泣かれた。お父さんに話すような愚は犯さなかった。仮の話として議論したときに、陸軍なんかじゃおまえの技術能力が無駄になると断言していたからだ。ぼくは二〇歳だったから、自分が何をしているかはわかっていた。

出発の日に、お父さんに手紙を書いた――タイプではなく、手書きだ。そして自分の決断を説明し、アパートの玄関ドアの下に差し込んだ。その最後の一文を思い出すと、いまだに赤面してしまう。

「ごめんね、パパ。でもこれはぼくの個人的な成長に不可欠なんだ」

第9章　X線

陸軍に入ったのは、自分がなれるすべてになるため、というアメリカの新兵募集広告の宣伝文句そのもののためだった。そしてまた、それが沿岸警備隊ではなかったからだ。入隊試験で高得点を得たので、教練を終えたらすぐに特殊部隊三等軍曹になる機会も与えられた。これは新兵募集担当が18X線と呼ぶ進路で、アメリカのますます怪しげで異質な戦争において、最も厳しい戦闘を行う各種の小さく柔軟な部隊を補うように設計された集団だった。18X線プログラムはかなりのインセンティブだった。というのも9・11以前には、ますます要求が高まるこの特殊部隊の資格認定コースに入るチャンスを得るためだけですら、すでに陸軍に入っている必要があったからだ。この新しい仕組みでは、新兵候補を事前にスクリーニングし、最高の体調、知性、言語学習能力を持つ者――モノになりそうなヤツ――を先に見つけておいて、特別教練と急速昇進をエサに、他のところに行ってしまいかねない有望な候補生の応募をうながそうとしていた。ぼくは何か月にもわたり、血を吐くようなランニングで準備を整えた――体調は万全だったけれど、昔から走るのは嫌いだった――そこへ新兵募集担当官がやってきて、書類審査に合格したという。入れた、やったぞ。ぼくはその募集担当官がはじめて軍に入隊させた新兵候補で、教練が終わればきみはおそらく特殊部隊の通信担当か、エンジニアリング担当か、諜報担当の三等軍曹になるだろうと告げたとき、その声には誇りと歓喜がこもっているのがわかった。

おそらく。

でもまず、ジョージア州フォートベニングで、基礎教練を終えねばならなかった。

そこまでの道中、ぼくはずっと同じヤツの隣にすわっていた。バスから飛行機へ、またバスへ。メリーランド州からジョージア州へ。そいつは巨漢で、九〇－一五〇キログラムというところ、ずんぐりのボディビルダーだ。のべつまくなしにしゃべり続け、会話は教練軍曹がふざけたことをぬかしたらひっぱたいてやるという話と、最も筋肉量を効果的に増やすにはどういうステロイドサイクルを採用すべきかという話との間を往き来した。いまにして思うと、たぶんフォートベニングのサンドヒル教練場にくるまで、ノンストップだったと思う——いまにして思うと、サンドヒルと言うほどの砂はなかった。

教練軍曹たちは縮み上がるような怒りをもってぼくたちを迎え、最初のヘマや重大ミスに基づいてあだ名をつけた。たとえばバスから降りるときに、色鮮やかな花柄のシャツを着ていたとか、ちょっと変えるだけで笑えるものにできる名前だとか。やがてぼくはスノーフレーク〔訳注　雪のかけらのようにひ弱なヤツの意〕となり、ずっと隣席だったヤツはデイジーとなったけれど、そいつは歯をくいしばって顔を真っ赤にするしかなかった——教官に手を出す勇気のあるヤツはいない。

デイジーとぼくがすでに知り合いだと気がついた教練軍曹たちは、身長一七五センチで体重五六キロのぼくが部隊で最軽量で、デイジーが一番重いヤツだというのを知り、おもしろがってできるだけしょっちゅうこの二人を組にした。いまでもバディ運搬は忘れられない。負傷したという設定の相棒を、フットボール場の長辺の長さにわたり、「ネックドラッグ」「消防士」そしてきわめて笑える「お姫さまだっこ」で運搬しなくてはならないのだ。ぼくがデイジーを運ぶときには、その巨体の下のぼくは見えない。デイジーはまるで浮かんでいるようで、その下でぼくは汗まみれで呪詛を吐きつつ、何とか自分が倒れないうちに、その巨大なケツを向こうのゴールラインまで運ぼうとする。するとデイジーは笑って立ち上がり、首の周りにぼくをぬれタオルみたいにひっかけると、森の中の子供みたいにスキップして運ぶ。

いつも汚くて、いつも筋肉痛まみれながら、ものの数週間でぼくは人生でいちばん精悍な身体になった。ヒョロガリは、最初は呪いに思えたけれど、やがて長所となった。というのもやることの多くが自重運動だったからだ。デイジーは縄を上れなかったけれど、ぼくはシマリスのようにチョロチョロ上れた。デイジーは最低限の懸垂でも、巨体を鉄棒より上にあげるのに苦労したけれど、ぼくは片腕でもその二倍こなせた。腕立て伏せも、デイジーは五、六回で汗びっしょりだけれど、ぼくは手を叩きながらでも、片親指だけでもできた。二分間の腕立て伏せ試験をしたときには、制限時間が来る前に最高回数に達したからと止められた。

どこに行くにも行進した――あるいは走った。絶えず走った。食事前に何キロ、食後に何キロ、道路や草原やトラックを走り、その横で教練軍曹が行軍歌を歌う。

テロリストどもの走る
砂漠にでかけ
マチェーテ出して
銃も出す

左、右、左、右――殺(や)れ、殺れ、殺れ！
手出ししてみろ、殺ってやる！

テロリストどものひそむ
洞窟にでかけ
手榴弾出して
放り込む

左、右、左、右——殺れ、殺れ、殺れ！
手出ししてみろ、殺ってやる！

＊

編隊を組んで行軍歌を唱えつつ走ると——心が落ち着き、われを忘れて、耳は何十人もの男たちが自分の怒鳴り声を繰り返す喧噪で満たされ、目は前の掃射の足下に集中することになる。しばらくすると、もう何も考えない。数えるだけで、心はみんなと一体となり、何キロも何キロも走り続ける。静謐と言いたいところだが、ものすごい騒音だ。平穏だったと言いたいが、死ぬほど疲れていた。それがまさに陸軍の意図だった。教練軍曹がひっぱたかれないのは、恐怖のせいというよりは、疲れ果てているせいだ。そんなことで力を使う価値もない。陸軍は戦士を育成するため、まずは戦意を教練で叩きつぶし、もう衰弱して服従以外のことは気にもせず、何もできないようにしてしまうのだ。

多少なりとも元気が取り戻せるのは夜に兵舎に戻ってからだけで、しかもそのためには寝床の前に一列横隊となり、兵士の誓いを唱え、そして「星条旗よ永遠なれ」を歌わないと許されない。デイジーはいつも歌詞を忘れた。ついでに音痴だった。

なかには遅くまで起きて、ビン＝ラディンを見つけたらどうしてくれようかと話している連中もいた。みんな自分が捕まえるのだと確信しきっていた。その妄想のほとんどは、首をはねる、去勢、盛りのついたラクダに関連したものだった。一方ぼくは、走る夢を見た。緑豊かなシルト土壌のジョージアを走るのではなく、砂漠を走る夢だ。

三週目か四週目のどこかで、地形踏破訓練をしていた。これは部隊が森に入り、様々な地勢を踏破して、事前に決めた目標座標にたどりつく訓練だ。大石を上り、流れに分け入り、使うのは地図とコンパスだけ――GPSやデジタル技術はなし。

この種の活動は前にもやったけれど、完全装備でやったことはなかった。各員が二〇キロ強の装備入りリュックを背負っている。もっとひどいことに、陸軍支給のブーツがあまりに幅広なので、足が固定されなかった。出発時点で親指に水ぶくれができているのがわかった。それでもぼくたちは土地をヨタヨタと横切っていった。

動きの中間点あたりで、ぼくは絶好調で、胸くらいの高さで道をふさいでいる、嵐で倒れた木の上によじのぼって、向かう方向をチェックするために方位を見極めようとした。正しい道にいると確認してから飛び降りようとしたけれど、片足を伸ばしたところで、真下にとぐろを巻いたヘビがいるのに気がついた。ぼくは自然愛好家というわけじゃないので、どんな種類のヘビかはわからないけれど、でもそれを言うなら、種類はどうでもよかった。ノースカロライナ州の子供たちは、あらゆるヘビは有毒だと教わって育つし、それをここで疑問視するつもりもなかった。

むしろ、ぼくは遠くに着地しようとした。伸ばしたほうの脚の歩幅をひろげ、一回、二回、さらに距離を増すためにひねりを入れたところで、ハッと気がつくと落下中だった。足が地面に達したのはヘビから少し離れたところだったけれど、両脚に炎が走り、どんなヘビのかみ傷よりも苦痛だった。よろけて数歩歩いて、やっとバランスを取り戻したけれど、何かがおかしいのがわかった。すさまじくおかしい。激痛が走ったけれど、行軍を止めるわけにはいかなかった。ここは陸軍で、その陸軍は森のどまんなかにいるのだから。ぼくは決意を固め、痛みをおしのけて、とにかく安定した歩調の維持に専念した――左、右、左、右――そしてリズムに意識をあわせて痛みから気をそらした。

進むにつれて歩くのもつらくなった。そして何とか強引に最後まで進んだものの、それができた唯一の理由は、他に選択肢がなかったからだ。兵舎に戻ったときには、脚の感覚がなかった。ぼくの寝床は上段だったので、そこまで上がるだけでも一苦労だった。その支柱をつかみ、プールから出るときのように上体を引き上げて、その後に下半身を引きずり上げねばならなかった。

翌朝、ぼくは断続的な眠りから部隊区画に金属ゴミバケツが投げ込まれる大音量でたたき起こされた。この起床合図は、誰かが教練軍曹のお気に召すだけの仕事をしていなかったということだ。ぼくは自動的に跳ね起きて、ベッドのふちから脚を下ろして飛び降りた。着地すると、脚が崩れた。座屈してぼくは倒れた。まるで脚がないかのようだった。

立ち上がろうとして、下段のベッドをつかんで腕で身体を引き上げる技を繰り返そうとした。でも脚を動かした瞬間に全身の筋肉が縮み上がり、ぼくは即座に倒れた。

その間にぼくのまわりには人だかりができて、最初は笑っていたのが懸念にかわり、やがて教練軍曹がやってくると沈黙に変わった。「このフニャチン野郎め、どうした！　さっさと立ち上がれ、さもないと、床の一部にしてやるぞ、永遠に！」ぼくはその命令に従おうと、即座に愚かにも苦闘した。その苦悶の表情を見た瞬間、彼は手をぼくの胸に当てて止めた。「デイジー！　このスノーフレークをベンチまで運んでいけ」。そしてぼくの上にしゃがみ込み、まるで自分が優しくしているのを他の人に聞かれたくないかのように、静かなささやき声で言った。「二等兵、病棟が開き次第その壊れたケツを運んでくんだぞ」。病棟というのはもちろん、陸軍が怪我人を送りこんで、専門家に好き放題させるところだ。

陸軍では、負傷には大きな烙印が押される。それは、陸軍は兵たちに自分が無敵だと思わせるのが仕事だからだが、もう一つは教練ミスという糾弾から自衛したいと思っているせいもある。だからこそ、教練での怪我人はすべて、泣き言を言っているだけとか、もっとひどい場合には悪意をもって邪魔をしているかのような扱いを受けるのだ。

ぼくをベンチに運んだら、デイジーは戻らねばならなかった。怪我をしていなかったので、怪我人たちとは分離しておかねばならない。ぼくたちは不可触賤民、ライ病人ども、ねんざ、裂傷、火傷から足首骨折、深く壊死したクモのかみ傷まで、様々な理由で教練を受けられない兵士たちだった。ぼくの新しい戦闘バディは、これからはこの恥辱ベンチからやってくる。戦闘バディというのは、決まりによりこちらの行くところどこにでも一緒についてくる人間だ。向こうも、こちらの行くところはどこにでもきて、どちらかが一人きりになる機会が決してないようにする。一人になったら考えはじめるかもしれず、考えると陸軍にとって問題が生じかねない。

ぼくに割り振られた戦闘バディは、頭のいいハンサムな、もとはキャプテンアメリカのような人物で、腰を一週間ほど前に怪我したのに、苦痛が耐えがたくなるまでそれを放置し、ぼくと同じくらい歩けなくなっていたのだった。どちらもおしゃべりの気分ではなかったので、陰気な沈黙の中、松葉杖で歩いていった——左、右、左、右、でもゆっくりと。病院でぼくはX線検査を受け、左右脛骨骨折だと言われた。これは応力骨折で、骨の表面にある裂傷が時間と圧力に応じて深まり、やがて骨の髄まで砕けるというものだ。脚を治すためにできる唯一のことは、なるべく脚をつかわないようにすることだという。この命令とともに、ぼくは検査室から帰ってよいとされ、自分の大隊まで車で戻れることになった。

が、そうはいかなかった。戦闘バディがいないと動けないからだ。彼はぼくの後でX線検査を受けにいったまま戻ってこなかった。たぶんまだ検査が続いているんだろうと思って、待った。そして待った。何時間も過ぎた。暇なので、新聞や雑誌を読んですごした。基礎教練にいる人間としては考えられない贅沢だ。

看護師がやってきて、教練軍曹からデスクに電話だという。ぼくがヨタヨタと出向いて電話に出た頃には、彼はカンカンだった。「スノーフレーク、読書は楽しいか？　ついでにプリンでも食って、ここの女の子たち向けに『コスモポリタン』でも持ってきたらどうだ？　いったい全体、おまえらクソ袋どもはなんでまだグズグズしてやがる？」

「きゃうれんぐんさうどの」――ジョージアではみんな「教練軍曹」をそう発音するので、ぼくの南部訛りが一瞬復活してしまった――「まだ戦闘バディを待っているんであります、きゃうれんぐんさうどの」

「で、あいつはどこにいやがるんだ、スノーフレーク？」

「きゃうれんぐんさうどの、わかりません。検査室に入ったまま戻ってきません、きゃうれんぐんさうどの」

彼はこの答がお気に召さず、さらにでかい声で怒鳴った。「その片輪のケツをひきずって、あいつを見つけてこい、こんちくしょうめが」

ぼくは受付にヨタヨタと向かい、問い合わせた。戦闘バディは、手術中だ、と言われた。

晩近くになって、教練軍曹から山ほど電話をもらった頃に、やっと事態が判明した。ぼくの戦闘バディは腰骨が折れたまま過去一週間も歩き回っていたそうで、即座に手術を受けて腰骨をネジで留め直さないと、生涯不具になりかねなかったのだ。骨折面がやたらに鋭かったため、主要な神経が切断されかねなかった。

　ぼくはフォートベニングに一人で送り返され、ベンチに戻った。ベンチに三、四日以上いるヤツはみんな、「リサイクル」される危険性が深刻に高まる――リサイクルとは、基礎教練を一からやり直させられるということだ――あるいは医療部に送られて除隊になる。ここの連中は、一生陸軍にいるつもりだった。残酷な家族や行き詰まったキャリアから逃れる唯一の道が陸軍だった。それが失敗の見通しと、どうしようもない障害を抱えて民間人に戻らされるという可能性に直面するのだ。

　ぼくたちはのけ者であり、一日一二時間にわたり、レンガの壁に向いたベンチにすわる以外何も任務がない、傷病地獄の歩く番人たちだった。傷害のせいで陸軍には向かないとされ、いまやこの事実の代償として、他のみんなから分離され毛嫌いされることになった。まるでぼくたちが、ベンチにいる間に思いついた考えや弱さで他の連中を汚染するのではと教練軍曹が恐れたかのようだった。ぼくたちは、傷害の痛みを超えた処罰を受け、独立記念日の花火を見るといったつまらない楽しみからも排除された。かわりにその晩は無人の兵舎の「火災警備」をやらされた。無人の建物が火事にならないかを確認するため見張る、という仕事だ。

　ぼくたちは火災警備を二人シフトで行い、暗い中で松葉杖をつきながら、パートナーの隣で役に立つふりをした。彼は優しい、単純で、がっちりした一八歳の子で、ひょっとしたら自分でひきおこしたかもしれない怪しげな怪我をしている。当人によれば、そもそも軍になんか入るべきじゃなかった。遠くで花火が炸裂する中、彼は入軍を決めたのがどんなに大きいまちがいだったか、どんなに苦しいほど孤独かについて話してくれた――どこか遠くアパラチア山中にある、両親と家、一家の農場がどんなに恋しいか。

　同情しつつも、ぼくにできることといえば、牧師さんと話をしたら、と言うくらいだった。助言もしてみた。男らしく我慢しろ、慣れればよくなるから、等々。でも、彼は巨体でぼくの前に立ちはだかり、子供じみた挑むような声で、自分が無許可脱走をするつもりだといきなり言った――軍では犯罪だ――そしてぼくに、誰かに告げ口したりするかと言う。そのときになってやっと、彼が洗濯物袋を持ってきているのに気がついた。この子はつまり、いまこれから脱走すると言いたいのだ。

この状況にどう対応していいかわからず、まずは説得しようとした。脱走なんかよくない、逮捕状が出て、全国の警官の誰にでもつかまったら終身刑だぞ、と。でもそいつは頭を振っただけだった。自分の住む山奥では、警官すらいない。これが自由になる最後のチャンスなんだ、と。

そのとき、もうこいつは決意を固めてるんだと悟った。ぼくよりずっと動けるし、しかも巨体だ。こいつが走ればぼくは追いかけられない。止めようとしたら、こっちが身体をへし折られる。できるのは通報するくらいだけれど、そうしたらここまで話が進んだのに応援を求めず、松葉杖でぶん殴らなかったといってぼくが罰を受ける。

ぼくは怒った。気がつくと怒鳴っていた。どうしてぼくが便所にでかけるのを待ってさっさと逃げなかったんだ？　どうしてぼくをこんな立場に？

彼は静かな声で言った。「聞いてくれるのはあなただけだから」。そして泣き出した。

その晩、最も悲しかったのは、その話が身にしみてわかってしまったということだった。二五〇〇人もいるというのに、こいつはひとりぼっちだった。ぼくたちは、遠くで花火が打ち上げられては散る中、だまって立ち尽くしていた。ぼくはため息をついて言った。「便所にいってくるけど。しばらく戻ってこないからな」。そしてヨタヨタとそこを離れ、振り返らなかった。

そいつに会ったのはそれが最後だった。たぶんそのとき、その場で、ぼく自身も陸軍でそう長くはないなと悟ったんだと思う。

次の医師との面談は、単なる確認だった。

その医師は、背の高いひょろ長い南部人で、皮肉っぽい態度の人だった。診察し、X線を撮り直したのを見て、ぼくは部隊で続けられるような状態ではないという。教練の次の部分は落下傘降下だ。

「坊主、その脚で飛行機から飛び降りたら、粉々だぞ」

ぼくはがっかりした。基礎教練サイクルを時間内に終えないと、18Xのスロットを失う。すると陸軍のニーズに応じて再配属ということだ。好き勝手なものにされてしまう。一般歩兵、メカニック、事務屋、ジャガイモの皮むき、あるいは——ぼくの最大の悪夢——陸軍のヘルプデスクでIT職員。

医師はぼくの落胆ぶりを見たのだろう。咳払いして、選択肢を与えてくれた。リサイクルされて、再配備で運だめしする手もある。あるいは、「事務的離脱」と呼ばれるもので除隊するというメモを書いてもらってもいい。医師によると、これは特殊な除隊で、名誉除隊でも不名誉除隊でもなく、入隊して六か月以内の志願者だけのものだ。後腐れ無いお別れ、離婚ではなく婚姻無効化のような経歴書に傷もつかないもので、しかもかなりすばやく処理もすむ。

確かにその考えは魅力的だった。内心では、脱走したアパラチアの青年に示した慈悲に対するカルマ的な報酬なのかも、と思ったほどだ。医師は少し考える時間をくれて、彼が一時間ほどして戻ってきたときには、ぼくはその申し出を受け入れた。

その後間もなく、ぼくは医療部隊に転属になった。そこでは、事務的離脱を行うためには、自分が全快し、骨が完全に治ったという声明書に署名が必要だと言われた。その署名は必須だったけれど、単なる事務上の手続きのような形で提示された。ササッと署名するだけで、もう自由の身だ。

その声明書を片手に、もう片手にはペンを握った状態で、訳知り顔の微笑が浮かんだ。このハックは知ってるぞ。怪我に苦しむ新兵に対する、親切で鷹揚な軍医の申し出は、政府として損害賠償と傷病兵手当を回避する手口なのだ。軍の規定に基づき、もし医療除隊を受けると、政府はその怪我から派生するあらゆる費用を負担しなくてはならない。事務的除隊はその負担をぼくに負わせるものなのだ。ぼくの自由は、その負担を受け入れるかどうかにかかっている。

ぼくは署名し、その日のうちに去った。軍がくれた松葉杖をつきながら。

第10章　セキュリティクリアランスと恋

回復途上のどの時点で、再び頭がはっきりしたのか、正確には覚えていない。まず痛みがだんだん引くのを待つしかない。それから鬱も次第に消え去り、数週間にわたり時計が変わるのをぼんやり見続ける以外に起きてもやることがなかった後に、まわりの人たちみんなの話に少しずつ注意を払いはじめた。まだ若いんだし、将来があるのだ、ということだ。でも自分でそういう気分になったのは、やっとついにまっすぐ立ち上がり、自力で歩けるようになってからだった。これは家族の愛情と同様に、それまでは当然すぎて軽視していた無数のことの一つだった。

また、お母さんのマンションの外に初めて出てみて、別のことも軽視していたことに気がついた、自分の技術理解力だ。

なんだかずいぶん嫌なやつに聞こえるだろうけれど、他に言いようがない。ぼくはずっとコンピュータに苦労したことがなかったので、自分の能力を大したものだと思ったことすらなく、それについてほめられたり、それを使って成功したりしたくなかったのだ。むしろ、何か別のことでほめられ、成功したかった――もっと自分にとってむずかしい何かで。自分がただの瓶詰め脳みそでないことを示したかった。心も筋肉もあると示したかった。

これでぼくの陸軍での腕試しも説明がつく。そして回復途上でぼくは、陸軍での経験でプライドが傷ついたものの、自信は回復したことに気がついた。ぼくはいまや前より強く、苦痛を恐れてはいても、それにより向上できるのを喜べるようになっていた。鉄条網の向こうの世界は楽になりつつあった。最終的に振り返って見れば、陸軍で失ったのは髪の毛と歩行能力くらいだ。前者は生え戻ったし、後者は治りつつあった。

事実に直面する用意はできていた。もしまだ国に奉仕したいという衝動があるなら（そしてそれは確実にあった）頭と手を使って奉仕しなくてはならない――つまりコンピュータを通じて。それこそ、そしてそれだけが、母国に自分の最も優れた部分を捧げることになる。帰還兵と言えるようなものではないにせよ、軍隊の試練をくぐってきたことで、諜報機関で働くチャンスは高まる一方だった。諜報機関でこそ、自分の才能が最も必要とされるし、最もやりがいもあるはずだ。

こうしてぼくは、今にして思えば避けがたいものを受け入れた――セキュリティクリアランスの必要性だ。一般に、セキュリティクリアランスには三段階ある。低い方から並べると、取扱注意、機密、極秘だ。この最後のものは、さらに拡張して高度秘密情報区分まである。これにより、トップ機関――CIAとNSAの職員となるために求められるTS／SCIアクセスが生じる。TS／SCIは取得が圧倒的にむずかしいアクセスだけれど、最も多くの扉を開けてくれるので、クリアランスに必要な厳しいシングルスコープ背景調査の申請の資金を得るための仕事を探す間、ぼくはアン・アルンデルコミュニティ大学に戻った。TS／SCIの承認プロセスは一年以上かかるので、怪我から回復中の人には是非おすすめしたい。書類をたくさん埋めて、その後は動かずにじっとして、連邦政府が判断を下すまでの間にあまり犯罪を犯さないようにすればいいだけだ。残りの部分は結局のところ、もうこちらにはどうしようもない。

紙の上では、ぼくは完璧な候補者だった。軍系の家族の子供だったし、ほとんどの成人家族はある程度のクリアランスを得ている。軍に志願して国のために戦おうとしたけれど、不幸な事故のためにそれがかなわなくなった。犯罪歴もなく、ドラッグ習慣もない。唯一の金銭的な負債はマイクロソフト認定のための学資ローンだけで、いまのところ支払い期日に遅れたことはない。

もちろんだからといって、不安がなかったわけではない。

ぼくがＡＡＣＣの講義へと車で往き来する間も、アメリカ背景調査局がぼくの人生のあらゆる側面をつつきまわし、ほぼあらゆる知人にヒアリングをかけていた。両親、拡大家族、同級生や友人たち。あまり中身のない学校の身上書を調べ、まちがいなく先生たちの数人にも話を聞いただろう。どうも、メイとノームにも、果てはある年の夏にシックスフラッグス遊園地でやった、スノーコーン屋台でのバイト仲間にまで話を聞いたらしい。こうした背景チェックすべては、ぼくが何か悪いことをしたかを調べるためだけでなく、ぼくが籠絡されたり恐喝されたりする可能性をチェックするためでもある。ＩＣにとって最も重要なのは、一〇〇パーセント完璧にきれいだということではない。そんなことをしたら、誰も雇えなくなる。重要なのは、ロボットまがいに正直だということだ――隠している薄汚れた秘密があって、それをネタに、敵勢力に脅されたりしないということだ――その人個人も、ひいては機関も。

もちろんこれで、ぼくは考え込んでしまった――渋滞につかまっている間に、人生の中で後悔した各種の瞬間が、頭の中でグルグルとめぐった。あるシンクタンクの中年アナリストが、おむつをはいて、ボンデージ姿のおばあちゃんたちに鞭打たれるのが好きだなんてことを日常的に発見している調査官たちが、一瞬たりとも目を留めるようなものは何一つ思いつかない。それでも、このプロセスがつくり出すパラノイアはある。恥ずかしいことをやって、それが暴露されたら知らない人が誤解するんじゃないかと恐れるには、別に隠れＳＭ愛好家である必要はないからだ。だって、ぼくはインターネットで育ったんだぜ！　検索ボックスに、何か恥ずかしいことや醜悪なことを入力したことがないなら、オンライン生活があまり長くないってことだ——でもぼくが心配してたのはポルノじゃない。誰だってポルノは見るし、自分はそんなことはないと否定しているそこのあなた…ご心配なく、あなたの秘密はばらしたりしませんから。ぼくの心配はもっと個人的なもの、少なくとも個人的に思えたものだった。オンラインでの成長途上で垂れ流した、バカげたネトウヨじみた発言や、それに輪をかけてまぬけな、とっくに捨てた厭世的意見の果てしないベルトコンベアだ。具体的には、ぼくはチャットのログや掲示板の投稿を心配していた。大量のゲームやハッカーサイトにまき散らした、各種のどうしようもなく愚かしい発言などだ。匿名で執筆できるというのは、自由に書けると同時に、考えなしに書いてしまえるということでもある。そして初期インターネット文化の大きな側面は、お互いに誰がいちばん過激なことを言えるかの競争という側面も大きかったので、たとえばテレビゲームに課税する国なんか爆撃しちまえとか、アニメ嫌いの連中はみんな再教育キャンプにぶちこめとかいった意見には、率先して大賛成してみせたのだった。

戻ってそうした投稿を読んでみると、冷や汗が出た。自分で書いたことの半分は、その時点でも本心ではなかった——単に注目を集めたかっただけだ——でもそれを、『永久記録』と書かれた巨大フォルダを前にした、銀髪で黒縁メガネの人物に説明しても、わかってもらえる確率は低いだろうと考えた。残り半分、つまり本心から書いたことは、なおさらひどかった。というのも、ぼくはもうその当時のガキではなくなっていたからだ。成長したのだ。単に、その口調がいまの自分のものとは思えないというだけではない——いまやぼくは、その過熱したホルモンまみれの意見にはっきり反対の立場になっていたのだ。自分の幽霊と論争したくなってしまった。いまや存在もしていない、そのバカでガキっぽく、平然と残酷なことを言う自分自身とけんかしたくなっていた。こんなやつに永遠につきまとわれると思うと耐えがたかったけれど、でも自分の後悔をうまく表現し、そいつとぼく自身との間に距離を置く最善の方法は思いつかなかった。そもそもそんなことをすべきかどうかもわからない。自分が完全に後悔しているが、ほとんど記憶もしていないような過去に、ここまでどうしようもなく、技術的に縛り付けられているというのはひどい話だった。

これがぼくの世代、つまりオンラインで育った第一世代の、最もお馴染みの問題かもしれない。ぼくたちは、ほとんど監督なしに自分のアイデンティティを発見し探求できたし、自分の性急な意見や冒瀆的な冗談が、永遠に保存されていて、いつの日かそれに責任を負わされるなどと考えたこともなかった。就職前にインターネット接続を持っていた人ならすべて、これはよくわかると思う――誰だって、恥ずかしくなるような投稿とか、暴露されたらクビになりかねないＳＭＳやメールがあるはずだ。

でもぼくの状況は少しちがっていた。というのも当時のほとんどの掲示板は、古い投稿を削除させてくれたからだ。小さなスクリプトでも書いて――まともなプログラムですらない――すべての投稿が一時間もたたずに全部削除されるようにできる。これほど簡単なことはない。本当にそうしようかと思った。

でも最終的には、できなかった。何かがそれを拒み続けた。どうしてもやってはいけないように思えた。地上から投稿を白紙にするのは違法ではないし、誰かにそれがバレても、セキュリティクリアランスで落とされるようなことはなかっただろう。でも自分の投稿を消すこと自体が気に障った。それは、オンライン生活の最も有害な戒律を強化するだけだからだ。その戒律とは、誰も決してまちがいを犯してはならず、まちがいを犯したらそれについて一生責任を負わされるということだ。ぼくにとって重要なのは、書かれた記録の正真性よりはむしろ、ぼくの魂の正真性だった。みんな自分が完璧だというふりをしなければならない世界には暮らしたくない。というのもそんな世界は、ぼくも友人たちも居場所がない世界だからだ。そうしたコメントを削除するのは、かつての自分、自分の出自、そして自分がどんなに遠くまで来たかというのを否定することだ。若き日の自分を否定するのは、現在の自分の妥当性を否定することだ。

だから昔のコメントはそのままにして、その対処方法を考えることにした。この立場に対して本当に誠実であろうとするなら、投稿を続ける必要があるはずだとすら考えた。やがてはこうした新しい意見からも成長して脱出するだろう。でもぼくの当初の衝動は揺るがない。それがぼくの成熟のための重要なステップだったという意義しかなかったとしてもだ。自分にとって恥ずかしいことや、自分をオンラインで辱めた行動を消し去るわけにはいかない。できるのは、自分の反応をコントロールすることだけだ――過去に自分を抑圧させ続けるか、それともその教訓を学び、成長し、先に進むか。

これは、この怠惰ながらも人格形成に貢献した時期において頭に浮かんだ、初の原理と呼べるようなものだった。そしてむずかしくても、ぼくはそれを遵守しようとしてきた。

信じてもらえるかどうかわからないけれど、ぼくの存在についてのオンラインの痕跡で、ちょっと恥ずかしいくらいの感覚しか残さない過去の記述として唯一のものは、出会い系サイトのプロフィールだ。これはたぶん、その内容が本当に意味を持つはずと思って書くしかなかったからじゃないだろうか――というのもこの仕組みの唯一の目的は、実生活の誰かが本当にそれに注目し、そしてその延長として、ぼくに注目してくれるということだからだ。

ぼくはHotOrNot.comというウェブサイトに登録した。これは二〇〇〇年代初期で最も人気あるレーティングサイトの一つだった。RateMyFaceやAmIHotも同じくらい人気があった（こうしたサイトの最も有効な特徴は、若きマーク・ザッカーバーグによりFaceMashというサイトにまとめられ、これが後にフェイスブックになった）。HotOrNotはこのフェイスブック以前のレーティングサイトとして最も人気が高かった。理由は簡単。それはデート機能のある少数のサイト中で最高のものだったからだ。

その仕組みというのは基本的に、利用者がお互いの写真について投票するというものだ。ホットか、そうでないか。ぼくのような登録ユーザ向けの追加機能は、お互いをホットだとレーティングした利用者同士が「会いましょう」をクリックしたら、その利用者にコンタクトできることだった。このつまらないバカげた機能のおかげで、ぼくはリンジー・ミルズに出会えた。ぼくの伴侶にして生涯の恋人だ。

いま写真を見ると、一九歳のリンジーはまぬけで、もじもじしていて、ひどく臆病そうなのでちょっと笑える。でも当時のぼくにとって、彼女はすごいブロンド娘で、爆発しそうなほど魅力的だった。それ以上に、写真そのものが美しかった。本格的な芸術的性質があった。自撮り写真というよりも、セルフポートレートだ。それが目を捉えて放さなかった。光と影を巧妙に操っていた。そしてメタ的なお楽しみの片鱗さえあった。一枚は彼女が働く写真スタジオで撮ったもので、別の一枚はカメラのほうを向いてさえいない。

ぼくは彼女にホットで、完璧な一〇点をつけた。驚いたことに、ぼくたちはマッチングされた（彼女はぼくに八点をつけた。わが天使よ）。そして間もなくぼくたちはチャットしていた。リンジーは芸術写真の勉強をしていた。自前のウェブサイトを持ち、日記と大量の写真を投稿していた。森、花、廃工場、そして――ぼくのお気に入り――もっとたくさんの自撮り写真。

ぼくはウェブを探しまわり、彼女について発見した情報を使って、相手のもっと完全な人物像を描き出した。生まれた町（メリーランド州ローレル）、学校の名前（ＭＩＣＡ、メリーランド芸術研究大学）。やがて、ぼくは彼女のサイバーストーカーになっていたのを認めた。変態じみた気分になったけれど、どこかでリンジーがぼくを止めた。「こっちもあなたのことを検索してたのよ、旦那」と言って、ぼくについての事実一覧を並べ立ててみせた。

これはぼくが聞いた中で最も甘い言葉の一つだった。それでもぼくは、オフで彼女と会うのをためらった。デートの予定をたてたけれど、その日が近づくにつれて不安は増した。オンラインのつきあいをオフラインに持っていくのは、ちょっとおっかないことだ。殺人鬼や詐欺師がいない世界ですら、これはおっかない。経験上、誰かとのオンラインでのやりとりが増えれば、それだけ実際に会ったときの失望も大きい。画面上でなら平気で言えることも、対面だときわめて言いづらい。距離が親密さを増す。部屋に一人で、別の部屋の見知らぬ誰かとチャットしているときほど開けっぴろげな人はいない。でもその人物に会うと、自由度が失われる。話は無難で穏やかになる。中立地帯での共通の会話となってしまう。

オンラインでは、リンジーとぼくは腹の底まで明かせる仲になっていた。そのつながりを対面で失うのがこわかった。つまるところ、ぼくは拒絶されるのがこわかったのだ。

杞憂だった。

リンジーは——自分が運転すると言ってきかず——お母さんのマンションでぼくを拾うと言う。約束時間になっても、ぼくは夕方の歩道で寒い中を立ち尽くし、お母さんのいる住宅開発地の、似たような名前のまったく同じに見える街路の中を、彼女を電話で誘導していた。金色の一九九八年型シボレー・キャバリエを探していたら、いきなり縁石からハイビームが顔にあたって目がくらんだ。リンジーがヘッドライトで雪越しにこっちを照らしていたのだ。

「シートベルトして」これが車に乗り込むぼくに対し、対面で初めて彼女が言ったことばだった。そしてこう言った。「で、どうする?」

そのときになって、彼女についてあれほどいろいろ考えていたくせに、どこへ行こうかまるで考えていなかったことに気がついた。

他の女性とこんな状況におかれたら、ぼくはその場で何かでっちあげて、うまくとりつくろったことだろう。でも相手がリンジーだとちがった。リンジーだと、別に構わなかった。彼女はお気に入りの道を運転し――そう、お気に入りの道なんてものを持っていたのだ――しゃべり続けて、やがてギルフォード通りが尽きて、ローレルモールの駐車場にたどりついた。ぼくたちはそのまま彼女の車の中でしゃべり続けた。

もう完璧だった。対面でのおしゃべりは、これまでの電話、メール、チャットすべての延長でしかなかった。最初のデートは、オンラインでの最初の接触の継続で、ぼくたちが死ぬまで続く会話の発端だった。家族のこと、というか残った家族のことも話した。リンジーの両親も離婚していた。両親は二〇分の距離のところに住んでいて、子供時代のリンジーは、その二人の間を往き来させられた。かばんで暮らしていたようなものだ。月水金は母親宅にある自室で眠る。火木土は父親宅の自室だ。日曜は劇的な日だ。どっちか選ばねばならないからだ。

彼女はぼくの趣味の悪さを指摘し、デート服を批判した。金属火炎模様のボタンダウン式シャツを、袖なしシャツの上に着て、ジーンズを穿いていた（すみません）、彼女は、デートしている他の二人の男の話をしてくれた。その話はすでにオンラインで聞いていた。ぼくがそいつらの評判を落とすために使った手口は、マキャベリですら赤面するほどのものだった（ワッハッハ）。ぼくは彼女にすべてを話した。自分の仕事については話せないということも含め――まだ始まってすらいない仕事だ。これはマヌケなほどのかっこつけで、それに対して彼女は重々しくうなずいてみせることで答えた。

彼女には、来る嘘発見器の試験が心配だと告げた。これはクリアランスに必要なものだ。彼女は、練習につきあおうと言う――ぎこちない前戯だ。彼女の信条というのが完全な訓練となった。好きなことを言う、ありのままを言う、決して恥ずかしがらない。拒絶されたら、それは向こうの問題。他人の身近にいて、これほど落ち着けたことはなかったし、これほど意欲的に欠点を指摘されたこともなかった。彼女に写真を撮らせたほどだ。

ＮＳＡの、友情アネックスという奇妙な名前の複合施設で、セキュリティクリアランスの最後の面接のために車を走らせる中、彼女の声が頭の中で聞こえた。窓のない部屋に通され、捕虜のように安手の事務椅子にすわらされた。胸のまわりと腹のまわりには、呼吸を計測する呼吸記録管がついている。指先につけた電極が、電気皮膚活動を計測し、腕のまわりの血圧計が心拍数を記録し、椅子の上のセンサーパッドがぼくの身じろぎや体重移動を検出する。こうしたデバイスすべて――ぼくの身体をつつみ、はさみ、手首に巻き、ベルトで締められている――は目の前のテーブルに置かれた巨大な黒い嘘発見器に接続されている。

テーブルの向こうのもっといい椅子には、検査官がすわっていた。彼女は、昔の先生を思い出させた――そしてぼくは試験の間ずっと、その先生の名前を思い出そうとして過ごした。というか、思い出そうとするのをやめようと苦闘していた。彼女、というのは検査官が質問を開始した。最初のいくつかは簡単すぎるほど。あなたの名前はエドワード・スノーデンですか？　誕生日は一九八三年六月二一日ですか？　それから…深刻な犯罪を犯したことはありますか？　賭け事で問題を起こしたことは？　アルコールで問題を起こしたり、違法ドラッグを摂取したりしたことはありますか？　外国勢力のエージェントだったことはありますか？　アメリカ政府の暴力的な転覆を主張したことはありますか？　唯一可能な答は二進法だった。イエスかノーか。ぼくはたくさん「ノー」と答え、恐れていた質問をずっと待ち続けた。「フォートベニングの医療スタッフの能力や人格について、オンラインで論難したことはありますか？」「ロスアラモス国立研究所のネットワークで何を探していたのですか？」でもそんな質問は最後まで出されず、あっという間に試験はおしまいだった。

余裕で合格したのだった。

要件通り、ぼくは一連の質問に三回ずつ答えねばならず、三回とも合格した。つまりぼくはＴＳ／ＳＣＩの資格を得たというだけでなく、「フルスコープ嘘発見器」もパスしたということだ——これはアメリカで最高のクリアランスだ。

愛するガールフレンドもいて、この世の頂点にも立ったわけだ。

二二歳で。

第Ⅱ部

第11章　ザ・システム

ここで一時停止のボタンを押して、二二歳時点でのぼくの政治信条について少し説明したい。まったく何の信条もなかったのだ。むしろ、ほとんどの若者と同じく、確固たる思いこみはあったけれど、それは実は本当は自分自身のものではなく、他人から受けついだ原理の矛盾する塊でしかなかった。ただ自分ではそれを認めるのを拒否していただけだ。ぼくの心は生まれ育った価値観と、オンラインで出くわした理想とのマッシュアップだった。自分が信じていること、というか自分が信じていると思ったことが、単に若気の刷り込みでしかないということをやっと理解できたのは、二〇代末になってからだった。人は身のまわりの大人のしゃべり方を真似て育つ。そしてそのプロセスで、まわりの大人たちの意見も真似るようになり、やがて自分の発言が自分自身の言葉なのだという自己欺瞞に陥ってしまう。

ぼくの両親は、政治全般をバカにしてはいないにしても、政治家たちのことはまちがいなくバカにしていた。確かに、そうしたバカにするやり方は、投票にいかない人々や党派的な侮蔑とはまるで共通性はない。むしろそれは、彼らの階級特有の、おもしろがるようなある種の距離感なのだった。その階級とは、もっと高貴な時代なら連邦公務や公共部門と呼ばれたものだけれど、現代ならディープステイトとか影の政府とか呼ばれがちなものだ。でもこうした形容のどれ一つとして、その真の姿を捉えてはいない。それはキャリア公務員の階級（ちなみにこれは、おそらくアメリカ生活においてまともに機能している最後の中産階級かもしれない）で、――選出されたわけでも任命されたわけでもなく――政府に奉仕または勤務する。どこかの独立機関（ＣＩＡやＮＳＡから税務署、連邦通信委員会といったもの）や、省庁（国務省、財務省、国防総省、司法省といったもの）に勤務するのだ。

それがぼくの両親であり、ぼくの仲間だった。三〇〇万人強の専門公務員たちが、有権者の選んだアマチュアたちや、選出された人たちが任命するアマチュアたちを、その政治責務実現で支援する――あるいは宣誓の用語を借りるなら、自分たちの職務を忠実に遂行すべく献身するのだ。こうした公僕たちは、政権が次々に変わってもその地位を維持し、共和党の下だろうと民主党の下だろうと懸命に働く。それは、彼らが究極的には政府そのもののために働き、中核的な連続性とルールの安定性を提供しているからだ。

これはまた、アメリカが戦争に参加したときには、その呼びかけに応える人々だ。9・11後にぼくがやったのはそういうことだし、そして両親の教えてくれた愛国心は、すぐに国粋主義的な熱狂に変換されてしまうことを知った。しばらく、特に陸軍に入るまでの期間には、ぼくの世界観は最も粗野なテレビゲームの二極性にも似たものとなり、善と悪がはっきり定義されて疑問の余地がないと考えるようになっていた。

でもいったん陸軍から戻ってコンピュータに没頭すると、やがて格闘的な妄想を後悔するようになった。能力を伸ばすたびに、ぼくは成熟して、通信技術は暴力技術が失敗したところで成功する可能性があることに気がついた。銃を突きつけて民主主義を無理強いは決してできないけれど、シリコンと光ファイバーの普及により広めることはできるかもしれない。二〇〇〇年代初頭、インターネットはまだやっとその草創期を脱したばかりで、少なくともぼくの目からは、アメリカ自身よりも正当かつ完全なアメリカ的理想を体現しているように思えた。万人が平等な場所？　あるある。人生、自由、幸福の追求に献身する場所？　どれもある。インターネット文化の主要な創設文書のほぼすべてが、アメリカ史と似た用語で書かれているのも役にたった。ここには野生の開かれた新しいフロンティアがあって、入植するだけの大胆さがある人すべてのものだ。それが急速に、政府や企業の利害により植民地化された。彼らは権力と利潤を求めてそれを規制したがっている。ハード、ソフト、オンライン接続に当時は必要だった長距離電話、そして人類の共通遺産であり、したがってどう考えても無料で提供されるべき知識などに大金を課す大企業――は、どうしてもアメリカ独立戦争時代のイギリスのような存在に思えてしまう。イギリスの厳しい課税こそがアメリカ独立への情熱を焚きつけたのだから。

この革命は歴史の教科書で起きているのではなく、いま、ぼくの世代で起きているもので、誰でも自分の能力だけでその一部になれる。これはスリリングだ――新しい社会の創設に参加するのであり、しかも生まれ育ちや学校での人気ではなく、知識と技術能力だけで評価される社会だ。学校では、アメリカ憲法の前文を暗記しなくてはならなかった。いまやその言葉は、ジョン・ペリー・バーロウ『サイバースペース独立宣言』と並んで記憶に焼き付いている。こちらの独立宣言もまた、同じように自明なこととして、自薦による複数代名詞を使っている。「我々が作りつつある世界はどんな人でも入ることができる。人種、経済力、軍事力、あるいは生まれによる特権や偏見による制限はない。我々が作りつつある世界では、誰もがどこでも自分の信ずることを表現する事が出来る。それがいかに奇妙な考えであろうと、沈黙を強制されたり、体制への同調を強制されたりすることを恐れる必要はない。」

この技術的能力主義は、確かに力を与えてくれる一方で、慎みを求めるものでもある。ぼくはこれを、初めて諜報業界で働くようになったときに理解した。インターネットの分散性は、単にコンピュータ技能の分散化を強調しているだけだ。ぼくは家族の中では最高のコンピュータ屋だったかもしれないし、うちの近所でも最高だったかもしれない。でもＩＣで働くということは、全国、全世界の人々を相手に自分の腕試しをするということだ。インターネットは、この世に存在する才能の量と多様性の全貌を示してくれたし、おかげで自分が頭角をあらわすためには、専門特化しなくてはならないということをはっきりさせてくれた。

技術屋としてぼくが進めるキャリアはいくつかあった。ソフトウェア開発者、あるいはもっと一般的な呼び名としてプログラマにもなれた。コンピュータを動かすコードを書くのだ。あるいは、ハードウェアかネットワークのスペシャリストにもなれた。ラックに入ったサーバを設定し、配線を行い、あらゆるコンピュータ、あらゆるデバイス、あらゆるファイルをつなぐ巨大な網の目を編むのだ。コンピュータやプログラムはおもしろかったし、それを結ぶネットワークも同様だ。でもぼくは、もっと抽象度の高いところでの全体的な動きに最も魅了されており、個別コンポーネントよりはその上にあるシステムに興味があったのだった。

リンジーの家に行ったり来たり、ＡＡＣＣに行ったり来たりする車の中で、このことについていろいろ考えた。自動車の時間はぼくにとって常に考える時間だし、通勤は混雑したベルトウェイでは長時間かかった。ソフトウェア開発者になるというのは、高速出口のところにある休憩所を運営し、そのファストフード店やガソリンスタンド店が、お互いや利用者の期待と整合しているかを確認するということだ。ハードウェア屋になるというのは、インフラを敷設し、道路そのものを均(なら)して舗装するということだ。ネットワーク専門家になるというのは、交通管制に責任を持ち、標識や信号を操作し、時間に追われる群集たちを適切な目標に安全に振り向けるのを担当するということだ。でもシステムの仕事をするというのは、都市計画者になって、使えるあらゆるコンポーネントを利用し、その相互作用が最大の効果をもたらすようにすることだ。それは、単純明快に神様になって給料をもらうか、少なくとも安手の独裁者になるということなのだった。

システム屋になる方法は主に二つある。一つは、基礎システムの全体を掌握し、それを管理して、その効率性を次第に増し、壊れたら直すということだ。その地位はシステムアドミニストレータまたはシスアドと呼ばれる。二番目は、もっと大量のデータを蓄積する方法とか、データベースを横断して検索するには、とかいった問題を分析し、それを既存コンポーネントの組み合わせや、まったく新しいコンポーネントの発明によるソリューションをエンジニアリングすることで解決するというものだ。この地位は、システムエンジニアと呼ばれる。ぼくはやがて、この両方の仕事をやるようになり、シスアドの立場に入り込んで、そこからシステムエンジニアへと進んだ。でもその間ずっと、このコンピュータ技術の最も深いインテグレーションと密接に取り組むことで、自分の政治的な考え方にまで影響が及ぶなどとは思いもよらなかった。

あまり抽象的にならないようにはするけれど、まずはシステムを想像してほしい。どんなシステムでも構わない。コンピュータシステム、エコシステム、法的システム、政府システムであってもいい。システムというのは、細かい部品が集まって全体として機能するものにすぎないのをお忘れなく。ほとんどの人は、何かが壊れたときにしかこの事実を思い出さない。システムに取り組むときに、何度も痛い思いをさせられる事実の一つは、システムの中で誤動作している部分というのが、ほぼまちがいなく不具合のあらわれる部分ではないということだ。システムがなぜ崩壊したかを見つけるためには、問題の見られる場所から出発して、問題の影響を論理的に、システムのコンポーネントすべてについてたどっていかねばならない。シスアドやシステムエンジニアはそうした修理をまかされるので、ソフトウェア、ハードウェア、ネットワークすべてに精通していなければならない。もし誤動作がソフトウェアのせいだったら、修理は国連総会並にいろいろなプログラム言語が集まったコードを一行ずつスクロールすることになる。もしハードウェアの問題なら、口に懐中電灯をくわえて半田ごてを片手に回路基板をチェックし、それぞれの接続を確認する必要が出てくる。もしネットワークが怪しければ、サーバだらけの彼方のデータセンタとラップトップだらけのオフィスとを結ぶ、天井や床下を走るあらゆるケーブルのひねりやくねりをたどる羽目になる。

システムは命令やルールに従って動くので、こうした分析は究極的にはルールがどこで破綻し、どういうふうに破綻し、なぜ破綻したかを探索するということだ――ルールの意図が、その形成方法や応用を通じて適切に表現されていなかった具体的な場所を見つけようとするわけだ。システムが破綻したのは、何かが伝わらなかったからだろうか、それとも誰かが許可のないリソースにアクセスし、収奪的にそれを利用することでシステムを濫用したせいだろうか？　あるコンポーネントの仕事が他のコンポーネントのせいで止まったか、邪魔されたのだろうか？　あるプログラム、あるいはコンピュータ、あるいは人々が、システムの正当な取り分を超えて占有してしまったのだろうか？

キャリアを通じて、自分が責任を持っている技術についてこうした質問をしてきたので、自分の国についてだけはそれを考えないというのがますますむずかしくなっていった。そして、前者は修理できるのに後者は修理できないというのが、ぼくにとってますます苛立たしくなってきた。諜報業界での仕事をやめたときには、わが国のオペレーティングシステム――その政府――は、自分が壊れていたときのほうが最善の機能を発揮できるのだと思い込んだらしいと確信していた。

第12章 ホモ・コントラクタス

国に奉仕しようと思っていたのに、むしろ国に勤めることになってしまった。これはどうでもいいちがいではない。お父さんや爺さんに提供されていた、ある種の名誉ある安定性は、ぼくや、ぼくの世代のあらゆる人には十分提供されていなかった。お父さんも爺さんも、就職して初日から公僕となり、仕事の最終日にはその公職から引退したのだった。それが子供時代の最初期からぼくの知っていた、お馴染みのアメリカ政府だった――ぼくが諜報業界に入れるようセキュリティクリアランスを与えられた瞬間にそれが終わった。この政府は市民の奉仕を盟約のように扱ってきた。その人と家族を喰わせるから、そのかわりに誠実さと人生の壮年期をいただこうというわけだ。

でもぼくがＩＣに加わったとき、時代は変わっていた。

ぼくがやってきたときには、公僕の誠実さは民間部門の貪欲さに道を譲り、兵士、職員、キャリア公務員の聖なる盟約は、ホモ・コントラクタスのいかがわしい価格交渉に変わっていた。ホモ・コントラクタスは、アメリカ政府２・０に巣喰う最も数の多い生物種なのだった。この生き物は、忠誠の誓いをたてて加わった公僕ではなく、臨時労働者で、その愛国心を動機づけるのは給料引き上げであり、その人々の連邦政府に対する究極的な忠誠は、最終顧客の最終的な権限に劣るものでしかなかった。

アメリカ独立革命の間は、大陸会議は私兵や傭兵を雇って、当時はほとんど機能していなかった共和国の独立を守るというのも筋が通っていた。でも三千年紀の超大国アメリカが国防のために民営軍に頼るというのは、奇妙だしちょっと怪しい気がした。実際、いまや委託契約は大失敗の連続とされている。たとえばブラックウォーター社による戦闘業務請負（同社はイラク民間人を一四人殺して社員が起訴されたあとでジーサービシズ社に改名し、さらに民間投資家集団に買収されてアカデミ社に社名変更した）や、ＣＡＣＩ社とタイタン社による拷問業務請負（どちらもアブグレイブ収容所で囚人を恫喝する職員を提供した）などがその例だ。

こうした派手な事例を見ると、政府が契約業者を雇う目的は、自分たちの仮面を維持して否認可能性を保ち、違法あるいはグレーな汚れ仕事を肩代わりさせ、自分の手と良心を汚さずにすませるためだと思いたくもなる。でもこれは全面的に正しいわけではない。少なくともＩＣでは完全に正しいわけではない。ＩＣは、否認可能性はあまり重視せず、むしろそもそも尻尾をつかまれないのを重視するからだ。ＩＣの外注契約が果たす主要な役割は、むしろずっとつまらないものだ。それは政府機関が、雇用に関する連邦の上限規定を回避するための逃げ道、抜け穴、ハックなのだ。どの機関にも上限人数があって、ある種の仕事で雇える人数を定めた法令上の制限が設けられている。でも契約業者は、連邦政府に直接雇われてはいないので、その数に含まれない。支払いができれば好きなだけ雇える――少数の限られた議会小委員会に対し、テロリストが子供たちを狙っていますとか、ロシア人たちがメールを読んでいますとか、中国人が電力網に入り込んでいますとか証言すればいいだけだ。議会はこの種の懇願（実はこれは一種の脅迫だ）に対してノーと言うことはなく、確実にＩＣの要求に屈してくれる。

ぼくがジャーナリストに提供した文書の中には、二〇一三年度ブラック予算がある。これは機密予算で、うち六八パーセント以上になる五二六億ドルがＩＣに向けられている。そこにはＩＣ雇用者一〇万七〇三五人分の予算も含まれている――うち五分の一に相当する二万一八〇〇人ほどはフルタイムの契約業者だ。そしてこの数字は、特定サービスやプロジェクトのために各機関と契約を結んだ企業（あるいはその下請け、さらに孫請け）の雇う数万人は含んでいない。こうした契約業者を政府は決して勘定に入れない。ブラック予算にすら含まれない。というのもそれを契約総数に入れたら、ある困った事実がとんでもなく浮き彫りになってしまうからだ。アメリカの諜報活動は、公僕と同じくらい、民間の従業員がやっているのだ。

確かに、政府内ですら、このトリクルダウン方式が有益なのだと主張する人はたくさんいる。契約業者を使えば、政府は競争入札を使ってコストを抑えられるし、福利厚生や年金を支払う義務は負わずにすむ、というわけだ。でも政府高官にとって本当の利点は、予算プロセスそのものに内在する利益相反だ。ＩＣ長官たちは議会に対し、民間事業者の労働者を雇うためのお金を要求し、そうしたＩＣ長官や議会の人々は、退職後に、そうやって仕事をまわした当の企業から高給職やコンサルティングをもらうのが報酬となる。企業理事会の観点からすると、外部契約は政府補助つきの汚職として機能する。公共のお金を民間の財布に移すための、アメリカで最も合法的で便利な手法なのだ。

でも諜報の仕事がどれだけ民営化されても、連邦政府は機密情報アクセスへのクリアランスを個人に提供できる唯一の権威となる。そしてクリアランス候補者はクリアランスに応募するためにスポンサーが必要――つまりすでにクリアランスが必要とされる仕事口が決まっていなければならないということだ――なので、ほとんどの契約業者はまず公務員としてキャリアを開始する。結局のところ、民間企業はクリアランス申請をスポンサーして、政府から承認が下りるまで一年近くも待ちながら給料だけ払うなんて、ほとんど割に合わないからだ。すでにクリアランスを持つ公務員を引き抜くほうが筋が通っている。おかげで政府が身元チェックの費用すべてを負担するのに、その便益はあまり回収できないという状況が生じている。候補者をクリアするための経費と作業をすべてやらされても、その人物のほうはクリアランスが下りた瞬間にさっさと辞めて、公務員の青バッジを契約業者の緑バッジにつけかえる。ここで笑えるのは、緑は「お金」のシンボルだということだ〔訳注　米ドル紙幣は緑がかったインキで印刷されているため〕。

ぼくのTS／SCIクリアランスのためにスポンサーしてくれた政府職は、こちらの求めていたものではなかったけれど、でもそれしかなかった。ぼくは公式にはメリーランド州の職員で、カレッジパークのメリーランド大学で働いていた。大学はNSAがCASL（先端言語学習センター）なる新しい機関を開設する手伝いをしていたのだった。

CASLの名目上の目的は、人々の言語学習を研究し、それをもっと素早く上手に行うためのコンピュータ支援手法を開発することだった。この任務に隠れた裏の狙いは、NSAもまたコンピュータによる言語理解を改善したいということだ。他の機関は現場での翻訳・通訳作業のため、しばしばとんでもないセキュリティチェックを突破するだけのアラビア語（およびイラン語、ダリ語、パシュトー語、クルド語）話者を見つけるのに苦労していたが――あまりに多くのアメリカ人が、会ったこともない遠いいとこが怪しげとかいうだけで却下された――NSAのほうは、そのコンピュータ傍受しているすさまじい量の外国語通信を、コンピュータが理解し分析できるようにするために独自の苦労をしていたのだった。

CASLがやるはずの作業については、これ以上の細かいことは知らない。というのもぼくが取り立てピカピカのクリアランスを持って出勤したときには、まだそこはオープンすらしていなかったからだ。それどころか建物はまだ建設中だった。竣工して設備が入るまで、仕事は夜勤警備員に等しかった。責任は、毎日出勤して工事後の無人の廊下を警備することだ――他の契約業者である工事関係者が帰った後で、誰も建物に放火したり、侵入して盗聴器を仕掛けたりしないようにするのだ。何時間も完成途上の外壁の中をうろつき、一日の進捗をチェックした。最先端のアート講堂に設置された椅子を試したり、急に石敷になった屋根で石をあちこち投げてみたり、新しい石膏壁を検分したり、文字通りペンキが乾くのをながめたりしていた〔訳注「ペンキが乾くのをながめる」は英語で無意味な作業を指す慣用句〕。

これが極秘施設における放課後警備員の仕事で、本当にぼくはまったく気にしなかった。いろいろ思案しながら暗い中をうろつくだけで給料がもらえ、しかもその場にあった唯一の機能するコンピュータを使い、新しい職探しにいくらでも時間が使えた。日中は睡眠を取り戻して、リンジーと写真撮影に出かけた。彼女は――ぼくの求愛と陰謀のおかげで――ついに他のボーイフレンドたちと手を切ってくれたのだった。

当初ぼくは、CASLでの自分の地位を踏み台に、フルタイムの連邦職員への道が拓けるだろうと思うくらいおめでたかった。でも探せば探すほど、国に直接奉仕する機会がきわめて少ないことに驚愕させられた。少なくとも、まともな技術職でそれをやるのは至難の業だ。国に利益目的で奉仕する民間企業の下請けとして働くほうが見込みが高かった。そしてよく見ると、一番見込みが高いのは、国に利益目的で奉仕する民間企業から下請けで契約をもらう民間企業の、さらに孫請けとして働くことだった。それに気がついて、ぼくは倒れそうになった。

特に異様に思えたのは、出回っているシステムエンジニアやシスアド職はほとんどが民間だということだった。というのもそうした仕事はほぼすべて、雇用者である政府のデジタル部分に対する全面的なアクセスを得られるものだったからだ。大手銀行やソーシャルメディア企業ですら、システムレベルの仕事に部外者を雇うなんて考えられない。でもアメリカ政府だと、最も機密性の高いシステムが、本当は自分のために働いているのではない連中に運用される形で諜報機関を再編するなどということが、イノベーションと称してまかり通っていたのだった。

＊

諜報機関は技術企業を雇い、その技術企業がガキどもを雇い、そしてそのガキどもは王国への鍵を渡された。というのも——議会やマスコミが聞かされた話では——諜報機関は他にどうしようもなかったからだ。誰もその鍵や、王国の仕組みを知らないのだという。ぼくはこのすべてを、楽観論の口実に仕立てて正当化しようとしてみた。不信感を抑え込んで、経歴書をまとめ、合同就職説明会に出かけた。少なくとも二〇〇〇年代初頭には、それが契約業者たちの職探しが行われ、政府職員が一本釣りされる主な場所だったのだ。こうした説明会はしばしば、「クリアランス職」という怪しげな名前で呼ばれていた——たぶんその二重の意味をおもしろいと思ったのはぼくだけだったと思う。

当時、こうしたイベントはCIA本部からちょっと下ったヴァージニア州タイソンズコーナーのリッツカールトンホテルか、フォートミードのNSA本部に近い、もっと貧相なマリオットホテルのような場所で毎月開催された。他の合同就職説明会と似たようなものらしいけれど、決定的なちがいが一つ。ここでは常に、求職者より採用担当者のほうが多い感じだった。これで業界の意欲がわかろうというものだ。採用担当者たちは、こうした説明会に参加するのに巨額のお金を支払った。というのもこれはステッカー式名札をつけてやってくる全員が、オンラインで事前審査を受け、各種機関でクロスチェックされている全国で唯一の場所だからだ——つまりみんなすでにクリアランスを持ち、おそらくは必要技能も持っているだろうとされていた。

いったんその豪勢なホテルロビーを出て、本題の話が行われる宴会場にやってくると、そこは契約業者の惑星だ。あらゆる業者がそこにいる。それもメリーランド大学なんかではない。ロッキードマーティン、ＢＡＥシステムズ、ブーズ・アレン・ハミルトン、ダインコープ、タイタン、ＣＡＣＩ、ＳＡＩＣ、コムソ、その他何百もの、聞いたこともない略称の企業。一部の契約業者は机を持っていたが、大手はブースを持っていて、そこには立派な調度品と、飲料が用意されていた。

雇用者候補に経歴書を渡し、ちょっと世間話をして非公式の面接をすると、向こうはバインダーを取り出す。そこには彼らが埋めようとしている政府職の一覧が入っている。でもこの仕事は隠密業務に関連しているから、こうした求職票には通常の職名や伝統的な業務内容説明ではなく、意図的に曖昧な、符牒化された略称がついていて、それが業者ごとにちがう。ある会社でシニア開発者3と呼ばれているものは、別の会社の主任アナリスト2と同じかどうかははっきりしないわけだ。こうした職階を区別する唯一の方法は、それぞれに要求経験年数や必要資格、セキュリティクリアランスの種類が指定されているのを見ることだ。

二〇一三年の暴露の後で、アメリカ政府はしばしばぼくのことを「単なる契約業者」「元デル社社員」と呼んで矮小化しようとした。つまりは青バッジの機関の正規職員のようなクリアランスやアクセス権を持っていなかったと匂わせたわけだ。いったんこの侮蔑的な性格付けが確立すると、政府は今度はぼくが「職を転々とした」と述べ、何やら上司とうまくやれなかった、不満を抱いた職員か、あるいはやたらに向上心にはやる従業員で、どんな犠牲を払っても脚光を浴びたがっているのだと匂わせた。本当は、これはどちらも手前勝手なウソだ。ＩＣは当然ながら、どんな契約業者のキャリアトラックも異動を含むものだと十分に知っている。これはその諜報機関自身がつくり出し、恩恵を得ている異動状況なのだ。

国家安全保障の外注契約だと、特に技術契約の場合、しばしば物理的にはある機関の施設で働いているけれど、名目的には――紙の上では――デル社やロッキードマーティン社や、しばしばデルやロッキードマーティンに買収される無数の中小企業のために働いていることが多い。こうした買収においてはもちろん、中小企業の契約も買収され、いきなり名刺上の雇い主と肩書きが変わる。でも日常的な仕事はまったく同じだ。相変わらず機関の施設にすわり、自分の業務をやっている。何も変わっていない。一方、左右にすわっている何十人もの同僚――同じプロジェクトで日常的にいっしょに働く仲間――は、厳密にいえば、何十ものちがった会社に雇われ、そうした企業はさらに実際に機関と本契約をかわした企業組織からの下請けや孫請けかもしれない。

自分の契約の厳密な推移を覚えていたらと思う。でも経歴書が手元にない――そのファイル、Edward_Snowden_Resume.docは、古い家のコンピュータのどれかのドキュメントフォルダに入っていて、これはその後FBIに押収されてしまった。でも最初の大規模契約業務は、実は下請け契約の業務だったことは覚えている。CIAがBAEシステムズを雇い、それがコムソ社を雇い、それがぼくを雇ったのだ。

BAEシステムズ社は、ブリティッシュ・エアロスペース社の中規模のアメリカ支社で、アメリカICからの契約を得るために設立された企業だ。コムソ社は基本的にその採用担当企業で、ベルトウェイを走り回り、実際の契約業者（「アセット」）を見つけ、契約する（「アセットをすわらせる」）。もちろん会社説明会で話をしたあらゆる企業の中で、コムソ社は最も貪欲だった。これはこの会社がとても小さい企業だったからかもしれない。会社の名称COMSOが何の略なのか、ぼくは結局教わらなかった。いや略称かどうかもわからない。厳密に言えば、ぼくを雇っているのはコムソ社だけれど、コムソ社のオフィスでは一日たりとも働いたことはなく、BAEシステムズ社のオフィスでも働いたことはない。契約業者でそんな経験のある者はほぼいない。ぼくはCIA本部で働いただけだった。

実は、コムソ社のオフィスを訪ねたことも、生涯で二、三回しかないのだ。同社はメリーランド州グリーンベルトにあった。そのうち一回は、自分の給与交渉と書類へのサインだけだ。CASLでは年三万ドルほどもらっていたけれど、これは技術とは何も関係ない仕事だった。だからぼくはコムソに、年俸五万ドルよこせと胸を張って言えた。その数字を机の向こう側のヤツに挙げると、そいつはこう言った。「六万でどう？」

当時、ぼくはあまりに経験が浅く、なぜ相手がぼくに必要以上に払おうとするのか理解できなかった。これが最終的にはコムソ社のお金ではないのは知っていたけれど、コムソやBAEその他の企業が扱う契約の一部は「コストプラス」という種類だというのを理解したのは、後になってからだった。これはつまり、中間業者となる契約業者は、機関に対し社員たちの受け取る給料すべてを請求し、さらにそれに手数料三－五パーセントを毎年上乗せするということだ。給料を押し上げれば、万人にとって利益になる――といっても、納税者だけは別だが。

コムソ社のヤツは、やがてぼくを説得して、というか自分を説得して給料を六万二〇〇〇ドルにまで上げた。ぼくが再び夜勤を受け入れたからだ。彼が手を伸ばし、ぼくがそれを握ると、自分がぼくの「管理職」になるのだと自己紹介した。そしてその肩書きは単なる形式で、実際の業務命令は直接CIAからくるという。「万事うまくいけば、我々は二度と顔をあわせることはない」

スパイ映画やテレビ番組だと、そういうことを言われるのは通常、何か危険な任務に送り出されて死ぬかもしれないという意味だ。でも実際のスパイの生活では、これは単に「就職おめでとう」というだけの意味だ。ぼくがドアを出ないうちに、たぶん彼はぼくの顔も忘れていただろう。

ぼくはその会合を意気揚々と退去したけれど、帰り道の車の中で、それが本当に腑に落ちた。これがぼくの日々の通勤になるんだ。この先もメリーランド州のエリコットシティに住んで、リンジーの近所に暮らしつつヴァージニア州のＣＩＡで働くなら、通勤はベルトウェイの大渋滞で、毎日一時間半かかることになり、そうなったらぼくの人生はおしまいだ。すぐに正気を失ってしまうのは確実だった。オーディオブックがいくらあっても足りない。

　リンジーにヴァージニアにいっしょに引っ越そうとも言えなかった。というのもＭＩＣＡでまだ二年生だったし、週に三日は講義があったからだ。これについて話し合ったし、そして秘密のために、ぼくのそこでの仕事をコムソと呼んだ――「なんでコムソってそんなに遠くなきゃいけないのよ」という具合に。最後に、コムソの近くに小さな場所を見つけようということになった――夜勤でコムソにいて、昼間にだけ寝に帰るところだ――そして週末ごとにメリーランドまでぼくが北上するか、あるいは彼女のほうが南下してくる。

　ぼくはそういう場所を探そうとした。ぼくにも手が届くくらい安くて、リンジーも卒倒しない程度にまともというベン図の重なり部分だ。これはかなりむずかしい探索になった。ＣＩＡで働く人の数と、バージニア州におけるＣＩＡの位置――そこでの住宅密度は、言うなれば郊外もどきだ――を考えると、家賃はとんでもなく高かった。２２１００というのは、アメリカの郵便番号として最も家賃の高いあたりなのだ。

　やがてクレイグリスト〔訳注　売ります買いますサイトの古参大手〕を検索していると、意外にも予算内で、意外にも近くにある家が見つかった――ＣＩＡ本部から一五分以下だ。それを検分にでかけたときは、むさくるしい独身者用の寝るだけのゴミためを覚悟していた。ところが着いてみると、でかい正面ガラスの邸宅もどきで、ピカピカに維持管理され、季節の装飾つき飾り刈り込み芝生まである。その場所に近づくにつれ、カボチャスパイスの香りがだんだん強まった。これはまったく真面目な話だ。

ゲーリーという男が呼び鈴に出た。ぼくより年上なのは、メールの返事の「親愛なるエドワード」といった文面から予想はしていた。でもこんな立派な服装は予想外だった。とても背が高く、坊主刈りのグレー頭で、スーツを着て、そのスーツの上からエプロンをしている。非常に礼儀正しく、少しお待ちいただけないかと言う。ちょうど台所で忙しくしているところで、リンゴのトレーを用意し、そこにチョウジを刺し、ナツメグとシナモン、砂糖をかけていた。

リンゴをオーブンに入れた後で、ゲーリーは部屋を見せてくれた。それは地下室で、すぐにでも引っ越していいという。ぼくはその申し出を受け入れ、敷金と一か月分の家賃を手渡した。

それから彼は、この家のルールを教えてくれた。それは見事に韻を踏んでいた。

汚いのはダメ
ペットもダメ
客を泊めるのもダメ

ほぼ即座に一番目には違反したことを告白しよう。二番目の違反にはまったく興味がなかった。そして三つ目はといえば、ゲーリーはリンジーだけは例外にしてくれた。

第13章　インドック

ほとんどあらゆるスパイ映画やテレビ番組で「ヴァージニア州ラングレー、CIA本部」とテロップのついたショットが必ず出てくるはずだ。その後でカメラは、大理石のロビーに移り、星の壁や、CIAロゴのついた床を映すことになる。実はラングレーというのは、この場所の古い名前で、CIAはハリウッドにそれを使わせるのが好きというだけだ。CIA本部は正式にはヴァージニア州マクリーンにある。そしてあのロビーを通るのは、VIPかツアーでやってくる部外者だけだ。

あの建物はOHB、旧本部ビルだ。CIAで働くほとんど全員が通る出入り口は、ドアップ撮影にははるかに向かない。NHB、新本部ビルだ。初日は、ぼくがそこで昼間過ごした数少ない日の一つだ。とはいえその日のほとんども地下で過ごしたのだけれど――陰気なコンクリブロック製の壁でできた部屋で、核シェルターと政府支給漂白剤の刺激臭の魅力で一杯だった。

「これがディープ（深い）国家（ステイト）ってことね」と一人が言って、ほとんどみんなが笑った。たぶん彼は、アイビーリーグのWASP〔訳注　白人アングロサクソン、プロテスタント。アメリカの支配階級〕が僧服姿で呪文でも唱えているのを期待してたんだと思う。ぼくはと言えば、ノーマルな公僕タイプ、うちの両親を若くしたような人々を予想していた。ところが実際は、みんなコンピュータ屋だった――そしてはい、ほぼ全員が男だ――そして明らかにみんな、「ビジネスカジュアル」を生まれて初めて着た連中だった。刺青やピアスをした連中もいたし、またこの出勤初日に備えてピアスを除去した跡の残る連中もいた。一人は、まだ髪にパンクじみた毛染めの跡を残していた。ほとんど全員が契約職員バッジをつけている。新札の一〇〇ドル紙幣のように、ピカピカで緑色。陰気な地下の小部屋から、アメリカの選出高官たちの行動を支配するような、権力に飢えた秘教的集団にはどうしても見えなかった。

このセッションは、ぼくたちの変身の第一段階だった。これはインドック、またはインドクトリネーション（教化）と呼ばれ、そのすべてはとにかく、ぼくたちがエリートであり、特別な存在であり、国家の秘密や真実に精通するために選ばれた、というのを納得させるためのものだ。そうした秘密や真実はその他の国民——ときには議会や法廷ですら——が扱いきれないとされるものなのだ。

このインドックをすわって聞いている間、そのプレゼンテーションを行う人々は聖歌隊に説教しているに等しく、今さら感だらけだなと思わざるを得なかった。コンピュータの天才相手に、おまえたちは特別な知識や技能を持っていて、そのおかげで一切の監督やレビューなしに、独立に行動して仲間の市民たちに代わって決断を下す特別な力を与えられたのだなどと、わざわざ告げる必要はない。こちらを絶対に批判する能力がない機械を生涯コントロールし続けるほど傲慢さを育むものはない。

これはぼくが考えるに、諜報業界とハイテク業界の相当部分に当てはまる。どちらも自分たちの活動について絶対的な秘密維持を誇る、選出されない排除できない権力なのだ。どちらも自分たちがあらゆるものの解決策を持っていると考え、それを平然と一方的に行使するのをためらわない。さらにどちらも、そうした解決策が本質的に非政治的なものだと思っている。それがデータに基づくからで、その判断は一般市民の混沌とした気まぐれより望ましいものとされているからだ。

ＩＣに教化されるというのは、技術に精通するのと同じく、強力な心理的影響を持つ。いきなり裏の物語にアクセスできるようになり、有名な、あるいは有名とされる出来事の隠された歴史もわかる。これは中毒性がある。少なくともぼくのような絶対禁酒主義者にとってはそうだ。またいきなり、ウソをつき、隠蔽し、ごまかし、偽装するのが許されるばかりか、それが義務づけられている。これは部族主義の感覚をつくり出す。これにより多くの人は、自分の主な忠誠対象は機関であって法治ではないと信じてしまいかねない。

もちろん、インドックセッションでこんなことを考えていたわけではまるでない。むしろ発表者が、基本的な作戦場のセキュリティ行動の講義に進む中で、寝落ちしないよう苦労していた。これはＩＣが集合的に「tradecraft（業界の心得）」と呼ぶもっと広いスパイ技法の一部だ。これはしばしばあまりに当然で頭が麻痺してくる。誰にも勤め先を言うな。機密情報を放置するな。きわめてセキュリティの低い携帯電話を、きわめて高セキュリティのオフィスに持ち込むな——あるいはそんな電話で仕事については絶対に話すな。「やあ、ぼくはＣＩＡで働いてます」というバッジをつけてショッピングセンターにでかけたりするな。

やっと、長ったらしい話が終わり、照明がついて、パワーポイントが上映され、壁にボルト留めされたスクリーンに顔が登場した。部屋中のみんなが姿勢を正した。これは元エージェントや契約業者たちで、貪欲か、悪意か、無能か、軽率さのためにルールに従わなかった連中の顔だという。みんな、自分はこんなつまらないことに捕らわれる必要はないと考え、その傲慢さにより収監され、破滅した。画面上の人々は、いまいるこの場所よりひどい地下室に押し込められ、中には死ぬまで出られない人もいるのだ、というのがその含意だった。

全体として、これはなかなか効果的なプレゼンテーションだった。

なんでもぼくのキャリアが終わってからの年月で、このひどい連中の行列——無能者、潜入スパイ、裏切り者、反逆者——に新カテゴリーが追加されたという。信念を持った人々、公共の利益のための内部告発者だ。今日、そこにすわっている二〇歳過ぎの子たちが、そこに映る新しい顔を見て、秘密を敵に売り渡すのと、それをジャーナリストに明かすのとを政府がいっしょくたに扱っているのを見て驚いてくれると祈りたい。その画面には、ぼくの顔も登場するはずだからだ。

ぼくがＣＩＡで働くようになったのは、ＣＩＡの士気が最低のときだった。９・11の諜報の失敗に続き、議会と内閣は強力な組織再編キャンペーンに乗り出した。それはＣＩＡ長官が持つ、ＣＩＡの長であると同時にアメリカＩＣ全体の長でもあるという二重の地位の剝奪も含まれた――この二重の役割は、ＣＩＡが第二次世界大戦後に発足して以来、ずっと維持されてきたものだった。二〇〇四年にジョージ・テネットが更迭されてから半世紀も続いてきた、他の機関に対するＣＩＡの優位性も一緒に消えうせた。

ＣＩＡの職員はすべて、テネットの更迭と権限剝奪を、政治階級によりＣＩＡが裏切られたという最も露骨な象徴だと解釈した。ＣＩＡは、まさにその政治階級に奉仕すべく作り出されたというのに。全体として、ＣＩＡはブッシュ政権に操られ、そして同政権のやった最悪の濫用について責めを負わされたという感覚は、被害者意識と反撃を目指す内部団結の文化を作り出した。これはＣＩＡの新長官として、ポーター・ゴスが任命されたことで一層悪化した。ゴスはＣＩＡの冴えない元職員で、その後フロリダ州の共和党下院議員になった。それが矮小化されたこの役職に就いた最初の人物だった。政治家が任命されたのは、ＣＩＡへのお仕置きであり、また党派的な監督下に置くことでＣＩＡを兵器化しようとする試みだと解釈された。ゴス長官は即座に、大量の解雇、レイオフ、強制退職キャンペーンに乗り出し、おかげでＣＩＡは職員不足となり、契約業者への依存度は空前の高まりを見せた。一方、超法規的送還だのブラックサイトの囚人たちだのに関する各種の漏洩や開示のおかげで、一般社会はこれまでにないほどＣＩＡを見下すようになり、またその内部の仕組みについても大いに洞察を得ることとなった。

当時、ＣＩＡは五つの本部に分かれていた。ＤＯ、つまり作戦本部があり、これは実際のスパイ活動担当だった。ＤＩは諜報本部で、そのスパイ活動の結果を統合分析するのが仕事だ。ＤＳＴは科学技術本部で、これはスパイ用のコンピュータ、通信装置や兵器を作り、その使い方を教えた。ＤＡは管理本部で、基本的には法務、人事、その他機関の日常業務を担当し、政府への窓口となった。そして最後がＤＳ、支援本部で、奇妙な本部であり、当時は最大の本部でもあった。ＤＳには支援業務でＣＩＡの仕事をしていた全員が含まれる。ＣＩＡの技術屋、医師、カフェテリアやジムの職員や守衛などもここに所属する。ＤＳの主要な機能はＣＩＡの世界通信インフラの管理であり、スパイの報告がアナリストに届き、アナリストの報告が管理部門に確実に届くようにするプラットフォームを管轄する。ＤＳは、ＣＩＡ全体の技術サポートを提供しサーバを管理し、そのセキュリティを守る従業員が所属している――ＣＩＡの全ネットワークを構築し、運用し、保護して、それを他の機関のネットワークと接続してアクセス制御を行う人々だ。

つまりこの人々は、すべてをつなげる技術を使う連中だった。だからその大半が若いのも当然だろう。またそのほとんどが契約業者だったのも、意外でもなんでもない。

ぼくのチームは支援本部の下にあり、ＣＩＡのワシントン都心部サーバのアーキテクチャ管理が仕事だった。これはつまり、アメリカの本土にあるＣＩＡのサーバの大半を管理していたということだ――ＣＩＡの局内ネットワークやデータベースを構成する、高価な「ビッグアイアン」コンピュータが大量に置かれた巨大なホール、諜報を送受信し保存するシステムすべてだ。全国に中継サーバが点在しているが、最も重要なサーバの多くはオンサイトで持っている。その半数はぼくのチームがいたＮＨＢにあり、残り半分は近くのＯＨＢにあった。そのサーバは、それぞれの建物でお互いの反対側の面に設置されていた。片方が吹っ飛ばされても、あまり多くのマシンを失わずにすむからだ。

ぼくはTS／SCIクリアランスを持っていたおかげで、いくつかちがった情報「コンパートメント」に「読み込まれた」。そうしたコンパートメントの一部はSIGINT（信号諜報、つまり通信傍受）、別のものがHUMINT（人間諜報、つまりエージェントやアナリストの作業や報告）だ――CIAの仕事はこの両方を含む場合がほとんどだ。それらに加え、ぼくはCOMSEC（通信セキュリティ）コンパートメントにも読み込まれていたので、暗号鍵関係の作業もできた。このコードは伝統的にCIAの最も重要な秘密とされてきた。というのもそれは、他のCIAの秘密すべてを保護するのに使われているからだ。この暗号関連の内容は、ぼくが管理を任されていたサーバとその周辺で処理保存されていた。ぼくのチームは、CIAでこうしたサーバに実際に触るのを許されている少数チームの一つで、おそらくそのほとんどにログインできた唯一のチームだったはずだ。

CIAでは、高セキュリティオフィスは「ヴォールト」と呼ばれている。うちのチームのヴォールトはCIAのヘルプデスク部のちょっと先にあった。日中は、ヘルプデスクはもっと年配の人々の寄せ集めが忙しく勤務していた。みんなうちの両親の年齢に近い。ブレザーやスラックス、中にはブラウスやスカートの人もいた。ここはCIA技術部門で、当時女性がそれなりにいた唯一の場所だ。一部は政府職員、あるいは契約業者が「ゴヴィー」と呼ぶものを示す青バッジをつけていた。彼らはそのシフト中ずっと、大量に鳴り続ける電話に答え、建物内や現場にいる人々の技術的な問題を電話で助けてあげるのだ。IC版のコールセンター作業とでも言おうか。パスワードのリセット、アカウントのロック解除、トラブルシュートのチェックリストを力ずくで上から消していく作業などを行う。「いったんログアウトして再ログインできますか？」「ネットワークのケーブルはちゃんと刺さっていますか？」もしそのゴヴィーが、あまり技術能力がなくて何らかの問題に自分では対応できないようなら、それをもっと専門のチームにあげる。特にその問題が「外国現場」で起きている場合はそうだ。

これはカブールやバグダッドやパリなどのＣＩＡ支部のことを指す。

はじめてこの陰気なデスクの列を通ったときに、えらく得意になったことを、いまでは少し恥ずかしく思う。ぼくはヘルプデスクの連中より何十歳も若かったし、彼らにはアクセス権がなく、今後も決してアクセスできないようなヴォールトに向かっていたのだ。当時は、ぼくがここまでのアクセスを与えられているということは、プロセス自体が壊れている証拠であって、政府が内部で才能をまともに管理し昇進させるのをあっさりあきらめた（そして新しい契約業者への委託文化のため、それを気にする必要もなくなった）ということを意味するのでは、などということは思いつかなかった。自分のキャリアについて他のどんな記憶よりも、このＣＩＡヘルプデスクの横を通る経路は、ぼくにとって、自分が属するＩＣの世代的、文化的な変化の象徴となった――伝統的にこうした機関に配属されている、古参の職員軍団ではもはや理解も及ばないような技術についていこうと必死のあまり、若きハッカーのニューウェーブを組織の中に迎え入れ、国家統制の比類無き技術システムを開発させ、完全にアクセスさせ、完全な力を握らせるようになってしまったのだ。

やがてぼくは、親切で優しく接してくれたヘルプデスクのゴヴィーたちが大好きになった。ぼくが自分の仕事ではないのに彼らを助けてあげようとするので、向こうも感謝してくれた。ぼくのほうは逆に、彼らからいろいろ少しずつ、この大きな組織がベルトウェイの外側でどう機能しているのかについて教わった。中にははるか昔に外国現場で働いていた人もいた。いまや電話越しに支援しているエージェントたちと同じ立場の人々だったのだ。しばらくすると故国アメリカに帰ってきて、中には家族が崩壊してしまった人々もいて、そしてますます技術能力拡大を重視する機関の中で競争できるだけのコンピュータ技能がないために、残りのキャリアをヘルプデスクに押しやられて過ごすことになってしまったのだ。

ゴヴィーたちの敬意を勝ち取れたのは誇りだったし、うちのチームメンバーたちの多くが、こうした聡明で献身的な人々を哀れんだりバカにしたりさえするのを見て、ずっと心穏やかではなかった。そうした人々は安い給料で大した栄誉もなく、CIAに何年も人生を捧げ、しかもしばしば不穏で、ときには文句なしに危険な場所にもでかけ、そしてその果てに最終的な報いは、寂しい廊下での電話番なのだ。

＊

何週間かかけて日中のシフトでシステムになじんでから、ぼくは夜勤——午後六時から朝六時——に移った。その時間帯のヘルプデスクは、明らかに居眠りしている最低限の職員しかおらず、CIAの残りの部分はほとんど何も動いていなかった。

夜間、特にまあ一〇時から朝四時の間くらいだと、CIAは無人で誰もおらず、ポストアポカリプス的な雰囲気のある、広大で不気味な複合建築となる。あらゆるエスカレータは止まり、そこを階段みたいに歩かねばならない。エレベータも半分しか稼働せず、それが各階でたてるピーンという音は、忙しい日中はほとんど耳に入らないのに、夜はものすごい音量に思える。旧CIAは無人で誰もおらず、壁の肖像画の長官たちがこちらをにらみ、ハクトウワシの像は、むしろ急降下して殺しの一撃をくらわせようと辛抱強く待ち続ける、生きた肉食動物に思える。アメリカ国旗が幽霊のようにはためく——赤、白、青のおばけだ。CIAはちょうど、エコな省エネ方針を採用して、天井の照明をモーションセンサと連動させるようにしたところだった。先の廊下は真っ暗で、近づくと明かりが点く。だからなんだか尾行されているような気がするし、足音が果てしなく反響する。

毎晩一二時間にわたり、三日勤務ごとに二日の休みで、ぼくはヘルプデスクの奥にある高セキュリティオフィスにすわり、ＣＩＡの世界ネットワークをオンラインに保つシスアド専用の端末をそれぞれ二―三台のせたデスク二〇個の一つに向かった。これはえらくかっこよく聞こえるかもしれないけれど、仕事自体はかなり退屈なもので、基本的には大惨事が起こるのをじっと待っているだけだ。何か問題があっても、通常はそんなに対応はむずかしくない。何かトラブルが起きたら、ログインしてリモートでそれを直そうとしてみる。それが無理なら、物理的に新本部ビルのぼくの真下にあるフロアに隠されたデータセンターに実際にでかけて――つまりは不気味な一キロ近くに及ぶ接続トンネルを通って、旧本部ビルのデータセンターにでかけて――自分でマシンをいじくるしかなかった。

この業務でのぼくの相棒――ＣＩＡの全サーバアーキテクチャの夜間機能維持に責任を持つぼく以外の唯一の人物――は、仮にフランクと呼ぶ人物だった。彼はうちのチーム最大の外れ値的人物であり、あらゆる面で例外的な人物だった。政治意識を持っていて（クルーガーランド金貨を貯め込むほどのリバータリアンだ〔訳注　リバータリアンはあらゆる政府の介入を嫌いあらゆるものを自由放任すべきだと考える。なかでも極端な人々は政府発行のお金を信用せず、金本位制を支持するので金貨を好む〕）、技術以外の話に永続的な興味を持っているだけでなく（彼は古いペーパーバックのミステリーやホラー小説を読んでいた）、もう五〇代で、あちこちでいろんなことをやってきた、元海軍無線通信士で、契約業者だったがためにコールセンター勤務から卒業できたのだった。

初めてフランクに会ったときには、こう思ったことを告白しておこう。「今後一生の仕事がＣＡＳＬで過ごした夜の連続になりそうだな」。というのもはっきりいって、フランクはほとんど何の仕事もしなかったからだ。少なくとも、当人はそういうふうに思わせたがった。自分が実はコンピュータについて何も知らず、なぜこんな重要チームに配属されたのかもわからない、とぼくを含むみんなに語って喜んでいた。所得税と議会に続き、「契約業者ってのはワシントンで三番目にでかいインチキだ」というのが口癖だった。サーバチームへの異動を打診されたときには、上司に自分なんか「完全な役立たず」だと告げたのに、それでもなぜか異動になった、というのが本人の弁だ。当人によれば、過去一〇年の大半はじっとすわって本を読んでいただけだそうな。ただしときにはソリティアもやった——もちろんコンピュータでやったのではなく、本物のトランプを使うのだ。そして別れた何人もの妻（「あいつと別れたのは失敗だった」）やガールフレンド（「車を取られたけど、でもそれだけの価値はある女だったぜ」）の思い出話も好きだった。ときには、夜中ずっと歩き回っては『ドラッジレポート』〔訳注　反動保守系の煽動ニュースサイト〕をリロードするのだった。

電話が鳴って何かが壊れたと報せてきて、サーバを再起動するだけでは効果がなければ、フランクは昼のシフトの人々にそれを報告するだけだった。基本的に彼の哲学（と言えるものがあるなら）は、どこかで夜勤は終わるんだし、昼のシフトのほうが人材が多い、というものだった。でもどうやら、昼間の人々は毎朝出勤してみると、フランクが仕事を全部自分たちに投げてよこしているのでうんざりし、それでぼくが雇われたというわけだ。

なぜかCIAは、この年寄りをクビにするよりぼくを雇ったほうがいいと判断したわけだ。数週間いっしょに仕事をすると、彼がクビにならないのは、なにか個人的なコネか貸しがあるせいにちがいないとしか思えなかった。この仮説を検証すべく、ぼくはフランクに口を割らせようとして、海軍ではあれやこれやのCIA長官といっしょだったのか、とカマをかけてみた。でもぼくの質問は、CIA上層部にいる海軍出身者どもは一人も兵隊づとめをしていないのだという不満大爆発を引き起こしただけだった——みんな将校で、だからこそCIAはひどい成果しか挙げられずにいるのだ、とフランクは語った。この講義は延々と続いたが、いきなりフランクはパニックの表情を浮かべ、飛び上がった。「テープを換えないと！」

何を言ってるんだか、ぼくにはさっぱりだった。でもフランクはすでに、ぼくたちのヴォールトの奥にある灰色のドアに向かっていた。これはほこりっぽい階段に繋がっていて、データセンターに直結している――ぼくたちがその真上に位置している、ぶーんと音をたてる凍えそうな漆黒の部屋だ。サーバ室に下りると――特にＣＩＡのものとなれば――方向感覚を失いそうになる。邪悪なクリスマスのように、赤や緑のＬＥＤが点滅する暗闇の中に下ると、そこでは工業用ファンがラックマウントの貴重なマシンを、熔解から守るべく冷却している。そこに行くのは、いつだって身震いさせられた――イカレた年配の男が、サーバの廊下を駆け下りつつ、もともとの水兵らしい呪詛をわめきたてているときはなおさらだ。

フランクは使い回しの機器でできた、即席の小区画があるみすぼらしい片隅にたどりついた。作戦本部の所有物だというしるしがついている。その惨めなオンボロデスクのほぼ全体を占めているのが、古いコンピュータだった。よく見ると、それは一九九〇年代初頭か、下手をすると八〇年代末の遺物で、お父さんの沿岸警備隊の実験室で見たどんなものよりも古い――あまりに古すぎて、コンピュータと呼ぶのもはばかられる代物だ。機械、というほうがもっと適切で、なにやらミニチュア形式のテープを走らせている。ぼくは見たこともない代物だけれど、スミソニアン博物館ならたぶん喜んで収蔵品に加えてくれただろう。

この機械の隣には巨大な金庫があって、フランクはそれを開けた。

その機械に入っているテープと格闘して、それを引き離すと、金庫にしまった。そして別の古代テープを金庫から取り出して、機械に入れ替えた。ほとんど見もせず手探りだけでやっている。古いキーボードを慎重に叩く――下、下、タブ、タブ、タブ。そのキーストロークが何をやっているのか、もう見ることはできなかった。というのも機械のモニタはすでに壊れていたからだ。でも彼は自信たっぷりにエンターキーを押した。

　何が起きているか見当もつかなかった。でもそのちっちゃなテープは、チッチッチッと動いてから回転を始め、フランクは満足げにニンマリした。

「こいつはこの建物でいちばん重要な機械なんだぜ。ＣＩＡはな、あんなデジタル技術とかいうクズは信用しねえんだよ。自分のサーバだって信用しない。いつだって壊れてばっかなのはあんたも知ってるだろう。でもサーバが壊れたら、そこに入ってたデータもなくなりかねないから、日中に入ってくるものを一切失わないように、夜に全部テープにバックアップするんだ」

「つまりここで、ストレージのバックアップをしてるんですか？」

「テープへのストレージのバックアップだな。昔ながらのやり方。心臓発作みたいに確実。テープはほぼ絶対にクラッシュしない」

「でもテープに何が書かれてるんですか？　職員情報とかですか、それとも実際に入ってくる諜報ですか？」

　フランクはあごに手を当てて、考えているポーズを取り、その質問を真剣に考えているようなふりをしてみせた。そしてこう言った。「いやあ、あんたに話すはめにはなりたくなかったんだがな、あんたのガールフレンドからの現場報告なんだよ。そして情報を送ってくるエージェントはたくさんいるんだ。赤裸々な生の諜報なんだよ。すっごい赤裸々」

　彼は大笑いして階段を上がり、残されたぼくはヴォールトの暗闇の中で、絶句して赤面していた。

　フランクはその同じテープ交換儀式を次の晩もやり、その次の晩もやり、その後いっしょに働いたすべての晩に繰り返した。そのときになって、なぜＣＩＡがフランクをクビにしないのか理解できた――このおっさんのユーモアのセンスなんかのせいじゃない。フランクは、夕方六時から朝六時まで居残っても平気で、しかもあの独自のテープシステムを扱える唯一の人物だったのだ。テープがメディアだった暗黒時代に育った技術屋はみんな、いまでは家族がいて、夜には家に帰りたがる。でもフランクは独身で、啓蒙以前の時代を覚えていたのだった。

自分自身の仕事をほとんど自動化する方法を見つけたので——おおむね自動的にサーバを更新し、切れたネットワーク接続を復元するスクリプトを書くのだ——ぼくは言わばフランク的な時間を持てるようになった。つまり、夜通しずっと、ほぼ好き勝手なことができた。かなりの時間を、フランクとのおしゃべりに費やした。特に、彼が読んでいた政治系の文章についての話だ。アメリカは金本位制に戻るべきだとか、いまの累進課税ではなく均一税率のほうがいかに見事な仕組みかといった話だった。でもどのシフトでも、フランクがふと姿を消す時間がある。推理小説に没頭し、朝まで読みふけるとか、あるいはCIAの廊下をうろつき、カフェテリアで冷めかけたピザを食べたり、ジムにでかけてウェイトトレーニングをしたりする。ぼくも当然ながら、自分で没頭するやり方はあった。オンラインにでかけるのだ。

CIAでオンラインにでかけるときには、監視容認合意のチェックボックスにチェックを入れる必要がある。これは基本的に、やることすべて監視されていて、プライバシーなど一切まるで期待できないことに合意するものだ。このチェックボックスにあまりに何度もチェックを入れたので、ほとんど習慣のようになってくる。こうした合意は、CIAで働いているときには目に見えなくなる。というのもしょっちゅう飛びだしてくるから、こちらはとにかくそれにチェックして消えてもらい、やっていたことに戻りたいのだ。ほとんどのIC労働者がオンラインで追跡されることに一般市民のような懸念を抱かないのは、まさにこのせいだろうと思う。別にデジタル監視がアメリカを守るのに役立つというインサイダー情報を持っているからではなく、IC内部の人々にとって親分に追跡されるというのは、仕事につきものだからだ。

いずれにしても、公開インターネットは、おおむねＣＩＡの内部インターネットやウェブほどおもしろくない。ほとんどの人は知らないことだけれど、ＣＩＡは独自のインターネットとウェブを持っている。独自のフェイスブックもどきもあり、エージェントたちが社交できる。また独自のウィキペディアもどきもあり、ＣＩＡのチーム、プロジェクト、任務についての情報を提供する。そして独自の局内バージョンのグーグルもある――実はそれを提供しているのはグーグルだ――おかげでエージェントたちは、この茫漠とした秘密ネットワークを検索できる。それぞれのＣＩＡコンポーネントはこのネットワークに独自のウェブサイトを持っていて、自分たちの作業を議論し、毎晩会議の議事やプレゼンテーションをアップロードする。毎晩何時間も何時間も、ぼくはこうして自習したのだった。

フランクによると、ＣＩＡ局内ネットワークでみんながまっ先に検索するのはエイリアンと9・11だそうだ。フランクが言うには、だからこそ決してまともな検索結果は得られないのだという。ぼくも一応、検索してみた。ＣＩＡ風味のグーグルは、どちらについても大しておもしろいものを提供してくれなかった。でもね――真実はどこか、別のネットワークドライブ上にあったのかもしれないし。ちなみに少なくともぼくが見たかぎり、エイリアンは地球とコンタクトしたことはないようで、少なくともアメリカ諜報機関とは接触していない。でもアルカイダは、確かにサウジの同盟相手と異様に密接なつながりを維持していた。これはブッシュが他の二つの国を相手に戦争しにでかける中で、ブッシュ政権のホワイトハウスが必死で隠そうとしたことだ。

めちゃくちゃなＣＩＡが当時理解しきれなかったことで、シリコンバレーの外にいるアメリカ大企業の従業員も理解できていなかったことがある。コンピュータ野郎はなんでも知っている、というか知ろうと思えばなんでも知ることができる、ということだ。この従業員の地位が高く、システムレベルの特権が多いほど、雇い主のデジタル存在のあらゆるバイトに対するアクセス権限が増える。もちろん、みんながみんなこの教育機会を活用するほど好奇心が強いわけではないし、誰もが心からの好奇心を抱いているわけでもない。ＣＩＡのシステムをうろつくのは、すべてがどういう仕組みかを理解したいという子供時代の欲望の自然な延長だった。あるメカニズムの各種コンポーネントがどのように全体を構成するか知りたいのだ。そしてシスアドという公式の肩書きと特権と、さらにはクリアランスを最大限に活用できるだけの技術能力のおかげで、ぼくはあらゆる情報面での遅れを取り戻し、さらにその先に進むだけの余裕もできた。ちなみに、知りたい人のために教えてあげよう。はい、人は本当に月に着陸した。気候変動は本当に起きている。ケムトレイル〔訳注　飛行機雲は実は怪しい生化学物質を意図的に散布しているのだ、という欧米の陰謀論の一つ〕なんてのはまったくのヨタ。

ＣＩＡの局内ニュースサイトで、ぼくは貿易交渉やクーデターについての極秘配信を、まだ事態が現在進行形のときに読んだ。こうした局内の事件報道は、やがてテレビネットワークやＣＮＮ、フォックスニュースなどで何日もたってから報道されるものときわめて似通っていた。新聞や雑誌だと、外国での蜂起に関する談話が「匿名を条件に語ったある政府高官」によるものとされるのに対し、ＣＩＡ版はその情報源がはっきり書かれている――たとえば「個別タスキングに対して常時回答する内務省職員ZBSMACKTALK/1は伝聞情報を伝えており、これまではこの人物の情報は正確だったという実績を持つ」という具合。そしてこのZBSMACKTALK/1の本名と完全な個人情報（ケースファイルと呼ばれる）はほんの数クリックで閲覧できる。

ときには局内ニュースがメディアにまったく登場せず、読んでいたものの興奮と重要性が、自分の仕事の重要性についての認識を高めることもあった。同時に、ワークステーションに向かっているだけだと、またとない機会を逃しているようにも思えてきた。何ともおめでたいと思うだろうけれど、でもＣＩＡがいかに本当に国際的なのかを知って、ぼくは驚いた――これは、その作戦活動の話だけじゃない。その職員たちの国際性の話だ。カフェテリアで耳にする言語の数は驚異的だった。自分自身がいかにローカルに偏っているか、いやでも感じてしまう。ＣＩＡ本部で働くというのはスリリングだったけれど、でも自分が育った場所からほんの数時間離れているだけで、結局は似たような環境だ。ぼくは二〇歳そこそこで、ノースカロライナ州でしばし過ごしたり、子供時代に祖父が指揮していた沿岸警備隊拠点を訪問したり、フォートベニングの陸軍での数週間を除けば、ベルトウェイを本格的に離れたことはなかった。

ワガドゥグーやキンシャサなど、コンピュータ化されていない地図では決して見つけられなかっただろうエキゾチックな都市で起こっているできごとについて読むにつれ、まだ若いうちに、何か本当に意義あることを外国でやって国に奉仕せねばと気がついた。そうでないと、単にもっと成功したフランクになるしかない。向かうデスクはますます大きくなり、ますます給料は上がるけれど、いずれこのぼくも陳腐化して、未来版のおんぼろテープマシンに相当するものを扱うためだけに飼われる存在となる。

まさにそのとき、ぼくは考えられないことをやった。ゴヴィーになるべく活動を開始したのだ。たぶんぼくの上司の一部はこれをいぶかしんだはずだ。でも光栄だとも思ってくれた。というのも通常はみんな逆のルートをたどるからだ。公僕は引退間際に民間に移って稼ぐのだ。新進の技術契約業者で、公務員になって給料の目減りを受け入れたがるヤツはいない。でもぼくから見れば、ゴヴィーになるのは理にかなっていた。旅費を出してもらえるんだから。

ぼくはツイていた。空きがあったのだ。シスアドとして九か月勤めてから、ぼくは外国のＣＩＡ技術職に応募し、すぐに採用された。

ＣＩＡ本部の最終日はただの形式だった。すでに書類作業は全部終え、緑のバッジを青のバッジに取り替えていた。残っているのは、もう一巡の教化を受けることだった。いまやぼくはゴヴィーだったから、これはカフェテリアのダンキンドーナツ隣の、瀟洒な会議室で行われた。ここでぼくは、契約業者が決して行わない聖なる儀式を行った。手を掲げて、忠誠の誓いを宣誓したのだった——政府や、いまや直接の雇用者であるＣＩＡに対してではなく、アメリカ憲法に対する忠誠だ。ぼくは外国、国内を問わずあらゆる敵に対し、アメリカ合衆国憲法を支持し、擁護することを荘厳に宣誓したのだった。

翌日、ぼくは頼りになるホンダシビックを運転してヴァージニア州の田舎にでかけた。夢の外国支所にたどりつくためには、まず学校に戻る必要があった——本当に修了した初の教室座学講義を受けにでかけたのだった。

第14章　丘（ザ・ヒル）の伯爵（カウント）

ピカピカの政府職員として受けた最初の命令は、ヴァージニア州ウォーレントンのコンフォートインに向かえというものだった。これは悲しい荒れたモーテルで、その主要顧客は「国務省」、つまりはＣＩＡだった。この町はひどいモーテルだらけだったが、中でもここは最低で、だからこそＣＩＡに選ばれたんだろう。他の客が少なければ少ないほど、このコンフォートインがウォーレントン研修センターの即席寮として使われていることに気がつく人も減る。この研修センターは、そこで働く人々には「丘／ザ・ヒル」と呼ばれていた。

ぼくがチェックインしたとき、フロント係は階段を使うなと警告した。そこは警察のテープで封鎖されていた。ぼくのもらった部屋は、主棟の二階で、インのアネックスと駐車場が見下ろせる。部屋にはほとんど照明がなく、風呂はカビていて、じゅうたんは「禁煙」標識の下なのにタバコの焼け跡だらけで、薄いマットレスは濃い紫の染みがついている。それが酒の染みであることをぼくは祈った。それでも、ここは気に入った——ぼくはまだこういういかがわしさをロマンチックだと思える年頃だったのだ——そして最初の夜はベッドに横たわったまま眠れず、ムシたちがたった一つの丸い頭上照明に群がるのを眺め、約束の無料コンチネンタルブレックファストまで何時間だろうかとカウントダウンを続けていた。

翌朝、このウォーレントン大陸での朝食というのは、食べ切りサイズのフルーツループシリアルの箱と、乳酸菌飲料だというのを発見した。政府へようこそ。

このコンフォートインは、その後六か月にわたりぼくの家となる。仲間の囚人たち（とぼくたちは自称していた）は、愛する人々に自分の居場所や活動を教えないように言われた。ぼくはこうしたプロトコルを真剣に受け止め、メリーランド州に戻ることはめったになく、電話でリンジーとしゃべることすらほとんどなかった。そもそも学校に電話を持ってくるのは禁止だった。というのもこの授業は機密で、しかも一日中授業があったからだ。ウォーレントンでは忙しすぎて、寂しがる暇なんかなかった。

CIAの最も有名な研修施設は、キャンプ・ピアリー近くのファーム（農場）だろう。なぜなら、CIAの広報担当がハリウッドに教えていいのがそこだけだからだ。これに対して丘（ザ・ヒル）はまちがいなく、最も謎めいたところだ。マイクロ波と光ファイバーで、ブランデーステーション――ウォーレントン研修センターの無数の姉妹サイトの一部――と結ばれた丘（ザ・ヒル）は、CIA現場通信ネットワークの中心として機能し、ワシントンDCが核攻撃された場合に、ちょうど影響範囲の外に位置するよう慎重に配置されている。そこで働く陰気な古参技術屋たちは、CIA本部が悲惨な攻撃でやられてもCIAは生き残れるが、ウォーレントンがやられたら死ぬというのが口癖だった。そしていまや丘（ザ・ヒル）のてっぺんに巨大な極秘データセンターが二つあるので――片方は後にぼくが構築を手伝ったものだ――ぼくもその説に賛成したくなる。

丘（ザ・ヒル）の名前は、その場所から来ている。そう、巨大な斜面のてっぺんにあるのだ。ぼくが到着したときには、アクセス路は一つで、わざときわめて目立たなくしてある柵を越えて、ものすごい急斜面を登るから、気温が下がって道が凍結すると、車はスリップして丘の下に滑って戻ってしまう。

警備員のいるチェックポイントを越えてすぐのところには、国務省の崩壊しそうな外交通信研修施設がある。それがよい場所にあるのは、ここの目くらまし機能を強化するためだ。これがあるおかげで丘(ザ・ヒル)は、単にアメリカの外交機関が技術屋の研修をする場所でしかないように見えるのだ。その向こうの背景地には、各種の低層で標識もない建物がある。ぼくが研修を受けたところだ。そしてもっと奥には、ICの引き金引きたちが特殊訓練を受ける射撃場がある。聞いたこともないような発射スタイルで銃声が響く：パンパン、パン。パンパン、パン。最初のパンパンは、敵の動きを止めるためのもので、次のパンは狙いすました殺しの一発だ。

ぼくはそこで、BTTP（基本電気通信研修プログラム）の6－06学級の一員だった。意図的に無味乾燥な名前は、この世で最も機密性が高く異様なカリキュラムを隠している。このプログラムの目的は、TISO（技術情報セキュリティ職員）――CAのエリート「コミュニケーター」、あるいはもっと俗に言えば「コモ連中」の中核部隊の養成だ。TISOは、万能の何でも屋になるよう訓練を受ける。これまでの世代なら、暗号職員、無線担当、電気技師、メカニック、物理・デジタルセキュリティ相談員、コンピュータ技師という専門化した役割をたった一人で置きかえる存在となる。この隠密職員の主要な仕事は、CIA作戦の技術インフラ管理だ。最もありがちなのは、アメリカの使節団、領事館、大使館に隠された海外の支所の技術インフラ管理だ。発想としては、アメリカ大使館にいるなら、つまり故国から遠く離れて信頼できない外国人に囲まれているなら――敵だろうと味方だろうと、CIAからすれば信用ならない外国人だ――あらゆる技術ニーズは内部で処理しなくてはならないということだ。地元の修理人に秘密スパイ基地の修理を頼んだら、やってはくれるだろうし、安上がりかもしれないけれど、でも見つけにくい盗聴器も外国勢力のために仕込むだろう。

結果として、TISOは建物の中にあるほぼあらゆる機械の修理方法を知っておく必要があった。個別コンピュータやコンピュータネットワークにとどまらず、CCTVや空調システム、ソーラーパネル、冷暖房、緊急発電装置、人工衛星とのリンク、軍事暗号装置、警報、鍵などすべて。ルールとして、どこかに差し込んだり差し込まれたりするものはすべてＴＩＳＯの管轄だ。

ＴＩＳＯたちはまた、こうしたシステムを自分で作れる必要があるし、また破壊方法も知る必要がある――たとえば外交官や他のＣＩＡ職員が避難した後で、大使館が占領されたときなどのためだ。ＴＩＳＯは常に最後に退去する。ＣＩＡの足跡がついたものはすべて、シュレッダーにかけ、燃やし、ぬぐい、消磁し、溶解するのだ。金庫にある作戦文書から暗号材料の入ったディスクまですべて、敵が捕獲して価値を引き出せるものが何一つ残らないようにする。そして最後に「通信停止」のメッセージを本部に送るのもＴＩＳＯの仕事だ。

なぜこれがＣＩＡの仕事で国務省の仕事ではないのか――大使館の建物を所有しているのは国務省なのだ――というのは、単なる能力や信頼度の圧倒的な差の問題にとどまらない。本当の理由は、もっともらしい否認可能性だ。現代外交でいまや公然の秘密になっているのは、大使館の現在の機能はスパイ活動のプラットフォームなのだということだ。なぜある国が、別の国の国土上に独立主権を持つ物理的な存在を確保すべきかという古くさい説明は、電気通信やジェット旅客機の台頭でもはや完全に古びてしまった。今日では、最も意味ある外交は省庁間、大臣間で直接起こる。そりゃ確かに、大使館はいまだに抗議をしてみせたり、外国にいる自国民の支援を手伝ったりはするし、さらには査証を発行したり、パスポート更新をしたりする領事部はある。でもこれらはしばしば全然別の建物にあるし、いずれにしてもこうした活動はどれ一つとして、あれほどのインフラを維持するだけの経費をかけらほども正当化できない。むしろ、その経費が容認されているのは、国が大使館を隠れ蓑にして、スパイ活動を実行し正当化できるからだ。

外交的な隠れ蓑の下で、ＴＩＳＯたちは外交職員と同じ資格を持つ。通常は「アタッシェ」という身分になっている。最大級の大使館ならこうしたアタッシェが五人もいるだろうか。大きめの大使館だと三人くらいだが、普通はたった一人だ。みんな「チョンガー（シングルトン）」と呼ばれ、CIAの職の中でもこの人々は離婚率がずば抜けていると聞かされた。チョンガーになるというのは、たった一人の技術職員として、故国から遠く離れ、あらゆるものが常に壊れている世界にいるということだ。

ウォーレントンのぼくの教室は、八人ほどで始まり、卒業前に脱落したのはたった一人——かなり珍しいことだと言われた。そしてこの寄せ集めの生徒たちもかなり珍しい連中だったが、公務員生活の大半を外国で隠密活動に費やすことがほぼ確実なキャリアトラックを自ら選んだ、イカれた連中の見本がざっと一通り揃ってはいた。ICキャリアで初めて、部屋で一番の若造はぼくじゃなかった。二四歳のぼくは平均くらいだったろうか。とはいえ本部でシステム作業をやってきた経験のおかげで、CIAの活動についての馴染み度合いの面ではかなりリードはあった。他の連中はほとんど、大学新卒の技術好きなガキか、あるいは街場からまっすぐオンライン申請でやってきたような連中だ。

CIA外国現場支部が持つ準軍的な性格もあって、ぼくたちはお互いにあだ名——それは素早く、各人の変わった部分をもとに選ばれた——で呼び合うほうが、本名を使うよりも多かった。タコベルは郊外育ちだ。大仰でみんなに気に入られるけれど、何もない。二〇歳で、CIA以前に就いた仕事といえば、ペンシルバニア州でそのあだ名の由来となったレストランの支店で夜間店長をやっただけだった。レインマンは二〇代後半で、緊張症的な無関心と震えるほどの怒りという自閉症スペクトラムの全域を往き来してその学期を過ごした。みんながつけたそのあだ名を誇らしくかかげ、それがネイティブアメリカンの称号だと言う。フルートがそのあだ名をもらったのは、海兵隊での経歴よりも、音楽学校でパンフルートの学位を持っているほうがずっと面白がられたからだ。スポは年配の一人、三五歳かそこらだった。その名前は、元の仕事からついた。CIA本部でSPO——つまり特殊警官

――をやっていて、マクリーンのゲートの守衛稼業があまりに退屈で気が変になり、家族全員をモーテルの一室に押し込むことになっても、自分は外国に逃げ出してやると決意したのだった（この状況は、彼の息子がペットのヘビを洋服だんすの引きだしで飼っているのを発見するまで続いた）。長老は大佐で、四〇代半ばの元特殊部隊通信下士官だった。何度も砂漠地域に出兵した後で、風向きを変えようとしていたのだった。将校ではなく、単なる下士官だったのに大佐と呼ばれたのは、主にあの有名なケンタッキー出身の親しみやすい人物と似ていたからだ。そっちの大佐のフライドチキンは、ウォーレントンのカフェテリアで通常出る代物よりもずっとみんなのお気に召したのだった。

　ぼくのあだ名は――言わずにはすまされないだろう――伯爵だった。別に貴族的な風貌やダンディなファッションセンスのおかげではなく、セサミストリートのあのフェルト製吸血鬼人形みたいに、教室で何か意見を言おうとするときに人差し指を上げる癖があって、まるで「ワン、ツー、スリー、アハッハハハ、そなたの忘れたことが三つありましたぞ」とか言い出しそうだったからだ。

　こうした連中とぼくは、二〇種類もの講義を次々に受けた。どの講義もその独得の専門を教えたが、ほとんどは大使館にいるときでも逃亡中でも、いかなる環境でも提供されている技術を使って、いかにアメリカ政府に奉仕をするか、という技能と関連する内容だった。

　ある訓練は「オフサイトパッケージ」を建物の屋上まで担いで上るというものだった。このパッケージというのはぼくよりも古い通信機器の入った、重さ四〇キロのスーツケースのことだ。コンパスと、ラミネート加工された座標シートだけを使い、大量の輝く星の中からＣＩＡのステルス人工衛星のどれかを見つける訓練もあった。これはＣＩＡの母艦である、マクリーンにある機器通信センター――コールサインは「Central」――と接続させてくれるものだ。そうすればパッケージ内の冷戦時代のキットを使い、暗号化無線チャンネルを設立できる。この訓練は、なぜコモ職員が最初に入って最後に出る職員なのかを、実務的な形で思い知らせてくれる。支所長が、この世で一番深い秘密を盗み出せたとしても、誰かがそれを持って帰れなければクソほどの意味もないのだ。

その夜、ぼくは基地に暗くなるまで残り、車を丘(ザ・ヒル)のてっぺんまで運転して、敵がこちらの活動をモニタリングするのを防ぐための電気理論を勉強する転用納屋の外に駐車した。習った手法は、ときには怪しげな魔法もどきにも思えた——たとえば、どんなコンピュータモニタに表示されている内容でも、その内部部品から出る発振電流が引き起こす微小な電磁波を特殊アンテナで受信して再現する手法がある。ファン・エック・フリーキングと呼ばれる手法だ。わかりにくいって？　安心してほしい。ぼくたちもみんなそう思った。講師自身が、自分も細かいところを全部理解しているわけではないとあっさり認め、実演もできなかったけれど、でもその脅威が本物なのは知っていた。ＣＩＡは他の連中にそれを使っていた。つまりは他の連中がこっちにそれを使うこともできるわけだ。

ぼくは自分の車、相変わらずの古い白のシビックの屋根にすわり、ヴァージニア州のすべてにも思える空間を見渡しつつ、何週間ぶり、いや一月(ひとつき)ぶりにリンジーに電話した。電話の電池が死ぬまで話しつづけ、夜が冷え込むにつれて自分の息が見えた。ここの様子を彼女と共有したくてたまらなかった——暗い草原、うねる丘陵、天空高い輝くきらめき——でもそれを口で描写するしかなかった。すでに自分の電話を使うだけでルール違反だ。写真を撮ったら違法になる。

ウォーレントンの主要な勉強内容は、端末やケーブルの保守修理方法についてだった。これはＣＩＡのどんな支所だろうと、通信インフラの基本的な——多くの点で原始的な——コンポーネントだ。この場合の「端末」というのは、単一の高セキュリティネットワーク越しにメッセージを送受信するためのコンピュータだ。ＣＩＡで「ケーブル」というと、メッセージの内容を指すことが多かったけれど、技術職員は「ケーブル」というのがずっと物理的なものだと知っていた。それは過去半世紀かそこらにわたり、世界中のＣＩＡの端末――具体的には実に古いポスト通信端末――を接続してきたコードや電線のことだ。しばしば国境をまたぎ、海底に埋められているものすらある。

ぼくたちの学年はＴＩＳＯがこんなものすべてを完全にこなせる必要があった最後の年だった。端末のハードウェア、様々なソフトウェアのパッケージ、そしてもちろんケーブル自体も。一部の同級生たちは、無線時代のはずなのに絶縁だの被覆の皮むきだのをやらねばならないのは、ちょっとおかしいと考えた。でも教わっているこうした古びた技術が本当に意味あるのかと疑問を誰かが口に出そうものなら、教官たちはぼくたちの学年が、丘（ザ・ヒル）の史上初めてＴＩＳＯがモールス符号を覚えなくていい年なのだと諭してくれるのだった。

卒業間近となって、ぼくたちはドリームシートなるものを書かされた。職員を必要としている世界中のＣＩＡ支局一覧を与えられ、行きたい順に番号をつけろと言われたのだ。このドリームシートは要件部門にまわされ、即座に丸められてゴミ箱に投げ込まれる――というもっぱらの噂だった。

ぼくのドリームシートの筆頭はＳＲＤと呼ばれるもので、これは特別要件部門の略だ。これは厳密には、どこの大使館に配属されるわけでもなく、ここヴァージニア州への配属だ。そしてそこから、お砂場の中の薄汚い場所を定期的に全部巡回するのだ。そうした場所はＣＩＡが、常設の支所があまりに厳しいか危険すぎると判断した場所だ――アフガニスタンやイラク、パキスタン国境地域といった、小さな孤立した前線作戦基地などだ。ＳＲＤを選ぶことで、ぼくは最大三年の任期とされるものの間ずっと一都市に糞詰まりになるよりも、やりがいと多様性を選ぶことにしたわけだ。ぼくの教官たちは、ＳＲＤがぼくを採用する機会に飛びつくと確信していたし、ぼくも新たに身につけた技能にかなり自信があった。でも物事は予想通りには運ばなかった。

コンフォートインの状況で明らかな通り、この学校はいろいろ経費をケチっていた。同級生の一部は、局の執行部が驚くなかれ、連邦労働基準に違反しているのではないかと怪しむようになっていた。仕事中毒の孤立した人間として、ぼくは当初はそんなことを気にしなかったし、ぼくに近い年齢の人々も同様だった。ぼくたちは、ここ程度のマイナーな搾取をすでにあまりにしょっちゅう体験していたので、そういうものだと誤解してしまったのだ。でもサービス残業、休暇なし、家族の福利厚生の無視は、高齢の同級生たちには問題だった。大佐(カーネル)は離婚手当の支払いがあったし、スポには家族がいた。一ドルたりともゆるがせにはできなかったし、一分一秒が重要だった。

こうした不満が爆発したのは、コンフォートインのおんぼろ階段がついに倒壊したときだった。運のいいことに誰も怪我はしなかったが、みんなゾッとして、同級生たちはこの建物がＣＩＡ以外の組織の管轄下にあったら、それがどんな組織であれ、何年も前に消防法違反で処分を受けていたはずだと文句を言い始めた。この不満は広がり、やがて基本的には怠け者たちの学校だったはずのものが、団体交渉寸前にまで動いた。これに対して局の執行部は頑固に何もせず、こちらが諦めるのを待った。参加していた連中は全員、いずれは卒業するかクビになるかのどちらかだったのだから。

同級生の何人かがぼくのところにきた。教官たちがぼくを気に入っているのを知っていた。というのも技能がクラスでトップ級だったからだ。またぼくが本部で働いたことがあったので、お役所仕事の扱いも心得ているのを知っていた。さらには文章もかなりうまかった――少なくとも技術屋の基準では。だから一種の学級代表、というか学級の生け贄として、学長に苦情を正式に提出してほしいと言うのだ。

それを引き受けたのは、ひたすらぼくの正義感からくる怒りのせいだったと言いたいところではある。が、確かにそれも決断を左右したとはいえ、やることすべてでいきなり頭角をあらわすようになっていた若者として、学校の邪悪な執行部に挑むというのが、単におもしろそうだったというのは否定できない。一時間もしないうちに、ぼくは局内ネットワークから参照すべき方針をダウンロードしてまとめ、その日のうちにメールが送られた。

翌朝、学長に呼ばれた。確かに学校としてヘマをやったのは彼も認めたが、そうした問題は自分では解決不能だという。「君たちがここにいるのは、どうせあと一二週間だけだ——頼むから同級生たちに、とにかく黙って我慢しろと言ってやってくれないか。もうすぐ任務も与えられるし、そうしたらもう少しマシな心配事もできる。ここでの記憶といえば、誰がいちばん高い成績レビューを得たかということくらいだ」

学長のせりふの言い回しは、脅しとも賄賂ともつかないものだった。どちらにせよ、ムカついた。学長室を後にした頃には、おもしろそうだという部分は消え、あとはひたすら正義を求めるだけになっていた。

教室に戻ってみると、みんなぼくがどうせ失敗すると思っていた。スポはぼくのしかめっ面を見て、こう言った。「まあそう気にするなって。やるだけやったんだから」

彼は同級生の他の誰よりもＣＩＡに長くいた。ここの仕組みも知っていたし、執行部が壊したものを執行部が正してくれるなどと期待するのがいかにバカげているかも承知していた。それに比べるとぼくはお役所仕事について無邪気なもので、この損失と、スポたちがそれをあっさり受け入れたことについて心穏やかではなかった。結果に対する正当な要求が、単につくりものの手続き論が持ち出されただけで却下されるという感覚は大嫌いだった。別に同級生たちに戦う気力がないわけではなかった。彼らはそんなことをするわけにはいかないのだった。システムは、この対立を激化させる費用が、解決による期待便益をうわまわるよう設計されていた。でも二四歳という歳のぼくは、費用のことなど考えず便益だけを見た。ぼくはこのシステムのことだけを気にしていた。これで終わりにする気はなかった。

　ぼくはメールを書き直して再送した――こんどは学長宛ではなくその上司、現場サービスグループの本部長宛だ。学長よりはトーテムポールで高い位置にはいたが、D／FSG（本部長）は階級も年次も、ぼくが本部で相手にした人々の何人かとおおむね同じくらいだった。そしてそのメールを送るときに、それを本部長の上司にもCCした。本部長の上司となると、ぼくが会ったことのある人とはレベルがちがう。

　数日後、教室で何やら現場即席暗号化の一種として負の引き算かなにかをやっているとき、フロントオフィスの秘書が入ってきて、旧体制が打倒されたと宣言した。サービス残業はもはや必要なく、二週間後から、ぼくたちはみんな、ずっといいホテルに引っ越すことになるという。彼女がそれを発表したときの、ゾクゾクするような誇らしい口調は忘れられない。「ハンプトンインです！」

　自らの栄光に浴する期間が一日かそこら続いてすぐに、授業がまた中断された。こんどは学長が教室の入り口にきて、ぼくを学長室に呼んだ。スポはすぐに自分の席から飛び上がり、ぼくを思いっきり抱擁すると、涙をぬぐうポーズをして、おまえのことは決して忘れないよと宣言した。学長は目を剝いた。

　学長室で待っていたのは、現場サービスグループの本部長だった――学長の上司、TISOキャリアトラックにいるほぼ全員の上司、ぼくがさらにその上司にもメールを送った上司だった。彼はきわめて親しげで、学長がやっていた歯を食いしばったような苛立ちは一切見せていなかった。それを見て不安になった。

　平静を取り繕おうとしたけれど、でも内心は冷や汗まみれだった。学長は、学級のみんなが明らかにした問題は解決途上にあったと繰り返すところから話を切り出した。それは上司に止められた。

「だがわれわれはその話をしにここにいるわけじゃない。ここにいる理由は不服従と指揮系統についての話をするためなんだ」

ひっぱたかれたとしてもこんなにはショックを受けなかっただろう。

不服従というとき本部長が何を意味しているのかは見当もつかなかったけれど、こちらが尋ねる前に本部長は先を続けた。ＣＩＡは他の民間組織とはかなりちがうんだ、という。紙の上の規制を見ると、絶対にちがわないと断言してあっても、やっぱりちがうのだ、と。そしてこんな重要な仕事をしている機関においては、指揮系統ほど重要なものはない、という。

自動的ながらも礼儀正しく人差し指を上げて、ぼくは自分の立場を超えてメールを送る前に、指揮系統を試してみて、それに落胆させられたのだと指摘した。だがこれは考えてみると、まさにその指揮系統、つまりはそれを体現している机のすぐ向こうにいる人物に向かって指摘すべき最悪の内容だった。

学長は自分の靴を見下ろし、ときどき窓から外を見るだけだった。

その上司が言った。「なあエド、ここに来たのは別に『気持が傷つきました』とか報告したかったからじゃない。落ち着け。君に才能あるのはわかるし、君の教官たちみんなと話をしたが、みんな君が才能のある鋭いやつだと言ってる。しかも戦争地帯に立候補したくらいだ。みんなそれには感心している。是非ともＣＩＡにいてほしい人材だが、でも君をあてにできると確信できる必要がある。ここにはシステムがあるんだってことは、是非とも理解してほしい。ときにはわれわれみんな、気に食わないことも我慢せにゃならん。だって任務が最優先だからな。そしてチームのみんなが勝手な思惑で動いたら、その任務を完遂できんのだ」。彼はそこで間を置き、息を吸って言った。「これがどこよりも当てはまるのが砂漠だ。砂漠では本当にいろんなことが起こる。私としては、君がそれを扱いきれると確信できるような段階にいるか、自信が持てない」

これが連中の「残念でした」の部分、連中の復讐なのだった。そしてこれはまったく自分で自分の首を絞めることとなのに、学長は今や駐車場を見ながらにっこりしていた。ぼく以外は誰も――誰一人として――ＳＲＤとか、それを言うならその他活発な戦闘現場をドリームシートに挙げなかった。一位で挙げないどころか、二番目、三番目の選択としてすら挙げていない。ほかのみんなはヨーロッパのシャンパン三昧の駐在地をあちこち上位に挙げていた。きれいで素敵な休暇の旅行先じみた、なんとかブルクとか、風車や自転車があって、爆発なんかめったに聞こえないようなところだ。

ほとんど倒錯した話だけれど、いまや連中はぼくにそうした駐在地をくれようとしていた。ジュネーブだ。ぼくを罰するために、ぼくが決して望まなくて、他のみんなが望んでいたところをくれたのだ。

ぼくの考えを読んだかのように、本部長は言った。「これは処罰じゃないんだよ、エド。チャンスなんだ――真面目な話。君のような水準の技能を持った人物は、戦争地帯では無駄になってしまう。もっとでかい駐在地が必要だ。最新のプロジェクトを先導し、君を本当に忙しくして技能を限界まで活用するような任地がね」

教室で、ぼくにお祝いを述べてくれたみんなは、後になって嫉妬して、ぼくがそれ以上文句を言わないように豪華な任地で買収されたのだと考えるようになった。その時点でのぼくの反応は、正反対だった。学長が同級生の中に密告者を擁していて、そいつがぼくのまさに行きたがらない任地を告げ口したんだろうと思ったのだ。

本部長はにっこりして立ち上がった。面談はおしまいだというしるしだ。「よーし、これで先へ進めそうだな。帰る前に、みんな話をしっかりわかってくれたかどうか確認しておきたいんだがね。エド・スノーデン的瞬間に私が二度と直面させられることはないだろうな?」

第15章　ジュネーブ

　一八一八年に書かれたメアリー・シェリー『フランケンシュタイン』は、主にジュネーブが舞台だ。活気ある、きれいで清潔で、時計仕掛けのように組織されたこのスイス都市が、いまやぼくの家となった。多くのアメリカ人同様、ぼくも各種の映画版やテレビ漫画を見て育ったけれど、でも実際に『フランケンシュタイン』を読んだことはなかった。ジュネーブについて何を読もうか探していて、オンライン上で見つけたほぼあらゆる一覧で、ガイドブックや歴史書とはまったくちがうものとして突出しているのが『フランケンシュタイン』だった。実は、確かフライト用にダウンロードした唯一のPDFは、『フランケンシュタイン』とジュネーブ協定だけだったと思うし、実際に読み終えたのは前者だけだ。読書は、リンジーが引っ越してきて同居してくれるまで、ぼくが一人きりで過ごした長く孤独な数か月の夜間に行った。滑稽なほど派手で、滑稽なほど広いけれど、ほとんど家具のないアパートの居間に置いた、むきだしのマットレスに寝っ転がって読むのだ。そのマンションは、片方の窓からはローヌ川、反対側にはジュラ山脈を望む、サン＝ジャン・ファレーズ地区のスジェ通りにあって、大使館が借り上げているものだった。

　とにかくこの本は、ぼくが予想していたものとはちがっていた。『フランケンシュタイン』は、書簡形式の長編で、長ったらしいメールのスレッドのような感じで、狂気と、血みどろの殺人と、技術イノベーションがあらゆる道徳・倫理・法的制約より先走る方法についての警告に満ちた記述だった。

その結果が、制御不能の怪物の創造だ。

諜報業界で「フランケンシュタイン効果」という用語は広く使われるが、もっと一般的な軍事用語は「ブローバック／逆噴射」だ。アメリカの利益を促進するためだったはずの政策決定が、それを修復不能なほど悪化させてしまう状況を指す用語だ。民間、政府、軍、IC自身の評価によってすら「フランケンシュタイン効果」として挙げられたものには、ソ連と戦うためにアメリカがムジャヒディンに行った資金提供と訓練がある。これはウサマ・ビン＝ラディンの過激化とアルカイダ創設につながった。またサダム・フセイン時代につくられたイラク軍の脱バース党化もその一つで、これはイスラム国台頭をもたらした。でもぼくの短いキャリアの中での大きなフランケンシュタイン効果事例として挙げられるのは、まちがいなく世界の通信を再編しようとするアメリカ政府の隠密活動だ。ジュネーブの、メアリー・シェリーの怪物が走り回っていたのと同じ風景の中、アメリカが忙しく創りあげていたネットワークが、やがて独自の命と使命を帯び、その創造者の生活をむちゃくちゃにすることになる――その生活をむちゃくちゃにされた創造者の一人がこのぼくだ。

ジュネーブのアメリカ大使館にあるCIA支部は、この何十年にもわたる実験におけるヨーロッパの実験室として主要なものの一つだった。この都市、一族銀行とはるか昔からの金融的秘密主義を旨とする旧世界の洗練された首都は、EUとその他世界の光ファイバーネットワークの交差点でもあり、頭上を周回する重要な通信衛星のギリギリ到達範囲内にあったのだった。

CIAは、HUMINT（人間諜報）、つまり人間同士の接触を通じた隠密情報収集を専門とするアメリカの諜報機関だ。これは対人、対面で行われ、スクリーンを介しない。これを専門とするCO（ケースオフィサー）たちはどうしようもなく斜に構えた連中で、喫煙、飲酒の好きな魅力的なウソつきどもとして、SIGINT（信号諜報）の台頭を深く恨んでいた。SIGINTは、通信傍受を通じた隠密情報収集であり、これが毎年のようにCOたちの特権と栄誉を減らしていったからだ。でもCOたちは一般に、本部にいたフランクにも似たデジタル技術に対する全般的な不信を抱いていたとはいえ、それがとても有益だということはよく理解していたため、そこには生産的な協力関係と健全なライバル関係が成立していた。最高に姦計に満ちたカリスマ的なCOですらキャリアの中で何度かは、現金の詰まった封筒で忠誠心を買収できないような、熱狂的理想主義者と出くわすことになる。通常、彼らがぼくのような技術現場職員の助けを求めるのはそういうときだ――質問、お世辞、パーティへの招待などをこちらに振り向けるわけだ。

こういう人々の中で技術現場職員として働くのは、技能顧問になるだけでなく文化大使として活動することでもある。ほとんどのアメリカ人にとってはスイスの二六カントン（州）や四つの言語と同じくらい馴染みのない、コンピュータやネットワークという新しい領土の風習や慣習をケースオフィサーたちに紹介するわけだ。月曜に、あるCOは潜在的に寝返りそうなヤツがいるけれど警戒されたくないので、秘密オンライン通信チャンネルを設立したいのだと相談を持ちかけてくる。火曜日には別のCOが、ワシントンからやってきた「専門家」と称する人物に引き合わせてくれる――ところがそれは実は、月曜にきたCO自身で、新しい仮装を試していただけだった。ぼくは恥ずかしいことにまったく気付かなかったけれど、まあそれがまさに狙いだったんだろう。水曜日には、COが腐敗したスイスコム社従業員から買い取った顧客情報ディスクを、送信後破壊（読後焼却の技術版）するいちばんいい方法について問い合わせてくる。木曜日には、COたちのセキュリティ違反報告を執筆送信することになる。たとえば、トイレにいくときにヴォールトに鍵をかけ忘れた等の些末な違反事項を記録するわけだ――トイレ時の施錠は、ぼく自身もかつてまったく同じミスをやって自分で自分の報告を書かねばならなかったので、いまではきわめて熱心に行っていた。金曜ともなると作戦部長のオフィスに呼ばれて、「あくまで仮定の話として」、本部がウィルスに感染したＵＳＢメモリを送ってきて、それが通りをすぐ上がったところにある国連代表たちの使うコンピュータをハッキングするために「誰か」に使われる、などということがあり得るかと尋ねる——そしてその「誰か」が捕まる可能性は結構あるだろうか、という。

ぼくはそんな可能性はあまりないと思ったし、彼らが捕まることはなかった。

要するに、ぼくが現場にいた時期に、その現場が激変しつつあった。ＣＩＡはＣＯたちが新千年紀にふさわしい存在となるべきだとますます強硬に主張するようになったし、ぼくのような技術現場職員たちは、他の任務すべてに加え、ＣＯたちがそうした技能を身につける支援をするよう求められた。ぼくたちは連中をオンラインに乗せ、向こうはこっちを我慢してくれた。

ジュネーブはこの移行の爆心地（グラウンドゼロ）と見なされていた。というのもここは、高度な標的が世界で最も大量にいる場所だったからだ。国連の世界本部から、各種の国連専門機関や国際ＮＧＯまでみんなここにいる。世界中で原子力技術とその安全基準（核兵器に関するものも含む）を広める国際原子力機関（ＩＡＥＡ）もあり、国際電気通信連合（ＩＴＵ）もある。これは——無線周波数帯から衛星軌道に到るあらゆるものに関する技術標準への影響力を通じ——何がどのような形で通信できるかを決める。そして世界貿易機関（ＷＴＯ）もここにある。これは——加盟国間の財やサービス、知的財産の規制を通じ——何がどういう形で売買できるかを決める。最後に、プライベート金融の首都というジュネーブの役割もある。これは大量の財産を貯め込んだり使ったりしても、まったく注目を集めないということだ。その財産が不当な手段で得たものか、正当に獲得したものかにかかわらず。

伝統的なスパイ活動の、悪名高いほど緩慢でチマチマした手法は、確かにこうした仕組みをアメリカ有利に傾けるのに成功はしてきたけれど、ＩＣの報告を読むアメリカ政策担当者たちの、拡大する一方の要求から見れば、なんだかんだでそうした成功は少なすぎた。特にスイスの銀行部門が――世界の他の銀行と同じく――デジタル化されるにつれて、その傾向は強まった。世界の最も深い秘密がいまやコンピュータにあり、それが開放されたインターネットに接続している場合が極めて多い以上、アメリカの諜報機関がそうした接続を使って、その秘密を盗みたくなるというのも論理的な話だ。

インターネットの普及以前は、ある機関が標的のコンピュータにアクセスしたければ、物理的にそれにアクセスできるアセットを抱き込むしかなかった。これは明らかに危険な手法だ。アセットは秘密のダウンロード、秘密を担当官(ハンドラー)たちに送信する不正ハード・ソフトの設置現場をつかまれる可能性がある。デジタル技術の世界的な広がりは、このプロセスをすさまじく簡単にした。「デジタルネットワーク諜報」あるいは「コンピュータネットワーク活動」の新世界のため、物理アクセスはもはやほとんど必要なくなった。つまり人的リスクの水準が下がり、HUMINT／SIGINTのバランスが決定的に変わった。いまやエージェントは標的にメッセージ、たとえばメールを送るだけで、そこに含まれる添付ファイルやリンクがマルウェアを解き放ち、CIAは標的のコンピュータだけでなく、そこのネットワークすべてを覗けるようになる。このイノベーションのおかげで、CIAのHUMINTは単に注目すべき標的を同定するだけの存在となり、あとはSIGINTが引き継ぐ。COが標的をアセットへと育成するかわりに――これは即金払いの賄賂や、賄賂がダメなら恫喝や脅迫を通じたものとなる――ちょっとした賢いコンピュータハックで同じくらいの便益が得られる。さらにこの手法だと、標的は何も知らないままで、プロセス全体がまちがいなくもっときれいなものとなる。

少なくとも、そう期待されていた。でも諜報がますます「サイバー諜報」（これは電話とファックスを使ったオフラインSIGINTと区別するために使われるようになった用語）となるにつれ、古い懸念もまた、インターネットという新しいメディアに対応して更新されなければならなかった。たとえば、オンラインで匿名を保ちつつ標的を調べるにはどうすればいいか？

この問題は通常、ＣＯがイランや中国などから来た標的をＣＩＡのデータベースで検索し、何も得られなかった場合に生じる。こうした見込み標的について軽く検索したら、「検索結果ゼロ」は実はかなりありがちなことだった。ＣＩＡのデータベースは主に、すでにＣＩＡが関心を持っていた人々や、記録が手に入りやすい市民や友邦の人々しか載っていない。検索結果ゼロとなるとＣＯは誰かを探すときにみんながやるのと同じことをするしかない。公共インターネットで探すのだ。これはリスクが高い。

通常、オンラインに出たら、どんなウェブサイトの要求も自分のコンピュータから、その最終目的地――つまり訪問しようとしているウェブサイト――をホストしているコンピュータに直送される。でもその間のあらゆる段階で、その要求は嬉々として、自分がインターネット上のどこからやってきたか、インターネットのどこに向かおうとしているかを公表する。これはソース・デスティネーションヘッダと呼ばれる識別子のおかげだ。葉書に書かれた住所情報だと思えばいい。こうしたヘッダのおかげで、インターネット上でのブラウジングは、ウェブ管理者、ネットワーク管理者、外国課報サービスにより、すぐに誰のものかバレてしまうのだ。

信じられないかもしれないけれど、当時のＣＩＡはこうした状況でケースオフィサーがどうすべきかについて、まともな答を持ち合わせていなかった。単に、ＣＩＡ本部に頼んで代わりに検索をやってもらえと言うだけだ。正式には、このとんでもない手順の仕組みとしては、本国のマクリーンの誰かが、専用のコンピュータ端末に向かって「帰属同定不可能研究システム」なるものを使う。グーグルに検索クエリーを送る前に、それをプロクシに通して――つまり出所を偽装して――送るのだ。もしその検索の出所を調べる人がいても、見つかるのはアメリカのどこかに位置するインチキ企業となる——ＣＩＡが偽装に使う、無数の重役ヘッドハンター企業や人材派遣企業のどれかだ。

どうしてＣＩＡが、フロント会社として「求人」企業を使いたがるのか、まともな説明を受けたことは一度もないと思う。おそらくは、ある日パキスタンの原子力エンジニアについて調べて、翌日には引退したポーランドの将軍について調べても怪しまれない唯一の業種だからなんだろう。でも完全に断言できるのは、このプロセスが役立たずで、面倒で、高価だったということだ。こうした覆面企業を一つ作るだけでもＣＩＡは企業の事業と名前をでっちあげ、もっともらしい事業所所在地をアメリカのどこかに確保し、もっともらしいＵＲＬを作って、もっともらしいウェブサイトを立ち上げ、そしてその企業の名前でサーバを借りねばならない。さらにＣＩＡは、こうしたサーバが誰にも気がつかれずＣＩＡネットワークと通信できるような暗号化接続を設立せねばならない。そしてここでオチが来る。それだけの手間暇とお金をかけて、匿名でグーグル検索できるようになったとしても、どこかのアナリストが調査の手をちょっと休めて、同じコンピュータでフェイスブックの自分の個人アカウントにログインしただけで、その隠れ蓑で使われているフロント企業は、即座に炎上してしまう——というのはつまり、ＣＩＡとのつながりが敵にバレてしまうのだ。本部の人間で隠密状態な職員はわずかなので、そのフェイスブックのアカウントはしばしば公然と「ＣＩＡ勤務」とか、同じくらい露骨に「国務省で働いてるけれどマクリーン勤め」とか宣言していることも多かった。

笑ってやってくださいな。でも昔はそんなことがしょっちゅうあった。

ジュネーブでの勤務期間にＣＯから、これをやるもっと安全で、高速で、全体にもっと効率的な方法があるかと尋ねられたので、ぼくはＴｏｒを紹介した。

Ｔｏｒプロジェクトは、国が作ったものが、最終的には国の監視に対する有効な盾の一つとなったものだ。Ｔｏｒはフリーなオープンソースのソフトで、注意して使えば利用者がオンラインでブラウズするのに、大規模に実現できるものとしては最も完璧な匿名性に近いものを提供してくれる。一九九〇年代半ばをかけてそのプロトコルを開発したのはアメリカ海軍研究所で、それが二〇〇三年に公開された——その機能を支える世界中の文民人口に対して公開されたのだ。なぜかというと、Ｔｏｒは協力型コミュニティモデルで機能し、世界中の技術に堪能なボランティアが地下室や屋根裏やガレージで自前で動かすＴｏｒサーバに依存しているからだ。利用者のインターネットトラフィックをこうしたサーバ間にルーティングすることで、ＴｏｒはＣＩＡの「帰属同定不可能研究システム」と同じように、そのトラフィックの出所を守る。主要な差は、Ｔｏｒのほうが上手にこの仕事をこなす、少なくとももっと効率的にこなすということだ。ぼくは当初からこれを確信していたけれど、これを粗野なＣＯたちを納得させるにはえらく苦労した。

Ｔｏｒプロトコルだと、トラフィックはＴｏｒサーバからＴｏｒサーバへと、ランダムに生成された経路を通じて分配され、はねまわされる。その狙いは、通信の発信源としてのこちらの身元を、絶えずシフトするチェーンの中の最後のＴｏｒサーバに置きかえることだ。Ｔｏｒサーバ（「レイヤー」と呼ばれる）の実質的にどれ一つとして、そのトラフィックの起点の身元や、身元につながる情報は何一つ知らない。そして見事な天才的発想として、起点を知っている唯一のＴｏｒサーバ——つまりそのチェーンで一番最初のサーバ——は、そのトラフィックがどこに向かっているか知らない。もっと単純に言えば、Ｔｏｒネットワークにつないでくれる最初のＴｏｒサーバ（ゲートウェイと呼ばれる）はこちらが要求の送り手だと知っているけれど、でもその要求の中身は読むことが禁じられているため、こちらがペットに関するトリビアを探しているのか、ある抗議運動に関する情報を知りたいのかはわからないし、その要求が通過する最後のＴｏｒサーバ（出口）は、何が依頼されているかは十分に知っているけれど、それを要求しているのが誰かは見当もつかない。

このレイヤー化手法はオニオン（タマネギ）ルーティングと呼ばれている。Ｔｏｒの名前はその The Onion Router の頭文字を取ったものだ。機密のジョークでは、Ｔｏｒネットワークを監視しようとするとスパイは泣きたくなるからだ、という。ここにこのプロジェクトの皮肉がある。米軍開発のこの技術は、サイバー諜報をむずかしくすると同時に簡単にしたのだ。ハッカーのノウハウを活用してＩＣ職員の匿名性を保護することはできたけれど、その代償として、同じ匿名性を世界中の的や一般利用者に提供するしかなかった。この意味で、Ｔｏｒはスイスよりも中立なのだ。ぼく個人にとって、Ｔｏｒは人生を変えるもので、監視からの自由をほんのちょっと味わわせてくれることで、子供時代のインターネットを取り戻させてくれるのだった。

＊

こうしたＣＩＡのサイバー諜報への展開や、インターネット上のＳＩＧＩＮＴへの傾倒についていろいろ書いたけれど、だからといってＣＩＡが少なくともまだ第二次世界大戦以後の現代ＩＣ発端以来ずっと行ってきたのと同じやり方で、かなりのＨＵＭＩＮＴをやっていたことを否定するものではない。ぼくですら関与した――とはいえ、いちばん印象的な作戦は失敗に終わったのだけれど。ジュネーブは、ぼくの諜報キャリアにおいて、標的と個人的に知り合いになった最初にして最後の時だ――その人生を遠くから記録するだけに終わらず、標的の目を直接見たのはこのときだけだ。その体験すべてが、忘れがたいほど心乱れて悲しいものだったと言わざるを得ない。

顔のない国連施設をどうやってハックしようか、すわって議論するほうがはるかに心理的に容易だった。直接の対決は、厳しいし感情的にも負担が大きいもので、諜報の技術部分ではほとんど生じないし、コンピュータ分野ではほぼ決して起こらない。スクリーンの距離がもたらす、体験の非個人化がある。窓越しに誰かの人生をのぞき込むのは、最終的には自分の行動を抽象化してしまい、その結果をまともに直視できないようにしてしまう。

その人物と会ったのは大使館の式典、つまりパーティでのことだった。大使館はこの手のやつをたくさん開くし、ＣＯたちは常に出席する。彼らが惹かれたのは、オープンバーや葉巻サロンもさることながら、潜在的な候補者を見つけて値踏みする機会のせいだ。

ときにはＣＯたちがぼくを連れて行くこともあった。ぼくが自分の専門についてかなり長く講義をしたので、たぶんいまや向こうの専門について喜んで講義してくれることで、常に自分では扱い切れないほど会うべき人がいる環境で「カモを見つける」手助けをするようぼくにクロストレーニングをほどこそうというわけだ。ぼくの生来のおたくっぽさのおかげで、ＣＥＲＮ（欧州原子核研究機構）の若い研究者に自分の仕事を熱烈に興奮しつつ語ってもらえた。これはＣＯたちを構成するＭＢＡや政治科学専攻の連中ではなかなか引き出せないものだ。

技術屋として、ぼくは自分の正体を隠すのが実に簡単だと感じた。オーダーメイドのスーツを着たコスモポリタンが、君は何をしてるんだいと尋ね、こちらが「ＩＴの仕事だよ」と答えた瞬間（あるいは少しマシになったフランス語で「je travaille dans l'informatique」と言ったとたん）、向こうはこちらへの興味を一切失う。だからといって、それで会話が途切れたわけではない。自分の守備範囲外で会話をしている新顔めいた専門家だと、いろいろ質問しても特に不審には思われないし、経験的にいって、ほとんどの人は自分が重要だと思っていることについて、自分のほうがどれほどいろいろ知っているかを説明する機会があれば飛びつく。

ぼくがいま回想しているパーティは、レマン湖のほとりにある脇道の、高級カフェの屋外テラスで、暖かい夜に開かれていた。ＣＯたちの一部は、きわめて魅力的でまだ学生並の年齢という重要な諜報対象条件を満たす女性がいようものなら、その子になるべく接近してすわるためにぼくを平気でほったらかしにした。でもぼくも別に文句は言わなかった。ぼくにとって、標的を見つけるのはただの趣味で、ただ飯のおまけでしかない。

　ぼくは自分のお皿を持って、身なりの立派な中東系の男性の隣にすわった。露骨にスイス製のピンクのシャツを着て、カフスボタンをしている。寂しそうだし、誰も自分に興味を持ってくれないので、実に哀れっぽい様子だったから、何をなさっているんですかと尋ねてみた。これがいつもの手口だ。好奇心を発揮して、向こうに喋らせるだけでいい。この場合、その男性は実に雄弁となって、こっちがまるでいないも同然だった。サウジの人で、ジュネーブがいかにすばらしいか、フランス語とアラビア語の美しさの比較、彼が——そう——デートでいつもレーザータグをやる、あるスイス人少女がいかに絶対的に美しいか。いかにも陰謀を明かすような口調で、彼は個人資産運用をしているのだと言う。そして即座にぼくは、プライベートバンクをプライベートたらしめているものは何で、顧客たちがソヴリン・ウェルス・ファンド並の規模であるときに市場を動かさずに投資を行うのがいかにむずかしいかについて、実に洗練されたプレゼンテーションを聞くことになった。

「顧客たちって？」とぼくは尋ねた。

　すると彼は答えた。「私の仕事の大半はサウジ人のアカウントなんだ」

　数分後に、ぼくは手洗いへと失礼して、その途中で金融系の標的を狙うＣＯに身を寄せると、いま入手した情報を流した。当然ながら「髪を整える」ための——つまりは洗面所の鏡の前でリンジーにＳＭＳを送るための——長すぎる中座を経て戻ってみると、ぼくの椅子にそのＣＯがすわっている。ＣＯに見捨てられ、顔を曇らせている彼のデート相手の横にすわりながら、ぼくはサウジの新しい友人に手を振ってみせた。後ろめたく思うどころか、ぼくはデザートでまわってきたパヴェ・ド・ジュネーブを本当に勝ち取ったように感じていた。ぼくの仕事は完了だ。

翌日、そのCO（キャルと呼ぼう）はぼくを盛大にヨイショして、やたらに感謝しまくった。COは、本部に正式に報告できるくらいの人物に関するアクセスを持ったアセットを、どれだけうまくリクルートできたかで昇進の有無が決まる。そしてサウジアラビアがテロリストの資金提供に関与していると疑われている以上、キャルはそれに応じた情報源を手に入れろというすさまじい圧力にさらされていた。ぼくは、あのパーティに出席した同僚たち全員が、すぐにCIAから二度目のボーナスをもらえるだろうと確信していた。

ところが、実はそんなふうに話は進まなかった。キャルはこの銀行家と、いつものようにストリップクラブや酒場をはしごしたが、銀行家のほうは心を開かなかった――少なくとも勧誘ができるほどには。キャルは苛立ちはじめた。

一か月にわたり失敗が続くと、キャルはあまりに苛立って、その銀行家を飲みに連れ出し、泥酔させた。そしてそいつに、タクシーを呼ぶかわりに自分で運転して帰らせたのだった。銀行家が最後のバーを出さえしないうちに、キャルはその銀行家の車種とナンバーをジュネーブ警察に通報し、警察は一五分もしないうちに、飲酒運転で銀行家を逮捕した。スイスの罰金は定額ではなく、所得の一定割合なので、罰金はすさまじい金額となったうえ、三か月の免停となった――その期間に、キャルは、後ろめたいふりをした本当の親友であるかのごとく、そいつの通勤で毎日ずっと運転手を務め「職場にバレないように」してあげたのだった。罰金額が決まり、この友人が資金繰りに困ると、キャルはすぐに融資を申し出た。銀行家はキャルに依存するようになった。あらゆるCOの夢だ。

でも一つだけ予想外のことが起きた。キャルがついに勧誘をしてみると、相手はそれを断ったのだ。この犯罪も、逮捕の手配もすべて仕組まれたものだったことに気がついて激怒し、キャルの親切も心からのものではなかったことで、裏切られたと感じたのだ。彼はあらゆる接触を断った。キャルは形ばかりフォローして、なんとか事態を収拾しようとしたけれど、もう手遅れだった。スイスを愛していたこの銀行家は失業し、サウジアラビアに帰った――あるいは呼び戻された。キャル自身も定期異動でアメリカに戻った。

あまりに大きな危険を冒したというのに、得た物は実に少ない。まったくの無駄でしかなかった。それを引き起こしたのはぼく自身で、しかも止める力はまったくなかった。この体験の後では、HUMINTよりSIGINTを重視するというのは、ぼくから見れば当然のことに思えた。

二〇〇八年夏に、市は年次のジュネーブ・フェスティバルを祝った。これは巨大カーニバルで、締めは花火だ。レマン湖の左岸にSCS（特別収集サービス）の地元職員とすわっていたのを覚えている。このSCSは、CIA－NSA協働プログラムで、アメリカ大使館が外国の信号を盗聴できるようにする特別監視機器を設置運用するためのものだ。この連中は、大使館でのぼくのヴォールトからすぐ廊下を下ったところで仕事をしていたけれど、ぼくより高齢で、しかも彼らの仕事はぼくの給与水準のはるか上だっただけでなく、能力的にもはるかに上だった――彼らはぼくが存在すら知らないNSAツールを持っていたのだ。それでもぼくたちは仲良しだった。ぼくは彼らを尊敬し、向こうはこちらがヘマをしないように見守ってくれた。

頭上で花火が炸裂するなか、ぼくはこの銀行家の一件について話をして、それがいかに大惨事に終わったかを嘆いた。するとSCSの一人がこっちを向いて言ったのだった。「エド、こんど誰かに会ったら、COなんかに構うんじゃない――そいつのメールアドレスをおれたちによこせば、こっちで後はやる」と言う。ぼくは重々しくうなずいたのを覚えている。でも当時、このコメントが意味するところの全貌についてはほとんど何もわかっていなかったのだった。

その年内はもうパーティには一切顔を出さず、リンジーとサン＝ジャン・ファレーズのカフェや公園をうろつくだけにして、ときどき彼女とイタリア、フランス、スペインに休暇にでかけた。それでも、何かが気分を滅入らせた。銀行家の一件だけじゃない。考えてみれば、それは銀行業一般だったのかもしれない。ジュネーブは物価の高い都市で、惜しみないほど瀟洒だったけれど、二〇〇八年の末に近づくと、そのエレガンスはやりすぎの域に入り込んで、超大金持ち——そのほとんどは湾岸諸国、多くはサウジアラビアから——が大量に流入し、世界金融危機直後の原油価格ピークがもたらす利潤を享受していた。こうした王族どもは、五つ星の豪華ホテルをフロア単位で借り上げ、橋のすぐ向こうのラグジュアリー店の在庫を丸ごと買い上げたりしていた。ミシュランで星を取ったレストランで豪華な晩餐会を開き、クロームメッキのランボルギーニを石畳の街路に走らせたりしていた。どんな時期であれ、ジュネーブの顕示消費はいやでも目に付くものではあったけれど、いま誇示されている成金ぶりはことさら癇に障るものだった——アメリカのメディアが連呼するように、大恐慌以来最悪の経済惨事が起きている中で、そしてヨーロッパのメディアが連呼するように、両大戦間とヴェルサイユ条約の頃以来最悪の経済惨事が起きている中で、それはなおさら悪趣味に思えた。

別にリンジーとぼくが苦労していたわけじゃない。なんといっても、家賃は親方アメリカが支払ってくれていたのだから。むしろ、リンジーやぼくが故郷の親戚と話をするたびに、状況がますます陰惨に思えてくるのがたまらなかった。二人の家族のどちらも、生涯働き続け、中にはアメリカ政府のために働き続けたのに、急病で住宅ローン返済が数回滞っただけで家を銀行に差し押さえられてしまった知り合いがいた。

ジュネーブに暮らすのは、別の、正反対とすら言える現実の中で暮らすことだった。その他の世界がますます貧窮する中で、ジュネーブは栄えた。スイスの銀行は、大暴落を引き起こしたような高リスク取引の多くに手を出してはいなかったけれど、でもその痛みから利益を得て、一切責任を取らされることもなかった連中のお金を喜んで隠蔽した。二〇〇八年危機は、欧米で一〇年後に吹き荒れるポピュリズム危機の土台をかなり造り上げたものだけれど、社会にとっては大惨事となるものが、エリート層にとっては利益になることもある、いやそういう場合のほうが多いということに気がつく一助となった。これはこの先の年月において、別の文脈で、アメリカ政府が何度も繰り返し裏付けてくれる教訓なのだった。

第16章 東京

インターネットは根本的にアメリカ的なものだけれど、それがどういう意味かを十分に理解するためには、アメリカを離れる必要があった。ワールド・ワイド・ウェブはジュネーブのCERN研究所で一九八九年に発明されたものだけれど、ウェブがアクセスされるやり方は野球と同じくらいアメリカ的だから、アメリカのICはホームアドバンテージを得ている。ケーブルや人工衛星、サーバや通信タワー――インターネットのインフラの実に多くはアメリカの支配下にあるので、世界のインターネットトラフィックの九割は、アメリカ政府やアメリカ企業が開発、所有、運用している技術を経由する。そうした企業のほとんどは物理的にアメリカ領にあるのだ。伝統的にそうした優位性を懸念する国々、たとえば中国やロシアは、大金盾や政府出資の検閲つき検索エンジン、あるいは選択的GPSを提供する国有人工衛星群といった代替システムを作ろうとはしてきた――でもアメリカの覇権は続いていて、ほとんど誰でも好き勝手にオンオフできる、マスタースイッチの管理者となっている。

根本的にアメリカ的なものだとぼくが定義しているのは、インターネットのインフラだけじゃない――コンピュータソフトもある（マイクロソフト、グーグル、オラクル）し、ハードウェアもある（HP、アップル、デル）。チップ（インテル、クアルコム）から、ルーターやモデム（シスコ、ジュニパー）、さらにはメールやソーシャルネットワークやクラウド保存を提供するプラットフォーム（グーグル、フェイスブック、そして構造的にはもっと重要ながら見えにくいアマゾン。アマゾンはアメリカ政府にクラウドサービスを提供し、さらにインターネットの半分を提供している）もそうだ。こうした企業は、デバイスの生産はたとえば中国で行うかもしれないけれど、企業自体はアメリカ企業で、アメリカ法の管轄下にある。問題は、これらがアメリカの秘密政策にも影響されていて、これが法を歪め、アメリカ政府がコンピュータに触れたり、電話をかけたりしたことのあるほぼあらゆる老若男女を監視できるようにしているということだ。

地球の通信インフラがアメリカ的なものである以上、アメリカ政府がこの種の大量監視を行うのは当然わかっていたはずだ。特にこのぼくには自明であるべきだった。でも、実際にはわからなかった――それは政府が、自分たちはそんなことは一切していませんと述べ、法廷やメディアでそんな手口をあまりに決然と否定したので、政府はウソつきだと糾弾するわずかに残った懐疑論者たちは、髪ボウボウの陰謀ジャンキーまがいの扱いを受けるようになっていたというせいもある。秘密のNSAプログラムをめぐる彼らの疑念は、エイリアンからのメッセージが歯に仕込まれたラジオに送信されているといった偏執狂の妄想と大差ないものに思えた。ぼくたち――ぼくも、あなたも、その他みんなも――はあまりに信用しすぎていたわけだ。でもこのすべてをぼくにとって、ずっと個人的にも苦痛なものとしているのは、前回このまちがいをやったとき、自分がイラク侵略を支持して陸軍に入ったということだった。ICに入ったときに、二度と自分はだまされないと確信していた。特に極秘クリアランスの最高位を持っているんだから。それがあればまちがいなく、ある程度の透明性は得られるはずだろう？　結局のところ、政府が自国の秘密を守る人々から何かを隠すはずがないじゃないか？このすべてはつまり、当然のことがぼくにはそもそも思いつきさえしなかったということだ。それが変わったのは、二〇〇九年に日本に引っ越して、アメリカ最高の信号諜報機関であるNSAのために働くようになって、しばらくしてからのことだった。

これは夢の仕事だった。この世で最先端の諜報機関の仕事だからというだけでなく、日本での仕事でもあったからだ。日本には昔から、ぼくもリンジーも夢中だった。未来からの国のようだった。ぼくの仕事は公式には契約業者としてのものだったけれど、その責任と、特にその場所は、ぼくを魅惑するのに十分だった。皮肉なことに、自分の政府が何をやっているのか理解する立場になるためには、民間に戻るしかなかったわけだ。

紙の上では、ぼくはペロー・システムズ社の従業員だった。これはあのチビでやたらに元気なテキサス人が創業した企業ということになる。改革党を創設し、大統領選にも二回出馬したあのロス・ペローだ。でも日本についてほぼ即座に、ペロー・システムズ社はデル社に買収されたので、紙の上でぼくはデル社の従業員になった。ＣＩＡの場合と同様に、この契約業者という地位はすべて単なる形式で偽装でしかなく、ぼくはＮＳＡ施設でしか働いていない。

ＮＳＡの太平洋技術センター（ＰＴＣ）は、巨大な横田空軍基地にある建物の半分を占領している。在日米軍の本部として、横田基地は高い壁、鉄のゲート、衛兵付き検問所で囲まれている。横田基地とＰＴＣは、ぼくとリンジーが借りたアパートからはバイクですぐのところだった。ぼくたちのアパートは巨大に広がる東京都市圏西端にある福生市にあった。

ＰＴＣは全太平洋地区のＮＳＡインフラを扱い、近隣国のＮＳＡスポークサイト〔訳注　車輪のスポークのように、中心のハブからのびた先にある小規模な下位サイト〕の支援も行った。こうしたサイトのほとんどは、ＮＳＡが各国政府に獲得した諜報を少しお裾分けするのを条件として、環太平洋地区の各国にスパイ装置を設置させるという秘密の関係を管理するためのものだった——そしてもちろん、各国の市民がＮＳＡの活動に気がつかないようにするのも条件だ。通信傍受はこの仕事の大きな一部だった。ＰＴＣは傍受信号からの「カット」を貯め込んで、それを海を越えたハワイへと押し返し、ハワイがそれをアメリカ本土へと送り返す。

ぼくの公式の肩書きはシステムアナリストで、地元NSAシステムの維持が仕事だった。でも当初の仕事の大半はシスアドとしてのもので、NSAのシステムアーキテクチャをCIAのものと接続するのを手伝うのだ。またジュネーブのようにアメリカ大使館にでかけて、両機関がこれまでは不可能だったような形で情報共有を可能とするリンクを設置・維持するのも仕事だ。これは人生で初めて、その場にいる人の中で単一のシステムの中身がどう機能するかだけでなく、複数のシステムといっしょになってどう機能するか――あるいはしないか――という感覚を持った唯一の人間であることがどれほどの力を持つか、本当に認識したときだった。後にPTCの局長たちは、各種問題へのソリューションをハックしてまとめる才能がぼくにあるのに気がつきはじめた。このため独自のプロジェクト提案をする余地も与えられた。

しょっぱなから、NSAについては二つ驚かされたことがあった。CIAに比べて実に技術的に高度だということ、そして情報の区画化からデータ暗号化まであらゆる段階で、セキュリティに関してはCIAよりずっと甘いということだ。ジュネーブでは、毎晩コンピュータからハードディスクを取り出して金庫に入れ、鍵をかけた――さらにそうしたドライブは暗号化されていた。これに対してNSAは、ほとんど何も暗号化していない。

実際、NSAがサイバー諜報の面では実に先を行っているのに、サイバーセキュリティの面ではこれほどまでに後進的だというのは、いささか心穏やかならぬものがあった。災害復帰やバックアップといった、最も基本的な部分すらおろそかだった。NSAのスポークサイトはそれぞれ独自の情報を集め、その情報を独自のローカルサーバに保存していたのに、帯域幅の制約――高速で転送できるデータ量の制約――のために、コピーをNSA本部のメインサーバに送り返さないことも多かった。これはつまり、あるサイトでのデータが破壊されたら、NSAが頑張って集めた諜報が失われるということだ。

PTCの上司たちは、ファイルの多くが複製されないと大きなリスクになると認識していたから、そのソリューションを編み出して、本部の意志決定者に売り込む仕事をぼくに任せた。結果は、シャドーNSAとして機能するようなバックアップ保存システムだった。NSAの最も重要な材料はすべて、完全に自動で継続的に更新される。これによりNSAは、フォートミードが灰燼（かいじん）に帰したとしても、あらゆるデータが揃った状態で再起動して復帰できるようになる。

世界的な災害復帰システム構築の大問題――それを言うなら、本当に壮絶な数のコンピュータについて、どんな種類であれバックアップを構築するときの大問題――は、データの重複への対処だ。平たく言うと、コンピュータが一〇〇〇台あってそのすべてに同じファイルが一つある場合にどうしようか？　その同じファイルを一〇〇〇回バックアップするのは避けたい。そんなことをしたら、帯域幅も保存容量も一〇〇〇倍必要になるからだ。NSAのスポークサイトが記録の日次バックアップをフォートミードに送信しなかったのも、こうした無駄な複製の問題が大きかった。接続は、同じ傍受通話を含むファイルのコピー一〇〇〇個で渋滞してしまう。そのうち九九九個はNSAとしては不要なのだ。

これを避ける方法が「非重複化」だ。これはデータの一意性を評価する手法となる。ぼくが設計したシステムでは、絶えずNSAが記録を保管するすべての施設でファイルをスキャンし、それぞれのデータ「ブロック」を、ファイルの最も小さな断片に到るまで、それが一意的（唯一無二のもの）かどうか確認する。NSAが本部にそのコピーを持っていない場合に限り、そのデータは自動的に送信キューに入る――おかげで、NSAの太平洋横断光ファイバー接続に流れるデータ量は、滝だったものがチョロチョロ程度ですむ。

　脱重複化と絶え間ない保存技術改善のおかげで、ＮＳＡは諜報データをますます長期間保存できるようになった。ぼくのキャリア期間だけ見ても、ＮＳＡの目標は、諜報を数日間保存するというものから、収集後数か月、さらに五年以上保存するというものになった。本書が刊行される頃には、ＮＳＡはすでに何十年分ものデータを保存できているかもしれない。これまでのＮＳＡの通念は、使い物になるまで保存しておけないなら、そんな情報は集めても仕方ないというものだった。でも、何がどういう形で使えるかは、まったく見当がつかないのだ。これを口実にして、ＮＳＡの究極の夢、永久保存に拍車がかかった——これまでに収集生産したあらゆるファイルを永遠に保存し、完全な記録を作るということだ。これぞ永久記録。

　ＮＳＡはプログラムにコードネームをつけるとき、各種の手順を守らねばならないことになっている。基本的には、易経のような確率手順で、二つの列から単語をランダムに選ぶのだ。内部ウェブサイトが空想上のサイコロを投げて、Ａ列から一つ名前を選び、もう一回サイコロを振って、Ｂ列から別の名前を選ぶ。こうして、まったく何の意味もない名前ができあがる。FOXACID〔訳注　狐酸〕とかEGOTISTICALGIRAFFE〔訳注　独善キリン〕とかだ。コードネームで重要なのは、それがプログラムの中身に触れてはいけないということだ（すでに報道されているように、FOXACIDはお馴染みのウェブサイトのマルウェア版をホストするＮＳＡサーバのコードネームだ。EGOTISTICALGIRAFFEは、Ｔｏｒが走る一部のウェブブラウザの脆弱性を利用するＮＳＡのプログラムだ。というのもＴｏｒそのものは破れないからだ）。でもＮＳＡのエージェントたちは自分の力とＮＳＡの絶対的な不可侵性を確信しすぎていたので、こんな規制を遵守することはほとんどなかった。要するに、インチキをして何度もサイコロを振り直し、自分の好きな名前の組み合わせになるようにするのだ。それはその人がかっこいいと思えばなんでもいい。TRAFICTHIEF〔訳注　トラフィック泥棒〕とか、VPN Attack Orchestra〔訳注　ＶＰＮ攻撃オーケストラ〕とか。

自分のバックアップシステム名を選ぶときには、誓って絶対そんなことはしなかった。単にサイコロを投げたら、出てきたのは次の名前だった：EPICSHELTER〔訳注　スゲえ格納場所〕。

後に、ＮＳＡがこのシステムを採用したとき、保存近代化計画とか保存現代化プログラムとかいった名前に変えられた。EPICSHELTER発明からものの二年で、変種が導入され、これまた別の名前で普通に使われるようになった。

*

二〇一三年にぼくがジャーナリストたちに配った資料は、ＮＳＡによる実に広範な濫用を記録していた。これは実に多様な技術能力を通じて実現されているので、日常的に業務をこなすエージェントは、誰一人としてそのすべてについて知り得る立場にはいない——シスアドですら。政府の悪行のごく一部について突き止める場合でも、それを探しにいかないとわからない。そして探しにいくためには、そもそもそれが存在することを知らねばならない。

その存在をぼくに報せてくれたのは、会議などというつまらないものだった。それがＮＳＡのやらかしていることの全貌について、ぼくの最初の疑念に火をつけたのだ。

EPICSHELTER作業の真っ最中に、ＰＴＣは中国に関する会議を開催した。主催は国防情報局（ＤＩＡ）の下の共同対抗諜報研修アカデミー（ＪＣＩＴＡ）だった。ＤＩＡは、国防総省傘下の局で、外国軍や外国軍関連事項に関するスパイを専門としている。この会議には、あらゆる諜報関係機関、ＮＳＡ、ＣＩＡ、ＦＢＩ、軍からの専門家が集まっていた。そして中国諜報機関がＩＣをどのように標的にしていて、それを邪魔するためにＩＣに何ができるかについての発表会が含まれていた。中国は確かに興味深かったけれど、でも通常はぼくがやるような業務ではないので、大した注意も払わずにいたところ、唯一の技術説明者が土壇場で出席できなくなったと発表された。その欠席理由は覚えていない――インフルエンザか、あるいは天啓か――けれど、会議のこの部分の議長が代理で出席できる人物がＰＴＣにいないかと尋ねた。いまさら会議のリスケには遅すぎたからだ。局長の一人がぼくの名前を挙げ、やってみるかと言われてぼくはすぐに承知した。この上司は好きだったし、助けてあげたかったからだ。それに好奇心もあったし、たまにはデータの非重複化ではない仕事もやりたかったのだ。

上司は大喜びだった。そしてそこで、オチが出てきた。その発表会は翌日だったのだ。

ぼくはリンジーに電話して、今日は帰れないと告げた。プレゼンテーションの準備で徹夜になる。名目的には、その中身は非常に古い分野である対抗諜報と、きわめて新しい分野であるサイバー課報との交錯になるはずだった。それを組み合わせることで、インターネットにより監視情報を集めようとする敵の試みを利用し阻止する方法を説明しようとした。ぼくは、ＮＳＡネットワークのあらゆるものを引っ張りだし（そしてまだアクセス権の残っていたＣＩＡネットワークからも）、中国がオンラインで何をやっているかについての極秘報告をすべて読もうとした。具体的には、通称侵入セットと呼ばれるものについていろいろ読んだ。これは特定の攻撃、ツール、標的に関するデータの束だ。ＩＣアナリストはこうした侵入セットを使い、個別の中国軍サイバー諜報やハッキング集団を同定する。探偵が一連の強盗を行った容疑者を同定するときに、共通の特徴や手口を使うのと同じやり方だ。

この広く分散した材料をぼくが調べたのは、単に中国がどうやってアメリカをハッキングしているか報告する以上のことをするためだった。ぼくの主要な仕事は、中国が電子的に、地域で活動するアメリカ職員やアセットを追跡する能力について、ＩＣとしての評価をまとめることだった。

誰でも中国政府による強権的なインターネット対応については知っているし（あるいは知っているつもりだし）、一部の人は二〇一三年にぼくがジャーナリストに渡した、アメリカ政府の能力に関する暴露の概要も知っている（あるいは知っているつもりだ）。でも聞いてほしい。ディストピアＳＦ的なやり方で、政府が理論的には市民たちの行動すべてを見聞きできると言うだけなら簡単だ。でも政府がそんなシステムを本当に実装するとなると、話は全然ちがってくる。ＳＦ作家が一行で述べられることでも、何千人もの技術屋と、何百万ドルもの設備の力をあわせないと実現できないかもしれないのだ。中国の民間通信監視に関する技術的な詳細を読むというのは——一〇億人を超える国民たちの、何十億もの日々の通話やインターネット通信の継続的な収集、保存、分析に必要とされる、仕組みや機構に関する完全で正確な記述を読むのは——とことん壮絶な体験だった。当初は、そのシステムの成果と大胆さにあまりに感銘を受けて、その専制主義的な統制に愕然とするのも忘れかけたほどだった。

結局のところ、中国政府は明らかに反民主主義的な一党独裁国だ。ＮＳＡのエージェントは、ほとんどのアメリカ人に輪をかけて、そこが専制主義的な地獄にちがいないと思い込んでいる。中国の市民の自由はぼくの知ったことではなかった。ぼくにはどうすることもできない。ぼくは自分が正義の側のために働いていると確信しており、だからぼくも正義の味方のはずだった。

でも読んでいるもののいくつかの側面には困惑させられた。ぼくは、技術進歩の根本原則とすら呼べるものを思い出してしまったのだ。それは何かが実行可能ならば、それは実行されてしまうだろうし、すでに実行済みである可能性も十分にある、というものだ。アメリカが中国のやっていることについてこれほどの情報を手に入れるためには、どう考えてもまったく同じことをやっていないはずがないのだ。そしてこれだけの中国に関する資料を見ている間に、自分が実は鏡を見ていて、アメリカの姿を見ているのではというかすかな考えがどうしても消えなかった。中国が市民たちに公然とやっていることを、アメリカは世界に対してこっそりやれる――それどころか、実際にやっていそうだ。

こう書くとたぶん嫌われるだろうけれど、当時はこの不穏な気持をぼくは抑え込んだ。実際、それをなんとか無視しようとした。両者の区別は、まだぼくにはかなり明らかに思えた。中国の大金盾は国内検閲を行う抑圧的なもので、きわめて恐ろしく露骨なやり方で国民を封じ込め、アメリカを閉め出すようになっている。当時ぼくが理解していたアメリカの監視だと、世界中の誰でもアメリカのインターネットインフラ経由でやってきて、好きなコンテンツにアクセスし、ブロックもフィルタリングもされないはずだった――少なくとも、自分の故国やアメリカ企業がブロックしフィルタリングするもの以外は見られる。そしてそうした国やアメリカ企業は、建前上はアメリカ政府の統制下にはないはずだった。追跡され、検分されるのは、ジハード主義者の爆弾サイトやマルウェア売買市場に出かけるような、明示的に標的とされるような人々だけのはずだった。

このように理解すると、アメリカの監視モデルはぼくにはまったく無問題に思えた。無問題どころではない――ぼくはこうした防衛的な的を絞った監視を完全に支持していた。誰も閉め出さず、悪い奴だけをつかまえる「ファイアーウォール」はすばらしいと思ったのだ。

でもその徹夜の後の眠れぬ何日かを経て、ぼくの心の奥底ではかすかな疑念がまだ蠢(うごめ)いていた。中国についてのまとめを発表した後もずっと、ぼくはつい探し回ってしまったのだった。

＊

二〇〇九年にＮＳＡ勤めが始まった時点で、ぼくはＮＳＡの手口についてはその他の世界よりほんのわずかに詳しい程度だった。ジャーナリストの報道から、ぼくはＮＳＡの無数の監視イニシアチブが、９・11の直後にジョージ・Ｗ・ブッシュ大統領によって承認されたのを知っていた。特に、その中でも最も社会的な反発が強かったイニシアチブである、大統領監視プログラム（ＰＳＰ）の中の令状なし盗聴部分については知っていた。これは数人のＮＳＡと司法省の内部告発者の勇気により、二〇〇五年に『ニューヨーク・タイムズ』がすっぱ抜いたものだった。

公式に言えば、ＰＳＰは「大統領命令」でありアメリカ大統領が下した命令群として、法律と対等に政府が施行すべきものとなる——それがこっそりナプキンに書き殴ったものであったとしても。ＰＳＰはＮＳＡに、アメリカと外国との電話やインターネットの通信を収集する権限を与えた。特にＰＳＰは、ＮＳＡが外国諜報監視法廷からの特別令状を得なくてもこれを許可した。この秘密連邦法廷は、各種機関が反ベトナム戦争運動や公民権運動を国内でスパイしているのが見つかってから、監視令状に関するＩＣの要求を監督するために一九七八年に設立されたものだ。

『タイムズ』紙のすっぱ抜きに伴う糾弾と、アメリカ自由人権協会（ＡＣＬＵ）がＰＳＰの合憲性について行った、公開の一般法廷での訴えのため、ブッシュ政権はこのプログラムを二〇〇七年に失効させたと主張した。だがこの失効は実はインチキだった。議会はブッシュ政権最後の二年間を、ＰＳＰの遡及的な合法化に費やした。またそこに参加した電気通信企業やインターネットサービスプロバイダたちを、遡及的に訴追免除した。この法制——二〇〇七年アメリカ保護法と二〇〇八年ＦＩＳＡ修正法——は、意図的に誤解されやすい表現を使ってアメリカ市民たちに対し、彼らの通信が明示的には標的にされていないと保証しつつも、実質的にはＰＳＰの守備範囲を拡大していた。外国から入ってくる通信を集めるだけでなく、ＮＳＡはいまやアメリカの国境内から発せられる外向きの電話やインターネット通信を、令状なしで集めてよいという政策承認を得た。

少なくともこれが、政府自身による状況まとめを読んだ印象だった。これは二〇〇九年七月（ぼくが中国のサイバー能力調査に深入りして過ごした夏）に非機密版として公開されたものだ。このまとめは「大統領監視プログラムに関する非機密報告」というつまらない題名をつけて、五機関（国防総省、司法省、CIA、NSA、国家情報長官府）の監察局によりとりまとめられ、ブッシュ時代のNSAの行きすぎに関する全面的な議会調査に代わるものとして国民に提供された。オバマ大統領が、政権を握ったのに完全な議会調査要求を拒否したというのは、少なくともぼくにとっては、この新任大統領が——リンジーは熱烈に彼の選挙活動を支援していた——過去を適切に振り返ることなしに前進するつもりだという最初のしるしだった。オバマ政権がPSP関連プログラムの看板だけ付け替えて再承認するにつれ、リンジーがオバマに抱いていた期待は、ぼく自身の期待と共に、ますますピントはずれだったことが明らかとなる。

非機密版報告は、ほとんどが目新しくもない話ばかりとはいえ、いくつかの点で示唆的だと思えた。すぐにその不思議なくらい、なんだか無用な弁解をやたらにしている書きぶりに驚かされたのを覚えているし、つじつまのあわない強引な論理展開や表現もあった。報告は、各種のNSAプログラム——めったに名前は出てこないし、ほとんど決して中身が説明されない——を支持する法的主張を並べるが、それを読みつつぼくは、こうしたプログラムを実際に許可した大統領府高官たちが、監察官たちのヒアリングを拒否しているという事実に嫌でも気がついた。ディック・チェイニー副大統領やジョン・アシュクロフト司法長官、司法省弁護士のデヴィッド・アディントンとジョン・ユーなど、主要プレイヤーのほぼ全員が、ICに説明責任を果たさせるはずの部局に対する協力を拒んでいた。そしてこれは証言を必要とする公式な調査ではないので、監察官たちは協力を強制できなかった。ぼくとしては、彼らが記録に含まれていないというのは、悪事を告白したとしか解釈できなかった。

この方向でやはり怪しいと思えたのが、「他の諜報活動」(頭文字が大文字になっている)への曖昧な言及が繰り返し行われており、そうした「活動」については、ブッシュ大統領の戦時中における大統領権限の主張以外には、何も「正当な法的根拠」や「法的基盤」がないということだった。もちろん、こうした言及では、その活動というのが実際にどういうものかについて、一切説明していない。でも演繹してみると、それは令状なしの国内監視を指しているとしか考えられない。というのもそれは、PSP以後に登場した各種の法的枠組みの中で触れられていない、唯一の諜報活動と言っていいものだからだ。

読み進める中で、この報告の中で明かされたことの何一つとして、そこに関連した各種の法的なややこしい陰謀がなぜ必要だったか十分に納得させてくれるものではなかったし、まして当時の副検察長官ジェイムズ・コミーや当時のFBI長官ロバート・ミュラーが、PSPの一部の側面が再承認されたら辞職するなどという脅しをなぜする必要があったのかも、まるで納得できるものに思えなかった。また実に多くのNSAの同僚たち——ぼくよりはるかに階級が上で、何十年もの経験を持つ——や司法省の職員たちが、あれだけのリスクを冒してマスコミと接触し、PSPの各種側面が濫用されていることについての懸念を述べたという事実を十分に説明してくれるようなものも、まったく見あたらなかった。彼らが自分のキャリア、家族、生命すら危険にさらすのであれば、それはすでに新聞の見出しを飾った、令状なしの盗聴などというものよりは、ずっと深刻な何かについてであるはずだった。

この疑念のために、ぼくはこの報告の機密版を探し続けたし、そんなバージョンが存在する気配すら見えないという事実にもひるむことはなかった。わけがわからなかった。機密版が単に過去の罪の記録でしかないなら、簡単にアクセスできるはずだ。でもどこにもない。探している場所がまちがっているのかとも思った。それでも、しばらくかなり広く探し回っても相変わらず何も見つけられなかったので、ぼくはもうあきらめた。人生のほうが重要だし、仕事もあった。ICエージェントたちが中国国家安全部に正体を暴かれて処刑されるのを回避するための提言を求められているときに、先週何をグーグルしていたか思い出すのはなかなかむずかしい。

機密版がいきなりデスクトップに登場したのは、ずっと後になって、失われた監察官報告書のことなんかとっくに忘れた後のことだった。まるで、何かを見つける最高の方法は探すのをやめることだという古い格言を裏付けるかのような出来事だった。機密版が登場すると、どうしてこれまでまったく見つけられなかったのかもわかった。こんなものは、各機関の長にすら見せるわけにはいかなかったからだ。これは極度統制情報（ECI）区分がついていた。きわめて珍しい区分であり、極秘クリアランスを持つ人物からさえ隠しておくべき資料だけにつけられるものだ。立場上、ぼくはNSAのECIはほとんど知っていたけれど、これにお目にかかるのは初めてだった。報告の完全な機密分類はTOP SECRET//STLE//HCS/COMINT//ORCON/NOFORNだ。これを翻訳すると、これを読んでいいのは世界で本当に数十人しかいない、ということだ。

もちろんぼくは絶対にその数十人には含まれない。この報告が手に入ったのは、まちがいによるものだった。NSAの監察官部門の誰かが、シスアドたるぼくでもアクセスできるシステム上にドラフト版を残していったのだ。STLWという注意書きは、ぼくの知らないものだったけれど、ぼくのシステム上ではたまたま「汚い言葉」だった。つまり低セキュリティドライブに保存してはいけない文書だ。こうしたドライブは絶えずチェックされ、新しい汚い言葉が含まれないか確認される。そしてそれが見つかったとたん、アラートが飛んできて、ぼくはその文書をシステムからきれいに消去する最高の方法を決める。でもそれをやるには、その違反ファイルを自分で確認しなくてはならない。汚い用語検索が、何かまちがって警告を出したのではないと確認する必要があるからだ。通常は、そんなものはチラリと見ておしまいだ。でも今回は、文書を開いて題名を読んだ瞬間、これは最後まで通読するしかないと悟った。

ここには非機密版文書に欠けていたすべてがあった。ぼくの読んだマスコミ報道になかったすべてがあり、またぼくが読んでいた法廷議事録に出てこなかったものもあった。NSAの最も極秘の監視プログラムに関する完全な記述と、アメリカ法を転覆してアメリカ合衆国憲法をひっくり返すような、NSAの政令や司法省方針などもあった。これを読むと、なぜIC職員が誰もこれをジャーナリストにバラしたことがなく、またどんな判事も政府がこれを公開するよう強制できなかったのかもわかる。この文書はあまりに深い極秘なので、シスアド以外でこれにアクセスできる人物はすぐにわかってしまうからだ。そしてそこに概説された活動はきわめて深刻な刑事犯罪だったから、どんな政府であれ、これをそのままの形で公開するなど決して認めなかっただろう。

すぐに目に付いた問題が一つあった。ぼくがすでに見ていた非機密版は、この機密版のありがちな再編版などではないということだ、むしろそれはまったく別の文書で、機密版を見ると、非機密版のほうは臆面なしの慎重にでっちあげられたウソだというのがすぐにわかってしまう。この二重性は衝撃的ではあった。特にぼくはそれまで何か月もかけてファイルの非重複化を行ってきたのだから。ほとんどの場合、同じ文書に二つのバージョンがあっても、両者のちがいはどうでもいいものだ――コンマが少しちがうとか、単語がいくつか改訂されるとか。でもこの二つの報告の場合、共通点はといえば題名だけだった。

非機密版は単に、NSAが9・11の後で諜報収集を強化するよう命じられたと述べただけだったのに対し、この機密版はその強化の性質と規模も述べていた。的を絞った通信収集というNSAのこれまでの役割は、「バルク収集」へと根本的に変えられた。バルク収集というのは、大量監視のNSAによる婉曲表現だ。そして非機密版はこのシフトをあいまいにして、テロという亡霊を使い国民を脅すことで、監視を拡大すべきだと主張したのに対し、機密版はこのシフトを明瞭にし、それが技術能力拡大に伴う正当な結論なのだと述べてそれを正当化していた。

NSAの監察官が書いた部分は、機密報告では「収集ギャップ」と呼んでいるものを概説していた。既存の監視法制（特に外国諜報監視法）は一九七八年のもので、ほとんどの通信信号が無線や電話線経由で運ばれ、光ファイバーや人工衛星などはない時代だった。要するにNSAは、現代通信の速度と量は、アメリカの法を追い越し、その範囲をはるかに超えたと主張していた――どんな法廷も、秘密法廷さえも、それに追いつくほどの速度で個人に的を絞った令状を発行し続けるのは不可能だ。そして真にグローバルな世界は真にグローバルな諜報機関を必要とするのだという。このすべては、NSAの理屈だと、インターネット通信のバルク収集の必要性を示している。このバルク収集イニシアチブのコード名は、まさにぼくのシステムでフラグの立った「汚い言葉」で示されているものだった。STLW。これはSTELLARWINDの略称なのだ。これがPSPの中で継続された、唯一最大の部分であり、そしてプログラムがマスコミで公表された後も秘密裏に継続され、成長さえ続けてきたのだった。

STELLARWINDは、機密報告書の一番深い秘密だった。これは実は、NSAの最も深い秘密でもあり、報告書の取り扱い注意の指示は、まさにこの秘密を守るためのものだったのだ。プログラムが存在すること自体、NSAの任務が一変し、技術を使ってアメリカを守ることから、市民の個人的なインターネット通信を潜在的な信号諜報だと定義し直すことで、技術を使ってアメリカを統制することに変わったのだというしるしだった。

こうしたインチキな再定義が報告書の到るところに見られたけれど、最も根本的で、露骨に必死な部分は政府の用語をめぐるものだろう。STELLARWINDは二〇〇一年のＰＳＰ開始以来通信を収集してきたが、二〇〇四年に——司法省の高官がこのイニシアチブ継続に猛反対したとき——ブッシュ政権は「獲得」「入手」といった基本的な英単語の意味を変えることで、それを事後的に正当化しようとしたのだった。この報告によると、ＮＳＡが好き勝手にどんな通信記録でも令状を取らずに収集できるというのが政府の立場だという。というのも政府がそうした通信を入手あるいは獲得したと言えるのは、法的な意味ではＮＳＡがデータベースでそれを「検索して抽出した」とき、その場合に限られるからなのだ、という。

　この用語辞典の小細工は、ぼくにとってはことさら癇に障るものだった。というのもぼくはＮＳＡの目標が、できるかぎりのデータをできるかぎり長く——永遠に——保存することだというのを十分に承知していたからだ。もし通信記録が文句なしに「獲得された」というのが、それが利用された時点だけであるなら、「非獲得状態」のまま収集して永遠に保存し、生データとして将来の加工を待てるようになる。「獲得」「入手」ということばを再定義することで——つまりデータをデータベースに入れることから、ある個人（またはもっと可能性が高いのは、あるアルゴリズム）がそのデータベースにクエリーを送り、将来の任意の時点で「ヒット」または「結果」を得るという行為をあらわす用語だとすることで——アメリカ政府は永遠の法執行機関という能力を手に入れているのだった。任意の時点で、政府は被害者に仕立て上げたいどんな人物の過去の通信でも探し回り、犯罪を探し出せる（誰の通信でも何かしらのネタはあるのだから）。任意の時点で、永遠にわたり、どんな新政権でも——将来のどんなＮＳＡの悪者長官でも——出勤して、スイッチ一つで、万人を電話やコンピュータで追跡し、その正体を知り、どこにいて、誰と何をしていて、過去に何をしてきたか調べられるのだ。

「大量監視」という用語のほうが、政府の好む「バルク収集」よりもぼくにとっては、そしてたぶん多くの人にとっても、もっと明瞭だと思う。「バルク収集」というのは、ぼくから見ればＮＳＡの業務について、インチキなほどあいまいな印象を与えかねないと思う。「バルク収集」は、特に忙しい郵便局や下水局のように聞こえて、存在するあらゆるデジタル通信の記録への完全アクセスを実現し、それをこっそり所有しようという壮大な活動ではないような印象を与える。

でもひとたび共通の用語が確立されたとしても、誤解の余地は多い。ほとんどの人は今日ですら、大量監視を通信の内容という観点で考える――つまり電話をかけたりメールを書いたりするときに実際に使っている言葉だ。政府がそうした内容については比較的気にしないことがわかると、みんな政府の監視についてもあまり気にしないようになりがちだ。安心してしまうのも、ある程度は無理もない。というのも、ぼくたちが自分の通信について、独得の内面を明かす親密な性質だと考えがちなものは、ほとんど指紋のように個人的な声や、テキストメッセージで送るセルフィーの、真似のできない表情などだからだ。でも残念ながら真実は、通信の内容はその他の側面ほどの情報量を持つことはほとんどない――行動のもっと広い文脈やパターンをあらわにする、書かれぬ、語られぬ情報のほうが大事なのだ。

ＮＳＡはこれを「メタデータ」と呼ぶ。この頭についた「メタ」は、通常は「上の」「越えた」と訳されるけれど、ここでは「～についての」という意味だ。メタデータというのは、データについてのデータだ。それはもっと正確にいえば、データがつくり出すデータだ――データを有用にする、各種のタグやマーカーとなる。でもメタデータについて最も直接的に考えるなら、「活動データ」だと思えばいい。自分のデバイスでやるあらゆることの記録や、そのデバイスが独自にやることすべての記録だ。たとえば電話での通話を考えよう。そのメタデータは、通話の日付や時間、通話時間、発信番号、受信番号、その位置などを含む。メールのメタデータは、それを書いたコンピュータの機種、場所、書いた時間、そのコンピュータの持ち主、メールの送信者、受信者、送受信の場所と時間、送り手と受け手以外に誰がそれにアクセスしたか、それがいつどこで起こったか、というようなことを含む。メタデータは監視者に対し、昨晩どこで寝たか、今朝何時に起きたかといったことを教えてくれる。日中に訪れたあらゆる場所を報せ、そこで過ごした時間も報せる。誰と接触し、誰に接触されたかも示せる。

この事実から、メタデータは何やら通信の中身に対する直接的な窓ではないという各種の政府の主張はすべて叩き潰せる。世界中でめまいがするほどのデジタル通信が行われている中、あらゆる電話の通話内容が聞かれたり、すべてのメールが読まれたりするなどということは絶対にあり得ない。それができたとしても、大して役には立たないし、そしてどのみちメタデータが仕分けをしてくれるから中身を読むまでもない。だからこそ、メタデータを何やら無害な抽象化だとは考えず、コンテンツのまさに本質だと考えるほうがよいわけだ。それは人を監視する連中が必要とする最初の情報なのだから。

またもう一つある。コンテンツは通常、その人が知っていて生み出すものだと思われている。通話で自分の言うことはわかっているし、メールで何を書いているかもわかる。でも自分の生み出すメタデータはほとんどコントロールできない。というのもそれは自動的に生み出されるからだ。それを集めるのも、保存するのも、分析するのも機械なのと同じく、それを作るのも機械だし、しかも人が介在するどころか、同意することもなしに作り出される。各種デバイスは、こちらが望もうと望むまいと、絶えずその人になり代わって通信している。そして自分の意志でやりとりを行う人間たちとはちがい、デバイスは中身をわかりにくくするために私的な情報を控えたり、符牒を使ったりはしない。単に最寄りの携帯電話の通信アンテナに、決してウソをつかない信号でピングを送るだけだ。

　ここでの大きな皮肉の一つは、常に技術イノベーションから少なくとも一世代は遅れる法律が、通信のメタデータよりも内容にはるかに大きな保護を提供しているという点だ——ところが諜報機関はメタデータのほうにはるかに興味がある——データを大量に分析するための「大きな状況」を捉えられるようにしてくれるし、個別の人間の生活についての完全な地図、行動記録、それに関連するシノプシスを作れるようにしてくれる「小さな状況」も可能にする。活動記録のほうが重要なのだ。そこから彼らは行動の予測を抽出する。要するに、メタデータは監視者に、その人物について知りたいこと、知るべきことをほぼすべて告げてしまう。わからないのは、その人の頭の中で実際に何が行われているのかということだけだ。

　この機密報告書を読んでから数週間というもの、いや数か月にもわたり、ぼくは呆然としていた。悲しく、落ち込み、考え感じることすべてを否定しようとしていた——日本滞在の最後の頃にぼくの脳内で起こっていたのはそういうことだ。

　故郷からはるか遠くにいるのに見張られているように感じた。これ以上ないほど成長したように感じつつ、あらゆる人が何か子供じみたものに還元されてしまい、残りの生涯を遍在する親の監督下で暮らすよう強いられているという知識に苛まれた。自分の不機嫌さをリンジーにあれこれ弁解すると詐欺師のような気分になった。本格的な技術能力を持っているはずなのに、何やらこのシステムの不可欠な要素構築を、目的も知らずに構築支援してしまった自分が大バカ者に思えた。ＩＣの職員として、自分が守ってきたのが国ではなく国家だったことにいまやっと気がついて、利用されたような気分だった。そして何よりも、侵害された気分だった。日本にいるため、この裏切りの感覚は強化されるばかりだった。

説明しよう。

コミュニティカレッジとアニメやマンガへの関心を通じて習得した日本語は、基本的な会話をする程度には十分だったけれど、読むにはまったく不十分だった。日本語では、それぞれの単語は独得の文字かその組み合わせで表現できる。これは漢字と呼ばれる文字だ。これは何万とある——ぼくが覚えるには多すぎた。しばしば、読み方をしめすおまけ、ふりがながついている場合には、ある漢字を完読できることもあったけれど、ふりがなは一般には外国人や若い読者のためのものなので、標識のような一般の文にはついていないのが普通だ。その結果として、ぼくは実質的に文盲状態でうろつくことになる。混乱して、左折すべきところを右折し、あるいはその逆となる。まちがった通りをうろつき、メニューの注文をまちがえる。つまるところぼくは異邦人ということで、しばしば複数の形で途方にくれていた。時にはリンジーのお供で、田舎での写真撮影旅行にでかけたりすると、ぼくはいきなり立ちどまって、村や森の真ん中で、自分がまわりのことを何一つ知らないのだということにはたと思い当たるのだった。

それなのに、ぼくについてはすべてが知られている。いまや自分が政府に完全に見通されているのを理解した。道順を教えてくれて、まちがった方向に行くと修正してくれて、交通標識の翻訳を助けてくれて、バスや電車の時間も教えてくれた電話は、同時にぼくの行動すべてが雇い主に筒抜けになるようにしていた。上司たちに、ぼくがいつどこにいたかを告げている。電話に触れもせず、ずっとポケットに入れっぱなしだったとしても。

リンジーとぼくがハイキングにでかけて迷子になり、リンジー——この件については一切話していなかった——が唐突にこう言ったことがある。「フォートミードにＳＭＳ送って見つけてもらったら？」そう言われて、ぼくは何とか笑おうとした。彼女はその冗談を続けて、ぼくは何とかそれをおもしろがろうとしたけれど、無理だった。彼女はぼくを真似てみせた。「もしもし、道を教えてもらえないかなあ？」

後にぼくはハワイの真珠湾近くに住むことになる。そこはアメリカが攻撃され、最後の正義の戦争と呼べそうなものにひきずりこまれた場所だ。ここ日本で、ぼくはむしろ広島や長崎に近かった。その戦争が恥ずべき形で終わった場所だ。リンジーとぼくは、ずっとこの二都市を訪問したいと思っていたけれど、予定を入れるたびに、何かがあってキャンセルせざるを得なかった。初めて休みが取れたときには、本州を下って広島に行く気満々だったのに、急に仕事で招集がかかり、正反対の方向に向かわされた——凍てつく北部の三沢空軍基地だ。次に予定をたてたときにはリンジーが病気になり、そしてぼくも病気になった。最後に長崎に行こうとした前の晩に、リンジーとぼくは初の巨大な地震で目が覚め、布団からとびおきて、階段を七階分駆け下り、その晩はずっとご近所たちとともに街頭で、パジャマ姿で震えながら過ごしたのだった。

本当に後悔しているのだけれど、結局ぼくたちは行けなかった。これらの場所は聖地で、その記念碑は焼き尽くされた二万人と、放射線で汚染された無数の人々を悼(いた)むとともに、技術の道徳不在について語ってくれる。

ぼくはしばしば「原子の瞬間」と呼ばれるものを考える——物理学ではこれは、原子核がまわりを旋回する陽子や中性子を原子の中に取り込む瞬間を示すものだけれど、一般にこれは核時代の到来を意味するものとされる。同位体がエネルギー生産、農業、水の殺菌、致死性の病の治療を可能にしてくれると同時に、原爆をつくり出した瞬間だ。

技術にはヒポクラテスの誓いが存在しない。少なくとも産業革命以来、学術界、産業界、軍、政府における技術屋たちが下してきた実に多くの決断は、「できるかどうか」に基づいたもので「やるべきか」には基づいていなかった。そして技術発明を動かした意図は、その応用や利用を制約することはめったに、いやまったくない。

もちろん核兵器とサイバー監視を、人間へのコストという観点で比べるつもりはない。でも拡散と軍縮という概念に関するかぎり、ここには共通性がある。

これまで大量監視を実践してきた国は、ぼくの知るかぎり第二次世界大戦の他の主要参戦国だ——一つはアメリカの敵、もう一つはアメリカの同盟相手。ナチスドイツとソ連では、その監視が最も最初に公式に登場したのは、一見すると人畜無害な国勢調査を通じてだった。その国の住民の公式計数と統計記録だ。ソ連初の全国国勢調査は一九二六年に行われたが、単純な計数を超えた裏の目的があった。公然とソ連市民に、その国籍を尋ねたのだ。その結果は、ソヴィエトのエリート層を構成するロシア民族に対し、中央アジアの伝統を受けつぐウズベク人やカザフ人、タジク人、トルクメン人、グルジア人、アルメニア人の合計と比べると、自分たちのほうが少数民族なのだと納得させたのだった。これを知って、こうした文化を殲滅しようというスターリンの決意は大いに強化され、そうした人々を異質なマルクス・レーニン主義のイデオロギーへと「再教育」しようとする結果となった。

一九三三年ナチスドイツの国勢調査もまた、似たような統計プロジェクトだったが、コンピュータ技術の助けを借りたものだった。第三帝国の人口を数え、それを統制して粛清する——主にユダヤ人とロマ人たち——のが狙いだった。それを終えてから、国境の外にいる人々に対する殺人的な活動を繰り出そうというわけだ。この活動を支援すべく、第三帝国はアメリカのＩＢＭのドイツでの子会社デホマグ社と組んだ。彼らはパンチカード計数装置の特許を持っていたのだった。これは一種のアナログコンピュータで、カードに開けた穴を数えてくれる。全市民がカード一枚であらわされ、そのカードの穴はそれぞれ、ある身元情報のマーカーをあらわしていた。二二列目は宗教の行で、その最初の穴はプロテスタント、二番目の穴はカソリック、三番目はユダヤ教だ。一九三三年のナチ党は、まだ公式にはユダヤ人を民族ではなく宗教として認識していた。数年後にこの見方は捨てられ、その頃にはこの国勢調査情報は、ヨーロッパのユダヤ人を見つけて、殺人収容所へと移送するのに使われたのだった。

現代のスマートフォンは一台で、第三帝国とソ連をあわせた戦時中のマシンすべてを上回る計算能力を持っている。これを思い出すと、現代アメリカのＩＣの技術支配のみならず、それが民主的統治にもたらす脅威の意味合いを理解しやすくなる。こうした国勢調査活動以来一世紀かそこらで、技術は驚異的に進歩したが、それを抑える法律や人間の良心はまるで進歩していない。

アメリカにも国勢調査はもちろんある。憲法でアメリカ国勢調査が確立され、それを各州の公式な連邦集計として掲げた。これは下院の議員数を比例代表で決めるための根拠となる。これはいわばレビジョニスト的な原理ではあった。というのも植民地アメリカを支配したイギリス王政を含め、専制主義的政府は伝統的に、国勢調査を課税標準と、徴兵できる若者の数を見極めるために使ってきたからだ。抑圧のメカニズムだったものを民主主義のメカニズムへと作り替えたのは、アメリカ憲法の慧眼だった。国勢調査は、公式には上院の管轄だけれど、一〇年ごとに実施するよう命令されている。これは一七九〇年の第一回国勢調査以来、ほとんどのアメリカ国勢調査のデータ処理に必要な時間だった。この一〇年という処理時間は、一八九〇年の国勢調査で短縮された。これは世界ではじめてコンピュータを活用した国勢調査だった（ＩＢＭが後にナチスドイツに売りつけたモデルのプロトタイプとなる）。計算機技術のおかげで処理時間は半分になった。

デジタル技術はこうした計数をさらに高速化しただけじゃない――もはや国勢調査を過去のものにしつつある。大量監視はいまや果てしない国勢調査となり、郵送されるどんな調査票よりも大幅に危険なものとなっている。あらゆるデバイスは、電話からコンピュータまで、基本的にはみんながバックパックやポケットに持ち運ぶ、ミニチュアの国勢調査員なのだ――それもあらゆることを記憶し、何も容赦しない調査員だ。

日本はぼくの原子の瞬間だった。まさにそのときぼくは、こうした新技術がどこに向かっているのかに気がついたのだ。そしてぼくの世代がここで介入しなければ、このエスカレーションは続く一方なのだということにも。やっと国民が抵抗を決意した頃には、そうした抵抗がもはや無意味になっているようならあまりに悲劇だ。この先の世代の世界では、監視はまれで、法的に正当化される状況だけに向けられるものではなくなる。彼らはその世界になじむしかない。その時には監視は、絶え間なく無差別な存在になる。常に聞き耳をたてる耳、常に見る目、眠ることなく永続的な記憶。

データ収集の遍在性が、保存の永続性と組み合わされれば、あらゆる政府はスケープゴートに仕立てるべき人物や集団を選び、検索をかければいいだけになる――ぼくがＮＳＡのファイルを検索したのと同じだ。必ず、何かしらもっともらしい犯罪の証拠は見つかってしまうのだ。

第17章　クラウド上の故郷

二〇一一年にぼくはアメリカに戻り、名目上は同じ雇い主デル社に雇われていたけれど、いまや古巣のCIAで働いていた。ある穏やかな春の日、新しい仕事の初日から戻ってきたとき、おもしろいことに気がついた。引っ越してきた家には郵便受けがあったのだ。別にすごい郵便箱ではなく、タウンハウス地区にありがちな、仕切られた長方形の一つだけれど、それでもついニッコリしてしまった。もう何年も郵便受けなんか持っていたことはなく、こいつも中身を確かめたことは一度もなかった。本当はその存在にすら気がつかなかったかもしれないけれど、でもあふれかえっていたので目についた――「エドワード・J・スノーデン様または現在お住まいの方」宛のダイレクトメールの山で、はち切れそうなのだった。各種封筒には、クーポンや家具の広告などが入っていた。誰かが、ぼくが引っ越してきたのを知っていたのだ。

子供時代の記憶が蘇ってきた。郵便受けを見ると、姉宛の手紙が入っていたのだ。開けたかったのに、お母さんが許さなかった。

確か理由を尋ねた。するとお母さんは言った。「それはね、あなた宛じゃないからよ」。他人宛の手紙を開封するのは、単なる誕生祝いのカードや不幸の手紙だったとしても、あまりいいことじゃないのだという。それどころか、犯罪なのよ、と。

どんな犯罪なのか、ぼくは知りたがった。「すごい犯罪よ、坊や。連邦犯罪」とお母さんは言った。

ぼくは駐車場に立ったまま、ダイレクトメールを破って、それをゴミ箱に捨てた。新しいiPhoneが、新品のラルフ・ローレンのスーツのポケットに入っていた。メガネはバーバリーの新品。髪型も新しい。メリーランド州コロンビアにある、この新しいタウンハウスの鍵。これまで暮らした中で最大の家だし、本当に自分のものという気がする場所だった。ぼくは金持ちだった。少なくとも友人たちはそう思った。自分でも、これが自分かと見ちがえるほどだった。

何もなかったことにして、とにかくお金を儲け、愛する人々の生活を改善するのがいちばんいいと腹を決めた——結局のところ、みんなそうしているだろう？　でも言うはやすし。見て見ぬふりのことだ。お金のほうは、楽だった。楽すぎて後ろめたいほど。

ジュネーブを含め、たまの帰郷を除けば、ぼくは四年近くも故国を離れていたことになる。帰ってきたアメリカは別の場所のようだった。自分が外国人になった気分とまではいかないにしても、理解不能な会話に巻き込まれることがあまりに多かったのは事実だ。二言目には、知らないテレビ番組や映画の名前が出てきたり、どうでもいいセレブのスキャンダルだのが話題にのぼり、こちらは返事に窮する——答えるネタがないのだ。

矛盾した考えがテトリスの四角のように降り注ぎ、それを整理しようと苦闘した——それを消そうとしたのだ。こういう哀れな、優しい、無邪気な人々を哀れんだ——みんな被害者で、政府に監視され、崇拝する画面に逆に見張られているんだ、と思った。でも今度はこう思う：黙れ、変に劇的に仕立てるんじゃない——みんな幸せで、気にしてないんだし、おまえだって気にしなくていいんだぞ。大人になれ、仕事をやって生計を立てろ。人生ってそういうものなんだから。

リンジーとぼくは、普通の生活を期待していた。次の段階の用意ができたと考え、結婚することにした。素敵な裏庭には桜の木があって、日本のもっと優しい部分を思わせた。多摩川沿いで、桜が散るのを見物しつつ、リンジーとぼくが笑いながら東京の花のかぐわしいカーペット上を転げ回った場所を思い出したのだった。

リンジーはヨガ講師の資格を取りかけていた。一方のぼくは、新しい仕事になじみつつあった——営業だ。

EPICSHELTERでいっしょに働いていた外部ベンダーの一人がデル社に勤めることになり、時給で働くなんて時間の無駄だとぼくを説得した。デル社の事業の営業側にいけば大儲けできるぜ、EPICSHELTERみたいなアイデアがもっとあれば、会社の中で天文学的な昇進をとげ、彼も天文学的な紹介ボーナスを手に入れられるというわけだ。ぼくは嬉々として説得された。特にそうすれば、膨れ上がりつつある不穏な気分から気をそらせるからだ。そうでないと、困ったことになってしまいそうに思えたのだった。公式の肩書きはソリューションズ・コンサルタントだった。これは要するに、アカウントマネージャである新しいパートナー（クリフと呼ぶことにしよう）がつくり出す問題を解決しなければならないということだ。

クリフが顔で、ぼくが脳みそのはずだった。ＣＩＡの技術ロイヤルティ購買担当エージェントと席に着いて、あの手この手でデル社の機器や技能を売り込むのが彼の仕事だ。これはつまり、ポケットの奥深くから、ＣＩＡのためにこんなこともします、あんなこともしますと果てしなくかっこいい約束を繰り出すということだ。その約束は、競合他社には、絶対、まちがいなく、確実にできないことだった（そして現実には、ぼくたちにも不可能なことだった）。ぼくの仕事は専門家たちを率いて、クリフのウソの度合いをある程度引き下げて、小切手を切った人物が電源スイッチを入れたときにみんなが牢屋送りにはならない程度のものを作る、ということだった。

プレッシャーなんかまったくありませんがな。

主要なプロジェクトの一つが、ＣＩＡが最先端に追いつけるようにするというものだった——つまりはＮＳＡの技術水準まで引き上げればいい。このために新技術の中でも最もバズっていた「プライベートクラウド」を構築したいと言う。狙いは、ＣＩＡの処理能力や保存容量を統合しつつ、データにアクセスする手法を分散させることだった。普通のアメリカ語でいうなら、アフガニスタンのテントにいる人物が、ＣＩＡ本部の人物とまったく同じ仕事をまったく同じ方法でできるようにしたかった。ＣＩＡ——およびＩＣの技術リーダーシップすべて——は絶えず、「サイロ」について文句をたれていた。これは、世界中に散らばった何十億個ものデータのバケツの問題だ。それをフォローもできずアクセスもできないのだ。そこでぼくは、デル社で最も賢い連中からなるチームを率いて、誰でもどこでも、何でもアクセスできる手法を考案しようとしていた。

実証段階で、ぼくたちのクラウドの作業用コードネームは「フランキー」になった。ぼくがつけたんじゃない：技術側では「プライベートクラウド」としか呼んでいなかった。命名者はクリフで、ＣＩＡへのデモの最中に、この可愛いフランケンシュタインが大いにお気に召しますよ、「だってスゲー怪物ですからね」と言ったのだ。

クリフがあれこれ約束するほど、ぼくも忙しくなって、リンジーとぼくは両親や旧友たちとのつながりを取り戻すのに、週末しか使えなくなった。なんとか新しい家に家具をそろえ、設備を整えようとした。この三階建ての家には何もなかったから、自分ですべて買いそろえるしかなかった。少なくとも、両親たちが気前よくお下がりをくれたもの以外はすべて。これで大人になった気分にはなれたけれど、一方でその買い方はぼくたちの優先順位について雄弁に物語るものでもあった。お皿、ナイフやフォーク、机、椅子は買ったけれど、でも寝るのは相変わらず床に直置きしたマットレスの上。クレジットカードはすべて追跡されるのでぼくは拒否反応を示すようになっていたから、すべて現金の即金払いで買った。車がいるようになったら、現金三〇〇〇ドルで、一九九八年型アキュラ・インテグラ（ホンダ）を売ります買います欄で見つけて買った。お金を稼ぐのは簡単だけれど、ぼくもリンジーも、コンピュータ機器以外のものにそれを使うのは好きではなかった――特別な機会に散財するのはOKだ。バレンタインデーにぼくは、リンジーが前から欲しがっていたリボルバー式拳銃を買ってあげた。

新しいマンションは、車で二〇分以内に一ダース近いショッピングモールがあるところだった。その一つがコロンビアモールで、一五万平方メートルの店舗面積に、二〇〇店舗が入居し、一四スクリーンのAMCマルチプレックス映画館、中華料理チェーンのP・F・チャンズとチーズケーキ・ファクトリーもあった。おんぼろインテグラでお馴染みの道を走るにつれて、ぼくは国を離れている間に起こった各種の開発に感銘を受けると同時に、ちょっとひるんだ。ポスト9・11の政府支出激増は、確かに多くの地元民の懐を大いに潤わせた。しばらくアメリカを離れて戻ってきて、この地域がどれほど豊かで、いかに多くの選択肢を消費者に提供しているか――巨大小売り店や高級インテリアデザインショールームがどれほどあるか――を目の当たりにするのは、不穏な、圧倒されるような体験ですらあった。そしてそのすべてがバーゲンばかりやっている。大統領記念日セール、戦勝記念日セール、独立記念日セール、労働記念日セール、コロンブス記念日セール、復員軍人の日セール。各種の旗の下で、華やかなバナーが最新の値引きを発表している。

ここで回想しているある午後、ぼくたちの目的はきわめて設備重視のものだった――家電ディスカウント店のベストバイにいたのだ。新しい電子レンジを選んでから、リンジーのヘルシーなこだわりに基づいて、ブレンダーの棚を検分していた。彼女は電話を取りだして、一〇台かそこらの商品のうち、最高のレビューがついているものはどれかを調べているところだった。そしてぼくは、店の一番奥にあるコンピュータ売り場にふらふらと向かっていた。

でもその途中で足が止まった。台所用品の一番端に、一段高い明るい台座の上に鎮座していたのは、ピカピカの新しい冷蔵庫だった。いや「スマート冷蔵庫」というやつで、「ネット接続」を謳っている。

これには、掛け値なしに、衝撃を受けた。

セールスマンが近づいてきた。呆然としているのを、興味があるのだと解釈したのだった——「すごいでしょう」——そして、その機能をいくつかデモしてくれた。冷蔵庫のドアに画面が埋め込まれ、画面の横には小さなスタイラスのホルダーがあり、メッセージをあれこれ殴り書きできる。書くのがいやなら、音声やビデオメモを残せる。また画面を普通のコンピュータのように使える。冷蔵庫には無線ＬＡＮ機能があるからだ。メールやカレンダーをチェックできる。YouTubeを見たり、ＭＰ３を聴いたりもできる。電話だってかけられる。リンジーの番号を入れて、フロア越しに「冷蔵庫から電話してるんだよ」と言いたくなるのを、やっとの思いでこらえた。

それ以外に、セールスマンによると、冷蔵庫のコンピュータは中の温度を監視し、バーコードをスキャンすることで食品の鮮度も見てくれる。さらに栄養情報も提供し、レシピも提案してくれる。確か値段は九〇〇〇ドル超だったはず。「配送料込みですよ」とセールスマン。

混乱して黙りこくったまま家まで運転したのを覚えている。これはぼくたちが約束されていた、月に届くような驚異のハイテク未来じゃないぞ。あの代物がネット接続できる唯一の理由は、所有者の使い方や、各種の家庭データをメーカーに送信するためだとしか思えなかった。メーカーはそのデータを売って金銭化する。そしてそんなことをしていただくために、ぼくたちがお金を払うよう求められている。

友人、ご近所、同胞市民たちが嬉々として企業の監視を家庭に招き入れ、ウェブをブラウズするのと同じくらい効率的にパントリーをブラウジングしつつ、追跡されても平気だというなら、政府監視についてぼくがこんなに神経をとがらせても、何の意味があるんだろうと思ってしまった。ドモティクス革命、つまりアマゾンエコーやグーグルホームのような「バーチャルアシスタント」が寝室にまで招き入れられ、平然とナイトスタンドに置かれて、範囲内のあらゆる活動を記録送信し、あらゆる習慣や嗜好（さらにはフェティッシュや変態行為）を保存し、それがこんどは広告アルゴリズムへと発展して、現金化されるようになるのは、五年ほど先のことだった。生活するだけでぼくたちが生み出すデータ——あるいは生活を監視させるだけで発生するデータ——は民間企業を富ませつつ、その分だけ人々の私的存在を貧困にする。政府監視が市民を従属臣民にして、国家権力に支配される存在に変えるという効果を持つのと同様に、企業監視は消費者を製品化し、それを企業は他の企業やデータブローカーや広告業者に売ることになる。

一方、あらゆる主要技術企業（デル社も含む）は、ぼくがＣＩＡ向けに作っているものの民間バージョンを新たに発表しつつあった。クラウドだ（実はデル社はこの四年前に、「クラウドコンピューティング」という用語を商標登録しようとして却下されたほどだ）。人々が実に平然と契約しているので、ぼくは驚いた。自分の写真やビデオや音楽や電子書籍が、すべてバックアップされてすぐ手に入るという見通しに興奮するあまり、そもそもなぜそんな超高度で便利な保存ソリューションが「無料」または「安価」に提供されているのかほとんど考えようとしないのだ。

こんなコンセプトが、あらゆる方面からこれほど一斉に飛びつかれているのを見たのは初めてだと思う。「クラウド」は、デル社がＣＩＡに売り込む営業用語としても優秀だったし、同様にアマゾン社やアップル社やグーグル社が利用者に売り込むときにも有効だった。いまだに目を閉じれば、クリフがＣＩＡのスーツ連中相手に「クラウドでは、セキュリティ更新をＣＩＡの世界中のコンピュータに配信できますよ」とか「クラウドが稼働したら、ＣＩＡは誰がどのファイルを読んだか世界的に追跡できるようになります」とか言って籠絡している様子が目に浮かぶ。クラウドは、白くふわふわした平和的なもので、背景のはるか高みを漂っているわけだ。雲（クラウド）が多すぎれば嵐模様になるけれど、雲（クラウド）一つなら、優しい日陰をもたらしてくれる。守ってくれるものだ。たぶんみんな、天国を連想したんだと思う。

デル社は——アマゾン社、アップル社、グーグル社といった最大級のクラウド民間企業と共に——クラウド台頭をコンピュータの新時代だと考えた。でも少なくとも概念的には、これはコンピュータ最初期の古いメインフレームアーキテクチャへの退行でもある。そこでは多くのユーザがみんな、単一の強力な中央コアに依存し、それを管理できるのは専門家のエリート部隊だけだった。世界はこんな「非パーソナル」なメインフレームモデルをわずか一世代前に捨て去った。デル社のような企業が、一般人にも受け入れられるくらい安く単純な「パーソナル」コンピュータを開発したおかげだ。それに続くルネサンスは、デスクトップ、ラップトップ、タブレット、スマートフォンを生み出した——どれも人々に、無数のクリエイティブな仕事をする自由を与えてくれたものだ。唯一の問題は——作ったものをどうやって保存しよう？

そこで生まれたのが「クラウドコンピューティング」だった。いまや、どんなパソコンを持っていようが、ほぼどうでもよくなった。いまや頼っているのは、クラウド企業が世界中に構築した巨大データセンターに格納されている。これはある意味で新しいメインフレームであり、何列ものラック入りの同じサーバが、個別マシンが集合的なコンピューティングシステム内でいっしょに機能するような形で結ばれている。単一のサーバや、あるデータセンターが丸ごと失われてももはや構わない。というのもそれは、もっと巨大な世界的クラウドの一滴でしかないからだ。

一般利用者の観点からすると、クラウドはただの保存機構で、データが個人デバイスではなく、各種のちがうサーバに保存されるようにするもので、そのサーバは極端な話、ちがう企業が所有して運用してもいい。結果として、データはもはや本当に自分のものではなくなる。企業がそれを統制し、それをほぼどんな目的のためにでも使えるのだ。

クラウド保存の契約条件を読んでみるといい。これは毎年のように長くなるのだけれど——いまのものは、六〇〇〇語を超えている。この本の平均的な章の二倍だ。オンラインでデータを保存するときには、しばしばそれに対する権利を放棄している。企業は、どんな種類のデータを保存してくれるのかを決められるし、気に食わないデータはあっさり削除できる。自分のマシンやドライブに別のコピーを持っておかないと、このデータは永遠に失われてしまう。もしデータのどれかが、特に気に入らなかったり、サービス条項に違反していたりすると、企業は一方的にこちらのアカウントを削除し、自分のデータにアクセスできないようにして、一方で記録用に自分ではコピーを残し、こちらの知らないうちに合意もなく当局にそれを提供できる。最終的には、ぼくたちのデータのプライバシーは、データの所有権に委嘱する。これほど保護の薄い財産でありながら、これほどプライベートな財産というのもないのだ。

＊

ぼくが共に育ってきたインターネット、ぼくを育ててくれたインターネットは消えつつあった。そしてそれと共に、ぼくの若さも消えつつあった。オンラインに出るという行為自体が、かつてはすばらしい冒険に思えたのに、いまや手間のかかる面倒ごとでしかなくなった。自己表現はいまや、とんでもないほどの自衛を必要とするので、その自由は消え去り、楽しみもなくなってしまうほどだ。あらゆる通信は創造性の問題ではなく安全の問題になってしまう。あらゆるやりとりが潜在的な危険となる。

一方、民間部門は人々の技術依存を市場統合へと利用するのに忙しかった。アメリカのインターネット利用者の大半は、デジタル生活すべてを、三頭帝国企業（グーグル社、フェイスブック社、アマゾン社）の所有するメール、ソーシャルメディア、e－コマースプラットフォーム上で過ごしていた。そしてアメリカのＩＣは、この企業のネットワークへのアクセスを手に入れることで、この事実を活用しようとしていた――これは世間からは秘密にされた直接の命令、および相手の企業からも秘密にされている、隠密転覆活動を通じて行われている。利用者データは、こうした企業に莫大な利益をもたらし、政府はそれを無料で利用している。ぼくがこれほど無力に感じたことはないと思う。

さらに、ぼくは別の感情を抱くようになっていた。何か漂っているような奇妙な感覚で、それなのに同時にプライバシーが侵害されているという不思議な感覚だ。まるで自分が分散したかのようだった――人生の一部が世界中のサーバに散らばっている――その一方で、それが侵入されたり押しつけられたりしている。毎朝、自分のタウンハウスを後にするとき、自分がこの住宅開発の到るところにある監視カメラに会釈しているのに気がついた。これまでは、まったく意に介したこともなかったのに、いまや通勤途上で赤信号にでくわすと、こちらをねめつけるセンサが、信号突破するかそれとも停車するかをチェックしているのだとつい思ってしまうのだった。ナンバープレートの読み取り機は、ぼくが時速六〇キロを維持してもこちらの往き来を記録し続ける。

アメリカの基盤となる各種の法律は、法執行の仕事を簡単にするためでなく、むずかしくするために存在する。これはバグではない。民主主義の鍵となる特徴なのだ。アメリカのシステムでは、法執行（警察）は市民をお互いから守るものとされている。そして法廷は、その権力が濫用されるのを抑制し、国内で拘留、逮捕、暴力――殺人能力を含む――を使用する唯一の権限を持った人々に対する是正を提供する。こうした抑制の最も重要なものは、法執行が一般市民に対し、その人の所有地内で令状なく監視盗聴を行ってはいけないという禁止だ。令状なく個人の記録を押収してはいけないのだ。でもアメリカの公共財産、つまりはアメリカの街路や歩道の大半を含む場所での監視を抑制する法律はほとんどない。

法執行機関による公共財産上での監視カメラ利用は、もともと犯罪抑止と、犯罪後の捜査支援を目的としたものだった。でもこうした装置の価格が下がると、それは到るところにあるものとなり、その役割は予防措置的なものとなった――法執行機関はこれを、犯罪を犯していない、その容疑すらない人々の追跡に使うようになった。そしてもっと大きな危険がさらに待ち受けている。顔面認識やパターン認識といった人工知能的機能の高度化だ。ＡＩを備えた監視カメラは、ただの記録装置にとどまらない。自動化された警官に近いものとなる――「怪しい」活動、たとえばドラッグ取引に見えるもの（つまり人々がハグしたり握手したりする行為）や、ギャング参加に見えるもの（たとえば特定の色やブランドの衣服を着た人物）を能動的に探し出す、真のロボコップ的なものとなる。二〇一一年ですら、これが技術の向かう先なのだというのは明らかに思えた。そしてそれをめぐる本質的な公開議論はまったくない。

潜在的なモニタリングの濫用が頭の中に積み上がって、唖然とするような未来のビジョンが生み出された。あらゆる人が完全に監視される世界は、論理的に考えてあらゆる法律が完全に、自動的に、コンピュータによって強制される世界となる。結局のところ、人が法律を破っているところを認識できるのに、その人物に責任を取らせないというＡＩデバイスは想像しにくい。もし可能だったとしても、お目こぼしや許容といった警察アルゴリズムが組み込まれることはないだろう。

あらゆる市民は法の前に平等であるという当初のアメリカの約束を、これが最終的かつグロテスクな形で実現するんだろうか、とぼくは思案した。完全自動化法執行を通じた、平等な抑圧体制だ。ぼくの台所に鎮座する将来のスマート冷蔵庫が、ぼくの行いや習慣をモニタリングして、カートンに直接口をつけて飲むとか、手をきちんと洗わないとかいった傾向を使い、ぼくが犯罪者となる確率を評価するところを想像してみた。

完全自動化法執行のこうした世界——たとえばあらゆるペット所有法や、ホームオフィスを規制するあらゆる用途地域規制法の完全施行——は耐えがたいものとなる。極端な正義は、極端な不正義となり得る。これは違反に対する処罰の厳しさという面だけでなく、法がどのくらい一貫し、徹底して適用され、訴追されるかという面についても言える。ほとんどあらゆる巨大な長命社会は、みんなが遵守を期待される不文律だらけだし、さらに成文法になってはいても、誰も守るとは思われていないどころか、存在すら知られていない大量の法律もある。メリーランド州刑法一〇条五〇一項によると、不倫は違法であり、一〇ドル以下の罰金となる。ノースカロライナ州では、州法14-309.8でビンゴのゲームが五時間以上続くのは違法とされている。こうした法律は、もっと謹厳な過去からのもので、それなのにどういうわけか、廃止されることはなかった。ぼくたちの生活のほとんどは、知らないうちに白か黒かではなくグレーゾーンで起こっている。みんな横断歩道でないところで道を渡り、リサイクルに一般ゴミを混ぜ、一般ゴミに資源ゴミを入れ、自転車に不適切なところで乗り、他人のＷｉＦｉを拝借して支払いをしていない本をダウンロードしたりする。要するに、あらゆる法律が常に執行強制される世界というのは、万人が犯罪者となる世界なのだ。

こういう話をリンジーにしてみようとした。でも、彼女は一般的にぼくの懸念事項に対して理解を示してくれるけれど、完全にネットを遮断しようとか、あるいはフェイスブックやインスタグラムをやめるとかいうことにさえ同意はしなかった。「そんなことをしたら、自分のアートを含めて、友だちも捨てることになるじゃない。あなただって、昔は他の人とやりとりするのが好きだったでしょうに」

確かにその通り。そして彼女がぼくのことを心配するのも、もっともな話だった。ぼくがあまりに張り詰めていて、ストレスが大きすぎると感じていた。その通り——ただし仕事のせいではなく、彼女に話してはいけない真実を話したいという欲望のせいだった。NSAの元同僚たちが、彼女を監視の標的にして、ぼく宛に送ってくれた愛のポエムを読めるのだなんてことは話せなかった。彼女が撮ったあらゆる写真——公開したヤツだけでなく、親密な種類のものも——のすべてにアクセスできるなんてことも言えなかった。彼女の情報が収集され、みんなの情報が収集されているなんてことも言えない。それは政府の脅しに等しい。道をはずれたことをやったら、きみの私生活をネタにしますよ、というわけだ。

そこで、アナロジーを通じてあいまいにそれを説明しようとした。ある日、ラップトップを開いたら、デスクトップに表計算のファイルがあったと想像してくれと頼んだ。

「なんで？　あたし表計算きらいなんだけど」と彼女。

これはちょっと予想外の返事だったので、頭に浮かんだことをすぐ口にしてしまった。「みんなそうだけど、こいつは『ジ・エンド』というファイル名なんだ」

「おっとー、謎めいてるのね」

「そんなファイルを作った覚えはないけれど、開いてみたらその中身は十分にわかる。そこにあるのは、自分を破滅させられるものすべてて、本当にすべてなんだ。人生を破壊できるような情報がすべて、こと細かに並んでる」

リンジーはにっこりした。「そのファイル、あなたのヤツを見せてもらえる？」

これは冗談だったけれど、ぼくは冗談ではなかった。自分についてのあらゆる情報のかけらを含む表計算ファイルは、道徳的なハザードを作り出す。考えてほしい。大小問わず、結婚生活や仕事を破壊しかねない各種秘密、最も親密な人間関係すら破綻させそうな内容、バレたら破産し、友だちもなくなり、牢屋送りになりかねない秘密すべてだ。そのファイルには、先週末に友人の家で吸った大麻のことが書いてあるかもしれない。あるいは大学のバーで、スマホのスクリーンから吸ったコカインのライン一本のことも入っているだろう。あるいは友人のガールフレンドと酔っ払って一夜限りの過ちをおかし、いまやそれがその友人の奥さんで、二人とも後悔していて、二度と誰にも話さないと誓った内容もある。あるいはティーン時代に受けた中絶のこともあるかもしれない。両親から隠し、また伴侶からも隠しておきたい話だ。あるいは、何かでやった署名活動とか、抗議活動への参加とか。誰でも何かしら秘密はある。破滅につながりかねない情報がデータの中に埋もれている――自分のファイルの中でなくてもメールの中、メールの中になくてもウェブサーフィンの履歴の中に。そしていまやこの情報をアメリカ政府が保管しているのだ。

このやりとりからしばらくして、リンジーがやってきた。「自分の完全破壊のスプレッドシートに何が書かれているか、やっと考えついたわ――あたしを破滅させる秘密」

「何なの？」

「教えない」

ぼくは平静でいようとしたけれど、でもますますおかしな身体症状が出てきた。不気味なほど不器用になり、はしごから落っこちたり――それも一度ならず――戸口にぶつかったりした。ときにはつまずいたり、持っていたスプーンを落としたり、距離をうまく目測できずに手を伸ばしてもモノがつかめなかったりした。水をこぼしたり、むせたりする。リンジーとの会話の真っ最中に、彼女の言ったことが聞こえず、どこへ行っていたのかと聞かれる始末——まるで凍り付いて別世界に行ってしまったようだという。

ある日、ポールダンス教室の後でリンジーを迎えにいくと、ふらふらした。これまでに経験した症状の中で最も困惑するものだった。おっかなかったし、リンジーも怖がった。特にそれが、だんだんぼくの感覚鈍化につながっていったからだ。こうした出来事の弁解はいくらでもあった。まともに食事をしていない、運動不足、睡眠不足。またいろいろ正当化もできた。皿がカウンターの端に近すぎた、階段がすべりやすかったという具合。自分の体験していることが、単なる思いこみなのか、それとも本当に問題があるのか、どっちが悪いのかさえ自分でもわからないほどだった。そこで医者にかかることにしたけれど、唯一の予約の空きは何週間も先だった。

その一日かそこら後、昼頃に帰宅して、なんとか在宅勤務をこなそうとした。デル社のセキュリティ担当者と電話をしている最中に、すさまじいめまいがした。即座に言い訳して電話を切って受話器を置くにも苦労する中で、悟った。ぼくは死ぬんだ、と。

これを体験したことのある人なら、破滅が迫っているというこの感覚は説明不要だし、体験したことがなければ、説明しようがない。あまりに突然襲ってきてすべてを飲み込むので、他の感情すべて、他の思考すべてが消え去り、残るのは寄る辺ない諦めだけ。人生終わった。ぼくは椅子にぐったりすわりこんだ。椅子はでっかい黒のパッドつきアーロンチェアで、それが傾く中で、ぼくは空虚に飲み込まれて意識を失った。

すわったまま意識が戻り、デスク上の時計は午後一時直前だった。気絶していたのは一時間に満たないほどだけれど、ぐったりしていた。まるで時間の始まり以来寝ていないかのようだ。

あわてて電話に手を伸ばしたけれど、手が絶えず狙いをはずし、宙をつかんでばかりいる。なんとかそれをつかみ、ダイヤルトーンが聞こえたところで、リンジーの電話番号が思い出せないのに気がついた。というか、数字は覚えているのに、その順番を思い出せないのだ。

どうやってだか、何とか下の階に下りて、慎重に一段ずつ歩みをすすめ、壁に手のひらをあてて身体を支えた。冷蔵庫からジュースを取り出してがぶ飲みした。両手でカートンを持っても、かなりをあごのほうにこぼした。それから床に転がり、頬を冷たいリノリウムにあてて眠り込んだ。その状態でリンジーがぼくを見つけた。

てんかんの発作だ。

お母さんはてんかん持ちで、しばらくは大発作を起こしやすかった。口から泡をふいて、手足をばたつかせ、転げ回って最後はひどい無意識の硬直に陥る。それまで自分の症状をお母さんの症状と関連づけなかったのが自分でも信じられないけれど、お母さん自身も何十年にわたり自分の病気を否定し、しょっちゅう転ぶのを「不器用」とか「運動オンチ」とか言い訳し続けていたのだった。やっと診断を受けたのは、三〇代末になって大発作を起こしてからで、しばらく投薬を続けたら発作は止まった。昔から、ぼくや姉にてんかんは遺伝しないと言い続けていた。いまだにそれが、医者に言われたことなのか、それとも自分の命運が子供に伝わらないのだと自分に言い聞かせようとしていただけなのかはわからない。

てんかんの診断方法はない。臨床診断は、原因不明の発作が二回以上というもの――それだけ。てんかんについてはほとんどわかっていない。医学はてんかんを、現象的に扱いがちだ。医師は「てんかん」とは言わず「発作」の話をする。そして発作を二種類にわける。部分発作と全身発作だ。前者は、脳の一部における電気的な誤発火であり、他の部分には広がらない。後者は電気的な誤発火で、連鎖反応を引き起こすものだ。基本的には、誤発火したシナプスが脳に広がって、運動機能が失われ、最後に意識も失われる。

てんかんは実に奇妙な症候群だ。かかった人によって感じ方はちがう。最初の電気的カスケード破綻が脳のどの部位で起こるかで変わってくる。聴覚中枢で破綻が起きた人は、鐘の音が聞こえるので有名だ。視覚中枢でそれが起きると、視界が暗転するか、スパークを見る。もし破綻が脳のずっと深い中核部分で起きたら――ぼくのはそうだった――ひどいめまいが生じる。やがて、ぼくも事前の警報に気付くようになり、発作の到来が予期できるようになった。こうした前兆はてんかんの一般用語では「オーラ」と呼ばれるけれど、科学的な事実でみると、こうしたオーラは発作そのものなのだ。それは誤発火の固有受容体験ということになる。

見つかるかぎりのてんかん専門家と相談した――デル社で働いていちばんよかったのは保険だ。CATスキャン、MRI、その他何でも受けた。一方リンジーは、この間ずっと忠実な天使であり続け、医者の予約に車で送迎してくれて、この症候群についてのあらゆる情報を研究しまくってくれた。アロパシー療法やホメオパシー療法のどちらもググりまくったので、彼女のGメール広告はすべて、てんかん薬品についてのものになってしまったほどだ。

ぼくは打ちのめされた気分だった。人生で最も偉大だった二つの制度が裏切られ、そしてぼくを裏切りつつある。わが国アメリカと、インターネットだ。そしていまや、ぼくの身体もその後に続いていた。

脳が、まさに文字通りショートしてしまったのだった。

第18章　長椅子の上で

電話にニュースのアラートがきたのは、二〇一一年五月一日深夜だった。ウサマ・ビン＝ラディンがパキスタンのアボッタバードまで追跡されて、ネイビーシールズ（海軍特殊部隊）のチームにより殺害されたのだった。

そういうわけだ。ぼくを軍に押しやり、そこから諜報業界へと送りこんだ攻撃を仕切った人物がいまや死んだ。パキスタンの大規模軍事アカデミーからすぐのところにある、豪華な邸宅で複数の妻に抱かれた状態で、問答無用で射殺された透析患者だ。様々なサイトが、そもそもアボッタバードというのがどこなのかを地図上で示し、それと交互にアメリカ中の各都市の状況を示していた。みんながげんこつをぶつけあい、胸をぶつけあい、叫び、飲んだくれていた。ニューヨークですら祝っている。そんなことはめったに起きないというのに。

ぼくは電話を切った。どうしても騒ぎに加わる気力が起きなかった。誤解しないでほしい。あのクソッタレが死んだのは大歓迎だ。ただ物思いにふける瞬間がやってきていて、円環が閉じたように感じただけだ。

一〇年。世界貿易センタービルに飛行機二機が激突してから、それだけの時間がたった。その間にぼくたちは何を成し遂げたというのだろうか。過去一〇年で実際にどんな成果があがっただろうか。ぼくはお母さんのマンションから受けついだ長椅子に転がって、窓越しに外を眺めると、ご近所が駐車した車のクラクションを鳴らしている。ぼくは、自分が人生最後の一〇年間を無駄にしたのではという思いを拭いきれなかった。

この一〇年は、アメリカが生み出した悲劇の大行進だった。果てしないアフガン戦争、イラクでの悲惨な政権交代、グアンタナモベイでの無期拘留、超法規的連行、拷問、ドローン攻撃による民間人――アメリカの民間人をも含む――を標的にした殺害。国内では、あらゆるものが国土安全保障化されてしまい、あらゆる日に脅威レーティングがつけられた（赤：極度、オレンジ：高、黄色：上昇）そして愛国者法以来、市民の自由が着実に解体されてきた。まさにぼくたちが守ろうとして戦っているはずの、その自由だ。累積的な被害――悪行の総体――は考えるだにすさまじいもので、まったく回復不能に思えた。それなのにぼくたちは、大喜びでクラクションを鳴らしてライトを点滅させている。

アメリカ国土で最大のテロ攻撃は、デジタル技術の発達と並行して生じたし、そのデジタル技術は、地球の大半をアメリカの国土にしてしまうものだった――望もうと望むまいと。もちろん、わが国の監視プログラムのほとんどが導入された表向きの理由はテロリズムであり、それが大いなる恐怖と場当たり主義の時期にやってきた。でも実は、恐怖こそが真のテロリズムで、それが武力の使用を正当化するものであれば、ほぼどんな口実だろうと利用したがる政治システムに利用されたのだった。アメリカの政治家たちは、テロを恐れるよりはむしろ、弱腰に見られるのを恐れたり、自分の党への忠誠心が足りない、選挙献金者への忠誠心が足りないと思われるのを恐れていた。献金者たちは、政府の公共契約と中東からの石油製品に対してやたらに貪欲だったのだ。テロ政治は、テロそのものより強力になり、「対抗テロ」を生み出した。これは能力的に並ぶものがない国による、政策による制約を受けない、露骨に法治遵守を無視する国の、パニック行動だ。９・11以後、ＩＣの命令は「二度と起こさない」というものだけれど、こんなものは実現しようがない。一〇年経って明らかになったのは、少なくともぼくには明らかだったのは、政治階級によりテロが繰り返し持ち出されたのが具体的なテロの懸念への反応などではなく、テロを永続的な危険に仕立て上げ、問答無用の権威当局が強制する永続的な警戒を必要とするものにしようという、シニカルな試みなのだということだった。

一〇年にわたる大量監視の後で、この技術はテロに対する兵器としての威力よりはむしろ、自由に対する兵器として強力だったことが明らかになった。こうした計画を続けることで、こうしたウソを続けることで、アメリカは何も守れず、何も勝ち取れず、大量のものを失っていた——そしてやがてはポスト9・11の「われわれ」と「あいつら」との間にほとんど差がなくなってしまう。

*

二〇一一年後半には発作が何度も起き、無数の医院や病院への訪問が続いた。イメージ検査、試験を受け、薬を処方されて身体は安定したけれど頭がぼんやりして、陰気になり、無気力になり、集中力もなくなった。

いまやぼくの「症状」とリンジーが呼んだものを抱えて、どうやってこの先失業せずに生きていくのかわからなかった。デル社のCIAアカウントで最高の技術屋という地位のおかげで、かなりの柔軟性はある。電話がオフィスで、在宅勤務もできる。でも問題は会議だった。会議は常にヴァージニア州にあり、ぼくはメリーランド州に住んでいる。この州では、てんかんの診断を受けたら車を運転してはいけない。ハンドルを握っているところを見つかったら、免停となり、ぼくの地位で唯一動かせない要件となる会議への出席も不可能となる。

やっとぼくは避けがたい結論を受け入れ、短期の病気休暇をもらい、お母さんのお下がりの長椅子に引きこもった。長椅子はぼくの気分と同じくらいブルーだけど、快適だった。何週間にもわたり、それがぼくの存在の中心だった――寝て、食べて、読んで、さらに眠る場所だ。つまり、時間にからかわれる中で弱々しくゴロゴロする場所というわけだ。

どんな本を読もうとしたかは覚えていないけれど、一ページも読まないうちに目を閉じて、またクッションに埋もれてばかりいたのは覚えている。自分自身の弱さ以外の何にも集中できない。クッションの上に広がっている、かつては自分だったものが非協力的な塊と化し、まったく身動きせず、ただ部屋の中で唯一の光源だった電話の画面に長い指を一本走らせるだけだ。

ニュースをスクロールして、昼寝して、スクロールして、また昼寝――その一方で、チュニジア、リビア、エジプト、イエメン、アルジェリア、モロッコ、イラク、レバノン、シリアでは抗議活動家たちが投獄され、拷問されたり、あるいは暴漢政権の秘密国家エージェントたちにそこらで射殺されていた。そうした政府の多くは、アメリカが権力維持を助けてきた。この季節の苦しみは甚大で、普通のニュース報道からもあふれ出してきた。目撃していたものは必死の行動であり、それに比べるとぼく自身の苦労なんか安っぽく思えた。セコく――道徳的にも倫理的にもセコく――恵まれているように思えた。

中東全域で、無実の市民たちが絶え間ない暴力の恫喝下で暮らしており、職場や学校は閉鎖され、電気も下水もない。多くの地域では、ごく基本的な医療へのアクセスさえない。でも監視やプライバシーに関する自分の懸念に意味があるんだろうか、いや適切ですらあるのかと一瞬でも疑問を抱いたときには、街頭の群衆とその宣言にもう少し注目するだけでよかった――カイロ、サナー、ベイルートやダマスカス、アヴァス、フゼスタンなど、アラブの春やイランの緑の運動のあらゆる都市に注目しよう。そこでの群集は抑圧、検閲、不安定の終わりを訴えていた。真に公正な社会においては、人々は政府に命じられるのではなく、政府のほうが人々に従うのだと宣言していた。それぞれの群集は、都市ごとに、毎日独自の具体的な動機や個別目標を持ってはいるようだったけれど、みんな一つ共通点を持っていた。専制主義の拒絶、個人の権利は生まれながらのもので剥奪不能だという人道的な原理の再確認だ。

専制主義国家では、権利は国家から生じて人々に許されるものだ。自由国家では、権利は人々から生じ、国家に与えられるものだ。前者では人々は従属する臣民で、財産を所有し、教育を求め、働き、祈るのは政府がそれを許可してくれるからでしかない。後者では、人々は市民であり、同意の契約に基づいて統治されることに合意しただけであり、その契約は定期的に更新され、憲法上は停止することもできる。現代における大きなイデオロギー紛争だとぼくが思っているのは、この衝突、つまり専制主義と自由民主主義との衝突だ——何やらわざとらしい偏見に満ちた、東西の分裂とか、キリスト教やイスラムに対する十字軍復興などではない。

専制主義国は通常、法による政府ではなく、指導者たちの政府であり、従属する臣民からは忠義を求め、反対には手厳しい。自由民主国家はこれに対し、そうした要求はほとんどあるいはまったくせず、むしろそれぞれの市民が自発的に、人種、民族、信仰、能力、性別、ジェンダーによらず、身の回り全員の自由保護の責任を負うという事実だけに依存する。血縁ではなく同意に基づくどんな集合的保証も、博愛主義を支持せずにはいられない——そして民主主義はしばしばこの理想にまるで及ばないとはいえ、ぼくはいまでも、民主主義こそが、背景のちがう人々が共存し、法の前に平等となるのを最も十分に可能とするような唯一の統治形態だと思っている。

この平等性は、権利だけではなく自由も含む。実際、民主国の市民が最もありがたがる権利の多くは、法に明記されているわけではなく、暗黙のうちに決まっているだけだ。それは、政府権力の制限を通じて生じた、オープンエンドの虚空に存在するだけだ。たとえばアメリカ人が言論の自由の「権利」を持つのは、政府がそうした自由を制約する法律を一切作ってはならないとされているからだ。そして報道の自由の「権利」は、政府がそれを制限するような法律を作ってはならないとされているからだ。信仰を自由に行う「権利」は、政府が宗教の設立を禁止してはいけないとされているから生じる。そして平和的な集会と抗議を行う「権利」は、政府がそれを否定するような法律を作ってはいけないとされているから存在する。

現代生活には、こうした政府の入り込めない負の空間、あるいは可能性の空間すべてを包含する単一の概念がある。その概念が「プライバシー」だ。それは国家の手の届かない空白の場所であり、法が令状なしには侵入をゆるされない虚空だ――その令状も、アメリカ政府が大量監視を求めるあまり傲慢にも容認した「万人への」令状ではなく、ある個別の人間や目的のための令状であって、具体的で可能性の高い理由があって発行されるものだ。

「プライバシー」という用語そのものがいささか空疎だ。というのもそれは本質的に定義不能か、あるいは過剰に定義されてしまうものだからだ。誰もがみんな、独自の「プライバシー」観を持っている。「プライバシー」は、誰にとっても何かを意味する。プライバシーがまったく意味を持たないような人物はいない。

こうした共通の定義がないために、複数主義的で技術的に高度な民主国の市民は、プライバシーへの欲望を正当化し、それを権利として述べねばならないと感じてしまう。でも民主国の市民はその欲望を正当化する必要なんかない――むしろ国家が、その侵害を正当化しなくてはならないのだ。自分のプライバシーを主張しないということは、それを譲り渡すということだ――憲法的な制約を侵犯している国家に対してか、あるいは「民間」企業に対して。

つまるところ、プライバシーを無視するなんて不可能だ。市民の自由は相互依存しているから、自分のプライバシーを譲り渡すのは、全員のプライバシーを譲り渡すに等しい。それを便宜上諦めることはできるし、プライバシーは隠しごとのあるやつしか必要としないという通俗的な口実を使って捨て去ることもできる。でも隠すことがないからプライバシーなんか必要ない、不要だと主張するのは、誰も何も隠しごとを持つべきではない、持つことはできないと想定することだ——人々の移民状況、失業の経歴、金銭的な過去、健康記録まで。誰も、自分自身ですら、信仰や政治的な支持や性的活動について、映画や音楽の趣味や好きな本を明かすのと同じくらいあっさり公開されても文句を言うはずがないと想定することになる。

究極的には、隠しごとがないからプライバシーなんかどうでもいいと言うのは、言うことがないから言論の自由なんかどうでもいいと言うに等しい。あるいは読むのはきらいだから報道の自由なんかいらないと言うようなものだ。あるいは神様を信じないから信教の自由はいらないとか。あるいは自分がぐうたらで反社会的な公所恐怖症だから平和的な集会の自由はいらないとか。あれやこれやといった自由が、今日の自分にとって意味がないからといって、それが明日には自分や、ご近所や——あるいは地球の裏側で抗議していた、整然とした反対者たちの群集にとって意味がないということにはならない。そうした群集は、ぼくの国が平然と解体しつつあった自由のほんの一部でもいいからほしいと願っていたのだ。

手助けしたかったけれど、どうすればいいかわからなかった。無力感はもうたくさんだった。世界が炎上しているというのに、フランネルの部屋着で貧相な長椅子に転がり、クールランチドリトスを食べてはダイエットコークを飲んでいるろくでなしでいるのはいやだった。

中東の若者たちは高賃金、低物価、ましな年金を求めてアジっていたけれど、それはぼくが提供できるものではなかったし、自治の見込みを彼らが自分でやっている行動以上に高められる活動も存在しない。でも彼らは、自由なインターネットも求めていた。イランのハメネイ師も糾弾していた。彼はますますウェブコンテンツを検閲し、ブロックして、気に入らないプラットフォームやサービスへのトラフィックを追跡してハックし、一部の外国ＩＳＰを完全に遮断していた。彼らはエジプト大統領ホスニ・ムバラクに抗議していた。彼は全国のネットアクセスを丸ごと遮断した――でもこれは、全国の若者すべてをもっと怒らせて、街頭に引っ張り出しただけだった。

ジュネーブでＴｏｒプロジェクトを知って以来、ぼくはＴｏｒブラウザを使い、自分でもＴｏｒサーバを運営していた。仕事を在宅でやりたかったし、個人的なウェブブラウジングを監視されたくなかったからだ。いまやぼくは絶望をふりはらい、長椅子から自分を追い立てて、ホームオフィスへとヨタヨタ向かい、イランのインターネット制限を迂回するブリッジリレーを設立した。そしてその暗号化した設定アインデンティティを、Ｔｏｒの中核開発者たちに配信した。

せめてこのくらいのことはしたかった。イランでオンラインに出られなかったガキが一人でも、押しつけられたフィルタや制限を迂回してぼくと――ぼくを通じて――接続し、Ｔｏｒシステムとぼくのサーバの匿名性に保護される可能性がほんのわずかでもあるなら、まちがいなくこんな最小限の努力は十分に報われたことになる。

その人物がメールを読んだり、ソーシャルメディアのアカウントをチェックしたりして、友人家族が逮捕されていないか確かめるところを想像した。そんなことを彼らがするかどうかは、知るよしもないし、そもそもぼくのサーバにイランから接続した人がいるかもわからない。そして、それがまさに重要な点だった。ぼくが提供した支援は、プライベートなものなのだ。

アラブの春を始めた人物は、ぼくとほとんど同い年だった。彼は物売りで、手押し車で果物や野菜を売っていた。当局による絶え間ない嫌がらせと強請に抗議して、彼は広場に立つと焼身自殺し、殉教者となった。不正な政権への抗議として行える最後の自由な活動が焼身自殺であるなら、このぼくだって、長椅子から立ち上がってボタンをいくつか押すくらいのことはできる。

第Ⅲ部

第19章　ザ・トンネル

トンネルに入ったところを想像しよう。その視界を考えてほしい。自分の先に延びる距離を見通すと、壁が狭まって向こうの端にある小さな光の点に向かっているようだ。トンネルの果てにある光は希望のシンボルであり、臨死体験をしたときに見えるのもそれだと言う。そこに向かうしかない。そこに引き寄せられる。でもそれを言うなら、トンネルの中で他にどこに行けるというのか、出口を通りぬけるしかないのでは？　すべてがそこに向かっているのでは？

ぼくのトンネルは、ザ・トンネルだった。これは巨大な真珠湾時代の飛行機工場をＮＳＡ施設にしたもので、ハワイのオアフ島クニアのパイナップル畑の下にある。鉄筋コンクリート造で、その名のもとになった全長一キロのトンネルは丘の中腹にあって、そこから三つの洞窟じみたフロアがあるサーバのヴォールトやオフィスへと続く。ザ・トンネルの建設当時、この丘は大量の砂、土、腐ったパイナップルの葉、太陽で焦げた草で覆われて、日本の爆撃機から偽装していた。六〇年後、それは失われた文明の巨大な土まんじゅうか、何やら不気味な神様が、神様サイズの砂場の真ん中に積み上げた、巨大な乾いた山か何かのように見える。その公式名称はクニア地域セキュリティ作戦センターだ。

二〇一二年初頭、ぼくはまたデル社の契約社員としてそこに働きにいった。でも今度はまたＮＳＡのためだった。その夏のある日――実はぼくの誕生日だった――セキュリティチェックを通過し、トンネルを下るにつれて、はたと思い当たった。この眼前に広がるこれが、ぼくの将来なんだ、と。

別にその瞬間に何か決断を下したというのではない。人生で最も重要な決断は、決してそんなふうには下されない。それは無意識のうちに行われ、完全に固まったときになって、やっと意識にあらわれるのだ――自分自身に対し、良心が自分のために選んだのはこれなのだ、これが自分の信念の命じる道筋なんだと認めるだけの強さを得たときに、それが起こる。それがぼくの、自分自身に対する二九歳の誕生日プレゼントだった。自分が単一の、いまだにはっきりしない行動に向けて人生を狭めるトンネルに入り込んだという自覚だ。

ハワイは昔から重要な中継点だった――歴史的に米軍はこの列島を、船舶や飛行機のために太平洋半ばにある燃料補給基地に毛が生えたものとしてしか扱ってこなかった――でもここはアメリカの通信にとってもまた、重要な交換地点だった。これは、本土の四八州とその前の雇用場所である日本や、その他アジア拠点との通信も含む。

ぼくが請け負った仕事は、キャリアの梯子をかなり下ったもので、仕事の中身は寝ていてもできるものだった。ストレスの少ない、負担の少ない仕事のはずだった。ぼくは情報共有局という実に示唆的な名前の唯一の従業員で、シェアポイントのシスアドとして働いていた。シェアポイントというのはマイクロソフト社製品で、どうしようもなく退屈なプログラム、というよりも各種プログラムの寄せ集めであり、内部文書管理を扱うものだった。誰が何を読めて、誰が何を編集できて、誰が何を送受信できて、といった話だ。ぼくをハワイのシェアポイントシスアドにすることで、ＮＳＡはぼくを文書の管理人にしたのだった。要するに、ＮＳＡの最も重要な施設の一つにおける主任読者なのだった。どんな新しい技術職でも必ずやることとして、最初の数日間は作業の自動化に費やした――つまり仕事をかわりにやってくれるスクリプトを書いたのだった――そうすることで、もっとおもしろいことのために時間の余裕を作ったわけだ。

これ以上先に進む前に、強調しておきたいことがある。ＮＳＡの濫用を積極的に探し出すぼくの活動は、文書のコピーから始まったのではなく、それを読むことから始まったということだ。当初の意図は、単に二〇〇九年に東京で初めて浮かんだ疑念を確認することだった。三年たって、ぼくはアメリカの大量監視システムが本当にあるのか、そしてあるならどう機能するかをつきとめようと決意していた。どうやってこの捜査を行うかはまだわからなかったけれど、少なくとも一つ確信していることがあった。その仕組みについてどうするか（いやそもそも何かをするかどうかさえ）決める前に、システムがずばりどう機能するのかを理解する必要があるということだ。

＊

もちろんこれは、リンジーとぼくがハワイにやってきた理由ではなかった。天国までわざわざやってきたのは、ある信念ゆえに二人の人生をあっさり捨て去るためなどではない。やり直すためにきたのだ。またもややり直すために。

医師たちは、ハワイの気候やもっとゆったりしたライフスタイルが、てんかんにはいいかもしれないと述べた。というのも発作の主要な引き金は睡眠不足だと思われていたからだ。さらにこの引っ越しで運転問題もなくなった。ザ・トンネルは、クニアの各種コミュニティから自転車で通える距離だった。クニアはオアフ島の、乾燥した赤い内陸部の静かな心臓部なのだ。職場まで快適な二九分の自転車通勤で、輝く日差しを浴びつつサトウキビ畑を抜けて通うのだ。鮮烈な遠くの青空の中に山々が静かに高くそびえているのを見ると、過去数か月の陰気さは、朝靄のように消えうせた。

リンジーとぼくは、ワイパフのロイヤルクニアにあるエレウ通りに、それなりの大きさのバンガロー式住戸を見つけ、そこにメリーランド州コロンビアからの家具を運び込んだ。引っ越し費用はデル社が払ってくれた。でもその家具もあまり使わなかった。というのも太陽と暑さのおかげで、ぼくたちは家に入ったとたんに服を脱ぎ捨て、動きっぱなしのエアコンの下にあるカーペットに裸で寝っ転がるのが通例だったからだ。やがてリンジーはガレージをフィットネススタジオにして、コロンビアから持ってきたヨガマットとポールダンス用のポールで満たした。ぼくは新しいTorサーバを設置した。やがて世界中からのトラフィックが、ぼくたちのエンターテイメントセンターにあるラップトップ経由でインターネットに流れるようになった。これはその雑音に自分自身のインターネット活動を隠せるという余禄もあった。

二九歳になった夏のある晩、ついにリンジーの説得に負けて、いっしょにルアウ（ハワイの宴会）にでかけた。しばらく前から行こうとせがまれていたのだ。というのもポールダンスの仲間の数人が、何やらフラガール役もやっていたからだ。でもぼくはそれまで抵抗してきた。ずいぶん作り物めいた、観光客っぽい活動に思えたし、なんだか不敬に思えたのだ。ハワイ文化は古代からのもので、その伝統はいまだに健在だ。他人の聖なる儀式を邪魔するなんて絶対にいやだった。

でもやっと、ぼくは折れた。そしてそれをありがたく思っている。いちばん感激したのは、ルアウそのものではなかった――とはいえルアウは本当に、たいまつを振り回す一大スペクタクルではあった――むしろぼくが感銘を受けたのは海辺のちょっとした野外劇場で裁判を行っている老人だった。彼は土着のハワイ人で、あの柔らかいが鼻にかかった島の声を持つ博学な人物であり、焚き火のまわりに集まった人々に、島の土着民の創造神話を語っていたのだった。

一つ記憶に残った話は、神々の聖なる一二の島についてのものだった。どうやら、太平洋にはあまりに美しく、純粋で、淡水に恵まれた島が一二か所あったので、それは人類から秘密にされていた。人間はそれを台無しにすると思われたからだ。うち三島が特に崇敬されていた。カネフナモク、カヒキ、パリウリだ。これらの島に暮らす幸運な神々は、それを隠しておくことにした。その豊かさを見たら人々は狂ってしまうと思ったからだ。その三島を隠しておくための無数の巧妙な仕組み（たとえば海の色で染めるとか、海底に沈めるとか）を検討した挙げ句、最後に彼らはそれを宙に浮かせることにした。

三島は宙に浮かぶと、あちこちに吹き流されて、絶えず動き続けた。特に日の出と日の入り時には、それが見えるように思えることもある。水平線の果てに浮かんでいるように見えるのだ。でもそれを誰かに指摘した瞬間に、それは即座に漂い去るか、軽石の船や火山噴火で飛んできた岩とかいった、まったくちがう形を取ってしまう――あるいは雲の形など。

ぼくは捜索している間に、この伝説についていろいろ考えた。ぼくが求めている啓示は、まさにその島のようだった。自分で偉いと思っている、自選の支配者たちが秘密にしておかねばと思いこみ、人類から隠すべきだと思いこんでいる、エキゾチックな保護地だ。ぼくはＮＳＡの監視能力がずばりどの程度のものか知りたかった。それがＮＳＡの実際の監視活動より広いものなのか、その場合にはどんな形のものなのか。誰がそれを承認したのか、誰がそれについて知っているのか。そして最後ながら重要な点として、そういうシステムが――技術と制度の両面で――どんなふうに機能しているのか。

こうした「島」のどれかを見つけたと思った瞬間――何か理解できない大文字のコードネームが出てきたり、報告書の最後の注に埋もれて参照されているプログラムがあったりするのだ――それについて他の言及を他の文書で見つけようとしたけれど、何も出てこない。まるでぼくが探しているプログラムが、漂い流れてしまい失われたかのようだった。すると、何日かして、あるいは何週間もたって、それがまた別の表現で、ちがう部局の文書の中に浮上したりする。

ときには、見覚えのある名前を持つプログラムを見つけても、その働きの説明がない。あるいは名前なしで説明だけあったりして、それが稼働中のプログラムを指しているのか、単にやりたいという希望を述べているだけなのかわからない。ぼくは区画の中の区画、注意書きの中の注意書き、スイートの中のスイート、プログラムの中のプログラムにぶちあたっていた。これがNSAの性質だ——右手のやっていることを左手がつきとめないよう、意図的に設計されているのだ。

ある意味で、自分のやっていることは、かつて地図製作について見たドキュメンタリーを思わせた——具体的には、海図が画像処理やGPS以前にどう作られたかという話だった。船長たちは、航海記録をつけてその座標を記入し、それを地上の地図製作者たちが解読しようとする。太平洋の全貌が明らかとなり、その島がすべて同定されたのは、このデータが何百年もかけてだんだん蓄積されてきた結果なのだ。

でもぼくは、何百年だの船何百隻だのは持ち合わせていなかった。たった一人で、まっさらな青い大海に向かって背を丸め、この乾いた陸地のかけら、この一つのデータポイントが、他のすべてとの関係でどこに属するのかを見つけようとしていたのだった。

第20章　ハートビート

かつて二〇〇九年の日本で、あの運命の中国会議に代理の発表者として参加したとき、どうやら気に入られたらしい。特に合同対抗諜報研修アカデミー（JCITA）とその親機関である国防情報局（DIA）のお覚えはめでたかったようだ。その後二年の間に、JCITAはぼくを六回かそこら、DIA施設でのセミナーや講演に招いてくれた。要するにぼくは、アメリカのICが中国ハッカーから自衛して、そのハックから得た情報を活用し、中国をハックし返す手法を講義していたのだった。

昔から、教えるのは好きだった——生徒でいるよりまちがいなく楽しい——そして幻滅の初期、日本滞在の終わりとデル社所属の全期間、この先ずっと諜報業務に就くなら、ぼくの信念を最も曲げずにすみ、しかも最も挑戦的な課題に取り組めるのは、ほぼまちがいなく学術的なものになるという気がしていた。JCITAで教えるのは、その道筋を残しておくためのものだった。また最先端の知識を追いかけておく手段でもあった——教えるなら、生徒に追い越されるわけにはいかない。特に技術分野ではそうだ。

このためぼくはNSAが「リードボード」と呼ぶものを精読するのが習慣となった。これはデジタル掲示板で、ニュースブログみたいなものだけれど、「ニュース」は機密諜報活動の産物なのだ。主要なNSAサイトはすべてこれを維持しており、地元職員が毎日、自分がその日の最も重要で興味深い文書だと考えるもので更新する——状況についていくために従業員が読むべきものはすべてあがっている。

ＪＣＩＴＡの講義準備の続きと、さらに正直言ってハワイでは退屈していたこともあって、ぼくはこうしたボードをいろいろ毎日のようにチェックするようになった。自分のサイト、ハワイのリードボード、元の駐在地東京のリードボード、フォートミードの各種リードボードだ。プレッシャーの少ない新しい地位のおかげで、好き放題に読む時間ができた。ぼくの好奇心の範囲は、以前のキャリア段階でなら疑問視されたかもしれないけれど、いまやぼくは情報共有局の唯一の従業員だ——つまりはぼくが情報共有局そのものということだ——だからまさに、どんな共有可能な情報があるかを知るのが仕事だった。一方、ザ・トンネルでの同僚たちのほとんどは、休み時間にはフォックスニュースをストリーミングしていた。

各種リードボードからの読みたい文書を整理するために、ぼくは個人的なリードボードのベストランキングを作った。ファイルはすぐに山積みとなり、デジタル保存容量を管理する親切な女性がフォルダーサイズについて苦情を言ってきた。ぼく個人のリードボードは、毎日のダイジェスト版ではなく、その日の目先の用途をはるかに超える関連性を持つ、機密情報アーカイブになっているのに気がついた。消去もしたくないし停止もしたくなかったから、むしろそれを他の人々と共有することにした。自分のやっていることについての弁解としては、これが思いつく最高のものだった。特にそうすれば、各種の情報源からの材料をおおむね公然と集められるからだ。そこで上司の承認を得て、ぼくは自動化リードボードを作り出した——誰も投稿する必要はなく、ひとりでに編集されるものだ。

EPICSHELTERと同じく、この自動化リードボードプラットフォームは、新しく独自性ある文書を永遠にスキャンするよう設計されていた。でもそのやり方は、はるかに包括的なもので、ＮＳＡのネットワークであるNSAnetにとどまらず、ＣＩＡやＦＢＩのネットワーク、さらには国防総省の最高機密イントラネットである合同世界諜報通信システム（JWICS）ものぞいていた。考えかたとしては、そこで見つかったものはあらゆるNSA職員に提供されるけれど、その人のデジタルIDバッジ――PKI証明書と呼ばれる――を文書の機密区分とつきあわせて、その人の機密クリアランス、関心、所属に応じた個人カスタマイズ版のリードボードを作る、という形で行われる。基本的にはそれは、リードボードのリードボードとなる。個人向けにカスタマイズされたニュースフィードのまとめサイトで、各職員に当人の仕事に関係した最新の情報や、状況についていくために読むべきあらゆる文書を教えてくれるのだ。それを配信するサーバは、ぼく一人が管理するものとなり、ぼくのいるところから廊下を下ったすぐのところに置かれている。そのサーバはまた、配信するあらゆる文書のコピーを保持し、おかげでほとんどの機関の長が夢にしか見られないような、機関をまたぐ深い検索がずっと簡単になる。

このシステムをハートビートと呼んだ。というのもそれはNSAやもっと広いICの脈を測るものとなるからだ。その血管を流れる情報量はとにかくすさまじいものなので、あらゆる分野に特化した内部サイトから文書を収集してまわった。これは最新の暗号研究プロジェクトに関するアップデートから、国家安全保障会議（NSC）の議事録まで様々だ。ぼくは材料をゆっくり一定のペースで読み込み、ハワイとフォートミードを結ぶ海底光ファイバーケーブルを独占しないようにしたけれど、それでもどんな人間がやるよりも多くの文書を読み込んできたので、すぐにNSAnetの最も包括的なリードボードになった。

その初期の運用で受け取ったメールは、ハートビートを永遠に停止させかねないものだった。遠くの管理者――明らかにICの中で、自分のアクセスログをきちんと読むだけの手間をかける唯一の人物――が、なぜハワイにあるシステムが、自分のデータベースのあらゆるレコードを次々にコピーしているのか知りたがった。彼は予防措置として即座にぼくをブロックしたので、ぼくは閉め出されてしまった。さらに何をしていたか説明しろと言われた。そこでやっていたことを説明し、そいつもハートビートを読めるように内部ウェブサイトの使い方を教えてあげた。彼の反応は、セキュリティ国家の技術者側の、変わった特徴を思い出させてくれた。ひとたびアクセス権をあげたら、彼の疑念は一瞬で好奇心に変わったのだった。人間なら疑ったかもしれない。でもマシンを疑ったりはしない。いまやハートビートが、意図された通りのことをしていただけだというのがわかり、しかもそれを完璧にこなしているのも理解した。彼は魅了された。記録保管庫へのブロックを解除し、ハートビートに関する情報を同僚たちに回覧して手伝ってあげようとすら申し出たほどだ。

後にぼくがジャーナリストに公開した文書のほぼすべてはハートビート経由で集まったものだ。それはＩＣの大量監視システムの狙いだけでなく能力も示してくれた。これは強調しておきたい点だ。二〇一二年半ば、ぼくは単に大量監視が実際にどんな仕組みで行われているか見当をつけようとしていただけだった。後にぼくの開示について報道したほぼすべてのジャーナリストは、監視の標的について気にしていた――たとえばアメリカ市民をスパイしようとする活動とか、アメリカ同盟国の指導者に対するスパイ活動といった具合だ。つまり、監視報告を生み出すシステムよりは、その報告の中身のほうに興味があったわけだ。もちろんそうした関心も尊重はする。ぼくだってそれを元に情報を開示したわけだから。でもぼく自身の主な好奇心は、相変わらず技術的な性質のものだった。文書を読んだり、パワーポイントのプレゼンテーションをクリックして流し読みしたりするのは、そのプログラムの意図を理解するだけのためなら十分だけれど、でもそのプログラムの仕組みを理解すれば、それだけその濫用可能性も理解できる。

これはつまり、ぼくは概要資料にはあまり興味がなかったということだ――たとえば、ぼくが開示した中で最も有名なものの一つとなったファイルである、ＮＳＡの新しい監視方針を六つのプロトコルとしてまとめている二〇一一年のパワーポイントスライドなどだ。このスライドではそれが「すべてを嗅ぎ出す、すべてを知る、すべてを集める、すべてを処理する、すべてを活用、すべてをパートナー」という形で整理されていた。これはただのＰＲ用語、マーケティングの御託でしかない。アメリカの同盟国を感心させるためのものだ。つまりオーストラリア、カナダ、ニュージーランド、イギリスという、アメリカが諜報を共有する主要国だ（アメリカと共に、これらの国はファイブアイズとして知られている）。「すべてを嗅ぎ出す」は、データの源を見つけること、「すべてを知る」はそのデータが何かをつきとめること、「すべてを集める」はそのデータを捕捉すること、「すべてを処理」はそのデータを分析して使える諜報を探す、「すべてを活用」はその諜報を使ってＮＳＡの狙いを実現すること、そして「すべてをパートナー」はそのデータ源を同盟国と共有するということだ。この六項目の用語は覚えやすいし、売り込みやすいし、ＮＳＡの野心の規模と、外国政府との共謀度合いを示す正確な表現ではあるけれど、その野心が技術的にズバリどうやって実現されているかについては、まったく何も教えてくれない。

　ずっと啓蒙的だったのは、ＦＩＳＡ法廷から見つけた命令だった。これは民間企業が顧客の私的情報を連邦政府に提出せよという法的な命令だ。こうした命令は、名目上は公開法の権限で発行されることになっている。でもその中身、いやその存在すら、最高機密なのだ。愛国者法二一五条、通称「事業記録条項」によれば、政府はＦＩＳＡ法廷からの命令を獲得して、第三者が外国諜報やテロ捜査に「関係する」あらゆる「有形なもの」を引き渡すよう命令できる。でもぼくが見つけた法廷命令が明らかにしたように、ＮＳＡはこっそりとこの権限を、ベライゾン社やＡＴ＆Ｔ社といったアメリカの電気通信企業を通じて入ってくる電話通信の「事業記録」あるいはメタデータを「継続的に日次単位で」すべて集める許可だと解釈していた。これにはもちろん、アメリカ市民同士の電話通信記録も含まれる。これは憲法違反だ。

さらにFISA修正法七〇二条は、ICが「外国諜報情報」を通信しそうだと判断されたアメリカ国外のあらゆる外国人を標的にできるとしている——ジャーナリスト、企業従業員、学者、援助関係者など、まったく悪いことなどしていない無実の人々を含む、きわめて広い潜在的標的の区分だ。この法律は、その最も有力なインターネット監視手法である、PRISMプログラムとアップストリーム収集を正当化するのに使われていた。

PRISMはNSAが、マイクロソフト社、ヤフー、グーグル、フェイスブック、パルトーク、ユーチューブ、スカイプ、AOL、アップルから、メール、写真、ビデオ、音声チャット、ウェブブラウズコンテンツ、検索エンジンの検索語、その他彼らのクラウドにあるすべてのデータを当たり前のように収集し、こうした企業をすべて承知の共謀者にするものだ。アップストリーム収集は、もっと侵襲的だとすら言える。それは民間部門のインターネットインフラ——軌道上の人工衛星や海底を走る高容量光ファイバーケーブルなど、世界中のインターネットトラフィックの経路を決める、交換機やルーター——からデータをごく普通に直接捕捉できるというものだ。この収集は、NSAの特別情報源作戦部隊により仕切られている。この部局は秘密の盗聴装置を作り、それを世界中の協力的なインターネットサービスプロバイダの企業施設内部に埋め込んだ。PRISM(サービスプロバイダのサーバからの収集)とアップストリーム収集(インターネットのインフラからの直接収集)をあわせると、世界の情報は、保存されたものも輸送中のものも、監視可能だということだ。

捜査で次の段階は、この収集が実際にどう実現されているかをつきとめることだった——つまりどのツールがこのプログラムを支えているのか、そしてそれが網にかけた大量の通信の中から、もっと細かく見る価値があると思われるものをどうやって選ぶのか、説明する文書を調べるということだ。むずかしいのは、こうした情報は機密区分を問わずプレゼンテーションなんかには登場せず、エンジニアリングの図や生の図面でしかわからないということだ。ぼくにとっては、これが見つけるべき最も重要な材料だった。ファイブアイズ向けの売り込みスライドの呪文とはちがい、これはぼくが読んでいる能力が単に、カフェイン摂りすぎのプロジェクトマネージャの妄想ではないという具体的な証拠となる。いつももっと速く開発しろとかもっと成果を出せとかせっつかれているシステム屋として思い知らされたことだけれど、各種機関はまだ影も形もないような技術をしょっちゅう発表したりする——それはクリフのような営業マンの空約束の場合もあるし、ときにはむきだしの野心のせいだったりもする。

ここでの場合、アップストリーム収集の背後にある技術は確かに実在した。だんだんわかってきたのが、こうした技術はＮＳＡの大量監視システムにおける最も侵襲的な要素だということだ。それは、それが最もユーザに近いからだ——つまり、監視されている人物に最も近いのだ。コンピュータに向かって、ウェブサイトを訪れようとしているところを考えてほしい。ウェブブラウザを開き、ＵＲＬを入力して、リターンを押す。ＵＲＬは要するに要求で、この要求はその目的となるサーバを探しに出る。でもその旅路の途中のどこかで、要求がそのサーバにたどりつく前に、ＮＳＡ最強の武器の一つであるTURBULENCEを必ず経由する。

具体的には、その要求は何段重ねかになった黒いサーバを経由することになる。それをあわせると、四段の本棚くらいの大きさだろうか。それが同盟国各国における主要な民間電気通信企業の建物の特別室に置かれ、またアメリカ大使館や米軍基地に置かれている。そこには二つの決定的なツールがある。最初のものはTURMOILで「受動的収集」を担当し、入ってくるデータのコピーを作る。二番目のTURBINEは「能動的収集」を扱う——つまり能動的にユーザにちょっかいを出すのだ。

TURMOILは、インターネットのトラフィックが必ず通らねばならない透明なファイアーウォールにいる門番だと思ってほしい。要求を見たTURMOILは、メタデータを見てセレクタ、つまりもっと検討すべきだという選択基準と照合する。このセレクタは、NSAが好き勝手に選べる。NSAが怪しいと思えばすべて含まれる。インターネット活動の地理的な発地や着地、あるいは単に「匿名インターネットプロクシ」「抗議」といった特定のキーワードかもしれない。

もしTURMOILがそのトラフィックを怪しいと旗を立てたら、それはTURBINEに引き渡される。これはその要求をNSAのサーバに迂回させる。そこではアルゴリズムに基づいて、NSAのエクスプロイト——つまりマルウェア——のどれが使われるかが決まる。この選択は、どんなウェブサイトを見ようとしているか、さらにコンピュータのソフトやインターネット接続にも左右される。選ばれたエクスプロイトはTURBINEに送り返され（ちなみにそれをやるのはQUANTUMスイートの各種プログラムだ）、それがトラフィックのチャンネルに挿入され、要求したウェブサイトの中身と一緒に、要求を出した人に送り返される。最終結果として、ほしい結果は一通り手に入るけれど、ほしくもない監視もついてくるわけだ。そしてこれがすべて六八六ミリ秒以下で起こる。まったくその人のあずかり知らないところで。

いったんエクスプロイトがコンピュータに入り込んだら、NSAはそのメタデータだけでなく、データそのものにもアクセスできる。デジタル生活はいまや、すべてNSAの手中に収められてしまったわけだ。

第21章　内部告発

ぼくが管理していたシェアポイントを使わないNSA職員でも、そのカレンダー機能くらいは見覚えがあったはずだ。これは、通常の政府以外のグループカレンダーとほぼ同じで、単にずっと高価なだけだ。基本的に、ハワイのNSA職員に対して、いつどこで会議に出なきゃいけないかというスケジュールインターフェースを提供するものだ。これを管理するのがどのくらいぼくにとって楽しかったかは、ご想像にお任せする。だからこそ、ぼくはカレンダーにあらゆる祝日をまちがいなく表示するようにさせて、ちょっとおもしろくしてやったのだった。あらゆると言ったら、本当にあらゆるものだ。単に連邦祝日だけでなく、ロシュ・ハシャナ、イド・アル＝フィトル、エイド・アル＝アドハ、ディワリまで。

そしてぼくのお気に入りがあった。九月一七日だ。憲法記念日と市民記念日というのが正式名称で、一七八七年に憲法会議の代議員たちが公式に、アメリカ憲法を承認あるいは署名した日だ。厳密には、憲法記念日は連邦の祝日じゃない。単に連邦の記念日だ。つまり議会は、わが国の礎となった文書にして、世界でいまだに使われている最古の国家憲法が、人々に有給休暇を正当化するほどは重要でないと考えたわけだ。

諜報業界は昔から、憲法記念日とは居心地の悪い関係を持っていた。つまりその関わりは通常、各機関の広報部が書いて、誰それ長官が署名した無味乾燥なメールの回覧と、カフェテリアの片隅に悲しげな小さいテーブルを設置する程度でしかなかった。そのテーブルでは、ケイトー研究所やヘリテージ財団といった場所の親切で鷹揚な煽動屋たちが寄贈してくれた、印刷製本済みのアメリカ憲法が無料で頒布されている。というのもICは、自分の何十億ドルもの予算を、ホチキス留めの紙を通じた市民の自由促進にかける気なんか全然なかったからだ。

職員たちはその主旨を理解したというべきか、しなかったというべきか。ICで過ごした七回の憲法記念日のうち、ぼく以外にそのテーブルから憲法を手に取った人は一人も見かけなかったと思う。ぼくは無料のものと同じくらい皮肉も好きなので、必ず何冊かもらっていった――一冊は自分に、一冊は友人たちの作業区画にばらまくために。自分の分は、机の上のルービックキューブにのせておき、しばらくは昼休みにそれを読むのを習慣にして、「われわれ人民は」で始まる憲法に、カフェテリアの陰気な小学校めいたピザの油を落とさないよう苦労した。

アメリカ憲法を読むのが好きなのは、一部はそこに書かれた思想がすばらしいからで、一部はその文章もいいからだけれど、本当は、それが同僚たちをビビらせたからだ。印刷したものはすべて作業が終わったらシュレッダーにかけねばならないオフィスなので、ハードコピーのページが机の上に転がっていたら、誰かしら必ず好奇心をそそられる。そしてこっちにやってきて尋ねる。「そいつはなんだい?」

「アメリカ憲法だよ」

するとと相手はしかめっ面をして、ゆっくりとその場を離れる。

二〇一二年の憲法記念日、ぼくはその文書を本気で手に取った。もう何年も、その全文を読んだことはなかったけれど、自慢ながら前文は暗唱できる。でもいまや、ぼくはそれを全部通読した。条文から修正条項まですべてだ。ぼくは、この文書冒頭の修正条項一〇個である権利章典のうち半分が、法執行機関の仕事を面倒にするよう意図されていることを知って、改めて驚いた。第四、第五、第六、第七、第八修正条項はすべて、意図的に、慎重に、非効率性をつくり出して、政府が権力を行使し、監視を行う能力を阻害するよう設計されていたのだった。

これは修正第四条に特に当てはまる。これは人々やその財産を政府の検分から保護する条項だ。「不合理な捜索及び逮捕押収に対し、身体、住居、書類及び所有物の安全を保障される人民の権利は、これを侵害してはならない。令状はすべて、宣誓又は確約によって支持される相当な根拠に基づいていないかぎり、また捜索する場所及び逮捕押収する人又は物が明示されていないかぎり、これを発してはならない。」

翻訳しよう。もし法の執行官たちが誰かの人生を漁り回りたければ、まず裁判官のところにいって、宣誓のうえで相当な根拠を示すこと。これはつまり裁判官に対し、なぜその人物が具体的な犯罪を犯した可能性があると考えるのか、あるいは具体的な犯罪の証拠が、その人の財産の具体的な部分に見つかると思われるのかについて、説明しなければならないということだ。そしてその理由が、正直かつ誠実に述べられたと宣誓しなくてはならない。その裁判官が令状を承認した場合に限り、捜索が許される――しかもその場合ですら、限られた時間だけだ。

アメリカ憲法は一八世紀に書かれた。当時の計算機といえば、そろばんに歯車計算機や紡績機しかなく、通信が海を越えて船で運ばれるには何週間もかかった。コンピュータファイルが、その中身はどうあれ、憲法でいう「書類」の変種なのも当然と言えるだろう。ぼくたちはまちがいなく、それを「書類」のように使う。特にワープロ文書や表計算文書、メッセージや検索履歴は文書だ。それに対してデータは、現代版の「所有物」だ。人々がオンラインで所有し、生産し、売買するものをすべて含む。これはデフォルトでメタデータも含まれる。それはぼくたちがオンラインで所有、生産、売買するものの記録だ――ぼくたちの生活の完璧な台帳となる。

元々のアメリカ憲法以来の数世紀の中で、クラウド、コンピュータ、電話が人々の家となり、最近では実際の家と同じくらい個人的で親密なものとなっている。これに同意できないなら、次の質問に答えてほしい。同僚に一時間自分の家で好き勝手させるのと、たった一〇分だけでもロック解除した自分のスマホを好き勝手にいじらせるのと、どっちがいいだろうか?

NSAの監視プログラム、特に国内監視プログラムは、修正第四条を完璧に無視している。NSAは基本的に、修正条項の保護は現代生活には当てはまらないと主張しているに等しい。NSAの内部方針は、人のデータを法的に保護された個人財産と考えないし、またそのデータ収集も「捜索」「押収」とは見なさない。むしろNSAは、すでに人々はその電話の記録を「第三者」――電話サービスプロバイダー――と「共有」しているのだから、かつては持っていたかもしれない憲法上のプライバシーの利得はすべて放棄したのだと主張している。そして「捜索」「押収」が発生するのは、NSAのアナリストたち(アルゴリズムではない)がすでに自動的に収集されたものを能動的に検索した場合だけだと主張している。

憲法の監督機構が適切に機能していたら、この修正第四条の極端主義的な解釈――実質的に、現代技術の使用という行為そのものが、プライバシーの権利を放棄するに等しいと主張している――は議会や法廷によって却下されただろう。アメリカの創建者たちは政治権力の有能なエンジニアで、法的な逃げ口上や大統領が王権的な権限行使の誘惑にかられることで生じる危険には特に敏感だった。こうした事態をあらかじめ封じるべく、彼らはアメリカ政府を三つの平等な部門として設立する最初の三条を構築した。そのそれぞれが、お互いに対する抑制と均衡をもたらすものとなっていた。でもデジタル時代におけるアメリカ市民のプライバシー保護となると、三権のそれぞれが独自のやり方で破綻し、システム全体が停止して炎上した。

　立法府、つまり議会の上院と下院は、意図的にその監督的役割を放棄した。ＩＣ政府職員や民間契約業者の数が激増しているのに、ＩＣの能力や活動について報告を受けている議員たちの数はどんどん減り続け、ほんの数名の特別委員会の委員たちだけが非公開公聴会で報されるだけとなった。そしてその場ですら、報告されるのはＩＣ活動のすべてではなく、ごく一部だけだ。ＩＣについて珍しく公聴会が開催されると、ＮＳＡの立場は驚くほど明瞭になる。ＮＳＡは協力せず、正直になろうとせず、もっとひどいことに、機密区分と秘密性を盾に、アメリカの連邦立法者たちをその欺瞞に協力するよう強制するのだ。たとえば二〇一三年初頭、当時の国家情報長官ジェイムズ・クラッパーはアメリカ上院の特別情報委員会で、ＮＳＡがアメリカ市民の通信の大量収集を行っていないと宣誓のうえで証言した。「ＮＳＡは何百万、いや何億ものアメリカ人についてのいかなるデータであれ収集していますか」という質問に対してクラッパーは「いいえ」と答え、そして「うっかり集めてしまうかもしれない場合はありますが、でも意図的に行うことはありません」と付け加えた。これは議会のみならずアメリカ国民に対する、意図的な、臆面も無いウソだった。クラッパーの証言を聞いていた議員のかなりの人数は、彼の証言が本当でないのを十分に承知していたけれど、それについて指摘するのを拒絶したか、あるいは法的に自分にはその力がないと考えたのだった。

　それを言うなら、司法の破綻はさらに失望させられるものだった。外国諜報監視裁判所（ＦＳＩＣ）は、アメリカ国内での諜報監視を監督する法廷で、秘密裏に会合を開き、政府だけから聴き取りを行う。それは外国諜報収集に対する個別諜報収集について個別に令状を出すよう設計されており、常にＮＳＡにはきわめて寛容で、要求の九九パーセント以上の令状を承認している――熟慮的な司法プロセスというよりは、単なるお役所のめくら判だ。９・11以降、法廷はその役割を、個別個人の監視承認から、広範なプログラム的監視の合法性や合憲性に関する判断にまで広げ、それに反対するようなチェックはまったく受けなかった。それまでは、外国テロリスト#1の監視とか、外国スパイ#2の監視とかを承認するよう求められていた組織が、いまやPRISMとアップストリーム収集のインフラを合わせたものすべてを正当化するのに使われていた。このインフラに対する司法レビューは、ACLUに言わせると、秘密裏に再解釈された連邦法により秘密プログラムを承認する秘密法廷に貶められてしまった。

ACLUのような市民社会組織がNSAの活動に対し、通常の公開された連邦法廷で異議を申し立てようとしたら、奇妙なことが起きた。政府はその監視活動が合法で合憲だという主張を基に争わなかった。かわりに、ACLUやその顧客はそもそもこんな訴えはできない、というのもACLUは自分の顧客が実際に監視されたことを証明できないからと宣言したのだ。さらにACLUは、この訴訟を使って監視の証拠を求めることもできない。なぜならそうした証拠の存在（あるいは不在）は「国家機密」であり、ジャーナリストへのリークは証拠にならないからという。要するに、政府はメディアに公開されたことで公然の知識となった情報を認知しないというのだ。この機密区分を持ち出すやり方はつまり、ACLUもその他誰も、公開法廷で法的に疑問の声をあげる訴訟を確立できないということだ。嫌悪を催すことに、アメリカ最高裁判所は五対四で政府の主張を受け入れ、ACLUとアムネスティ・インターナショナルによる、大量監視に異議を申し立てる訴訟を、NSAの活動の合法性について検討することもなしに放り出した。

最後に行政府だ。これはこの憲法違反の主犯格だ。大統領府は司法省を通じ、9・11以後に大量監視を可能にする命令をこっそり出すという原罪を犯した。その後の数十年で、行政府の越権はひたすら続いており、民主共和両党の政権が一致して、法を迂回する政策命令を発効させた――そうした政策指令に異議を唱えることはできない。というのもその機密区分のため、それを一般に報せることができないからだ。

憲法制度が全体として機能するのは、三権がそれぞれ意図した通りに機能する場合だけだ。三つすべてが破綻しただけでなく、意図的に協調して破綻するようなら、結果はお咎めなしの文化だ。最高裁や議会や、ジョージ・W・ブッシュ政権とのちがいを強調したがるオバマ大統領が、ICに法的な責任を――どんなことについてであれ――負わせるなどと想像した自分は頭がおかしかったわけだ。そろそろ、ICは自分たちが法なんかに縛られないと思っているのだという事実に直面する頃合いだった。そしてプロセスの壊れっぷりを見るにつけ、彼らが正しいことも認めなくてはならない。ICは、ぼくたちのシステムをその創設者よりよく理解するようになり、その知識を自分に有利になるように使ったのだった。

つまり彼らは憲法をハックしたのだ。

＊

アメリカは反逆行為から生まれた。独立宣言は、イギリス法のとんでもない違反であり、同時に創建者たちが「自然の法」と呼んだものの、これ以上はないほどの完全な表現になっている。その中には、時の権力を否定して、自分の良心の命ずるままに原理に基づいて反逆する権利も含まれる。この権利を行使した最初のアメリカ人たち、アメリカ史上初の「内部告発者／ホイッスルブロワー」はその一年後の一七七七年に登場した。

こうした人々は、ぼくの家族の実に多くの人々と同様に、水夫だった。大陸海軍の将校たちで、自分の新しい土地を守るために海に出たのだ。アメリカ革命の間、彼らは戦艦USSウォーレンに乗った。銃を三二機備えたフリゲート艦で、大陸海軍総司令官エセック・ホプキンス准将の指揮下にあった。ホプキンスはぐうたらで強情な指導者で、船を戦争に参加させようとしなかった。その将校たちによると、イギリス人捕虜たちを殴り、飢えさせているところも目撃したという。ウォーレン号の将校一〇人は――自分たちの良心に照らし、キャリアなど微塵も考慮せずに――このすべてを指揮系統の上に報告し、海洋委員会に次のように書いた。

大いに尊敬されたる紳士諸賢
この請願書を提出する我々は、ウォーレン号の艦上で任務に務めており、我が国に何らかの奉仕をしたいという心からの願望と確固たる期待を抱いております。我々はいまだにアメリカの繁栄を懸念しており、その平和と繁栄を見ること以上の望みはございません。我々にとって重要なものをすべて危険に曝す用意があり、必要なら我が国の厚生のために命を犠牲にするのも厭いません。我々は自分たちの憲法的な自由と特権を、圧制と抑圧の不正で残酷な要求に対して防衛するために活動したいと願っておりますが、このフリゲート艦の船上にて現在存在している状況におきましては、我々が現在の任地において参戦できる見込みはまったくなさそうです。我々はこの状況に、かなりの期間にわたって置かれております。我々は我が指揮官であるホプキンス准将の本当の人格及び行いについてよく馴染みがあり、この手段を我々が採るのはかの人物の人格及び行いについて調査を行うよう海洋委員会に対し誠実かつ慎み深く請願する以上の便利な機会を持っていないがためであります。というのも我々はかの人物の人格は、現在この人物が保持している公共的な役割にまったくふさわしからぬような犯罪について有罪であり、そうした犯罪について我々乗組員たちは十分に証言できるものであります。

この手紙を受け取って、海洋委員会はホプキンス准将を調査した。これに対し准将は将校たちや船員たちを解任し、怒りに我を忘れて、この請願書執筆を認めた将校二人、サミュエル・ショー海軍少尉候補生とリチャード・マーヴェン三尉に対し、名誉毀損の刑事訴訟を行った。この訴訟はロードアイランドの法廷に提出されたが、ここの最後の植民地知事はスティーブン・ホプキンスであり、独立宣言の署名者にして准将の兄でもあった。

この裁判はホプキンス知事が指名した裁判官に割り振られたが、審理が始まる前に、ショーとマーヴェンは仲間の海軍将校ジョン・グラニスに救われた。彼は階級を無視して、この一件を直接大陸議会に訴えたのだった。大陸議会は、軍務放棄をめぐる軍事的な苦情を名誉毀損の刑事罰の対象にするという先例ができてしまうことを大いに恐れ、介入した。一七七八年七月三〇日、ホプキンス准将の指揮権は解除され、財務局はショーとマーヴェンの裁判費用を支払うよう命じられ、全員一致の合意によりアメリカ初の内部告発者／ホイッスルブロワー保護法が施行された。この法律は、「アメリカ合衆国に奉仕するあらゆる人々、及びそれ以外の全住民は、国に奉仕するすべての職員や人物によるあらゆる背任、詐欺、逸脱行為について、知識を得た場合には議会その他適切な当局に対して速やかに情報を提供することが責務である」と宣言した。

この法律はぼくに希望を与えてくれた――いまでもそうだ。アメリカ独立革命の最も暗い時期、アメリカという国そのものの存在が危うかったときに、議会は秩序だった異議申し立て行為を歓迎しただけでなく、そうした行為が責務であるとさえ掲げたのだ。二〇一二年後半に、ぼくはこの責務を自ら果たそうと決意していたが、自分がそれを行う時代がまったくちがうものであることも承知していた――ずっと快適でありながらずっと冷笑的な時代だ。ぼくのＩＣでの上司たちはほぼ誰一人として、軍人たちが日常的に命を犠牲にするようなアメリカ的原理のために、自分のキャリアを犠牲にしようなどとはしないだろう。そしてぼくの場合、ICが「適切な経路」と呼びたがる「指揮系統」の上のほうに訴えるのは、ウォーレン号の船員たちにとってと同様に、選択肢としてあり得なかった。ぼくの上司たちはNSAが何を知っているか承知しているだけでなく、積極的にそれを率いているのだ――つまり共犯なのだ。

NSAのような組織――悪行があまりに構造化され、もはやある特定のイニシアチブの問題ではなく、イデオロギーと化しているところ――では、適切な経路というのは異端者や望ましからぬ分子を捕まえるための罠でしかない。すでにぼくは指揮系統の破綻を、古くはウォーレントンで、そして再びジュネーブで、一般業務の過程で重要なプログラムにセキュリティの脆弱性を発見したときに経験していた。脆弱性について報告し、何も対応がとられないとそれについても報告したのだった。上司たちはぼくのこの行動について快く思わなかった。彼らの上司がこの件を快く思っていなかったからだ。指揮系統（チェーン）は、まさに人を縛る鎖（チェーン）で、下位の者たちは上位の者たちに引き上げられるしかないのだ。

沿岸警備隊の一家出身のぼくは、英語の語彙の中で海事から来ている用語がきわめて多いことに昔から魅了されていた。船艦USSウォーレン号以前の時代ですら、組織は船と同じく漏洩を起こす。推進力が風から蒸気に変わったとき、意図や非常時を伝えるため、海では霧笛（ホイッスル）が鳴らされた。左舷を通過するときには霧笛一回、右舷を通過するときには霧笛二回、警告は五回だ。

これに対して、ヨーロッパ諸語で同じ用語を見ると、しばしば歴史的な文脈に条件づけられた、政治的な含意が伴っている。フランス語は二〇世紀のほとんどを通じて「デノンシアトゥール」という用語を使った。でも第二次世界大戦中に、これが「裏切り者」またはドイツ軍への「密告者」という連想を生むようになったため、「ランスール・ダレルト」(警報を放つ者)という表現が好まれるようになった。ドイツ語は、ナチやシュタージの過去と苦闘してきた文化的経緯から、デヌンツィアントやインフォルマントという用語を使わず、いささか不満足なヒンヴァイスゲベア(ヒントを与える者または小耳に入れる者)、エントヒュラー(明かす者)、シュカンダルアウフデッカー(スキャンダルを暴露する者)、さらにはきわめて政治的な、エティシェ・ディシデンテン(倫理的異議申し立て者)といった用語を使うようになった。ドイツ人はこうした用語をほとんどオンラインでは使わない。今日のインターネットによる暴露の場合、彼らは単にホイッスルブロワーという名詞と、リーケン(漏洩)という動詞を英語から拝借した。ロシアや中国といった政権下では、「密告者」「裏切り者」といった侮蔑的な意味合いを持つ用語が使われる。こうした用語にもっと肯定的な意味合いをもたせるか、あるいは開示が裏切りではなく名誉ある責務だと述べる新しい単語をつくり出すためには、そうした社会で強い報道の自由が存在しなければならないだろう。

最終的には、英語を含めあらゆる言語は、その文化が権力とどういう関係を持つかについて、暴露行為の定義を通じ実証してみせる。海事から派生した英語の単語ですら、中立で無害に見えるとはいえ、自分に対して不当なことが行われたと感じる組織の側の視点でその行為を描いており、その組織が裏切った社会の視点では描いていない。ある組織が「リーク/漏洩」だと言うとき、それは「漏洩者」が何かに被害損傷を与えたと暗黙に述べているわけだ。

今日では「リーク」「内部告発/ホイッスルブロウ」はしばしば交換可能なような扱いを受ける。でもぼくの頭の中では、「リーク」という言葉は一般の用法とはちがった形で使われるべきだ。それは公共の利益ではなく利己性や、組織および政治的な狙いを追及して行われた開示行為を指すのに使われるべきだ。もっと厳密には、ぼくは「リーク」というのは「植え込み」や「プロパガンダ誘導」、つまり保護情報の選択的なリリースにより、世論を動かしたり、意志決定の方向を左右したりする行動だと考えている。何らかの「匿名」または「その筋」の政府高官が、ジャーナリストへのほのめかしや横流しという形でリークをしない日はないも同然だ。それは何か、自分の目的や自分の機関・政党の活動を促進するために、何か機密事項を報せるというものだ。

この力学が最も恥知らずな形で発揮されたのは、ＩＣ高官がおそらくテロの脅威を煽ることで大量監視への批判をかわそうとして、いくつかのニュース系ウェブサイトにアルカイダ指導者アイマン・アル＝ザワヒリとその世界的な仲間たちの電話会議に関する驚くべき詳細な内容をリークした二〇一三年の出来事だ。この通称災厄の電話会議では、アル＝ザワヒリはイエメンのアルカイダ指導者アル＝ウハイシと、タリバンやボコ・ハラムの代表と、組織的な協力について議論したとされている。この電話会議傍受能力を開示することで——つまりこの、実際の録音ではなく通話についての説明だけのリークを信用するのであれば――ＩＣはテロリスト指導部最高位の計画や意図を手に入れるための実に強力な手段を、ニュースサイクルにおける一瞬の政治的優位性だけのために、回復不能な形でつぶしてしまったということになる。このスタンドプレイは、ほぼまちがいなく違法なのに誰も逮捕されることもなく、アメリカはアルカイダのホットラインを盗聴しつづける能力を失ってしまったのだった。

幾度となくアメリカの政治階級は、自分の狙いにかなうリークであれば容認し、さらにそれを自分で積極的に生み出してみせた。ＩＣはしばしば自分たちの「成功」について、機密区分やその結果におかまいなしに発表を行う。最近の記憶でこれが最も露骨だったのは、アメリカ生まれの過激派神学者アンワール・アル＝アウラキをイエメンで超法規的に殺害したリークについてのものだ。アル＝アウラキへのドローン攻撃を『ワシントン・ポスト』と『ニューヨーク・タイムズ』に息もつかせぬかたちで公開したことにより、オバマ政権は暗黙のうちにＣＩＡのドローン計画と、その「排除マトリックス」または殺害リストの存在を認めたことになる。どちらも公式には最高機密だ。さらに政府はここで暗黙のうちに、自分たちが標的を定めた暗殺だけでなく、アメリカ市民を標的にした暗殺も行っていることを裏付けていた。こうしたリークは、メディアキャンペーンとの協調で実現され、国家の機密に対する日和見的なアプローチを示す。政府が処罰なしに活動するためには維持すべき封印のはずなのに、政府が成果を自慢したければいつでも破られてしまうのだ。

アメリカのリークに対する一貫性のない関係性は、この文脈がないとまるで理解できない。アメリカ政府は予想外の便益をもたらした場合には「無許可の」リークを許容し、「許可済みの」リークが害を引き起こすと、なかったことにした。でもリークの有害性と許可欠如、さらにはその本質的な違法性が、政府の対応に何らちがいをもたらさないのであれば、いったい何が差を生むというのか？ある開示を容認できるものにし、別のものを容認できないものにする区別はどこにある？

答は権力だ。答は統制だ。開示が容認されるのは、それがある組織の根本的な目的に異議を申し立てないときだけだ。ある組織の様々な構成要素、メール室から重役室までがすべて組織内の出来事を議論するための同じ権力を持つと想定できるなら、その重役たちは情報統制を放棄したことになり、組織の機能継続が脅かされることになる。この組織内の役職または意志決定ヒエラルキーから独立した声の平等性活用こそが「内部告発／ホイッスルブロウ」という言葉で表現されているものだ――これはＩＣにはことさら脅威となる。ＩＣは法的にコード化された秘密のヴェールの下、厳密な区画化により運用されているからだ。

ぼくの定義だと「内部告発者／ホイッスルブロワー」は、つらい体験を通じてある組織内部での暮らしがその外側にある社会全体の発達させた――そして自分が忠誠を誓った――原理とは相容れなくなったと結論した人物のことだ。その組織は、社会に説明責任を負っている。この人物は、自分がその組織の内側にはいられないことを知っており、組織が解体することも、されることもないと知っている。だが組織改革は可能かもしれないので、彼らは霧笛を鳴らし、情報を開示して世間の圧力がかかるようにする。

これはぼくの状況説明としては適切なものだけれど、もう一つ重要な追加点がある。ぼくが開示しようとしていた情報はすべて、最高機密と区分されていた。秘密プログラムについて内部告発するなら、もっと大きな秘密のシステムについても警鐘を鳴らし、それがICの主張するような絶対的な国家の権限ではなく、一時的な特権でしかないもので、それをICはしばしば自分たちが民主主義的な監視から逃れるために濫用したのだと暴露することになる。この全体的な秘密性の全貌をあらわにしないかぎり、市民とその統治についての権力バランスを回復するなんて絶望的だ。この回復という動機こそ、ぼくは内部告発／ホイッスルブロウにおいて本質的なものだと思う。これがあるからこそ、開示は異議申し立てや抵抗の過激な活動ではなく、伝統的な復帰の行為となる――船に港に戻るよう合図するのだ。そしてその港で船は艤装を解かれ、それを組み直され、漏洩には継ぎが当てられて、もう一度やりなおす機会が与えられる。

大量監視のあらゆる装置の完全な暴露――ぼくによるのではなく、メディアというアメリカ政府の実質的な第四の柱による暴露は、権利章典により保護されている。この犯罪の規模から見て適切な対応はそれしかなかった。結局のところ、単にある個別の濫用をいろいろ明かすだけでは不十分だ。NSAはそれだけを止め（または止めるふりをして）、残りのグレーな仕組みは無傷のままに残せる。むしろぼくは、すべてを包含するある一つの事実に光を当てようとしていた。アメリカ政府が、市民たちの同意はおろか知識すらないうちに、世界的な大量監視システムを開発配備していたという事実だ。

「内部告発者／ホイッスルブロワー」は、ある組織のどんな実働レベルでも、状況次第では登場し得る。でもデジタル技術は、有史以来初めて、最も有効な内部告発が底辺から、伝統的に現状維持に最も関心のない階級からやってくる状況を作り出した。コンピュータに頼るほとんどあらゆる肥大化した分散型組織と同様に、ＩＣでもこうした底辺層は、決定的なインフラへの正当なアクセスが、その組織の意志決定に影響を及ぼす公式の権限に比べてまったくつり合わないほどに大きくなっている、ぼくのような技術屋だらけなのだ。言い換えると、通常はぼくのような人々が知ってよいとされているることと、実際に知り得ることとの間、あるいは組織文化を変えるための些末な力と、文化全体に対して懸念を表明する莫大な力との間には、不均衡が存在する。こうした技術的特権はもちろん濫用もできる——結局のところ、ほとんどのシステムレベルの技術屋はあらゆるものにアクセスできる——その特権の最大の行使は、技術そのものが関わるものとなる。専門家の能力には重い責任が伴う。技術の相対的な誤用を内部告発しようとする技術屋は、その重要性を理解してもらうためには、見つけたことを公表するだけではダメだ。それを文脈に位置づけて説明し、曖昧なところをなくす責務がある。

　これをやるのにこの世で最も適した人々数十人がここにいた——みんなトンネルの中、そこら中にすわっている。ぼくの同僚の技術屋たちは毎日出勤してきて、端末に向かい、国家の仕事を進めていた。濫用が単に目に入らなかっただけではなく、それについて興味すら抱いていない。その興味の欠如が、彼らを邪悪ではなく、悲しい存在にしていた。ＩＣにやってきたのが、愛国心のためなのか成り行きだったのかはどうでもいい。いったん機械の内部に入ったら、彼ら自身も機械になってしまったのだ。

第22章 第四の権力

口に出せない秘密を抱えて生きるほどつらいことはない。隠れ蓑となる身元について見知らぬ相手にウソをつくとか、自分のオフィスが世界で最高機密のパイナップル畑の下にあるという事実を隠すのは、口に出せない秘密に思えるかもしれない。でも少なくともそれはチームの一員だ。仕事は秘密かもしれないけれど共有される秘密で、したがって共有された重荷でもある。惨めだけれど笑いもある。

でも本当の秘密を抱えていて、それが誰にも打ち明けられないものだと、笑いですらウソになる。自分の懸念については話せるけれど、それで自分がどこに向かうかについては決して話せない。同僚たちに、自分たちの仕事は、守ると誓った宣誓を侵害するために使われているんだと説明したときに、彼らが返した口頭の肩すくめは死ぬまで忘れることがないだろう。「だって、どうしようもないじゃん?」ぼくはこの物言いが大嫌いだ。その諦め、その敗北感。それでも、確かに一理はあって、自分でもそれを尋ねざるを得なかった。「じゃあ、どうするの?」

その答が浮かんできたとき、ぼくは内部告発者／ホイッスルブロワーになることにした。でもその決断について、生涯愛するリンジーに一言でも告げようものなら、ぼくたちの関係を何も言わないよりも残酷な試練にさらすことになる。彼女に対し、すでにかけると決めている以上の危害を与えないため、ぼくは沈黙を保ち、その沈黙の中で孤独だった。

孤独と孤立はぼくには簡単なことだと思った。少なくとも内部告発者の世界における先人たちよりは楽だろうと思った。ぼくの人生の各段階は、まさにこれに備えるためのものだったのでは？　画面の前で押し黙り沈黙していた年月の後で、一人でいるのは慣れっこだろうに。ぼくは一匹オオカミハッカーで、夜勤の港湾長で、無人オフィスの鍵管理人だった。でもぼくは人間でもあったし、仲間がいないのはつらかった。道徳性と法律、責務と欲望との間で折り合いをつけようとして失敗した苦闘の毎日だ。ぼくは求めたものすべて――分不相応すぎるほどの愛、家族、成功――を手にして、大量の木々の生えるエデンの園に住み、その中の一本だけがぼくには禁断のものだった。いちばん楽なのは、ルールに従うことだった。

そしてぼくが自分の決断の持つ危険に納得していたとしても、その役割を果たす準備はできていなかった。結局のところ、アメリカ国民の前にこの情報をさらすなんて、この自分は何様だろうか？誰もぼくを秘密の大統領に選んだわけじゃないだろうに。

わが国の大量監視による秘密レジームについて、ぼくが開示しようとしている情報はあまりに爆発的で、一方であまりに専門的なので、誤解されるのではないか、さらに疑問視されるのではないかと思ってこわかった。だからこそ、世に発表しようと決意して以来の最初の決断は、文書を公開することだったのだった。秘密プログラムを暴露するなら、その存在を口で説明するだけのやり方もあったけれど、でもプログラム的な秘密を暴露するには、その仕組みを説明するしかない。これには文書、NSAの実際のファイルが必要だ――濫用の規模を暴露するのに必要なだけの大量のファイルが必要だ。それでも、PDFファイル一つを公開するだけでも、自分が監獄行きなのはわかっていた。

ぼくが開示を行うあらゆる存在やプラットフォームに対し、政府が報復しようとするのはまちがいない。その危険を考えると、一時は自分ですべて公開しようかとも思った。それが一番簡便で安全な手法だ。ぼくの懸念を最もよく伝えるファイルを選び、それをオンラインにそのまま投稿し、リンクを流通させればいい。最終的に、ぼくがこのやり方を実行しなかった理由の一つは、裏付けだった。インターネットに「機密情報」を投稿する連中は毎日山ほどいる――その多くはタイムトラベル技術だのエイリアンだのに関するものだ。自分の開示（そうでなくてもかなりとんでもないものだった）が、バカげた話といっしょくたにされ、イカレポンチの中にまぎれてしまってほしくはなかった。

だからこのプロセスの最初期から、こうした文書の正当性について証言してくれる人物や組織が必要だったし、また国民もそれを求める権利があるのは明らかだった。また機密情報開示がもたらす潜在的な危険に対処できるパートナーが必要だったし、この情報の技術的、法的な背景まで示し、この情報の意味を説明してくれる人物が必要だ。監視の問題を説明し、それを分析するだけならぼく自身で十分にできると思ったけれど、それを解決するには他人を当てにしなくてはならない。この時点のぼくがいかに制度組織に対して幻滅していたにしても、自分自身が制度組織になったような振る舞いをするのは、それよりはるかにいやだった。ある種のメディア組織と協力すれば、離反活動という最悪の糾弾からは守られるし、意識的、無意識的、個人的、専門的を問わず、ぼくの各種の偏向も補正してもらえる。自分の政治的な見解が、この開示のプレゼンテーションや受容を一切歪めてほしくはなかった。結局のところ、万人が監視されている社会では、監視ほど党派性のない問題もないのだから。

いまにして思えば、イデオロギー的なフィルターを見つけたいという自分の欲望の少なくとも一部は、増大しつつあったリンジーの影響力のおかげだと認めねばならない。リンジーは、長年辛抱強くぼくに対して、自分の関心や懸念を彼女が必ずしも共有してはおらず、まして世界が共有しているはずもなく、自分が知識を明かしたからといって、他のみんなが同じ意見を抱いてくれるとは限らないのだという教訓を植え込んできた。プライバシー侵害に反対する人すべてが、二五六ビット暗号基準を採用したり、インターネットから完全に離脱したりする気になるわけじゃない。ある一人にとって、憲法違反の活動だから不穏に思える違法行為は、別の人にはプライバシー侵害だから不穏に思えたり、伴侶や子供のプライバシー侵害だから不穏に思えたりする。リンジーは真実を明かしてくれるぼくの鍵だった——多様な動機やアプローチは、共通の目的を実現する可能性を高める一方なのだという真実だ。彼女は、自分でも知らないうちに、自分の心配ごとを克服して他人の助けを求める自信を与えてくれた。

でも誰に助けを求めようか？　もう思い出せないかもしれないし、想像すらできないかもしれないけれど、開示を最初に考えた頃、内部告発者お好みの場はウィキリークスだった。当時、それは多くの点で伝統的な出版社と同じように機能していたけれど、でも国家権力をすさまじく疑問視している点だけがちがっていた。ウィキリークスは定期的に、主要な国際刊行物、たとえば『ガーディアン』『ニューヨーク・タイムズ』『シュピーゲル』『ル・モンド』『エル・パイス』などと連携して、情報源が提供する文書を公開し続けていた。二〇一〇年から二〇一一年にかけて、こうした提携ニュース組織が実現した仕事を見ると、ウィキリークスこそが情報源とジャーナリストを結ぶ仲介役として最も有望だし、また情報源の匿名性も確保してくれるように思えた。

ウィキリークスのやり方は、米軍兵卒チェルシー・マニングによる開示を公開してから変わった——イラクとアフガン戦争に関する米軍の野戦記録、グアンタナモベイでの収監者たちに関する情報の大量記録だ。アメリカ政府の反発と、マニング資料に対するウィキリークスによる編集を取り巻くメディア騒動のおかげで、ウィキリークスはやり方を変え、その後のリークは受け取ったものをそのまま公開することにした。手を加えず校閲なしのままで提示するという。この完全な透明性方針への切り替えのせいで、ウィキリークスでの公開はぼくのニーズには合わないことになった。それだと実質的に自分で発表しても同じで、そのやり方はすでに不十分としてぼくが却下したものだった。NSA文書を見ても、そこにあらわれた最も深い秘密として実施されている大量監視の世界的システムについての話が理解されにくいのはわかっていた——あまりによじれて専門的な話なので、それを一気に「文書ダンプ」として提示するのは無理だ。ジャーナリストの辛抱強く慎重な活動を通じて提示されねばならず、しかも思いつく最高のシナリオでは、それは複数の独立マスコミ組織の支援で実施されねばならなかった。

ジャーナリストたちに直接開示しようと決意したことで、多少はホッとしたものの、まだしつこく懸念は残っていた。その懸念のほとんどは、アメリカで最も権威ある刊行物、特にアメリカの記録とも言うべき新聞『ニューヨーク・タイムズ』をめぐるものだった。同紙に接触しようとするたびに、ぼくはためらった。同紙はウィキリークスの報道で、アメリカ政府の不興を買うだけの度胸を多少は見せてはいた。でも政府の令状なし盗聴プログラムをめぐる、エリック・リクトブラウとジェイムズ・ライゼンによる重要な記事をめぐる、以前の同紙のやりくちをどうしても忘れるわけにはいかなかった。

このジャーナリスト二人は、司法省の内部告発者からの情報と独自取材を組み合わせることで、STELLARWIND——NSAのポスト9・11監視イニシアチブの当初の方式——について、一部の側面を明らかにしたうえで、それについて徹底的に書き、編集し、ファクトチェックをした記事を書き上げており、それが二〇〇四年半ばには印刷寸前となっていた。この時点で同紙の編集長ビル・ケラーは、この記事を政府に見せた。これは好意によるプロセスで、通常の狙いは刊行物の編集者が、ある種の情報の刊行がなぜ国家の安全保障を危険に曝しかねないかという政府の説明を考慮する機会を与えることだ。この場合、いつもながら政府は具体的な理由はあげなかったけれど、でも安保上の懸念はあり、それもまた機密なのだと暗黙に述べた。ブッシュ政権はケラーと同紙の発行人アーサー・サルツバーガーに対し、政府がアメリカ市民を令状なしに盗聴しているという情報を同紙が公開したら、それはアメリカの敵を利するものとなり、テロを可能にしてしまうと告げた。残念ながら同紙は、何一つ裏付けを示されなかったのに、これをあっさり納得してしまい、記事を潰した。リクトブラウとライゼンの報道は後に発表されたものの、一年以上もたった二〇〇五年一二月のことで、しかもライゼンが同紙に対し、その内容を自分が発表する本の中で使うぞと圧力をかけた結果やっと実現した。この記事が執筆時に発表されていたら、二〇〇四年大統領選の結果が変わった可能性も十分にある。

『ニューヨーク・タイムズ』などの新聞が似たようなことをぼくに対してやったら――ぼくの暴露を聞いて、その報道記事を書き、それを政府に見せて、そして発表を控えたら――ぼくはおしまいだ。情報源がぼくだというのはおそらく判明してしまうから、そんなことをされたら国民に何も明かされないうちにぼくを売り渡すに等しい。

レガシー新聞を信用できないとすれば、ほかに信用できる組織なんかあるだろうか？　こんなこと、やるだけ無駄では？　別にやりたくてやってるわけでもなし。単にコンピュータをいじくって、ついでにお国のためになることもできれば、くらいに思ってただけだ。家賃もある、恋人もいる、健康も改善。通勤途上のあらゆる一時停止標識は、この自発的な狂気をやめるようにという助言に見えた。頭と心が争っていて、唯一の定数は、誰か別の人が、別のどこかで、これを自分でつきとめてくれるのでは、という絶望的な願望だ。結局のところ、ジャーナリズムってのはパンくずの痕跡をたどり、情報をつなげてストーリーを解明するのが仕事だろうに。記者どもなんて、一日中ツイートする以外に何をやってるんだろう？

第四の権力の有象無象については、少なくとも二つのことは知っていた。スクープを求めて競争すること、そして技術についてまったく無知だということだ。この技術についての技能欠如どころか関心欠如こそが、大量監視に関する事実収集の過程でぼくを驚愕させた二つの出来事をジャーナリストたちが完全に見すごした大きな原因だ。

その一つ目は、NSAがユタ州ブラフデールに広大な新データセンターを建設すると発表したことだ。NSAはそれを超大量データ保管庫（Massive Data Repository）と呼んだけれど、広報の勘所を知っている誰かが、その名前が広まると説明に困りそうだと気づき、ミッションデータ保管庫（Mission Data Repository）と改名した——というのも略称さえ変えなければ、説明資料を全部変える必要はないからだ。MDRはサーバでいっぱいの、二五〇〇平方メートルのホール四つで構成されている。そこに保存できるすさまじい量のデータは、基本的に全地球の生活パターンの移動史だ——人生というものが人々と支払いとの関係、電話との関係、電話と通話の関係、通話とネットワークの関係、そしてそのネットワーク線の中を動くインターネット活動の大量の配列で表現されるかぎりにおいてではあるが。

この発表に気がついた有力なジャーナリストはたった一人、ジェイムズ・バムフォードだけだったようだ。彼はこれについて二〇一二年三月に『WIRED』誌に書いた。技術系でないメディアに続報がいくつか出たけれど、どれも最初の取材を深掘りしたりはしなかった。誰一人として、ぼくから見れば最も基本的な質問をしなかった。どんな政府機関であれ、まして諜報機関に、なぜそんな広さが必要なんだろうか？　その場所にどんなデータをそれだけ本当に保存するつもりなんだろうか、そしてどのくらいの期間にわたり？　というのも、とにかくあらゆるものを永遠に保存しようとでもいうのでないかぎり、そんな仕様の建物を建てる理由なんかまるでないはずだからだ。ぼくから見れば、そこに罪体が転がっている――犯罪の火を見るより明らかな裏付けが、ユタ砂漠の真ん中の鉄条網と警備塔に囲まれた巨大なコンクリート製要塞として、都市一つ分の電力を独自の電力グリッドから吸い上げているのだ。それなのに、誰も注目しない。

二つ目の出来事はその一年後の二〇一三年三月に起きた――クラッパーが議会に偽証して、議会がそれを見逃した一週間後だ。その証言を記事にした雑誌は多少あったけれど、単にNSAがアメリカ人のバルク情報を収集しているのを否定したクラッパーの証言を反芻しているだけだった。でも通称主流刊行物の中で、CIA技術主任担当官アイラ「ガス」ハントが珍しく公共の場に登場したのを報じたものは一つもなかった。

ガスはCIAにデル社として営業をかけた短い経験の中でちょっと知り合いだった。彼はデル社のトップ顧客の一人で、あらゆるベンダーは、彼がどうやら秘密を隠しきれないので大いに気に入っていた。いつも本来話すべき以上の内容をばらしてしまうのだ。営業マンにとって、彼はお金の詰まった袋に口がついているようなものだった。その彼がいまや、ニューヨークのギガOM構造データ会議という民間技術イベントの特別ゲスト講演者として登壇するというのだ。四〇ドル出せば誰でも聞きにいける。ガスなどの主要講演は、無料のライブ中継としてストリーミングもされた。

ぼくがその講演を絶対に聞き逃さないようにしたのは、NSA内部チャンネルを通じて、CIAがやっとクラウド契約の方針を決めたというのを読んだばかりだったからだ。ぼくの古巣デル社を切り捨て、HP社も切り捨て、一〇年の六億ドルにのぼるクラウド開発管理契約をアマゾン社と結んだのだった。これについて特に恨みはない――それどころかこの段階では、ぼくの仕事がCIAに使われないことになって嬉しいくらいだった。ただ専門的な観点から、ガスがこの発表にそれとなく触れるかどうか、なぜアマゾン社が選ばれたかについてヒントを与えてくれるかが知りたかった。というのも提案プロセスがアマゾン有利に仕組まれていたという噂が流れていたからだ。
ヒントは確かに得られたけれど、まったく予想外のものだった。ＣＩＡの高位技術職員がしわくちゃのスーツ姿で壇上に立ち、セキュリティクリアランスを持たないパンピーども群集――そしてインターネット経由で、セキュリティクリアランスのない世界――に向かい、ＣＩＡの野心や能力について語るのを目撃する機会が得られたのだ。プレゼンテーションが進むにつれ、彼は寒いジョークとさらにお寒いパワーポイントの操作を織り交ぜ、そしてそれを見るぼくはますます信じられない思いとなった。
「ＣＩＡで我々は基本的に、すべてを収集してそれを永遠に保存しようとするんです」とガスは言った。それではまだ不明瞭だとでも言うように彼は続けた。「いまや人間が生成する情報す
べ
て
に
対
し
て計算を行うのに手が届きそうなところまできています」。この強調はガス自身によるものだ。彼はパワポのスライドを読み上げていて、そこには醜悪な言葉が醜悪なフォントで書かれ、政府独得の四色クリップアートが使われている。
聴衆の中にはジャーナリストも数名いたようだけれど、どうやらそのほとんどは『フェデラルコンピュータウィーク』といった政府技術系の専門雑誌から来ているらしかった。ガスがプレゼンテーションの終わりに質疑応答を受けたというのもなかなか示唆的だった。いや、それは質疑応答とは言い切れないものだった。むしろジャーナリストたちに直接向けられた、予備のプレゼンテーションに近かった。たぶん胸のつかえを何とかすっきりさせたかったのだろう。そして彼の胸につかえていたのは、そのふざけたネクタイではなかった。
ガスはジャーナリストたちに、ＣＩＡはみんなのスマホの電源を切っているときでもそれを追跡できるのだと告げた――ＣＩＡは彼らの通信を一つ残らず監視できるのだ、と。これが国内ジャーナリ

ストの集団だったのをお忘れなく。アメリカのジャーナリストだ。そしてガスが「できる」と言った言い方は、むしろ「やった」「やっている」「今後も続ける」のように聞こえた。彼は、少なくともCIAの高等司祭にしては明らかに困惑していて、見る側も困惑させられるような締めくくりを行った。「技術は政府や法が追いつけないほど急速に動いています。みなさんが追いつけるより急速です。みなさんは、自分の権利は何か、誰がデータを所有しているのかという質問を問いかけるべきなんです」。ぼくは倒れそうになった――ガスより下っ端の人間がこんなプレゼンテーションをやったら、その日のうちに監獄送りになる。

ガスの告白の報道を行ったのは『ハフィントン・ポスト』だけだった。でもその講演自体はユーチューブで生き続け、いまだに公開されている――少なくとも六年後のこの執筆時点では。最後にチェックしたときには、視聴回数は三一三回――うちぼくによるものが一二回だ。

ここからぼくが得た教訓は、ぼくの開示が効果を発揮するには、一部のジャーナリストに文書を渡す以上のことをしなくてはならないということだ――その文書の解釈を手伝う以上のことさえ必要かもしれない。彼らのパートナーとなって、正確かつ安全に報道を行うのを助ける技術訓練とツールも提供しなくてはならない。この行動方針を採ると、ぼくは諜報活動における死に値する犯罪の一つに完全にはまり込むことになる。他のスパイはスパイ活動、利敵活動、裏切りを行うけれど、ぼくはジャーナリズム活動を支援幇助することになるのだ。倒錯した事実だけれど、法的には、こうした犯罪は実質的に同義なのだ。アメリカ法は、機密情報を公共の利益のためにマスコミに提供するのと、それを敵に提供、いや販売することとすら、まったく区別しない。これを否定するものとしてぼくが見つけた唯一の見解は、ICへの最初のオリエンテーションのときに聞いたものだ。それによると、実は秘密を敵に売りつけるほうが、無料で記者に渡すよりもわずかにマシなのだ。記者は世間にそれを報道するけれど、敵はおそらくそんなお宝を、仲間とさえ共有しないだろうから、というのだ。

　自分の冒しているリスクを考えると、ぼくが信頼すると同時に世間にも信頼されている人を見つける必要があった。勤勉ながらも秘密を守り、独立で動くけれど信用できる記者が必要だ。ぼくの推測と、提供された証拠とのちがいについてこちらを詰問するだけの強さを持ち、それを公開したら人命に関わるなどという政府の嘘の糾弾にも疑問を突きつけられるだけの強さも必要だ。何よりも、ぼくが選んだ人間は誰であれ、最終的に権力に屈したりしないと確信できなくてはならない。その人々は、彼らやぼくがいまだかつて経験したものとは比べものにならない圧力をかけられるのはまちがいないのだから。

　網をあまりに広げすぎて仕事を危険にさらすようなことはしなかったけれど、でも一か所の破綻ですべてがおじゃんになるのを避ける程度には広くした――『ニューヨーク・タイムズ』問題のせいだ。ジャーナリスト一人、媒体一つ、刊行する国が一つだけでも不十分だ。というのもアメリカ政府は、そうした報道を潰す意欲を実証してみせていたからだ。理想としては、それぞれのジャーナリストに独自の文書群を同時に渡し、自分の手元にはまったく文書を残さないのがいい。そうすれば詰められるのは彼らとなり、ぼくが逮捕されても真実が確実に出回るようになる。

　考えられるパートナー一覧を絞るにつれ、自分がまったくまちがったやり方をしていたのに気がついた。ジャーナリストを自分で選ぼうとするのではなく、暴露しようとしているシステムに選んでもらえばよかったのだ。ぼくの最高のパートナーは、安全保障国家がすでに標的としているジャーナリストであるはずだ、とぼくは確信した。

　ローラ・ポイトラスは、アメリカのポスト9・11外交政策を扱うドキュメンタリー作家として知っていた。彼女の映画『わが国よ、わが国よ』は二〇〇五年イラク国民議会選挙を扱ったもので、これはアメリカの占領下で行われた（そしてそれにより阻害された）。また彼女はＮＳＡの暗号分析家ウィリアム・ビニーについての映画『ザ・プログラム』も製作していた――彼はTRAILBLAZER（STELLARWIND の前身）について、適切な経路を通じて反対を述べたが、機密情報漏洩で糾弾され、繰り返しハラスメントを受け、自宅で銃をつきつけられて逮捕されたが、一度も起訴されていない。ローラ自身もまたその仕事のためにしょっちゅう政府の嫌がらせを受けていて、国を出入りするたびに、国境警備職員に何度も拘留されては尋問されている。

グレン・グリーンウォルドは、市民権弁護士から転じてコラムニストとなった人物で、当初は『サロン』に書いていた――そこでは、二〇〇九年にＮＳＡのＩＧ報告書の非機密版について書いた少数の記者の一人となった――そして後には『ガーディアン』アメリカ版のライターとなる。ぼくは彼が気に入っていた。懐疑的で議論好きであり、悪魔とだって戦うし、悪魔がいなければ自分自身と戦うような人物だからだ。後にイギリス版『ガーディアン』のユアン・マックアスキルと、『ワシントンポスト』のバート・ゲルマンも信念あふれるパートナー（およびジャーナリストの荒野に対する辛抱強いガイド）となってくれたが、最初に親しみを感じたのは、ローラとグレンだった。それは彼らが単にＩＣについて報道したがっていただけでなく、その組織制度の理解について、個人的に重要な意味合いがあったからかもしれない。

唯一の問題は、どうやって接触するかということだ。

本名は明かせないから、ジャーナリストたちには各種の偽名で接触した。一時的に身につけては捨てる仮面だ。その最初のものは「キンキナトゥス」、ローマの執政官となり、その後自発的に自分の権力を放棄した伝説の農夫だ。次に「シチズンフォー」を名乗った。このハンドルを見てジャーナリストの一部は、ぼくがＮＳＡの最近の歴史で四人目の異議申し立て職員だと自認しているという意味に解釈した。ビニーとその仲間のTRAILBLAZER告発者J・カーク・ウィーベとエド・ルーミスに続く存在というわけだ——でもぼくが実際に念頭に置いていた三巨頭は、TRAILBLAZERの存在をジャーナリストに明かしたトマス・ドレーク、『ペンタゴン文書』の開示でベトナム戦争の欺瞞暴露とその終結に一役買ったダニエル・エルスバーグとアンソニー・ルッソだった。最後にやりとりに使った名前は「ヴェラックス」だ。ラテン語の「真実を語る者」という意味で、「メンダックス」(ウソを語る者)というハッカーモデルに対する代替を提案したいと思っての名前だ。ちなみにこのメンダックスという匿名を使っていた若者は、成長してウィキリークスのジュリアン・アサンジになった。

命がけでやってみないかぎり、オンラインで匿名を保つのがいかにむずかしいかは本当に得心できないはずだ。ICが設置したほとんどの通信システムは、単一の基本的な狙いを持つ。それは、通信の観察者はその通信に関与した者たちのアイデンティティをつきとめたり、それを何らかの手法である組織に帰属させたりできてはならない、というものだ。だからICはこうしたやりとりを「非帰属」と呼ぶ。インターネット以前の匿名スパイ技術は、テレビや映画のおかげでかなり有名だ。たとえばトイレの区画に書かれた落書きの中に、安全な隠れ家の住所が入っているとか、新聞の売ります買います欄の略号の中に散乱してあるとかいう具合だ。あるいは冷戦時代のコールドドリップを考えてみよう。郵便箱にチョークでしるしをつけ、秘密小包がどこかの公園にある木の洞の中にあることを報せるといった具合だ。この現代版となると、出会い系サイトで偽プロフィール同士が偽チャットをしているといった具合になる。あるいはもっと普通にあるのが、見かけ上はどうでもよさそうなアプリが、見かけ上はどうでもいいメッセージを、見かけ上は無害そうなアマゾンのサーバに残すけれど、そのサーバは実はCIAが操作している、といったものだ。でもぼくが求めていたのは、それよりずっと優れたものだ——そんな露出はまったく必要なく、そんな予算もまるで必要ないものだ。

そこで他人のインターネット接続を使うことにした。マクドナルドやスタバにでかけて、そこのＷｉＦｉにつなぐだけの話で済んだらどんなに楽だったことか。でもそういう場所には店内カメラがあり、レシートもあり、他の人々——脚を生やした記憶——もある。さらにあらゆる無線装置は、電話からラップトップまで、ＭＡＣ（マシンアドレスコード）という世界的に一意的な識別子を持っていて、それが接続するあらゆるアクセスポイントに記録される——その利用者の動きを示す痕跡マーカーだ。だからマクドナルドやスタバには行かなかった——ドライブに出たのだ。具体的には、ウォードライビングに出かけた。これは車を放浪のＷｉＦｉセンサにするものだ。これにはラップトップと高出力アンテナ、ルーフに磁石でくっつけるＧＰＳセンサが要る。電源は車から取るかバッテリを使うか、ラップトップから取ってもいい。必要なものはすべてバックパックにおさまる。

持っていったのはTAILSを走らせている安物ラップトップだった。これはLinuxベースの「忘却型」オペレーティングシステムだ——つまり電源を切ったらすべて忘れ、起動すると最初からやりなおすということだ。そのマシンでのログやメモリの痕跡は一切残らない。TAILSのおかげでラップトップのＭＡＣを「スプーフ」つまり偽装できるようになる。ネットワークに接続するたびに、残るのは何か別のマシンの記録で、ぼくのものとは一切関連性がない。とても便利なこととしてTAILSには匿名Ｔｏｒネットワークへの接続サポートも組み込まれている。

夜間や週末に、ぼくはオアフ島をほぼ隅から隅まで走り回り、アンテナにそれぞれのＷｉＦｉネットワークの脈を拾わせた。ＧＰＳセンサはそれぞれのアクセスポイントについて、識別した位置をタグ付けしてくれる。これはKismetと呼ばれるマッピングソフトのおかげだ。できあがったのは、ぼくたちが毎日気がつきもせずに通過している目に見えないネットワークの地図だった。そのネットワークのとんでもない割合のものは、まったくセキュリティがないか、ぼくが簡単に迂回できる程度のセキュリティしかない。一部のネットワークは、ちょっと高度なハッキングを必要とした。一瞬ネットワークをジャミングして、正規利用者の接続が切れるように仕向ける。再接続しようとして、そのマシンは自動的に「認証パケット」を再送信する。それを傍受して解読すればパスワードが得られ、他の「認証済み」利用者と同様にログオンできるようになるというわけだ。

このネットワークの地図を手に、ぼくは狂ったようにオアフ島をドライブしてまわり、どのジャーナリストが返事をくれたか調べた。ローラ・ポイトラスと接触できたので、晩のほとんどは彼女にメールを書いて過ごした——ビーチに止めた車の運転席で、近くのリゾートからのＷｉＦｉを拝借するのだ。選んだジャーナリストの一部には、暗号化メールを使うよう説得が必要だった。これは二〇一二年にはかなり面倒ではあった。場合によっては、やり方を教えてあげねばならなかったので、チュートリアルをアップロードした——駐車場で車をアイドリングさせながら、図書館のネットワーク上でそれをやる。あるいは学校のネットワーク。あるいはガソリンスタンド。あるいは銀行——銀行のセキュリティは恐ろしいほどお粗末だった。重要なのは、パターンを作らないことだ。

ショッピングモールの駐車ビルの中で、ラップトップのふたを閉めた瞬間に秘密が安全になるのに安心して、ぼくはなぜ自分が公開に動いたかを説明する宣言を書き始めるが、それを削除した。そしてリンジー宛にメールを書き始めるけれど、それも削除する。とにかく、何と言っていいかわからなかった。

第23章 読み、書き、実行

読み、書き、実行。コンピュータの世界では、これはパーミッションと呼ばれる。機能的に言えば、これはコンピュータやネットワーク上での権限を示すもので、ずばり何ができて、何ができないかを示す。ファイルを「読む」権利は、その中身を見られるということだ。ファイルを「書く」というのは、それを改変できるということだ。実行というのは、ファイルやプログラムを実行し、その設計された動きを実施できるということだ。

読み、書き、実行（エグゼキュート）：これはぼくの単純な三段階計画だった。世界の最もセキュアなネットワークの核心にもぐりこんで真実をつきとめ、それをコピーし、それを世界に公開したかった。そしてそのすべてを、つかまらずにやらねばならない——自分自身が読み、書き、処刑（エグゼキュート）されずに。

コンピュータやデバイス上でやるほとんどすべてのことは、記録を残す。これがどこより徹底しているのはNSAだ。ログインとログアウトはすべてログに記録が残る。使うパーミッションはすべて解析できる痕跡を残す。ファイルを開き、コピーしたら、そのたびに活動が記録される。ファイルをダウンロード、移動、削除するたびに、それも記録され、セキュリティログはその出来事を反映するよう更新される。ネットワークのフローの記録もあり、公開鍵インフラ記録もある——トイレの大便区画にも監視カメラが隠されているんじゃないかというのが内輪の冗談だった。NSAは、他人をスパイしている人々をスパイする対抗諜報プログラムをかなり持っていて、そのうち一つですらぼくが職務逸脱行為をしているのを見つけたら、削除されるのはファイルだけではない。

幸運なことに、こうしたシステムの強みは、その弱みでもあった。複雑すぎて、それを運営している人々ですらその仕組みを十分に知らなかった。誰もどれがどこで重複し、どこにギャップがあるかを理解していなかった。誰も、とはいっても、シスアドは別だった。結局のところ、いまみなさんが想像しているそうした高度な監視システム、MIDNIGHTRIDERとかいったおっかない名前のもの——誰かがそもそもそれをインストールしなければならないのだ。NSAはネットワークの費用は出しても、それを実際に所有しているのは、ぼくみたいなシスアドたちなのだ。

読むフェーズでは、NSAを内外問わず他のあらゆる諜報機関とつなぐ経路ぞいに敷かれた落とし穴をかいくぐる必要がある（外国諜報機関としては、NSAのイギリスでのパートナーである政府通信本部GCHQがある。ここはOPTICNERVEという網を張っていて、ヤフーメッセンジャーなどのプラットフォーム上でビデオチャットする人々のカメラから五分ごとにスナップショットを保存している。またPHOTONTORPEDOは、MSNメッセンジャー利用者のIPアドレスを捕捉している）。ハートビートを使ってほしい文書を集めていたので、ぼくは「バルク収集」を国民に向けた人々に対し、それが当人たちに刃向かうようにして、実質的にICをフランケンシュタイン化できた。NSAのセキュリティツールは誰が何を読んでいるか記録していたけれど、構わなかった。ログをチェックしている人々は、もうハートビートが出てくるのに慣れっこになっていた。何の警報も出ない。完璧な隠れ蓑だ。

でもハートビートはファイル収集手法としては機能するけれど——あまりに多くのファイルを集め過ぎたほどだ——ハワイのサーバまで持ってきてくれるだけだ。そのサーバはログを記録しており、これはぼくですら迂回できない。ファイルを調べ、検索し、関係ないつまらないものや、ジャーナリストには渡さない正当な秘密を含むものは捨てた。まだ読むフェーズにいるこの時点では、危険は何層にもわたるものだ。それは、ぼくが対決しているプロトコルがもはや、監視ではなく予防を重視するようになっていたからだ。ハートビートのサーバで検索を始めたら、「逮捕してください」と言わんばかりの大警告が出る。

これについてはかなり考えた。ハートビートのサーバから、個人保存デバイスにファイルをコピーしてザ・トンネルを出ようとしたら、すぐに捕まる。でも、ファイルをもっと身近にもってきて、それを途中の中継地点まで移動することはできる。

それをNSAの通常のコンピュータのどれかに送るわけにはいかなかった。二〇一二年には、ザ・トンネルは全部新しい「シンクライアント」マシンにアップグレードされていたからだ。これはできそこないのドライブやCPUを備えた小さな役立たずのコンピュータで、自分ではデータの保存も処理もできず、保存や処理はすべてクラウドで行う。でもオフィスの忘れ去られた一角に、使われなくなったデスクトップマシンのピラミッドがあった——NSAがすでにきれいに消去して廃棄した、古いカビの生えたレガシーマシンだ。ここで古いといっても、NSAのような予算規模で暮らさない人々にとってはすべて、かなり新しいものとなる。二〇〇九年や二〇一〇年頃のデルPCで、安心できる重さを持つ巨大な灰色の長方形であり、クラウドに接続しなくてもデータの保存と処理ができる。ぼくが気に入ったのは、それがNSAシステムにつながっているのに、中央ネットワークにつながないかぎり、あまり細かく追跡できないということだった。

この鈍重で信頼できる箱を使う必要性をきかれても、ハートビートが古いOS上でも動くか確認したかったと言えばあっさり正当化できる。結局のところ、まだあらゆるNSAサイトの全員が新しい「シンクライアント」に移行していたわけではなかった。それにデル社が民間版のハートビートを実装したいと思ったら？　あるいはもしＣＩＡやＦＢＩといった後進的な組織が使いたがったら？　互換性試験を隠れ蓑に、ぼくはファイルをこうした古いコンピュータに移して、好きなだけ検索、フィルタリング、整理ができた。ただし慎重さが必要だった。こういうでかい塊の一つを自分のデスクに運んでいるとき、ＩＴ部長の一人の横を通ったら、呼び止められて、それで何をするつもりだと尋ねられた――彼はそれをさっさと始末すべきだという主唱者の一人だったのだ。「秘密を盗んでるんです」とぼくは答え、二人で大笑いした。

求めていたファイルをすべてきれいにフォルダに整理して、読むフェーズは終わった。でもそれはまだ自分のものではないコンピュータ上にあったし、しかもそれは地下のザ・トンネルにあった。ということで、書き込みフェーズが始まった。これはぼくの目的のためには、悶絶するほど遅い、退屈ながらもとんでもなくおっかない、ファイルを古いデルのマシンから、建物の外に持ち出せるような何かにコピーするというプロセスを指す。

ＩＣワークステーションからファイルをコピーする、最も簡単で安全な方法は、最も古い方法でもある。カメラだ。もちろんスマートフォンはＮＳＡには持ち込み禁止だけれど、職員がうっかり持ち込んでも、誰も気がつかないことはしょっちゅうあった。ジムバッグに入れっぱなしだったり、ウィンドブレーカーのポケットに入れっぱなしのままやってくるわけだ。抜き打ち検査で見つかっても、いきなりパニックを起こして腕時計に中国語で叫び始めたりせず、へらへらして後ろめたそうにすれば、しばしば警告だけですまされるし、特に初犯ならその可能性が高い。でもＮＳＡの秘密が詰まったスマートフォンをザ・トンネルから持ち出すのは、もっとリスクが高い博打だ。ぼくがスマートフォンを持って出ても、誰も気がつかないし気にもしない可能性は高かったし、拷問報告書一つをコピーしたいだけの職員なら、これも適切なツールだっただろう。でも最高機密施設のどまんなかで、コンピュータ画面の写真を何千枚も撮ると考えると、ゾッとしない。さらにその電話は、世界最高の解析専門家ですら、押収して捜索してもこちらの思惑以外のものを決して見つけられないような設定にしなくてはならない。

自分のこの書き込み――コピーと暗号化――をずばりどうやって実施したかについては、書くのを控えよう。そうでないとNSAが一夜にして崩壊してしまう。でも、コピーしたファイルの保存技術に何を使ったかは述べよう。USBドライブは論外だ。容量が比較的小さいのにでかすぎる。かわりにSDカードを使った――実はこれは、セキュアデジタルの略なのだ。そして実際には、ミニSDカードやマイクロSDカードを使った。

デジカメやビデオカメラを使ったり、タブレットの容量を増やそうとしたりした人なら、SDカードはわかるだろう。ちっちゃな代物で、不揮発性フラッシュ保存の奇跡で、ミニは二〇×二一・五ミリ、マイクロは一五×一一ミリだから小指の爪ほどの大きさで、どこにでも隠せる。ルービックキューブのシールを一つ剝がしてその下に入れて、シールを戻しておけば、誰も気がつかない。別のやり方だとカードを靴下に入れたり、一番パラノイアになったときには、それを口の中に入れておいて、必要なら飲み込めるようにした。やがて自信が出てきて、特に自分の暗号化手法にも確信が持てるようになると、カードをポケットの底に入れておくだけにした。金属探知機にはほとんど引っかからないし、こんな小さなものなら、ぼくが単に忘れただけだと言っても、誰も疑わない。

でもSDカードの大きさには裏面の欠点もある。書き込みがやたらに遅いのだ。大量のデータコピーはいつも時間がかかる――少なくとも、こっちの期待よりは必ず遅い――けれど、高速なハードディスクではなくプラスチックに埋め込んだ小さなシリコンウェハーに書き込んでいるときには、さらに時間が引きのばされた。それにぼくは単にコピーしていたのではない。重複を消し、圧縮し、暗号化していた。このどれも同時に並列では行えない。保存作業で自分が身につけた技能を総動員していた。というのもそれがぼくの仕事の中心だったからだ。ぼくはNSAの保存するものを保存し、ICによる濫用の証拠についてオフサイトのバックアップを作っていたのだ。

カード一枚を満たすには、八時間以上——勤務シフト丸ごと——かかった。そして再び夜勤に切り替えたとはいえ、その時間はビクビクものだった。古いコンピュータがめいっぱい稼働し、モニタはオフのままで、就業時間後だから省エネのために、天井で点灯している蛍光灯パネルは一か所だけだ。そしてそこでぼくは、モニタをときどきつけて、進捗度合いを見ては焦る。この気分はわかるだろう——進捗バーが、八四パーセント完了、八五パーセント完了と表示して……残り時間は 1:58:53 となっている。それが一〇〇パーセントという安堵にたどりつき、すべてのファイルがコピーされるまで、ぼくは冷や汗まみれで、あらゆる物陰に人影が見え、足跡が聞こえるのだった。

＊

実行：これが最後のステップだ。カードが一つずつ満杯になるごとに、ぼくは逃亡手順を実施しなければならなかった。その貴重なファイルを建物から持ち出し、上司や軍服姿の前を通り、階段を下りて無人の廊下に出て、名札のスキャンと武装警備員と人間用の罠——あの二重ドア式のセキュリティゾーンで、後ろのドアが完全に閉まり、名札のスキャンが承認されるまで前のドアが開かないというやつだ。そしてそれが承認されないとか、何か他におかしなことが起きたりしたら、警備員はいきなり銃を抜き、両方のドアの鍵がかかり、そしたらこちらは「おやおや、これはお恥ずかしいことになってしまいましたなあ」と言うしかない。ここが——ぼくの研究していたあらゆる報告や、何度も見ていた悪夢によれば——捕まる場所だとぼくは確信していた。帰るときには毎回怯えきっていた。

無理矢理SDカードのことを考えないようにしなければならなかった。考えがそっちに向かったら、行動も変わり、怪しまれる。

NSA監視についての理解を深めたことで、予想外の利点は、自分が直面する危険についても理解が深まったということだった。言い換えると、NSAの仕組みについて学ぶことで、捕まらないためにどうすべきかもわかった。この方面でのぼくのガイドは、政府が元エージェントたち――ほとんどがお金のために機密情報を、ICの内輪用語では「侵出」させた本物のろくでなしども――に対して行った訴訟だ。ぼくはこうした訴訟をできるかぎりたくさんまとめて研究した。FBI――IC内部の犯罪をすべて捜査する機関――はその容疑者たちをずばりどうやって捕まえたか説明するのを大いなる誇りとしていた。そして疑うなかれ、ぼくは彼らの経験から喜んで学んだ。どうやらほとんどあらゆる場合に、FBIは容疑者が仕事を終えて家に帰るときまで、逮捕を待つらしい。場合によっては、容疑者が機密情報をSCIF――機密情報隔離施設、つまり監視から保護された種類の建物や部屋――から世間一般に持ち出すまで待つ。そこでは、それを持っているだけで連邦犯罪となる。ぼくはいつも、FBI捜査官たちがそこでじっと待っているところをやたらに想像した――ザ・トンネルのいちばん奥の、一般の光に出たところだ。

ぼくは普通、警備員と軽口をかわそうとした。そしてここでルービックキューブがずいぶん役に立った。ぼくは警備員たちやザ・トンネルのみんなに、ルービックキューブのヤツとして知られていた。というのも、廊下を下るときにはいつもそれを解こうとしていたからだ。あまりに上手になったため、片手でも解けるようになった。それがぼくのトーテム、心のおもちゃとなり、そして同僚たちのみならずぼく自身にとっても、注意をそらすための道具となった。ほとんどはそれがひけらかしか、おたくじみた会話の糸口だと思っていた。そしてその通りではあったけれど、何よりぼくの不安をまぎらわせるものだった。心が落ち着くのだ。

ぼくはいくつかルービックキューブを買って、それを配った。それを気に入った人にはコツを教えた。みんながそれに慣れ親しむにつれ、ぼくのキューブを細かく検分したがる人はいなくなった。

警備員ともうまくやった、と少なくとも自分には言い聞かせた。というのも、彼らの意識がどこに向いているかはわかっていたからだ。ここではないどこか他所(よそ)に向いているのだ。彼らの仕事みたいなことは、かつてＣＡＳＬでやった。一晩中突っ立って、警戒しているようなふりをするのがどれほどうんざりするものかはよく知っていた。足が痛む。しばらくすると、それ以外の全身も痛む。そしてあまりに孤独になるから、壁に話しかけたりさえする。

ぼくは壁よりは楽しい話し相手になろうとして、そうした人的障害のそれぞれについて、独自の攻略法を開発した。ある警備員には、不眠症についてと、昼間に寝るのがいかにむずかしいかについて話した（ぼくは夜勤だったから、この会話は深夜の二時くらいに行われた）。別の警備員とは政治の話をした。彼は民主党員(デモクラッツ)を「デモ・ラッツ」（ネズミまがいの民主党員）と呼んだので、ぼくはネトウヨ系のブライトバートニュースを読んで会話に備えた。その全員に共通していたのが、ルービックキューブに対する反応だ。ザ・トンネルでの雇用期間で、ほとんどあらゆる警備員は「おー、それ昔、子供の頃にやりましたよ」というのの変種を述べ、さらに続けて「解けなくてシールを剝がしたりしたんですけど」と言う。いやぼくもそれやってるんだよ、旦那。いままさにね。

いささかでも緊張が解けるのは、家に帰ってからだった。それもごくわずかでしかない。家に盗聴器や監視カメラが仕掛けられているのではと心配だったのだ――ＦＢＩが忠誠心不足を疑った連中に対して使う魅力的な手口の一つがそれだった。ぼくは、不眠症じみた生き様についてリンジーが心配してくれるのに口答えして、やがて彼女はぼくにうんざりし、ぼくも自分にうんざりする。すると彼女はベッドにひきあげ、ぼくは長椅子に出かけて、子供のようにラップトップを持って毛布にもぐる。カメラは毛布越しには見えないからだ。即時逮捕の危険がなくなると、ファイルをラップトップ経由でもっと大きな外部保存デバイスに転送するのに集中できた――そんなものをぼくがラップトップにずっと保存しておくなんて思うのは、よほどの技術音痴だけだ――そして複数層の暗号化アルゴリズムを、ちがった実装でファイル群にかけて、どれか一つの暗号が破られても、他のもので安全性が確保できるようにした。

仕事場には一切痕跡を残さないように注意したし、暗号が家の文書の痕跡をまったく残さないようにも配慮した。それでも、いったんこれがジャーナリストに送られて、復号されたらまちがいなくぼくが犯人だとわかる。どのＮＳＡ職員がそれだけの材料すべてにアクセスした、あるいはできたかを調べている捜査官なら、おそらく到達する一覧表にはたった一人の名前しかないはずだ、ぼくの名前だ。もちろんジャーナリストに渡す資料を減らすこともできるけれど、そうしたら彼らが最も効果的に仕事ができなくなる。最終的には、ＰＤＦの概要説明スライド一枚ですらぼくを危うくするには十分だという事実を認めざるを得なくなった。これはメタデータのせいだ。あらゆるデジタルファイルにはつきもので、出所を明らかにするための目に見えないラベルになる。

メタデータをどう扱うべきかについては苦慮した。もし文書から出所確認情報を削除しなければ、ジャーナリストたちが復号して開いた瞬間にぼくの身元がばれかねない。でも、メタデータをあまりにきれいに削除したら、ファイルを改変する可能性がある――もしファイルが少しでも改変されていたら、その正真性に疑念が生じかねない。どちらが重要だろうか、個人的な安全か、公共の利益か？簡単な選択に思えるかもしれないけれど、決断を下すまでにはかなりの時間がかかった。ぼくは自分でそのリスクを引き受け、メタデータをそのまま残した。

この決断を最終的に下したのは、もしぼくにわかるメタデータを削除したとしても、知らないデジタル透かしが他にもあって、そちらがスキャンできないかもしれないという恐れのためだった。他の話として、単一利用者の文書のメタデータを消すのがむずかしいという点がある。単一利用者文書というのは、利用者固有のコードが記された文書で、だからどこかの刊行物の編集スタッフが政府に確認を取ろうとしたら、政府はその出所がわかる。ときには、一意的な識別子は日付やタイムスタンプの符号化形式に隠されていたり、画像やロゴのマイクロドットに含まれたりする。でも、ぼくが思いもよらない形で何かにどうにかして埋め込まれている可能性もある。この現象でビビるべきだったかもしれないけれど、ぼくはむしろ大胆になった。技術的な困難のおかげで、初めて自分の生涯にわたる匿名性のやり方を捨て、自分が出所だと名乗りを上げる可能性に直面するよう強制されたのだった。ぼくは自分の名前を署名して、糾弾されるに任せることで、自分の原則を受け入れるのだ。

全体としてぼくが選んだ文書は一つのドライブに収まる量で、ぼくはそれを家のデスク上に出しておいた。その中身はオフィスにあるのと同じくらいセキュアなのはわかっていた。実は、何層にもわたる多様な暗号化のおかげで、もっとセキュアになっていた。それが暗号学という技芸のとてつもない美しさだ。ちょっとした数学で、あらゆる銃や鉄条網でも実現できないことが可能になる。ちょっとした数学で秘密を守れるのだ。

第24章　暗号

コンピュータを使う人のほとんどは、第四の権力の人々も含め、読み、書き、実行以外に四つ目の基本的なパーミッションがあると思っている。「削除」というものだ。

削除はコンピュータのユーザ側ではあらゆるところにある。ハードウェアでもキーボードの「Delete」キーがあるし、ソフトウェアでもドロップダウンのメニューから選べる選択肢になっている。「削除」を選ぶのは、何かしら最終的な選択と、ある種の責任感が伴う。ときには、今一度確認するために、ダイアログボックスまで出てくる。「本当に削除しますか?」もしコンピュータが確認を求めることでこちらの意図を疑問視しているなら——「はい」をクリックしてください——削除はそれなりの結果を伴う、究極の決断とすら言えるかもしれない。

まちがいなく、これはコンピューティング以外の世界について当てはまる。そこでは削除の力は歴史的に甚大なものだった。それでも無数の専制君主が思い知らされた通り、本当に文書を始末するには、そのコピーをすべて破壊するだけではすまない。それについてのあらゆる記憶も破壊しなくてはならない。つまりそれを記憶する人々を破壊し、それに言及している他の文書のコピーもすべて始末して、そうした他の文書を記憶している人も全員処分しなくてはならない。そこまでやったら、なんとか、ひょっとすると、その文書は消え去ってくれるかもしれない。

削除機能は、デジタルコンピューティングの発端から登場した。エンジニアたちは、実質的に無限の選択肢がある世界では、一部の選択はどうしてもまちがいになってしまうことを理解していた。ユーザは、本当に技術的な水準ですべてを仕切れているかどうかはさておき、自分がコントロールしているように感じなくてはならない。特に自分自身が作ったものに関してはそうだ。もしファイルを作ったら、好きなようにその作成を取り消せるべきだ。作ったものを破壊してやり直す能力は、ユーザに主体性の感覚を与える主要な機能だ。実はユーザは、自分では修理もできない独占ハードや、自分で改変もできないソフトウェアに依存しており、サードパーティのプラットフォームのルールに縛られているのだけれど。

あなた自身が削除を選ぶ理由を考えてほしい。自分のパソコンでは、何か失敗した文書を始末したいとか、ダウンロードしたけれどもはや必要ないファイル――あるいは、そんなものを必要としたとは誰にも知られたくないファイル――を始末したいかもしれない。メールなら、思い出したくもない昔の恋人からのメールを削除したり、伴侶に見られたくないメールを始末したり、参加した抗議デモへの招待状を消したかったりするかもしれない。電話では、その電話が移動したあらゆる場所の履歴を消したり、自動的にクラウドにアップロードされる写真、ビデオ、私的録音を消したいかもしれない。あらゆる場合に、削除すれば、そいつ――そのファイル――は消えたように見える。

でも実際には、削除という機能は技術的には、人々が考えるような形で存在したことは一度もない。削除というのはインチキ、妄想、公的なおとぎ話、あまり気高いとは言えない嘘で、コンピュータは人々を安心させ、平安を与えるためにそういう嘘をつくだけだ。削除されたファイルは視界からは消えるが、本当に消えていることはめったにない。技術用語でいえば、削除はパーミッションの真ん中の「書く」の一種だ。通常、ファイルのどれかについて「削除」を押すと、そのデータ――それはどこかのディスクの奥深くに貯め込まれている――は実際には手つかずのままだ。効率的な現代のオペレーティングシステムは、単なる消去目的でディスクの奥深くまでずっと入り込んだりするような設計になっていない。かわりに、それぞれのファイルが保存されているコンピュータの地図――「ファイルテーブル」と呼ばれる地図――が書き換えられ、「わたしはこの場所を重要な目的では使ってませんよ」と宣言するだけだ。これはつまり、広大な図書館で誰も読まない本と同様に、消去されたはずのファイルは、頑張って探せば誰にでも読まれてしまうということだ。その参照情報だけを消しても、本自体は相変わらず残る。

これは実は経験を通じて確認できる。こんどファイルをコピーするとき、削除は一瞬なのに、なぜコピーにはこんなに時間がかかるのか考えてほしい。答は、削除はファイルそのものに対しては、隠す以上のことはしていないからなのだ。単純に言うと、コンピュータはまちがいを訂正するようにはできておらず、まちがいを隠すよう設計されている――それも、どこを探せばいいか知らない人から隠すだけなのだ。

＊

二〇一二年の残された日々は暗い報せをもたらした。ファイブアイズの最も有力なメンバー数か国で大量監視を禁じていた、わずかに残った法的保護が解体されつつあったのだった。オーストラリアとイギリスの政府はどちらも、電話とインターネットのメタデータの記録を義務づける法案を提出していた。これは名目上は民主的な政府が、一種の監視タイムマシンを確立するという野心を公式に表明した最初の機会だった。これが通れば、技術的には彼らは、あらゆる人物の人生の出来事を巻き戻して、何か月、何年も遡れてしまう。こうした試みは、少なくともぼくから見れば、通称西側世界の自由なインターネット創造者にして擁護者という立場から、その反対者にして破壊者候補への変身を決定的に告げるものだった。こうした法律は公共安全を守る手法として正当化されていたけれど、罪もない人々の日常生活への実に息をのむような侵害を示すもので、自分に影響があるとは思わない他国の市民たち（それはその国の政府が監視をこっそり行うことにしたせいかもしれない）ですら——まったく正当にも——震え上がったほどだ。

こうした大量監視の公的イニシアチブは、技術と政府との間の自然な連携などというものがあり得ないことを、決定的な形で示した。奇妙な形で相互に関連し合っているコミュニティ、アメリカのＩＣと世界的な技術屋のオンライン部族との間の亀裂は、ほぼ決定的なものとなった。ぼくのＩＣでの最初期には、まだこの二つの文化で折り合いをつけられたし、スパイ仕事と民間インターネットプライバシー支持者——アナキスト的ハッカーから、もっと冷静な学術的Ｔｏｒ関係者まで、コンピュータ研究の最先端を教えてくれて、政治的にも霊感を与えてくれた人々——との関係とでスムーズに往き来ができた。長年にわたりぼくは、みんなすべて最終的には歴史の同じ側にいるのだという自己欺瞞を維持できた。みんなインターネットを守り、言論の自由が保たれて、恐怖からも自由な場所にしておきたいのだと自分に言い聞かせてきた。でもその妄想はもはや維持できなくなってしまった。いまや政府、ぼくの雇い主は、明らかに敵側だった。ぼくの技術屋仲間が昔から懸念していたことについて、ぼくはごく最近になって裏付けを得たのに、それを彼らに告げられない。少なくとも、まだ。

でもできるのは、ぼくの計画を危険にさらさない範囲で彼らの手助けをすることだった。その結果ぼくは、大して興味もなかった美しい都市ホノルルで、クリプトパーティの主催者兼講師の一人を務めることとなったのだった。これは国際的な草の根暗号運動が発明した新種の集会で、技術屋たちが自主的に時間を割いて、デジタル自衛の問題について世間に無料講義を行うものだ。多くの点でこれは、ＪＣＩＴＡに教えているのと同じ内容だから、参加の機会にぼくは飛びついた。

当時ぼくが首を突っ込んでいた他の活動を考えると、これは危険だったのではと思うかもしれない。でもこれはむしろ、ぼくが自分の教える暗号手法をどれほど信頼していたかを改めて裏付けるものなのだ——家に鎮座しているＩＣ濫用でいっぱいのドライブを保護している、まさにその手法だ。そこにかかっている鍵は、ＮＳＡですら破れない。どれほどの文書があろうと、どれほどのジャーナリズムがあろうとも、世界が直面している脅威に立ち向かうには決して十分ではないのはわかっていた。人々には自衛のツールが必要だ。人々はその使い方を知らねばならない。こうしたツールをジャーナリストにも提供した経験から、ぼくは自分のアプローチがあまりに技術的になりすぎたのではと心配していた。同僚たちに何度も講義をしてきた後で、この問題の説明を簡略化して一般聴衆向けにする機会は、ぼく自身にとっても他の人々に負けず劣らず有用だ。さらにぼくは本当に教えたくてうずうずしていた。教室の前に立ってから一年たっていて、その立場に戻った瞬間に、自分がこれまでずっと、正しいことをまちがった人々に教えてきたのだと気がついた。

教室といっても、これはＩＣの学校や集会室とは全然ちがう。このクリプトパーティは、家具屋とシェアオフィスの裏にある、一室だけの画廊で開催された。たとえばイランの市民を助けるため——同様にオーストラリア、イギリス、アメリカの市民も助かる——のＴｏｒサーバを走らせるのがいかに簡単かを示すスライドを共有すべく、プロジェクタを設営している間に、生徒たちは勝手に入ってくる。まったく知らない人々やオンラインでしか会ったことのない、新しい友人数名で構成される多様な群集だ。全体として、その一二月の夜にぼくや共同講師ルナ・サンドヴィクから学ぼうとやってきた人々は二〇人ほどだったろうか。ルナは聡明な若いノルウェー人女性でＴｏｒプロジェクトの一員であり、後に『ニューヨーク・タイムズ』の情報セキュリティ上級部長として働くことになり、彼女の後のクリプトパーティは同紙が主催することになった。聴衆に共通していたのは、Ｔｏｒへの関心や、スパイされるのではという恐れですらなく、人生の私的空間に対する自分の統制力の感覚を再構築したいという欲望だった。たまたまふらりと入ってきた、おじいちゃんみたいな人もいたし、ウォール街占拠運動のハワイ版を取材している地元ジャーナリストもいたし、リベンジポルノの被害者となった女性もいた。またＮＳＡの同僚も何人か招待して、この運動に興味を抱いてもらい、自分がこうした活動への参加をＮＳＡから隠そうとしていないことを示そうとした。でもやってきたのは一人だけで、部屋の一番うしろで大股開きですわり、腕組みして、ずっと薄ら笑いを浮かべているだけだった。

プレゼンテーションの皮切りに、ぼくは削除が幻にすぎず、完全な消去という狙いは決して実現できないのだと主張した。聴衆はすぐにこれを理解した。そこから、他の誰にも見せたくないデータは、せいぜいが上書きしかできず、消し去ったりはできないと説明した。乱数や疑似乱数データで上書きして、元のデータを読めなくするだけなのだ。でも、このアプローチですら欠点があるのだ、とぼくは警告した。オペレーティングシステムが、削除したいファイルのコピーをこっそり誰も知らない一時保存の洞窟に隠している可能性は決して消えないのだ。

そこからぼくは、暗号に話を移した。

削除は、監視する側からすれば夢であり、監視される側にとっては悪夢だ。でも暗号は、万人にとっての現実だ。少なくともそうあるべきだ。それは監視に対する唯一の心の保護だ。保存ドライブがそもそもすべて暗号化されていたら、敵対者が削除されたファイルやその他なんであれ探して漁り回ることもできない――暗号鍵を持っていないかぎり。もし受信箱のメールがすべて暗号化されたら、グーグルがそれを読んでプロファイリングすることもできない――暗号鍵を持っていないかぎり。もし敵対するオーストラリアやイギリスやアメリカや中国やロシアのネットワークを通るあなたの通信がすべて暗号化されていたら、スパイには読まれない——暗号鍵を持っていないかぎり。これが暗号の秩序をもたらす原理だ。すべての権力は鍵を持つ者にあるのだ。

暗号はアルゴリズムにより機能するのだ、とぼくは説明した。暗号アルゴリズムというとおっかなそうだし、数式として書くと本当にとっつきにくい。でもその概念はきわめて初歩的だ。それは逆転可能な形で情報——メール、通話、写真、動画、ファイル——を変換する数学手法だ。変換結果は、暗号鍵を持っていない人にはまったく理解不能なものとなる。現代の暗号化アルゴリズムは、文書の上で振る魔法の杖だと思えばいい。するとそれぞれの文字は、あなたと信頼できる相手だけしか読めない言語に変わってしまう。暗号鍵はその呪文を完成させ、魔法の杖を機能させる一意的な魔法の言葉なのだ。その魔法の杖を使ったことを知っている人が何人いても関係ない。自分だけの魔法の言葉が、信用できない連中に渡らないようにしておけばいいのだ。

暗号アルゴリズムは基本的に、単なる数学問題で、ただコンピュータですら解くのがすさまじくむずかしいよう設計されているだけだ。暗号鍵は、コンピュータがある特定の数学問題解決を可能にする唯一のヒントだ。読めるデータ（平文と呼ばれる）を暗号アルゴリズムの片方に押し込むと、暗号文と呼ばれる理解不能のデタラメが反対側から出てくる。誰かが暗号文を読みたければ、それを——決定的な点として——正しい鍵といっしょにアルゴリズムに戻してやると、また平文が出てくる。アルゴリズムの種類によって、保護の度合いもちがってくるけれど、暗号鍵のセキュリティはしばしばその長さによるもので、あるアルゴリズムの根底にある数学問題を解くためのむずかしさが鍵の長さで示される。長い鍵が高いセキュリティと相関するアルゴリズムでは、その改善度合いは指数関数的になる。六四ビットの鍵——これは平文データを2^{64}通りの可能な方法（一八四四京六七四四兆七三七億九五五万一六一六通りのちがった並べ替え）でごちゃまぜにする——を解読するのに攻撃者は一日かかるとしよう。それなら、六五ビットの鍵を破るにはその二倍、つまり二日必要になる。六六ビット鍵なら四日だ。一二八ビット鍵を破るなら、一日の2^{64}倍必要になる。つまり五京年ということだ。その頃には、ぼくも許してもらえるかもしれない。

ジャーナリストたちとのやりとりで、ぼくは四〇九六ビットと八一九二ビットの鍵を使った。これはコンピュータ技術の一大イノベーションか、素因数分解の原理が根本的に引っくりかえらないかぎり、NSAの暗号分析官たちが世界中の計算力をすべて使ったとしても、ぼくのドライブには入り込めないということだ。この理由から、暗号はあらゆる監視と戦うための、唯一最大の希望だ。もしぼくたちのあらゆるデータが、通信も含めこういう形でエンド・ツー・エンドで（つまり送り手の端から受け手の端まで）暗号化されていれば、どんな政府も――それを言うなら現代の物理知識で考えられるどんな存在も――それを理解できない。政府は相変わらず信号を傍受して集めることはできるけれど、集まるのは純粋な雑音となる。通信の暗号化は基本的にそれを、やりとりするあらゆる存在の記憶から削除するに等しい。それはそもそもパーミッションを与えられていなかった人々から、パーミッションを実質的に奪ってしまう。

暗号化通信をアクセスしたい政府には、選択肢が二つしかない。鍵を作る人たちを締め上げるか、鍵そのものを探すかだ。前者の場合、デバイスのメーカーに対して、暗号化を行う製品に欠陥を意図的に仕込ませるか、国際標準化組織に対し、「裏口／バックドア」と呼ばれる秘密のアクセスポイントを持った、欠陥暗号化アルゴリズムを認めるよう誘導する手がある。後者の場合、通信の端点に対して絞った攻撃をかける。つまり暗号化プロセスを実行するハードとソフトを狙うのだ。通常それは、彼らが作ったわけではなく見つけただけの脆弱性を利用し、それを鍵のハックと横取りに使う――これは犯罪者たちが先鞭をつけた技法だけれど、今日では主要な国家権力も利用している。そのためには、重要な国際インフラのサイバーセキュリティに開いた壮絶な穴を、それと知りつつ維持することが必要になってしまうのだけれど。

鍵を安全にしておく最高の手段は「ゼロ知識」と呼ばれる。この手法は、外部——たとえばある企業のクラウドプラットフォームなど——に保存しようとするデータはすべて、自分のデバイスで動くアルゴリズムにより暗号化され、その鍵は決して共有されないということだ。ゼロ知識方式だと、鍵はユーザの手中にある——それ以外のところにはない。どんな企業も、政府機関も、敵も、それには手が出せない。

ＮＳＡの秘密に対するぼくの鍵はゼロ知識を超えるものだった。それは複数のゼロ知識鍵で構成されたゼロ知識鍵だったのだ。

こんなふうに想像してほしい。暗号パーティ講義の最後に、ぼくは聴衆二〇人が退出するときに出口のところに立っているとしよう。そして一人一人ドアを通過してホノルルの夜へと姿を消すとき、ぼくはその耳にそれぞれちがった単語を囁くとしよう——他の誰にも聞こえず、それを繰り返していいのは全員がまた同じ部屋に集まったときだけだ。その二〇人全員を呼び戻して、ぼくが当初配信したのと同じ順番でそれぞれが単語を復唱しないかぎり、誰も完全な二〇語の呪文を再構築できない。たった一人でも自分の単語を忘れたり、暗唱の順番が配信と少しでもちがっていたりすれば、何の呪文もかからず、魔法も起きない。

開示が入ったぼくのドライブへの鍵は、この仕組みと似ていて、ひねりが一つあった。呪文のほとんどの部分は配信したけれど、単語の一つはぼく自身のために取っておいたのだ。魔法の呪文のかけらはそこらじゅうにあったけれど、ぼくが自分で身につけておいた唯一のかけらを破壊すれば、ＮＳＡの秘密へのアクセスは永遠にすべて破壊される。

第25章 少年

今になって振り返ると、自分がどれほどの高みにまで到達したかが痛感される。教室で口をきかない生徒だったのが、新時代の言語の教師となった。慎ましい中産階級のベルトウェイ在住の両親から生まれた子供が、島で暮らして、稼ぎすぎてお金が無意味になった生活をしている。キャリアについてわずか七年間でローカルのサーバ管理から、世界的に配備されるシステムの考案実装にまで上った――墓場シフトの警備員から、パズルの王宮における鍵マスターに駆け上がったのだ。

でもいかに適任だろうと、あまりに急激にあまりに高い地位まで昇進させるのは危険だ。シニカルになって理想主義を失うだけの時間がないからだ。ぼくは諜報業界で最も予想外に全能な地位に就いた――役職の階層から見れば底辺近いけれど、アクセスで見れば天国の頂点にいた。そしてこれはICの陰惨な全体像を観察する、すさまじい、そして正直いえば分不相応な能力を与えてくれた一方で、いまだにはっきりわからないある一つの事実について、好奇心をますますつのらせる結果となった。NSAが監視の目を向ける相手の絶対的な限界というのはどこにあるのか、ということだ。それは政策や法で定められた限界というよりはむしろ、いまや世界を覆う機械だとわかっている、無慈悲でためらいを知らない能力の限界だ。この機械が監視しない人物はいるのだろうか？　この機械が入り込めないところはあるのだろうか？

それをつきとめる唯一の方法は、一望監視的な高みを捨て、運用実務という狭いビジョンへと深入りすることだ。最も生の形の諜報への最も自由なアクセスを持つＮＳＡ職員たちは、オペレーターの椅子にすわって、アメリカ市民だろうと外国人だろうと、疑惑をかけられた人々の名前をコンピュータに打ち込んでいる連中なのだ。何らかの理由で、あるいは理由なんかまったくなしに、疑惑対象者たちはＮＳＡの要注意人物として標的になり、ＮＳＡは彼らやその通信についてすべてを知りたがるようになる。ぼくが最終的に目指すべき場所は、このインターフェースの正確な場所――つまり国が人間に目を向け、人間側はそれに気がつかないというその地点なのはわかっていた。

このアクセスを可能にするプログラムはXKEYSCOREと呼ばれている。これはアナリストがその人の人生記録をすべて検索できるようにする、検索エンジンだと思うのがいちばんいい。一種のグーグルだけれど、公開インターネットのページを示すかわりに、個人メール、個人のチャット、個人ファイルなど、すべてのものから結果を返すのだ。このプログラムについては、仕組みを理解できるくらいには文書を読んだけれど、もっと調べるべきだと気がついた。XKEYSCOREを探索することで、ぼくはＮＳＡの監視侵入がどれほど深いかについての個人的な裏付けを探していた――文書からでは得られず、直接体験からしか得られないような裏付けだ。

ハワイにあって、XKEYSCOREに関する真にまじりっけなしのアクセスを持つ数少ないオフィスが、全米脅威作戦センター（ＮＴＯＣ）だ。ここはＮＳＡが、第二次世界大戦時代に日本軍の暗号を解読した伝説の海軍暗号解析官ジョセフ・ロシュフォートにちなんでロシュフォートビルとかつて呼んでいた、ピカピカながらも小ぎれいすぎる、新しいオープンプラン式のオフィスを本拠にしていた。ほとんどの従業員はそれをローチ・フォート〔訳注　ゴキブリ要塞〕または単に「ザ・ローチ」と呼んでいた。ぼくがそこでの仕事に応募した頃には、ザ・ローチの一部はまだ建設中で、ぼくは即座に初のセキュリティクリアランスつきの仕事だったＣＡＳＬのことを思い出した。ＩＣのキャリアの始めも終わりも未完の建物だというのは、ぼくの運命なのだ。

ここはNSAのハワイ拠点翻訳者やアナリストをほぼ全員擁するだけでなく、詳細アクセス作戦（Tailored Access Operations、TAO）部門の地元支部も擁していた。ここはアナリストたちが標的として選んだ人々のコンピュータに遠隔ハックを行うNSA部隊だ――かつては敵の家に侵入して盗聴器を仕掛け、脅しに使える材料を探し回った、古い泥棒チームのNSA版だ。これに対してNTOCの主要な仕事は、外国版のTAOの活動を監視し邪魔することだ。運のいいことに、NTOCはブーズ・アレン・ハミルトン社経由で契約業者の求人をしていた。その仕事は「インフラアナリスト」なる婉曲表現になっている。この役職は、NSAの大量監視ツールのすべてについて、XKEYSCOREも含めて使い、関心ある「インフラ」であるインターネット上の活動を監視するというものだ。

ブーズ社での給料は少し増えて年額一二万ドルほどになるものの、ぼくはこれを降格だと感じた――最後の降下を開始し、自分のアクセスやセキュリティクリアランス、NSAでの特権を次第に捨ててゆくプロセスの一つだ。エンジニアだったのがアナリストになり、最終的には逃亡者となって、かつて自分がコントロールしていたあらゆる技術の標的になる。その観点からすると、この特権の低下はかなり些末なものに思えた。その観点からすると、あらゆることが些末に思える。ぼくの人生の軌跡は地面に向かい、加速して落下するその地点では、ぼくのキャリアも人間関係も、自由も、そしてヘタをすると命も終わってしまうのだ。

＊

自分のアーカイブを国外に持ち出して、それを接触したジャーナリストたちに渡すことにした。でもその手法の具体的な手口を検討する以前に、いくつか握手が必要だった。まず東のワシントンDC

に向かい、数週間にわたり新しい上司や同僚に会って歓迎された。彼らは、オンライン匿名化についてのぼくの鋭敏な知識を使えば、もっと巧妙な標的の暴露が可能ではと大いに期待していた。これでぼくは、ベルトウェイに最後の訪問をすることになり、統制を失った制度機関と最初に出会った場に連れ戻された。フォートミードだ。今回のぼくは、インサイダーとしてやってきたのだった。

ぼくの成年への到達を記したあの日、波乱に満ちたとはいえたった一〇年超しかたっていないあの日は、NSA本部で働く人々だけでなく、この場所自体も根本的に変えてしまった。最初にこの事実に気がついたのは、ケイナイン通りを下りてNSAの駐車場の一つに向かおうとしたとき、レンタカーに乗ったまま止められたことだった。この駐車場は、まだあのパニック、電話の呼び出し音、クラクション、サイレンの記憶に満ちていた。だが9・11以来、NSA本部に向かう道のすべては、ぼくの首にかかった特別なIC名札がない人には一切立ち入り禁止になっていたのだ。

NTOC上層部に愛想を振りまいている時間以外は、できるかぎりのことを学ぼうとした——別のプログラムや別種の標的の作業をしているアナリストたちと「ホットデスク」活動をして、ハワイの同僚たちにNSAのツールの最新の使い方を教えられるようにしたのだ。少なくとも、それがぼくの好奇心に関する公式の説明だった。ぼくの好奇心はいつもながら必要以上に根掘り葉掘りのものとなり、技術志向の人々には喜ばれた。彼らはいつもながら、自分が開発した仕組みの威力をデモしたくてたまらず、その威力がどういうふうに使われるかについては、何も考えていなかった。本部にいるとき、ぼくはまたシステムの適正利用に関する一連の試験を受けたけれど、それは意味のある指示というよりは、規制があるからやっているだけのコンプライアンス練習や、手順上の言い逃れを可能にするものにしか思えなかった。他のアナリストたちは、こうした試験は何度でも繰り返し受けられるから、ルールなんかわざわざ勉強しなくていいよ、と教えてくれた。「合格するまで適当にボックスをクリックしておけばいいんだよ」

NSAは、後にジャーナリストたちに渡した文書の中で、XKEYSCOREについて「最も広範な」ツールであり、「あるユーザがインターネット上でやることをほぼすべて」検索できるとしている。ぼくが調べた技術仕様は、これをずばり実現する手段についてもっと詳細を述べていた——利用者のオンラインセッションのデータを、分析に適した扱い易いパケットに「パケット化」「セッション化」つまり切り分けるのだ——が、その実際の使われ方は、まったく想像を絶するものだった。

単純に言えば、科学的事実で見たものの中で、SFに最も近いものだった。ほとんど誰の住所、電話番号、IPアドレスでも打ち込めば、基本的にはその人々の最近のオンライン活動を調べられるようなインターフェースがあるのだ。場合によっては、オンラインセッションの録音を再生すらできるので、その人が見た画面がこちらの画面にも、デスクトップごとあらわれるのだ。メールも、ブラウザの履歴も、検索履歴も、ソーシャルメディアの投稿も、すべて読める。関心ある人物やデバイスが、その日にインターネット上に登場したらアラートが出るようにもできる。そしてインターネットデータのパケットを見て、検索クエリーが一文字ずつ登場するのをながめることもできる。というのも多くのサイトは、タイプする一文字ごとに送信を行うからだ。文字や言葉が画面を横切る様子は、まるで自動入力を見るようだった。でもその背後にいる知能は人工知能ではなく、人間の知能なのだ。これは人間入力なのだった。

フォートミードで過ごした数週間と、ハワイでブーズ社の下で勤めた短い期間は、それまで内部文書で読んだだけの濫用が、実際に行われている様子を実地に見た唯一の期間だった。それを見たことで、システムレベルでのぼくの地位が、直接的な被害の事件現場からはどれほど隔離されていたかが実感された。NSA上層部や、ましてアメリカ大統領がどれほど隔離されているかは、想像もつかないほどだ。

ＮＳＡ長官や大統領の名前をXKEYSCOREに入力したりはしなかったけれど、システムである程度の時間を過ごすうちに、そうしてもよかったことに気がついた。あらゆる人の通信がシステムに入っていた――あらゆる人だ。当初ぼくは、国家の最上層部の連中を検索したりすれば、見つかってクビになるか、もっとひどい目にあうのではと恐れていた。でも最も有力な人物についてのクエリーですら、検索用語を機械形式に符号化し、人間にはデタラメに見えるけれど、XKEYSCOREには十分わかるものに偽装するのは、驚くほど簡単だった。検索をレビューするのが仕事の監査官の誰かが、もっと細かく見るだけの手間をかけたとしても、見えるのは攪乱されたコードのごく一部だけで、その間にぼくは最高裁判事や議員のきわめて個人的な活動も閲覧できてしまうのだ。

ぼくが見たかぎりでは、新しい同僚たちは誰もその権限をそこまで露骨に濫用するつもりはないようだったし、濫用したとしてもそれを口に出したりはしなかっただろう。いずれにしても、アナリストたちがシステムの濫用を考える場合、プロとして何が可能かよりも、彼らがずっと興味を持っていたのは、個人的にそのシステムで何ができるかということだった。これはＬＯＶＥＩＮＴと呼ばれる手口につながった。ＨＵＭＩＮＴとＳＩＧＩＮＴにひっかけて、諜報を茶化すやり方で、アナリストたちが自分の現または元恋人たちや、さらにはもっと軽い愛情の対象を、ＮＳＡのプログラムで監視するというものだ――メールを読み、電話を盗聴し、オンラインでストーキングするのだ。ＮＳＡ従業員は、そんなことで尻尾をつかまれるのは、アナリストの中でも超弩級のバカだけだと知っていた。そして法律では、どんな形の監視であれ個人用途で使えば少なくとも一〇年は投獄されると述べてはいたけれど、ＮＳＡ史上そんな犯罪で一日でも牢屋に入った人間はいない。アナリストたちは、政府が自分たちを公式に訴追するわけがないのを知っている。というのも、秘密の大量監視システムを使ったといって誰かを起訴しても、そんなシステムの存在をそもそも否認している以上、なかなか立件はむずかしいからだ。こうした方針の明らかなコストは、NSA本部でヴォールトV22の奥の壁に沿ってすわっていたときに明らかとなった。そこは能力が比較的高いインフラアナリスト二人と共同の場所で、その区画には高さ二メートルの有名な『スター・ウォーズ』のウッキーであるチューバッカの写真が飾られていた。その一人が標的のセキュリティ手法を説明しているときに、ヌードの傍受がこのオフィスでは非公式な通貨の一種なのだと気がついた。というのも、同僚が絶えず椅子をくるりと回転させてこちらに向き直り、ぼくたちに割り込んでニヤニヤしつつこう言うのだ。「おい、この子スゲーぞ」。そしてそのたびにぼくの指導係は「ボーナス！」「いいね！」と答える。取引の不文律は、魅力的な標的の裸の写真や動画――あるいは標的と通信している誰かの裸――が見つかったら、それを他の男たちと共有しなければならない、少なくともまわりに女性がいないときには、というものらしかった。そうすれば、お互いが信用できるようになる。お互いの犯罪を共有しあうというわけだ。

XKEYSCOREを使っていてすぐに理解するようになるのは、オンラインの人々は世界中ほぼどこの誰であっても、少なくとも二つの共通点を持つということだ。みんなポルノを持っているし、みんな家族の写真や動画を保存している。これはどんな性別、民族、人種、年齢だろうとほぼ同じだった――最凶のテロリストから、これ以上ないほど優しい高齢者（そういう人も、最凶のテロリストの祖父母や両親やいとこだったりする）までまったく同じだ。

ぼくが一番つらかったのは、家族関係のものだった。特に、ある子供が忘れられない。インドネシアの少年だった。専門的に言えば、その子に興味を持つ理由なんかなかった。でもそうすることになったのは、雇い主たちがその子の父親に興味を持っていたからだ。ぼくは「ペルソナ」アナリストの共有標的フォルダに目を通していた。ペルソナアナリストというのは、通常は一日の大半をチャットログやGメールの受信箱やフェイスブックのメッセージといったものを読みあさるのに費やす連中だ。これに対してインフラアナリストは、もっとわかりにくくてむずかしい、ハッカー生成トラフィックを読むことになる。

この少年の父親は、ぼくのお父さんと同じくエンジニアだった――でもうちのお父さんとはちがい、政府や軍とは関係がなかった。単にごく普通の学者で、それが監視の地引き網にかかっただけだ。どうしてこの人物にＮＳＡが興味を持っているのかも覚えていない。確か、イランの研究大学に求職応募書類を提出しただけだった。疑惑の根拠はしばしばあまり詳しくないか、まったく書かれていないことも多いし、その結びつきは恐ろしいほどいい加減だ――「潜在的につながりがあると信じられている」と書かれて、その相手というのは、どこか電気通信標準制定組織だったりユニセフだったりすることもあれば、たまには本当に恐ろしいと同意できるようなものもある。

この人物の通信の選ばれた一部が、インターネットトラフィックからふるい分けられ、フォルダにまとめられていた――ここには怪しい大学に送られた致命的な経歴書がある。こっちはＳＭＳだ。こっちはウェブブラウザの履歴、こっちは先週送受信したやりとりの記録が、ＩＰアドレスごとにまとまっている。こちらは、この人物が家から遠出しすぎたかどうか、あるいは面接でその大学にまで出かけたかどうかを追跡するために、アナリストが張った「ジオフェンス」の座標がある。

そして彼の写真と、動画もあった。ぼくがやっているのと同じように、彼もコンピュータの前にすわっている。ただし彼のひざには赤ん坊がいた。おむつ姿の男の子だ。

父親は何かを読もうとしているけれど、子供は絶えず動き回り、キーを叩いてはゲラゲラ笑っている。コンピュータ内蔵マイクがその笑いを拾って、ぼくもそれをヘッドホンで聴いていた。父親は男の子を抱きしめ、すると男の子は身を起こして、その黒い三日月型の目がコンピュータのカメラをまっすぐ見据えた——まっすぐぼくを見ているのだという印象がどうしても拭えなかった。いきなり、自分が息を止めていたのに気がついた。ぼくはセッションを閉じ、コンピュータの前から立ち上がって、廊下の洗面所に向かい、トイレに頭を突っ込んで吐いた。まだヘッドホンをつけて、コードをぶら下げたままだった。

この子供のすべて、その父親についてのすべてが、ぼく自身のお父さんを思い出させた。お父さんとはフォートミードでの短期間に、一度夕食を食べた。しばらく会っていなかったけれど、その夕食の途中、シーザーサラダとピンクレモネードの途中で、ふと思いついた。もう家族とは二度と会えないんだ、と。涙は出なかった——精一杯の自制をかけていたからだ——でも内面はボロボロだった。これからやろうとしていることを告げたら、お父さんは警察を呼んだだろう。あるいはぼくをキチガイ呼ばわりして、精神病院に入れただろう。お父さんにしてみれば、これ以上はないほどの過ちを犯させないために、やらねばならないことを何でもやったはずだ。

お父さんの受けた傷が、いずれは誇りによって癒されますように。

二〇一三年三月から五月にかけてハワイに戻ると、ほとんどあらゆる体験に、これが最後だという感覚がつきまとった。そうした体験自体はつまらないものに思えても、それが行動を容易にしてくれた。これがミリラニのカレー屋でカレーを食べる最後の機会だと思ったり、ホノルルの画廊ハッカースペースに立ち寄ってこれが最後だと思ったり、車のルーフにすわって夜空に流れ星を探すのも最後だと思うほうが、リンジーと過ごせるのがあと一か月だとか、彼女の隣で寝て、彼女の隣で目を覚ますのもあと一週間だとか思いつつも、頭が変にならないように距離を置こうとするよりははるかに苦痛が少なかった。

ぼくのやっている準備は、死のうとしている人間のものだった。銀行口座を空にして、現金を古いスチール製武器ケースに入れてリンジーが見つけられるようにしておいた。政府に押収されないようにするためだ。また家を調べて、これまで先送りにしてきた雑用を片づけた。窓を直したり電球を換えたりといったことだ。古いコンピュータを消去して暗号化し、もっと楽しかった時代のもの言わぬ抜け殻に還元した。要するに、ぼくは自分の身辺整理をすることで、リンジーにとって、あるいは単にぼくの良心にとってすべてを容易にしようとしたのだった。ぼくの良心は、こんな犠牲に値しない世界と、値する女性および愛する家族との間で、絶えず忠誠が揺れ動いていたのだ。

すべてにこうした終末の感覚がつきまといつつも、いつまでも終わりが見えず、自分の開発した計画が崩壊しそうに思えることもあった。ジャーナリストたちに面会の約束をとりつけるのはむずかしかった。その会合の相手が誰なのか、あるいは少なくともしばらくは、それがいつどこで行われるのかも教えるわけにはいかなかったからだ。彼らがそもそもやってこない可能性もあったし、またやってきたけれど、でも申し出に乗ってこない可能性も考えねばならなかった。最終的には、そのどちらかが起きたら、あっさり計画をあきらめて、何事もなかったかのように職場とリンジーのところに戻り、次の機会をうかがおうと決めた。

クニアまで往き来するウォードライブ――普通なら二〇分だけれど、WiFiゴミ漁りで二時間かかることもある――で、ぼくはあちこちの国を調べ、ジャーナリストたちとの面会場所を見つけようとした。自分の牢獄、いやむしろ墓場を選んでいるような気分だった。ファイブアイズ諸国はすべて、当然ながらダメだ。実際、ヨーロッパはすべてダメだった。というのもこうした国々は、まちがいなくすさまじいアメリカからの圧力がかかる中で、政治犯の引き渡しを禁止する国際法を遵守するとは思えなかったからだ。アフリカと南米も話にならない――アメリカはこの地域では、何の処罰も受けずに勝手に行動する前歴を持っている。ロシアは、ロシアだからダメだし、中国も、中国だからダメだ。どちらもまったく論外。アメリカ政府がぼくの話を信用できないと決めつけるには、地図を指させばすんでしまう。中東では透明性がなおさらひどい。ときには、ぼくの人生で最もむずかしいハックは、NSAからのファイル強奪ではなく、ホワイトハウスを押しとどめるだけの独立性を持ちつつ、ぼくの活動に介入しないだけの自由度を持つ面会場所の見極めだとすら思えた。

消去法で残ったのは香港だった。地政学的には、誰のものでもない場所に最も近いのに、活発なメディアと抗議文化を持ち、さらにおおむね検閲なしのインターネットを持つ場所だった。非常に奇妙な場所で、そこそこリベラルな世界都市であり、名目的な自治権で中国からは距離がおけるし、ぼくやジャーナリストたちに対して公的な手段を講じようとする北京の能力も――一時的には――抑えられるけれど、一方で実質的には北京の影響圏にあるので、一方的なアメリカ介入の可能性も低い。安全の約束があり得ない状況では、時間が稼げるだけで十分だった。どのみちぼくにとっては、事態がうまく進まない可能性もある。捕まる前に開示ができれば、精一杯の願いがかなったことになる。

リンジーといっしょに目を覚ました最後の朝、彼女はカウアイ島へキャンプ旅行に出かけるところだった――一時的に友だちと旅行をするというので、ぼくもそれを奨励した。二人でベッドに横たわり、ぼくは彼女をきつすぎるほど抱きしめた。そして寝ぼけたまま驚いた彼女が、なぜそんな愛情表現をいきなりしたのか尋ねると、ぼくは謝った。最近やたらに忙しくてごめん、会えなくなると寂しいよ、と告げた――人生で出会った最高の人間がきみだ、と。彼女はにっこりして、ぼくの頬に軽くキスをすると、起きて荷造りを始めた。

彼女が玄関を出た瞬間に、ぼくは泣き出した。何年ぶりだっただろうか。政府から受ける非難を除いてはあらゆることについて罪悪感にとらわれたし、特にこの涙が後ろめたかった。というのも、ぼくの痛みなんて、愛する女性にこれから引き起こす苦痛や、家族に引き起こす痛みや混乱に比べればものの数ではないのがわかっていたからだ。

少なくともぼくは、これから何が待ち受けているかわかっているという利点があった。リンジーはキャンプ旅行から戻ってくると、ぼくは出張とかいう口実で姿を消していて、そしてぼくのお母さんが玄関で彼女を待っていることになる。ぼくはお母さんに訪問するよう招待した。たぶんあまりにぼくらしくない動きだったから、別種の驚きを予想したはずだ――たとえばリンジーとぼくの婚約発表とか。この偽りの口実については本当に気分が悪かったし、彼女の失望を考えると身がすくむ思いではあったけれど、でもそれが正当化されるのだと自分に言い聞かせ続けた。お母さんがリンジーの面倒を見てくれるし、リンジーがお母さんの面倒を見てくれる。どちらも、来る嵐を乗り切るためには相手の強さが必要となる。

リンジーが発った翌日、ぼくはてんかんを口実に、緊急の病気休暇を取った。そしてきわめて軽い荷物とラップトップ四台を荷造りした。セキュアな通信用、通常通信用、おとり用、そして「エアギャップ」（一度もオンラインになったことがなく、今後も一切ネットにはつながないもの）だ。スマホは台所のカウンターに残し、そこのメモ帳にペンでこう書き殴った。「仕事で呼び出しくらった。愛してる」。そこにコールサインの愛称、Echoとサインした。それから空港にでかけて、東京行きの次のフライトチケットを現金で買った。東京では、またも現金払いで別のチケットを買い、五月二〇日に香港についた。世界がぼくと初めて出会うことになる都市だ。

第26章　香港

ゲームというのは、実際には単にだんだん難易度が上がる課題の連続でしかない。それが心理的に持つ根深い魅力は、勝てるという信念にある。これがぼくにとって最も明らかなのは、ルービックキューブの場合だ。これは普遍的なファンタジーを満たすものだ。とにかく頑張って、あらゆる可能性をたどってひねり続けると、ごちゃごちゃして理解不能に見えるこの世界のすべてが、最後に収まるべきところに収まり、完全に整列する。人間の創意工夫だけで、最も壊れて混沌としたシステムを、何か論理的で秩序だったものにできて、そこでは三次元空間のあらゆる面が、完璧な均一性を持って輝くようになる。

ぼくはある計画を持っていた――いや複数の計画を持っていた。そこでは、一つでもまちがいを犯せば、捕まることになる。でもまだ捕まっていなかった。NSAを脱出し、アメリカを脱出した。ゲームに勝ったのだ。思いつくあらゆる基準からして、むずかしい部分は終わった。でもぼくの想像力は不十分だった。というのも、会いに来てくれと頼んだジャーナリストたちが来なかったからだ。いろいろ口実をつけて、あやまりつつ、面会を先送りにした。

ローラ・ポイトラス――すでに文書をいくつか送り、もっとたくさんあるぞと約束していた――はいつでもニューヨークシティからどこへだろうと飛ぶ用意があるのはわかっていた。でも一人で来るつもりはなかった。彼女はいっしょうけんめい、グレン・グリーンウォルドにも参加させようとしており、オンラインにつながない新しいラップトップを買わせようとしていた。暗号ソフトをインストールさせて、みんながもっとまともに通信できるようにしようとしていた。そしてこのぼくは香港にいて、時計が一時間、また一時間と時を刻むのを見て、カレンダーが一日ずつ過ぎるのを眺め、嘆願し、懇願していた。ＮＳＡがぼくの休暇が長すぎると気がつく前に来てくれ！　これだけいろいろってきたのに、香港に何もない状態で取り残されるという見通しに直面するのはつらかった。旅程を確定するのに忙しすぎたり不安すぎたりするジャーナリストに、多少は同情しようとしてみた。でも警察が先にやってきたら、ぼくがすべてを危険にさらして持ってきた資料のうち、世間に出るものがどんなに少なくなるかを考えた。家族やリンジーのことを考え、ぼくの名前すら知らない人々の手に自分の人生を委ねたのがいかに愚かだったかを考えた。

ミラホテルでぼくは部屋に閉じこもった。そこを選んだのは、人の多い商業ビジネス街の中心にあるからだ。ぼくは「Privacy Please — Do Not Disturb」の表示をドアにかけ、ハウスキーパーが入ってこないようにした。一〇日にわたり、部屋を離れなかった。外国のスパイが忍び込んで盗聴器を仕掛けるのではと恐れたからだ。かかっているものがこれほど大きいと、可能な唯一の動きは待つことだった。ぼくは部屋を貧乏人の作戦司令部に変えた。暗号化されたインターネットトンネルのネットワークの中心で、そこから自由なマスコミの不在の代表者たちに、ますます鋭い語調の懇願を送り出した。そして窓辺に立って返事を待ち、自分が決して訪れることのない美しい公園を見下ろす。ローラとグレンがやっと到着した頃には、ルームサービスのメニューすべてを一通り試していたほどだった。

だからといってその一週間半の間ずっとすわりっぱなしで、おいでくださいませとメッセージを書き続けていただけじゃない。ぼくが行う最後のプレゼンテーションの修正もしていた——アーカイブを見直し、まちがいなく限られた時間しか過ごせないジャーナリストたちに、その中身をいちばんうまく説明するにはどうすればいいかを考えていた。これは興味深い問題だった。技術知識のない人々で、しかもまちがいなく不信感を抱いている人々に対して、アメリカ政府が世界中を監視しているという事実と、そのための手法について最もはっきり説明するにはどうすればいいだろうか？　この分野の専門用語の辞書をまとめた。「メタデータ」「通信搬送」といった言葉だ。また略語や略称、たとえばCCE、CSS、DNI、NOFORNといったものの用語集を作った。説明は技術やシステムを通じてではなく、監視プログラム——要するにお話——を通じて行い、彼らの話す言葉を使うと決断した。でもまずどのお話から始めればいいか決められず、絶えずその順番を変えては、最悪の犯罪を最高の順番で示そうとした。

数年がかりでつきとめたことを、少なくともローラとグレンにほんの数日で理解してもらう適切な方法を見つけねばならなかった。そしてもう一つ課題があった。彼らに、ぼくが何者で、なぜこんなことをしようとしたかを理解する手助けをしなくてはならなかった。

＊

ようやくグレンとローラが、六月二日に香港にやってきた。最初ミラホテルに会いに来たとき、たぶん二人は、少なくとも当初はがっかりしたと思う。二人はまさにそう話してくれた。少なくともグレンはそれを口にした。彼はもっと高齢の人物を期待していたという。チェーンスモーカーで、ふらつく鬱病の人間で末期癌と良心の呵責に苛まれているような人物だ。どうしてぼくのような若者が——グレンは何度もぼくの年齢を尋ねた——こんな最高機密文書にアクセスできたのか、さらに自分の人生をなぜ投げだそうとするのか、理解できなかったのだ。ぼくのほうはといえば、どうして二人が何やらジジイを期待していたのか、まったく理解できなかった。こちらが出した指示を見ればわかるだろうに。ホテルのレストランの横にある、これこれの静かなアルコーブに来てください、ワニ皮じみた合皮の長椅子があります。そこでルービックキューブを持った人物を待ってください。笑えることだけれど、ぼくは当初そのトレードマークのようなものを使うのは乗り気ではなかった。でも遠くから見て、独得ではっきりわかるもので、持ってきたものはそれだけだった。さらに手錠という予想外の結果を待つ間に、ストレスを隠すためにも有用だった。

そのストレスが目に見えて頂点に達したのは、ローラとグレンをぼくの部屋――一〇階の一〇一四号室に連れてきたときだった。グレンはぼくの求めに応じ、スマホをミニバーの冷蔵庫にやっとしまったばかりだったが、ローラはすぐに部屋の照明を並べ替えて調整しはじめた。そしてデジタルビデオカメラを取り出した。暗号化メールで、出会いを録画すると合意はしていたものの、現実にその心構えはできていなかった。

過去一〇日にわたり一度も出たことのない、狭苦しい、散らかった部屋の中で、ベッドメイクもしていないベッドに足を投げ出しているところにカメラを向けられるのは、まったく予想外だった。たぶんみんなこの種の体験はあると思う。録画されているということを意識すればするほど、緊張してしまうのだ。それがそこにあるだけで、あるかもしれないと思うだけで、スマホの録画ボタンが押されてこちらに向いているという事実がぎこちなさを生み出す。その人物が友人であってもだ。今日では、ぼくのやりとりはほとんどすべて、カメラ越しに行われる。それでもどっちの体験のほうが疎外感が大きいかは迷うところだ。自分の映った映像を見るときか、それとも録画されているときか。前者はなるべく避けようとしているけれど、後者を避けるのはいまや万人にとってむずかしくなっている。

すでに緊張感の高い状況下で、ぼくは硬直した。ローラのカメラの赤い録画ランプは、スナイパーのレーザー標的のように、あのドアがいつ何時ぶち破られて、ぼくがひきずり出されて永遠に姿を消さないともわからないのだと告げていた。そしてそれを考えていないときはいつでも、この映像が法廷で再生されたときにどう見えるだろうかと考えてしまった。あれもやっておくべきだった、これもやっておくべきだったと気がついた。もっといい服を着て、ひげを剃っておけばよかった。ルームサービスのお皿やゴミが部屋中に積み上がっている。床の上には麵の容器や食べかけのハンバーガー、汚れた洗濯物の山、湿ったタオルまであった。

シュールな夢だった。こうして撮影されるまで、映像作家なんかに会ったこともなかったし、情報源になるまでジャーナリストに会ったこともなかった。アメリカ政府の大量監視システムについて自分の口で語った初めての機会に、ぼくはインターネット接続を持った世界中の全員に向かって語っていた。でも結局、どんなにみすぼらしい恰好で、声もガチガチだったにしても、ローラの映像は不可欠だった。というのもそれは、そのホテルの一室で何が起こったかを、ありのままに示してくれたからで、ニュース報道ではそれはまったく不可能だった。香港で過ごした数日間で彼女が撮影した映像は歪められない。その存在は、ドキュメンタリー作家としての彼女のプロ意識のみならず、彼女の先見の明を示すものだ。

六月三日から九日にかけての一週間を、その部屋でグレンと『ガーディアン』からの仲間であるユアン・マックアスキルと共に過ごした。彼はその初日に、少し遅れてやってきたのだった。ぼくはぶっ通しで、ＮＳＡの各種プログラムを説明した。その間にローラは跳び回って撮影した。日中のせわしなさに比べ、夜間は空っぽで荒涼としていた。グレンとユアンは自分たちのホテル（近くのＷホテル）に引き上げて、手に入れた材料を記事化していた。ローラも姿を消して自分の映像を編集し、また『ワシントンポスト』のバート・ゲルマンと独自の報道をまとめていた。バートは香港には来られなかったが、彼女から受け取った文書をもとにリモートで作業をしていたのだった。

眠るか、眠ろうとしてみた――あるいはテレビをつけて、ＢＢＣやＣＮＮなど英語のチャンネルを見つけて国際的な反応を見ようとした。六月五日に、『ガーディアン』がグレンの最初の記事を出した。ＮＳＡがアメリカの電話会社ベライゾン社から、扱う全通話についての情報を得るよう認めたＦＩＳＡ法廷令状の記事だ。六月六日には、グレンによるＰＲＩＳＭの記事が出て、ほぼ同時に『ワシントンポスト』でローラとバートによる似たような内容の記事が出た。記事が増えるにつれて、ぼくに疑惑が集まる可能性が高まるのは、自分でもわかっていたし、関係者も知っていた。特に勤め先はぼくにメールを送り、状況報告を求め始めたのに、ぼくは返事をしていなかったのでなおさらだ。でもグレンとユアンとローラは、ぼくの抱える時限爆弾的な状況に揺るぎなき同情を寄せてはくれたけれど、だからといって真実を報道したいという欲望を揺るがすようなことはなかった。そして彼らのひそみにならい、ぼくもそんなつもりはなかった。

ジャーナリズムは、ドキュメンタリー映画とおなじく、明かせることには限界がある。あるメディアが削除せざるを得ないのは何かを考えると興味深い。それは因習によるものと、技術によるものがある。グレンの散文だと、特に『ガーディアン』の場合、事実について精密きわまりない描写が行われ、彼の人格を定義づける不屈の情熱ははぎ取られる。ユアンの散文は、彼の人格をもっと十分に反映したものになっている。真摯で、優雅で、辛抱強く、公平だ。一方のローラはすべてを見つつ自分は見られることがあまりなく、不気味なほど控えめで冷笑的なウィットを持っている――半ばスパイの名手、半ば名アーティストだ。

暴露があらゆるテレビチャンネルやウェブサイトの全面に流れるにつれて、アメリカ政府が全力を挙げてその情報源を見つけようとしているのは明らかとなった。あまりに明らかだったので、彼らがそれをやったときには、見つけた顔——ぼくの顔を使って説明責任を免れようとしたほどだ。暴露の中身について説明するより、彼らは「漏洩者」の信頼性と動機をあげつらった。そこにかかっているものを考えると、手遅れになる前に先手を打たねばならなかった。自分の行動と動機を自分で説明しなければ、政府がそれを捏造し、焦点を自分の悪行からそらそうとするだろう。

反撃の唯一の希望は、ぼくがまず進み出て、名乗りを上げることだった。メディアには、彼らの山積する好奇心をギリギリ満たすだけの個人情報を提供し、重要なのはぼくではなく、アメリカ民主主義の転覆なのだという明確な主張をつけるのだ。そして登場したのと同じくらいすばやく姿を消す。少なくとも、そういう計画だった。

ユアンとは、彼がぼくのＩＣキャリアについての記事を書くと決め、ローラはそれと並行した声明ビデオを『ガーディアン』での発表用に撮影しようと提案した。ぼくは世界的大量監視の記事の背後にいる情報源として、直接かつ唯一の責任を主張する。でもローラは丸一週間撮影しっぱなしだったのに（その映像の多くは、彼女のドキュメンタリー『シチズンフォー』で使われる）、それを今から見直して、ぼくが冷静に語ってしっかりカメラを見ている断片を探す時間がまったくなかった。そこで彼女が提案したのは、ぼくの初の録画声明だ。彼女はそれを、その場ですぐに撮影開始した。「えー、ぼくの名前はエド・スノーデンです。ぼくは、えー、二九歳です」と始まるやつだ。

Hello, World.

＊

カーテンを押し開けて自分の正体を明かしたのを後悔したことは一度もないけれど、もっとマシな言い回しと、次にどうするかについてもっとマシな計画を考えておけばよかったとは思う。実を言えば、何の計画もなかった。ゲームオーバーになったときどうするかという問題には、ほとんど考えを割いていなかった。それは、勝利という結果が常にあまりにあり得そうになかったからだ。ぼくが気にしていたのは事実を世界に出すことだ。文書を公開記録として出せば、あとはもう自分自身は世間の気分次第だと思っていた。出口戦略なしというのが唯一の出口戦略だ。というのも、次のステップを何か事前に考えていたら、それが開示を台なしにする危険性を持っていたからだ。

たとえばもしある特定の国に飛んで亡命申請するという事前の手順を踏んでいたら、その国のスパイと呼ばれていただろう。一方、自国に戻ったら、着陸と同時に逮捕されて、スパイ防止法の下で有罪となるのが関の山だ。そうなったら、まともな弁護もなしの見世物裁判にかけられる。それは最も重要な事実に関する議論がすべて禁止される、ただの猿芝居でしかない。

正義への大きな障害となっているのは、法律が持っている大きな欠陥であり、しかもそれは政府が意図的に創った欠陥だ。ぼくの立場の人間は、ジャーナリストたちに対して行った開示が社会にとって有益だと法廷で主張することさえ許されないだろう。事件から何年もたった現在ですら、ぼくは自分の開示に基づく報道が議会に対して監視についての一部の法律を変えるように仕向けたり、法廷がいくつかの大量監視プログラムを違法として廃止させるよう説得したり、司法長官とアメリカ大統領に対して、大量監視をめぐる議論が社会的にきわめて重要だと認めさせ、最終的に国を強くするものだと認知させたのだといったことは主張させてもらえない。こうした主張はすべて、ぼくが帰国したら直面するはずの審理では、単に無関係とされるどころか、そもそも提出させてもらえない。政府が裁判で証明すべき唯一のことは、ぼくが機密情報をジャーナリストたちに開示したということで、その事実は争われていない。だから、ぼくがアメリカに戻って裁判を受けるべきだと主張する人は、要するにぼくが処罰を受けにアメリカに戻れと言っているに等しく、その処罰は当時も今もまちがいなく残酷なものになる。最高機密文書開示の処罰は、相手が外国スパイだろうと国内ジャーナリストだろうと、文書一通あたり懲役一〇年だ。

ローラの撮ったぼくのビデオが六月九日に『ガーディアン』ウェブサイトに投稿されてから、ぼくは標的となった。背中には狙いが定められた。面子（メンツ）をつぶされた制度機関は、ぼくの首が袋におさまり、手足が拘束されるまで手を休めることはないだろう。そしてそれまでは――いやそれ以後でも――彼らはぼくの愛する者たちに嫌がらせをして、人格攻撃をして、人生やキャリアのあらゆる側面をのぞきこみ、悪評をたてるための情報（または誤情報の機会）を探すことだろう。ぼくはこのプロセスがどう進むか熟知していた。ＩＣ内部の機密事例を読んでいたし、他の内部告発者や漏洩者たちの事例も研究していたからだ。ダニエル・エルスバーグやアンソニー・ルッソのような英雄の物語や、もっと最近の政府秘密主義反対者、たとえば司法省の諜報政策レビュー局の弁護士で、二〇〇〇年代半ばの令状なし盗聴に関する報告の多くについて情報源となったトマス・タムというもっと最近の例についても話は知っていた。それにドレーク、ビニー、ウィーベ、ルーミスもいる。これは一九七一年に当時は認知されていなかったＮＳＡの存在をメディアにばらし、おかげで上院チャーチ委員会（現在の上院諜報選抜委員会の前身）に、ＮＳＡの報告が国内信号諜報ではなく、外国の信号諜報だけに限るよう保証を試みさせるに到った。そしてアメリカの戦争犯罪を暴いたという犯罪のために、軍法会議にかけられて禁錮三五年となり、うち七年を勤めて、独房収監の間に受けた扱いについて世界的な非難が高まってやっと刑期が短縮された、あの米軍兵卒チェルシー・マニングもいる。

こうした人々はすべて、監獄に入ったかどうかによらず、何らかの報復をくらった。それはかなり厳しい場合がほとんどで、ぼくが暴露を手助けしたまさにその濫用である、監視から生じたものとなった。もし彼らが私信の中で怒りを表明していれば、彼らは「不満を抱いていた」とされる。精神科医や心療内科医を訪れたり、あるいはそれに関連する内容の書籍を図書館から借りたりしただけで、「精神的に不安定」とされる。もし一度でも飲んだくれたら、アル中扱いだ。一度でも不倫をしていたら、性的逸脱者になる。少なからぬ人が家庭を破壊され、破産させられた。組織としては、規律ある異議申し立てとその内容にしっかり対決するよりも、評判を貶めるほうが簡単だ——ＩＣの場合、ちょっとファイルを調べ、手持ちの証拠を誇張して、証拠がなければそれをあっさりでっち上げればすむ。

政府の怒りは確信していたのと同じくらい、ぼくは家族とリンジーが支持してくれると確信していた。リンジーはまちがいなく、ぼくの最近の行動がどんな文脈のものだったかを、理解してくれるだろう——許してはくれないにしても、理解はしてくれる。ぼくは彼らの愛を思い出しては心を落ち着けた。それはもはやぼくにやれることが何もないこと、進行中の計画がこれ以上何もないという事実に直面するのを助けてくれた。ぼくは家族とリンジーに抱いていた信念を拡張して、市民同胞たちへのいささか理想主義的な信念を作り上げるしかなかった。いったん彼らがアメリカの大量監視の全貌を知れば、団結して正義を求めるだろうという希望だ。彼らは、自分たちに対する正義を求め、そしてその過程でぼく自身の運命も決まる。それは究極の信念の跳躍とも言える。ほとんど誰も信用できないからこそ、万人を信用するしかなかったのだ。

＊

『ガーディアン』のビデオが流れてものの数時間で、香港在住のグレンの定期読者の一人が連絡をよこし、ぼくをロバート・ティッボとジョナサン・マンにつなごうと提案した。地元の弁護士二人で、ぼくの一件を自発的に引き受けてくれるという。メディアがやっとぼくの居場所をつきとめ、ホテルを包囲したときに、脱出を手助けしてくれたのはこの二人だ。陽動作戦として、グレンは正面ロビーのドアから出て、即座にカメラとマイクの嵐に遭った。一方、ぼくはミラホテルの無数にある他の出口から運び出された。ホテルは陸橋でショッピングセンターにつながっているのだ。

ぼくはロバートが好きだ――彼のクライアントになるというのは、生涯の友人になることだ。理想主義者で救世主でもあり、失われた大義を疲れ知らずに掲げてくれる。だがその弁護士稼業よりさらに感動的なのは、安全な隠れ家を見つけてくれるときの創意工夫だ。ジャーナリストが香港のあらゆる五つ星ホテルを探し回っているとき、彼は香港の最貧地区につれていって、他のクライアントたちに紹介してくれた。香港で忘れられている、一万二〇〇〇人近い難民たちの一部だ――中国の圧力のため、香港は永住権を一パーセントしか認めない惨めな状態となっている。通常なら彼らの名前を挙げたりはしないけれど、彼ら自身が勇敢にもマスコミに名乗りを上げたので、ぼくもここに名前を挙げよう。フィリピンから来たヴァネッサ・メイ・ボンダリアン・ロデル、スリランカから来たアジス・プシュパクマラ、スプン・ティリナ・ケラパタ、ナディーカ・ディルクシ・ノニスだ。

こうした常に優しく鷹揚な人々は、実に慈悲あふれる優雅さでぼくに手を差し伸べてくれた。彼らが示してくれた連帯は政治的なものではなかった。人道的なものであり、ぼくは永遠に彼らに借りを負っている。ぼくが何者だろうと、ぼくを助けることでどんな危険に直面しようと気にせず、単に困っている人がいるということだけを考えてくれた。彼らは命がけの脅しから狂ったような逃亡を強制されるのがどんなものか、十分以上に知っていた。ぼくが直面したもの、今後も直面するはずのものをはるかに超える苦行を生き延びてきたのだ。軍の拷問、強姦、性的濫用だ。彼らは疲れ切った見知らぬ人間を自分の家に迎えてくれた――そしてぼくの顔をテレビで見ても、揺らぐことはなかった。

むしろそういう機会にこそにっこりして、自分たちはちゃんと受け入れてあげると安心させてくれたほどだ。

彼らのリソースは限られたものではあった――スプン、ナディーカ、ヴァネッサ、そして少女二人が、ミラホテルでのぼくの部屋より狭い、おんぼろの狭苦しいアパートに住んでいた――でも手持ちのあらゆるものを共有してくれたし、しかも何の見返りも求めず、ぼくを受け入れてくれたことについて弁済しようという申し出をあまりに激しく断ったので、彼らに受け取ってもらうためにそのお金は部屋の中に隠すしかなかった。喰わせてくれたし、入浴もさせてくれたし、寝かせてくれたし、保護してくれた。これほど何も持たない人々から、これほど親切にされるというのがどれほどありがたかったか、迷ったノラネコのように部屋の片隅にしゃがんで、はるか彼方のホテルのＷｉＦｉを特殊なアンテナ（子供たちはこれに大喜びだった）で漁っているぼくを、何も決めつけることなく受け入れてくれるのがいかにありがたかったかは、筆舌に尽くしがたい。

彼らの歓迎と友情は賜物だ。というのも、世界にこんな人々がいるというだけでも恩寵だからだ。だからこんなに長い年月がたったいまも、アジス、スプン、ナディーカ、その娘たちの申請がまだ保留中だというのは実に心苦しい。この人々に感じる畏敬と同じくらい、ぼくは香港の官僚たちに軽侮の念を感じている。彼らはこの人々に、難民の基本的な尊厳すら与えていないのだ。もしこれほど根本的にまっとうで無私な人々が国家保護に値すると認められないのであれば、それは国家自体にそれだけの価値がないということだ。だが希望を与えてくれるのは、ちょうど本書を書き終えた時点で、ヴァネッサとその娘はカナダへの難民申請が認められたということだ。ぼくはかつての香港の友人たち全員を、どこであれ新しい家庭に訪問できる日を楽しみにしている。そして自由の中で、いっしょにもっと楽しい想い出も作れるはずだ。

六月一四日に、アメリカ政府はぼくをスパイ防止法の下で、訴状封印のまま起訴し、六月二一日には正式に引き渡しを要求した。明らかにもうここを出る時だ。またそれは、ぼくの三〇歳の誕生日でもあった。

アメリカ国務省がその要求を送ったのと同時に、弁護士たちは、国連難民高等弁務官に対する支援要請への返事を受け取っていた。ぼくについては何もできないという。香港政府は、中国の圧力がどうあれ、自分の領土でぼくに国際的保護を与えようという国連の活動にすべて抵抗し、さらにまずはぼくが市民権を持つ国の主張を考慮しなくてはならないと言う。つまり香港はぼくに、家に帰って国連とは牢屋で交渉しろと言っていた。孤立無援どころではない――邪魔だと言われていたわけだ。もし自由の身で立ち去るなら、いま出発するしかない。ぼくは四台のラップトップを完全に消去して、暗号鍵を破壊した。つまり、もはや強制されても文書にまったくアクセスできないということだ。そして手持ちのわずかな洋服を荷造りして、外に向かった。「香る港」には、もはや安全はなかった。

第27章　モスクワ

南米の北西端にある、香港からは地球の裏側に位置する沿岸国として、エクアドルはあらゆるものの中間にある。その国名が「赤道〔訳注　Equator、等しいもの〕の共和国」という意味なのもむべなるかな。同胞の北米人たちのほとんどが、正当にもそれを小国と呼ぶだろうし、一部はそれが歴史的に抑圧されてきたというくらいの知識を持っているだろう。でもそれが後進国だと思うなら、無知というものだ。一九九〇年代末から二〇〇〇年代初頭のボリビア、アルゼンチン、ブラジル、パラグアイ、ベネズエラで、通称民主社会主義指導者が選挙を席巻するようになった潮流の一環として、エクアドルでも二〇〇七年にラファエル・コレアが大統領に就任した。コレアはこの地域におけるアメリカ帝国主義の影響に反対し、それを逆転させようとする各種の政策を打ち出した。その一つが、経済学者としてのコレアのキャリアを反映して、エクアドルが自国の対外債務を不当なものとする、という発表だった――専門的には、それは「不当債務」に区分される。つまり専制主義政権が、専制的な帝国主義貿易政策を通じて引き起こした対外債務ということだ。不当債務の返済は強制できない。この発表により、コレアは何十年にもわたる経済的隷属から自国を解放したが、アメリカの外交政策の相当部分を主導する金融屋階級には、少なからぬ敵を作り出した。

少なくとも二〇一三年のエクアドルは、政治亡命という制度についてしっかりした信念を保持していた。最も有名な話として、ロンドンのエクアドル大使館は、コレア大統領の下で、ウィキリークスのジュリアン・アサンジの隠れ家兼堡塁となっていた。ぼくは大使館で暮らす気はなかった。これはすでに大使館で働いたことがあったからかもしれない。それでも香港の弁護士たちは、この状況から見て、エクアドルはぼくの政治亡命権を最も擁護してくれそうな国のようだし、自分の半球を支配する覇権国の不興を買っても、最もひるみそうにない国でもあるという意見だった。ぼくの拡大しつつはあるが即席の弁護士やジャーナリスト、技術屋、活動家のチームも同意した。希望は、エクアドル本土にたどりつくことだった。

アメリカ政府がぼくをスパイ防止法で起訴することにしたため、ぼくは政治犯罪で起訴されていることになる。つまり被害者はある人物ではなく、国そのものだということだ。国際人道法の下で、こうした形で糾弾された人々は、国外引き渡しからは除外されている。というのも政治犯罪という罪状は、正当な異議申し立てを潰すための専制主義的な試みであることが実に多いからだ。これはつまり、理屈の上では政府内部告発者たちはほとんどあらゆるところで、外国引き渡しから保護されるべきだということになる。現実にはもちろん、こんなことはめったにない。特に、不当な目に遭ったと感じている政府がアメリカ政府ならなおさらだ——アメリカは、外国で民主主義を支援すると言いつつ、超法規的連行という違法な連行、あるいは他のみんなが誘拐と呼ぶものを行う、専属の民間契約航空機の編隊をこっそり維持しているのだ。

ぼくの支援チームは、アイスランドからインドまであらゆる国の高官に接触し、政治犯とされる人物の外国引き渡しに対する禁止を尊重して、ぼくの旅行が行われた場合に干渉しないと約束するか尋ねた。やがてはっきりしたのは、最も先進的な民主主義国ですら、アメリカ政府の怒りを買うのはこわいということだった。私的には同情を述べてはくれるけれど、非公式な保証すら提供したがらない。ぼくのところに流れてきた助言の共通因子は、引き渡し条約のない国だけに着陸し、米軍との協力や米軍への配慮を見せた記録のある国の空域を横切るルートはすべて避けろ、ということだった。ある高官、確かフランスの人だったと思うけれど、ぼくがレセパセ（渡航文書）を発行してもらえたら、移動に成功する可能性が激増すると示唆した。レセパセは、国連が認知する片道通行文書で、通常は難民が国境を横断するときに、安全な通行を与えるために発行される――でもこれを手に入れるのは、言うは易く行うは難し。

そこにやってきたのが、サラ・ハリソンだった。彼女はウィキリークスのジャーナリストで編集人だ。アメリカ人が、大量監視の世界システムを暴いたというニュースが勃発した瞬間、彼女は即座に香港に飛んだ。ウィキリークスのウェブサイトと、特にアサンジの運命をめぐる経験から、彼女はぼくに最高の亡命アドバイスを提供できる立場にいた。また彼女が香港の法曹界と家族的なコネを持っていたのも有益だった。

人々は、アサンジがぼくに支援を与えようとしたことについて、利己的な動機をずっとあげつらってきた。でもぼくは、彼が何よりもあることに本気で興味を持っていたのだと思う――ぼくが捕まらないよう支援することだ。それをやることでアメリカ政府をつつけるというのは、彼にとってはボーナス、おまけでしかなく、主要な目的ではない。確かにアサンジは、利己的で虚栄心が強く、気分屋で、高圧的にさえなる――ぼくたちの初の文字による会話からたった一か月後に生じた激しい意見対立のせいで、ぼくは彼と絶交した――でも彼はまた、社会の知る権利をめぐる歴史的な戦いにおける戦士だと本気で自認しており、その戦いに勝つためなら何でもやる。この理由のため、彼の支援を単なる企みの一例だとか、自分が目立とうとしてるだけだとかいった解釈は、あまりに還元主義的だと思う。彼にとってもっと重要なのは、この組織の最も有名な情報源、米軍兵卒チェルシー・マニングの事例に対する反例を確立する機会だったのだとぼくは信じている。彼女のうけた懲役三五年の刑は、歴史的に空前のもので、あらゆる場所の内部告発者に対するすさまじい抑止として機能した。ぼくはアサンジに情報提供したことはないし、今後も絶対に提供しないけれど、ぼくの状況は彼にとって、不正を糺す機会を提供するものだった。マニングを救う手だてはもう何もなかったけれど、ぼくを助けるためには、サラを通じて何でもやる決意らしかった。

そうは言っても、当初ぼくはサラの関与を鬱陶しく思った。でもローラは、サラが真面目で、有能で、最も重要なこととして独立していると話してくれた。ウィキリークスで、公然とアサンジの意見に反対できる数少ない人物なのだ。警戒しつつも、ぼくの置かれた立場は厳しかったし、それにヘミングウェイがかつて書いたように、人を信頼に値する存在にするためには、まずこちらがその人を信頼することだ。

サラが香港にいるとローラが教えてくれたのは、彼女が暗号チャンネルで連絡をよこした前日かそこらで、実際に彼女に会ったのはそのわずか一日か二日後だった——そしてここで日付があまりはっきりしないのはお許しあれ。毎日があまりに壮絶で、日々がごっちゃになっているのだ。サラもまた、香港に着陸した瞬間から獅子奮迅の働きを見せていたのは明らかだった。弁護士ではないけれど、国外引き渡しを避けるための、対人的、あるいは公式外のニュアンスについて深い技能を持っていた。地元香港の人権弁護士と会って、独立の意見を求め、そしてその勢いと周到さのどちらにもぼくは深い感銘を受けた。ウィキリークスを通じたコネと、ロンドンのエクアドル領事フィデル・ナルバエスの驚くべき勇気があわさって、ぼくの名前入りのレセパセができた。このレセパセは、ぼくをエクアドルに運ぶためのもので、緊急事態ということで領事が発行した。というのも故国の政府からの公式承認を待つ時間がなかったからだ。それが手に入った瞬間に、サラはバンをハイヤーして、空港に向かった。

ぼくが彼女に出会ったのはそのときだった――移動中だ。なれそめにまずお礼を述べたと言いたいところだけれど、口を開いてまっ先にぼくが言ったのは「最後に寝たのはいつですか」だった。サラはぼくに負けないくらいボロボロでふらふらしていたのだ。彼女は窓から外を見て、まるで答を思い出そうとしているかのようだったが、最後に首を振った。「わからない」

二人とも風邪を引きかけていたので、慎重な会話の途中にくしゃみや咳が割り込んだ。彼女自身の説明では、ぼくを助けようとしたのは、雇い主のイデオロギー的な要求よりはむしろ、自分の良心に忠実でいるためなのだという。確かに彼女の政治観は、アサンジ的な中央集権に対する動物的な反対よりはむしろ、現代ジャーナリズムと称されるもののあまりに多くが、政府の利益に挑むよりはそれに奉仕してしまっているという独自の見解により形成されているようだった。空港に向かう中、チェックインのとき、そして予定では飛行機三便の乗り継ぎになる最初のフライトで出国審査を通過する間、ぼくは彼女が何か要求するのを待ち構えていた――どんなことでも、単にアサンジやウィキリークスのために何か声明を出してくれといったことであっても。でも一度もそんな要求はなかった。ただし、社会と真実との間の門を、メディアコングロマリットが公正に警備してくれるなどと信じるおまえはバカだという意見は、嬉々として述べてくれた。その本音語りを皮切りに、その後もさまざまな率直な意見により、ぼくは常にサラの正直さに感銘を受けることになる。

エクアドルのキトまで、モスクワ、ハバナ、カラカスを経由して向かうはずだった。理由は簡単。それが唯一の安全な経路だったのだ。香港からキトへの直行便はなく、他の接続便はすべてアメリカの空域を通る。ロシアでのすさまじい乗り継ぎ時間は不安だったけれど――ハバナ便が出るまで二〇時間近くある――ぼくが特にこわかったのは、実はその次の乗り継ぎだった。ロシアからキューバに飛ぶには、ＮＡＴＯ空域を通るしかない。ポーランドみたいな国の上空を通るのは、いささかゾッとしなかった。ポーランドはぼくの生涯の間でも、アメリカ政府のご機嫌を取るためにあらゆることをやってきた。たとえばＣＩＡブラックサイトをホスティングしたりしている。かつてのＩＣの同僚たちが、囚人たちを「拡張尋問」――これまたブッシュ時代の婉曲語法で「拷問」の意味だ――にかけたりした現場だ。

見とがめられるのを避けるため、ぼくは帽子を目深にかぶり、まわりを見るのはサラがやってくれた。彼女はぼくの腕を取り、ゲートまでつれていってくれて、そこで搭乗まで待った。彼女が逃げ出すならこれが最後のチャンスだから、ぼくもそう彼女に告げた。「こんなこと、しなくていいのに」

「何を？」

「こんなふうにぼくを守ること」

サラは身をこわばらせた。そして搭乗しながらこう言った。「一つはっきりさせておきましょうか。別にあなたを保護なんかしてない。あなたを保護できる人なんか誰もいない。あたしがここにいるのは、誰かが邪魔するのをむずかしくするため。みんなが最高の振る舞いをしてくれるようにするためなのよ」

「つまりぼくの目撃証人というわけか」

彼女は、ちょっと小ずるい微笑を浮かべた。「誰かが生きたあなたの最後の姿を見届けないとね。それがあたしであってもいいでしょう」

最も足止めされそうだとぼくが思った三か所（チェックイン、出国審査、ゲート）をすでに通過したとはいえ、機上でも安全には思えなかった。気を緩めたくはなかった。窓側にすわり、サラはその隣にすわって、同じ列の他の乗客からぼくが見えないようにした。永遠のように思えた時間の後で、客室のドアが閉まり、ゲートのブリッジが離れ、やっと飛行機が動き出した。でも誘導路から滑走路に出る直前で、飛行機が急停止した。不安になった。帽子のつばを窓に押しつけつつ、サイレンの音や青い回転灯を見ようと苦闘した。またも待つばかり――果てしない待ち続きだ。でもいきなり、飛行機がまた動き出し、向きを変えた。単に離陸の順番待ちの列が長かっただけだと気がついた。

飛行機が車輪を格納するにつれ、ぼくの期待も高まったけれど、これで危険を脱したとは考えにくかった。いったん空に上がると、ぼくはひざをつかんでいた手をゆるめ、かばんから幸運のルービックキューブを取り出したい誘惑にかられた。でもそんなことができないのは知っていた。すぐに怪しまれてしまうからだ。かわりにぼくは帽子を再びひきおろし、目の前にあるシートバックの画面に出た地図に半開きの目を集中させ、中国、モンゴル、ロシアを通るピクセルでギザギザの経路をたどった――どの国も、アメリカ国務省に恩を売りたがるようなところではない。それでも、着陸したときロシア政府がどんな動きをするかは、まったく予想がつかない。たぶん、別室に通されて、まっさらのラップトップや空っぽのかばんを徹底的に捜査はされるだろうが。それ以上の侵襲的な扱いは避けられるかもと期待していた。それは全世界の注目と、ぼくの弁護士やウィキリークスの弁護士が、こちらの旅程を知っているからだった。

中国空域に入ってやっと、サラにはっきりと次の質問をするまでは、休息できないことに気がついた。「どうしてぼくを助けようとしてるんですか?」

彼女は声の抑揚を抑え、まるで自分の激情をなだめようとしているかのようだった。そして、ぼくにもっといい結果になってほしいからだ、と語った。何よりいいのか、誰の結果よりいいのかについては一言も言わず、ぼくとしてはその答が、彼女の慎みと敬意のしるしとしか思えなかった。

ぼくは安心した。少なくとも、やっと少し眠れる程度には。

シェレメーチェボ空港に着陸したのは六月二三日で、二〇時間ほどの乗り継ぎになるはずだった。それがいまや六年続いている。亡命というのは果てしない乗り継ぎなのだ。

ＩＣ、特にＣＩＡでは、通関でもめごとを起こさないためにいろいろ訓練をうける。服装と行動に注意しよう。かばんやポケットの中にあるもの、そしてそれが自分について何を物語るかについても注意しよう。狙いは、列の中で最もつまらない人間になり、最も完全に特徴のない顔になることだ。でもパスポートにある名前があらゆるニュースに出ている状況では、そんなことは何一つ問題にならない。

＊

自分の小さな青い冊子を、パスポート審査の窓口にいるクマのような男に手渡すと、彼はそれをスキャンしてページをめくった。サラはしっかりとぼくの背後に立っている。列の先にいる人々がどのくらいの時間で通してもらえるかしっかり確認していたけれど、ぼくたちは時間がかかりすぎていた。すると、男は受話器を取ってロシア語で何かをわめき、するとほぼ即座に――あまりにすばやく――スーツ姿の保安職員がやってきた。待ち構えていたのだろう。前にいる職員が窓口の男からぼくの青い小冊子を受け取り、こちらに身をかがめた。「パスポートに問題があります。さあ、こちらへ」

サラは即座にぼくの隣に進み出て、早口の英語の羅列を繰り出した。「私が彼の法律顧問です。この人が行くところなら私も行きます。いっしょに行きます。国際法の――」

でも関連する国連憲章やジュネーブ条約の条文を暗唱する前に、職員は手を掲げて行列をながめた。そして「わかった、はいはい、わかった。きてください」と言う。

職員がサラの言ったことを理解したかどうかさえはっきりしない。ただ明らかに、騒ぎは避けたいと思っているようだった。

保安職員二人は足早に、ぼくたちを二次審査の特別室に連行するのだと思ったら、かわりにシェレメーチェボ空港の瀟洒なビジネスラウンジの一つに連れて行かれた――ビジネスクラスやファーストクラス用のラウンジで、豪華な椅子に乗客数名が何も知らない様子でくつろいでいる。サラとぼくは、彼らの横を通り、廊下を下って一種の会議室に案内された。そこはグレーの制服を着た男たちでいっぱいだった。半ダースかそこらいて、みんな髪はミリタリーカットだ。一人が少し離れて、ペンを持ってすわっている。記録者、一種の書記なんだろうと思った。その目の前には紙の束が入ったフォルダがあった。フォルダのカバーには単色のロゴがあり、それを理解するのにロシア語は不要だった。剣と盾、ロシア最高の諜報サービス、ロシア連邦保安庁（FSB）のロゴだ。アメリカのFBIと同じく、FSBはスパイと捜査だけでなく、逮捕を行うこともある。

テーブルの中心には、他のみんなより高級なスーツを着た高齢の男がいた。その白髪は権威の後光のように輝いている。サラとぼくに、向かいにすわるよう、重々しい手の一振りで示し、そして明らかに年季の入ったケースオフィサー（ロシア語で何と呼ばれているかは知らないけれど）特有の微笑を浮かべた。世界中の諜報サービスは、こういう連中だらけだ――専門の役者で、様々な感情を試してみて、ほしい反応を引き出そうとする。

咳払いをすると、まともな英語で、CIAがコールドピッチと呼ぶものを行った。これは要するに、外国諜報サービスからの申し出で、一言で「うちで働かないか」というものだ。協力の代償として、外交陣はいろいろニンジンをぶら下げて見せる。たとえば現金の山から、詐欺や殺人などほとんどどんなことでも尻拭いをしてくれるといったものまで様々だ。もちろんそれには裏があり、その外国人たちは常に、同等かそれ以上の価値あるものをかわりに求める。でもそうした、明解ではっきりした取引は、出発点では決して持ち出されない。考えてみれば、それがコールドピッチ〔訳注　ここでのコールドはまったく相手の感触が不明という意味だが、冷酷という意味にも取れる〕と呼ばれるのは笑える。というのもその申し出をしている人は、常に下手に出て、にんまりしつつ、軽やかに、同情の言葉を述べるところから始めるからだ。

すぐに相手を止めねばならないのはわかっていた。外国の諜報職員をすぐに止めないと、最終的にその申し出を断るかどうかはどうでもよくなることさえある。それを考慮したという記録を漏らすだけで、こちらの評判を破壊してしまえるのだ。だから、ご足労に感謝すると相手が述べている間も、隠しデバイスが録画をしているだろうと思ったので、言葉を慎重に選ぼうとした。

「ねえ、あなたたちが何者で、これがどういう会議かはわかってますよ。はっきりさせておきますけれど、あなたたちに協力するつもりはないんです。諜報サービスには一切協力しません。失礼ながら、これはそういう会合にはなりませんよ。かばんを捜索したいなら、どうぞ。ここにあります」とぼくは椅子の下を指さした。「でも約束しますが、あなたたちの役にたつものは何もありませんから」

ぼくがしゃべるにつれて、男の表情が変わった。傷ついたような演技を始めた。「いいえ、そんなことはするもんですか。信じてください、あなたたちを助けたいだけなんですから」

サラは咳払いをして割り込んだ。「それはご親切にどうも、でもおわかりいただきたいのですけれど、こちらは単に次の便に乗りたいだけなので」

ほんの一瞬だけ、男の悲しみのそぶりが苛立ちに変わった。「あなたは彼の弁護士?」

「法律顧問です」とサラは答えた。

男はぼくに尋ねた。「では入国しにロシアにきたのではない?」

「その通り」

「ではお尋ねしますが、どちらに向かわれるのですか？　最終目的地は？」

「エクアドルのキト、ハバナとカラカス経由」と答えたけれど、相手がその答を知っているのは承知の上だった。まちがいなくこちらの旅程表を持っている。というのもサラとぼくは香港から、ロシアのナショナルキャリアであるアエロフロートに乗ったのだから。

この時点まで、彼とぼくは同じ諜報業界の台本を読んでいたのだけれど、ここで会話が一変した。

「お聴きになっていないのですか？」と言って立ち上がり、家族の死を告げようとでもするかのような目つきでこちらを見た。「申し上げたくはないのですが、あなたのパスポートは無効です」

ぼくは驚きのあまり、どもった。「え、失礼ですけど、え、いや——それは信じられない」

男はテーブル越しに身を乗り出した。「いいえ本当です。信じなさい。あなたの大臣ジョン・ケリーの決定です。あなたのパスポートはそちらの政府にキャンセルされ、航空会社はこの先の移動を認めないよう指示されていますよ」

その手には乗らないと思いつつも、何を狙ったウソなのかわからなかった。「ちょっと待ってください」と言ったけれど、何も尋ねないうちに、サラはすでにラップトップをかばんから引っ張りだして、空港のＷｉＦｉにつないでいた。

「もちろん。確かめなさい」と男は同僚たちに向き直り、親しげにロシア語でおしゃべりを始めた。まるで時間はいくらでもあると言うように。

サラが見たあらゆるサイトで報道されていた。ぼくが香港を離れたというニュースが流れると、アメリカ国務省は、ぼくのパスポートを無効にしたと発表したのだった。まだ空にいるうちに、ぼくの旅行文書を撤回したのだ。

信じられない思いだった。ぼく自身の政府が、ぼくをロシアに閉じ込めたのだ。国務省の動きは単に、官僚的な手続き論の結果でしかなかった可能性もある——逃亡者を捕まえようとするなら、インターポールに警報を出し、パスポートを無効にするというのが、ごく標準の作戦手順となる。でも最終的な結果を見れば、それは自滅的だった。ロシアにすさまじいプロパガンダ上の勝利を手渡しただけに終わったからだ。

「本当だわ」とサラは首を振った。

「さてどうなさいますか」と男は尋ね、テーブルを回ってこちら側にきた。

エクアドルの安全通行許可証をポケットから取り出す前に、サラが言った。「すみませんが、スノーデンさんにはこれ以上質問に答えないよう助言するしかありません」

男はぼくを指さした。「いらっしゃい」

会議室の突き当たりまでついてくるよう身ぶりで示した。そこに窓があった。ぼくはそこまで行き、男の隣に立って外を見た。三階か四階下が地面で、これまで見たこともない巨大なメディアスクラム、カメラとマイクを持った無数のレポーターたちが待ち構えていた。

見事な演出で、FSBが仕組んだのかもしれず、そうでないのかもしれず、おそらく半々だった可能性が高い。ロシアではほとんどすべてが半々だ。でも少なくとも今や、なぜサラとぼくがこのラウンジのこの会議室につれてこられたのかはわかった。

椅子のところに戻ったけれど、もうすわる気はなかった。

男は窓から振り返ってこちらに向き直った。「あなたのような状況にある人物にとって、支援できる友人なしの人生はなかなか大変ですぞ」

ほらきた。ストレートな勧誘だ、とぼくは思った。

「何か情報があれば、ひょっとして少しでも分かち合ってくれるようなちょっとしたものでもありませんかな?」

「自分たちでなんとかなりますから」そういうぼくの隣でサラも立ち上がった。

男はため息をついた。何かロシア語でつぶやくと、他の人々は一列になって退出した。「その決断を後悔されないとよいですがな」とぼくに言うと、軽くおじぎをして自分も退出した。入れ替わりに、空港運営部の職員二人が入ってきた。

ハバナ行きフライトのゲートまで行かせろと要求したけれど、無視された。最後にポケットに手をつっこんで、エクアドルの安全通行証を掲げて見せたけれど、それも無視された。

結局ぼくたちは、聖書のように四〇日と四〇夜にわたって空港に囚われの身となった。その日々の間、ぼくは全部で二七か国に政治亡命を申請した。一か国たりともアメリカの圧力に立ち向かおうとはせず、あっさり断る国もあれば、彼らの領土にぼくがやってくるまでは要求の検討すらできないと宣言する国もあった——もちろんそんなことは不可能だ。最終的に、ぼくの大義に同情的だった唯一の国家元首はバーガーキングだった。この王様(キング)は、ぼくにワッパーを拒否したことは一度もなかった(トマトとタマネギは抜きで)。

すぐに空港のぼくたちは世界的な見世物になった。やがてロシア人たちは、それを鬱陶しく思うようになった。七月一日、ボリビア大統領エボ・モラレスが年次GECF(天然ガス輸出国フォーラム)に出席した後で、ボリビアの大統領専用機に乗ってモスクワの別の空港ヴヌコヴォを発った。アメリカ政府は、モラレス大統領が連帯を表明したため、ぼくが乗っているのではと怪しみ、イタリア、フランス、スペイン、ポルトガルの政府に圧力をかけて、その飛行機に空域飛行許可を出すなと命じたため、同機は行き先をオーストリアのウィーンに変更することになった。そこで同機は着陸させられ、捜索されて、ぼくの影も形もないのが確認されて、やっと旅を続ける許可が出た。これは驚異的な独立主権の侵害であり、国連の非難を引き起こした。この一件はロシアの面目もつぶした。訪問した国家元首に対し、安全な帰国を保証できなかったのだから。そしてロシアとぼくには、ぼくをこっそり乗せているのではとアメリカが怪しんだフライトはすべて、迂回させられ強制着陸させられかねないということがはっきりわかった。

ロシア政府はたぶん、ぼくとメディアの群集が、同国の主要空港を占領していないほうがいいと思ったのだろう。八月一日に、ロシアはぼくに一時亡命を認めた。サラとぼくはシェレメーチェボ空港を離れてよいとされたけれど、やがて家に帰れるのは一人だけだった。共に過ごした時間は、生涯の友情でぼくたちを結びつけた。彼女が一緒に過ごしてくれた数週間について、ぼくは彼女の誠実さと勇気にずっと感謝し続けるだろう。

第28章　リンジー・ミルズの日記より

家から遠く離れてはいたけれど、ぼくの思いはリンジーのことでいっぱいだった。彼女の物語はあまり語りたくなかった——ぼくが姿を消した後で彼女に何が起きたかという話だ。ＦＢＩの尋問、監視、メディアの注目、オンラインでの嫌がらせ、混乱と苦痛、怒りと悲しみ。最後にぼくは、その時期について語るべき人物は、リンジー自身以外にあり得ないと決めた。他に誰もそんな経験はないのだし、それ以上に、他の誰にもそんな権利はないからだ。運のいいことに、リンジーは思春期以来ずっと日記をつけていて、自分の人生を記録し、アートを素描するのに使っていた。彼女は親切にも、ここに数ページ採録を許してくれた。以下の記述で、名前はすべて（家族を除き）変えてあるし、誤植は直し、少し改訂はした。それ以外には、ぼくがハワイを離れた瞬間から、事態は次の通りに進んだ。

2013.05.22

レイを買いにＫマートに寄った。ウェンディをまともなアロハ精神で歓迎しようとしてるけど、むかつく。エドは母親の訪問を何週間も前から計画していた。招待したのも彼。今朝起きたときは、いっしょに迎えてくれると思ってたのに。ワイパフからの車の中で、ウェンディは心配してた。いきなり呼び出しがかかって姿を消すなんていうのに慣れていないのだ。いつものことだと伝えようとはした。でもそれは海外にいるときの話で、ハワイではちがったし、エドが出張で連絡が取れないなんて、これまでなかったと思う。気を紛らわすため、二人ですてきなディナーにでかけて、ウェンディはエドが病気休暇なんじゃないかと思うと言っていた。病気休暇中に仕事で呼び出されるなんて、彼女としてはまるで筋が通らないというわけ。家に帰った瞬間にウェンディはベッドに向かった。電話を見たら、知らない番号から不在着信、そして長い外国の電話番号からも不在着信があって、留守電は入ってない。外国の長い番号をググってみた。エドは香港にいるみたい。

2013.05.24

ウェンディはずっと一人で家にいて、くよくよするばかり。可哀想だとは思うし、エドがあたしの母親を一人で相手にしたらどうなるか考えるのが多少の慰め。夕食で、ウェンディはエドの健康についていろいろ尋ねた。たぶん自分もてんかんの病歴があるから、無理もないんでしょう。またてんかんの発作が起きたんじゃないかと心配だと言って、泣き出して、あたしも泣いちゃった。自分も心配なんだってことにやっと気がついたところ。でもてんかんではなく、あたしが考えてるのは、どこかにでかけて浮気してたらどうしよう？　相手は？　とにかくこの訪問をなんとか乗り切って、せいぜい楽しもう。飛行機ででっかい島に行こう。計画通り、キラウエア火山にも行こう。ウェンディが帰ってきたら、状況見直し。

2013.06.03

ウェンディがメリーランドに戻るので空港まで見送り。帰りたくはないそうだけど、仕事があるとか。行けるところまで行って、彼女をハグ。そのままハグを続けたかった。そしてウェンディはセキユリティチェックの列に並んだ。帰ってきたらエドのスカイプのステータスが変わってて「ごめん、でもこうするしかなかった」になってる。いつ変えたんだろう。今日かもしれない、先月かもしれない。ちょうどスカイプをチェックしてふと気がついただけで、エドが何かあたしにメッセージを送ろうとしてるんだと思うくらいどうかしてる。

2013.06.07

ＮＳＡ特別捜査官メーガン・スミスからの電話で目がさめた。エドのことで、折り返してほしいとのこと。まだ熱で気分が悪い。車を板金屋に出さなくてはならず、帰りはトッドがドゥカティで送ってくれた。通りに出ようとしたところで、白い政府の車が車寄せにあって、政府の捜査官がご近所と話をしてる。会ったこともないご近所たち。なぜかわからないけど、まっさきに浮かんだ直感は、トッドにそのまま通り過ぎてというものだった。顔をうつむけて、ハンドバッグの何かを探すふりをした。そのままスターバックスに行くと、トッドが新聞を指さした。何かＮＳＡがらみの話。見出しを読もうとしたけれど、とにかく被害妄想が先走る。白のＳＵＶが車寄せにいたのはそのせい？　いまこのスタバの外にいるのは、あのＳＵＶ？　こんなことを書き留めるのさえやめたほうがいいのか？家に帰ると、ＳＵＶはいなくなっていた。薬を少し飲んで、何も食べていなかったのに気がついた。昼ご飯の真っ最中に、おまわりが台所の窓の外にやってきた。窓越しに、誰か家のなかにいると無線で連絡しているのが聞こえた。誰かというのは、あたしのことだ。玄関を開けると捜査官が二人と、ハワイ警察の警官が一人いた。みんな怯えていた。ハワイ警察の人は家宅捜索して、エージェント・スミスはエドについて尋ねた。五月三一日には仕事に戻るはずだったという。ハワイ警察は、その人物の伴侶やガールフレンドより先に職場が誰かの失踪を報告するのは怪しいという。まるであたしがエドを殺したとでもいうようにこっちを見てる。家宅捜索も死体を探してのことだ。エージェント・スミスは家のコンピュータを全部見せてほしいというので、あたしは怒った。捜査令状を持ってこいと言ってやった。一同は家を出たけれど、角のところで張り込みを始めた。

2013.06.08　サンディエゴ

TSAが島を離れさせてくれないのではとこわくなった。空港のテレビはどれもNSAのニュースだらけ。機上でエージェント・スミスとハワイ警察の失踪者担当刑事に、おばあちゃんが心臓手術をするので、数週間島を離れなきゃいけないとメールした。手術は月末だしフロリダだけれど本土にでかける口実として思いつく唯一のものだった。親友サンドラに会いたいし彼女の誕生日だからというよりもいい口実だ。飛行機の車輪が地面を離れると、安心しきって一瞬昏睡状態になったほど。着陸したときにはものすごい熱。サンドラが迎えにきてくれた。パラノイアがすさまじかったので、サンドラには何も言ってなかったけれど、何かがおかしいのは彼女にもわかって、あたしが彼女の誕生日だけできたわけじゃないのを理解した。エドと別れたのかと聞かれた。そうかも、と答えた。

2013.06.09

ティファニーから電話。調子はどう、心配だと言われた。なんだかわからなかった。彼女はだまり込んだ。そしてニュースを見たかと言う。エドがビデオを作って、それがハフィントン・ポストのホームページに出てるという。サンドラがラップトップを液晶テレビにつないだ。一二分のYouTubeビデオがロードされるのを静かに待つ。そしてそこにいた。本物。生きてる。ショックだった。痩せてるけど、前と同じ様子。元のエド、自信たっぷりで力強い。ここ一年のつらい時期以前のエド。これぞあたしの愛した男、最近同棲していたあの冷たくよそよそしい幽霊じゃない。サンドラに抱きしめられて、あたしは何と言っていいかわからなかった。二人ともだまって立ち尽くした。サンドラの誕生日バーベキューが、町の南のきれいな丘にある、彼女のいとこの家であったので、そこにでかけた。メキシコ国境からすぐのところ。豪華な場所で、ほとんど見切れないほど。思考停止状態。状況整理すらどこから手をつけるべきかわからないほど。到着したら、こっちの内面で何が起きているか見当もつかない楽しげな人々。エド、何をやらかしたの？　どうやって戻ってくるつもり？　パーティのおしゃべりではほとんどうわの空だった。電話は着信やSMSで爆発しそう。パパ。ママ。ウェンディ。バーベキューからサンディエゴに戻るとき、サンドラのいとこのデュランゴを運転して帰った。サンドラが引っ越しのため週末にいるから。運転してると、黒い政府SUVが尾行してきて、パトカーがサンドラを停車させた。あたしが乗ってきた車だ。あたしはデュランゴの運転を続け、どこに行けばいいか途方にくれた。電話は着信だらけでもう切れてたから。

2013.06.10

アイリーン（原注　サンドラの母親）が地元政界の重鎮なのは知ってたけど、こんなスゲーギャングスターだとは知らなかった。もうすべて処理してくれてた。彼女の知り合いが弁護士を推薦してくれてる間に、FBIから電話。チャック・ランドウスキーという捜査官で、サンディエゴで何をしてるのか訊かれた。アイリーンは、電話を切れという。捜査官がまたかけてきたので、アイリーンには止められたけど、また出た。チャック捜査官は、いきなり家に来るのもどうかと思ったから、他の捜査官が向かっていると「親切心で」教えてくれるそうな。これでアイリーンはやたらに張り切った。もうすっごいタフで驚異。電話を家に残して、彼女の車に乗ってしばらくドライブして考えをまとめた。

アイリーンは友人からのSMSで、ジェリー・ファーバーという弁護士を推薦してもらったという。電話を渡してくれて、すぐに電話しろという。秘書が出て、リンジー・ミルズだと名乗り、エドワード・スノーデンのガールフレンドで弁護士が必要だと言った。秘書は「あら、じゃあすぐにおつなぎしますね」と言う。彼女の声が、こちらが誰かわかったのを告げていて面白かった。

ジェリーが電話に出て、どうお役にたてますか、と言う。FBIからの電話のことを言ったら、捜査官の名前がわかればFBIと話をすると言う。ジェリーからの連絡を待つ間、アイリーンは使い捨ての電話を手に入れようと提案した。一つは家族や友人用、一つはジェリー用。電話のあとで、アイリーンはお金をどの銀行に入れてあるか尋ねた。最寄りの支店に乗りつけて、預金全額を即座に引き出し、FBIの預金凍結に備えた。これまでの貯金全額を引き出し、銀行保証小切手と現金に分けた。アイリーンがそういうふうに分けろと言ったので、その通りにしただけ。銀行の頭取が、なぜそんなに現金が必要なのかときくので、「命のため」と答えた。本当は、うるせえバーカと言いたかったけど、礼儀正しい方が目立たないと思ったので。みんながあたしの顔に気がつき始めるのが心配だった。エドの顔と並んで、あたしの顔もニュースに出始めていたし。銀行から出るとき、なぜ困ったときの対処法にこんなに詳しいのかきいた。彼女は、すごく冷静な声で言った。「女性として、こういうことは知っておかないと、たとえば、離婚するときは絶対にお金を銀行からおろしておく、とかね」。ベトナム料理のテイクアウトを注文して、アイリーンの家に戻り、二階の廊下の床で食べた。アイリーンとサンドラはヘアドライヤーをつけっぱなしにして騒音をたてさせ、お互いにひそひそ声で話した。万が一盗聴されるといけないから。

ジェリー弁護士が連絡して、今日中にFBIと会わないといけないという。アイリーンが彼の事務所まで車でつれていってくれて、その途中で尾行がついているのに気がついた。まるで意味がわかんない。こっちはこれからFBIと話をする会議にでかけるところなのに、そのFBIが背後に貼り付いてる。SUV二台、ナンバープレートのないホンダアコード。アイリーンは、それがFBIではないかもと思いついた。他の機関か、外国政府があたしを誘拐しようとしているのかも。彼女はスピードを上げて予想のつかない動きをして、追っ手を撒こうとしたけれど、こっちが近づくたびにあらゆる信号が赤に変わる。ちょっと正気じゃないから、スピードを落としてと頼んだ。ジェリーの建物の横には私服捜査官がいて、全身から政府関係者の匂いを漂わせてた。エレベーターに乗ってドアが開くと、三人の男性が待ち構えていた。二人は捜査官で、一人がジェリーだ。あたしと握手したのはジェリーだけだった。ジェリーはアイリーンに、会議室にはいっしょに来られないと言う。終わったら電話するから、と。アイリーンは、ここで待つと言い張った。そしてロビーにすわり、一〇〇万年でも待つぞという顔をした。会議室への途中でジェリーはあたしを脇に呼んで、「限定訴追免除」を交渉して獲得した、と言うので、そんなのかなり無意味じゃないかと言ったら、ジェリーも反対はしなかった。決してウソをつくなと言われ、答に詰まったらIDKと言って自分に話をさせろと言う。マイク捜査官はちょっとわざとらしすぎる笑顔を浮かべ、レランド捜査官はこっちが実験体で、反応を調べているとでもいうような目つきをしていた。まずあたしについてあまりに基本的すぎて、すでにこっちのことは何でも知っているというのを誇示したいだけに思えるような質問から始まった。もちろん、何でも知ってるに決まってるんだけど。過去二か月について話をさせて、こっちが「タイムラインン」の話を終えたら、マイク捜査官が最初からもう一度話せという。「最初って何の最初ですか？」と尋ねると、「出会いから」と言われた。

2013.06.11

尋問から深夜、くたくたになって出てきたけれど、これがまだ何日も続くそうな。何日かは向こうもわからない。アイリーンは車で、どっかのダイナーに連れて行ってくれて、そこでサンドラと会って夕食。ダウンタウンを離れるとき、まだ尾行がついているのに気がついた。アイリーンはまた加速して違法Uターンしたりして撒こうとするので、頼むからやめてくれと言った。そんな運転をされたら、こっちがかえって悪印象になる。怪しく見えるだけだと思ったから。でもアイリーンは頑固なおばちゃんだった。ダイナーの駐車場で、アイリーンは監視車両の窓を叩き、あたしは協力してるんだから、尾行なんか必要ないでしょうと言う。ちょっと恥ずかしかった。まるで学校でお母さんが味方になってくれるときみたいに。でもおおむねあたしは感激した。連邦捜査官の乗った車に近づいて、おととい来やがれと言うなんて。サンドラは奥のテーブルについて、注文して「メディア露出」についてしゃべった。もうそこら中のニュースに出てた。

夕食の半ば、男が二人近づいてきた。野球帽の背の高い一人は、歯列矯正してる。それとそのパートナーは、クラブにでかけるところみたいな恰好。背の高いほうが、チャック捜査官と名乗った。以前に電話をかけてきた捜査官だ。食べ終わったら、「さっきの運転の仕方」について話がしたいと言う。それを言われた瞬間、もうおしまいだとみんな思った。捜査官たちはダイナーの正面から出ていった。チャック捜査官はバッジを見せて、自分の主要な任務はあたしを守ることだと言う。あたしの命を狙うやつがいるかも、と。そして上着を叩いて、何か危険があったら自分たちが始末する、自分は「武装チーム」にいるから、と言う。もうえらくマッチョな脅しか、あるいはこっちを弱い立場において信用させようとしたのか。さらに、あたしがこれから当分の間、ＦＢＩに一日二四時間週七日にわたり監視／尾行されると言う。だからアイリーンのやったみたいな無謀運転は、今後は容認されない、と。捜査官は、ホシには接触しないことになっているけれど、この状況を考えれば、「万人の安全のため、チームをこの方向に導く」必要があったそうな。連絡先を書いた名刺をくれて、アイリーンの家のすぐ外に一晩中いるから、何か用があれば、何でもほしいものがあれば、どんな理由だろうと連絡をくれという。あたしはどこへ行っても構わないそうで（まったく見え透いたことを、と思った）、でもどこかへ行こうと思ったら、ＳＭＳをくれという。「隠しごとのない通信ですべてがずっと楽になる。事前に連絡をくれたら、その分だけ安全になるから。約束します」とのこと。

2013.06.16-2013.06.18

もう何日も日記を書いてない。怒り狂いすぎてて、そもそも誰の何に対して怒ってるのか、深呼吸して考えないとダメなほど。もうすべてがごっちゃになってくる。まったくろくでもないＦＢＩども！　あたしが有罪かなんかみたいに扱う、くたくたの尋問で、いたるところについてくるけれど、でも最悪なのはこっちのいつもの活動が潰されたこと。いつもなら森に駆け込んで、銃をぶっ放したり書いたりするけど、いまや監視チームというお客がどこへでもついてくる。まるであたしの力と時間と書きたい意欲を奪うことで、こっちのプライバシーの最後の部分まで奪ったかのよう。まずラップトップを持ってこいと言って、ハードディスクを全部コピーした。たぶん山ほど盗聴器も仕掛けたと思う。さらにメールやチャットを全部印刷させて、あたしがエドに書いたことや、エドがあたしに書いたことを読み上げて、説明しろという。ＦＢＩはすべてが暗号だと思ってるみたい。そして確かに、それだけ見れば、誰のメッセージでも奇妙に思えるでしょう。でも八年もいっしょに暮らした人の通信ってのはそういうもんなの！　みんな、自分が誰かと交際したことがないみたいに振る舞いやがって！　こっちを感情的にさせるような質問をして、「タイムライン」に戻ったときに答が変わるように仕向ける。あたしが何も知らないというのを受け入れない。それでも、何度も「タイムライン」に戻り、いまやメールやチャットやオンラインのカレンダーが目の前に印刷されて積んである。

政府の連中なら、エドがいつも仕事については秘密主義で、いっしょにいるならその秘密を受けいれなきゃいけなかったというのがわかるはずだと思ったけれど、そうじゃなかった。わかろうとしない。しばらくすると、もうあたしは泣き出してしまい、尋問が早めに切り上げられた。マイク捜査官とレランド捜査官は、アイリーンのところまで乗せていってあげようという。そしてあたしが帰る前に、ジェリーに脇に呼ばれて、ＦＢＩは同情的に思えると言う。「きみが気に入ったみたいだよ、特にマイクは」。でも帰りの車であまり気を許さないよう注意しろと言う。「質問には一切答えないで」と。車が動き出した瞬間に、マイクがこう切り出した。「ジェリーは、質問には一切答えるなと言ったはずだけれど、二つだけ訊いてもいいかな」。マイクが話し出したのは、ＦＢＩのサンディエゴ事務所が賭をしているという話だった。どうやら、メディアにあたしの居場所がばれるまでどのくらいかかるか、トトカルチョをしているらしい。勝ったらマティーニが無料で飲める。後にサンドラは、どうも怪しいと言う。「男ってものの常として、賭はたぶん別のことだと思うなあ」

2013.06.19-2013.06.20

アメリカ全土が、自分たちのプライバシーが侵害されていたという事実を受け止めている間に、あたしのプライバシーはもう、それどころじゃないレベルではぎ取られていた。どっちもエドのおかげ。チャックに「出発報告」をいちいち送るのはうんざり。そして送らずにすませる度胸のない自分にもうんざり。最悪だったのは、サンドラに会いに行くという「出発報告」をして、途中で道に迷ったけれど、尾行の捜査官たちに道をきくのはシャクだったので、ひたすらグルグル回るしかなかったこと。たぶんアイリーンの車に盗聴器を仕掛けたんじゃないかと思い始めたので、車の中で大声でしゃべるようになり、向こうに聞こえることを祈った。しゃべったというより、ＦＢＩを罵倒しまくってた。ジェリーの弁護士費用も払わなきゃいけなかったし、その後考えられるのは、あたしを弁護士事務所とジムに尾行するためだけに、どれだけ税金が無駄になったかということ。会議の最初の二日で、すでにまともな服がなくなったから、メイシーズ百貨店にでかけた。捜査官は女性衣服のフロアまでついてきた。試着室まできて、あれはいいよ、こっちはダメ、緑はきみには合わないとか教えてくれないもんかね。試着室の入り口ではテレビがニュースをがなりたてていて、アナウンサーが「エドワード・スノーデンのガールフレンド」と言ったので凍り付いた。小部屋を飛びだして、画面の前に立った。自分の写真が表示されるのをながめる。電話を取りだして、うっかり自分をググってしまった。あたしをストリッパーだとか娼婦だとかレッテルを貼るコメントだらけ。こんなのどれもあたしじゃない。ＦＢＩの連中と同じく、こいつらもみんな、あたしが誰かを勝手に決めつけてる。

2013.06.22-2013.06.24

尋問終了、とりあえずは。でもまだ尾行がついてる。家を後にして、地元のエアリアルシルクスタジオにでかけて宙に浮けるようになるのがありがたい。スタジオまで来たけれど路駐場所がみつからなかったのに、尾行は駐車場所を見つけやがった。あたしが監視範囲をはずれてしまうと、そいつはその場所から離れなくてはならず、あたしはすぐに戻ってその場所をいただき。ウェンディと電話して、二人とも、エドにどれほど傷つけられたにしても、自分がいなくなったときにウェンディとあたしがいっしょにいるようにしたのは正しかった、と言った。だからこそ、彼女を招待して、絶対にくるようにと言っていたんだ。自分が名乗りを上げたときに、二人がハワイでいっしょにいるようにして、お互いに相手がいて力づけあい、慰めあえるようにしたんだ。愛する人に腹をたてるのは本当にむずかしい。そして愛するだけでなく、正しいことをやったことで尊敬している人物に腹をたてるのはなおさらむずかしい。ウェンディと二人、泣き出して、そして二人ともだまりこくった。どっちも同じことに、同時に思い当たったんだと思う。連中が通話すべてを盗聴しているのに、普通の人みたいに話ができるはずもない。

2013.06.23

LAXからHNLへ。空港までは銅色のカツラをかぶり、安全検査を抜け、フライトの間もずっとそれをかぶっていた。サンドラが見送り。フードコートで最悪なフライト前のランチ。CNNを映したテレビがもっと、相変わらずエドが出ていて、まだシュールだけれど、これこそいまや万人にとってのリアルなんだと思う。マイク捜査官からSMSで、サンドラといっしょに七三番ゲートに来るようにとのこと。マジ？　サンディエゴからロスまできたの？　七三番ゲートはロープで遮断され、無人だった。マイクが一列の椅子にすわって待ち構えていた。足を組んで、足首に拳銃をつけているのを見せていた。またもマッチョなくだらない脅し。FBIがハワイで、エドの車のキーをあたしに渡すための書類にサインしろと言う。ホノルルで捜査官二人がキーを持って待っているそうな。他の捜査官がフライトに同行するという。自分が来られなくて申し訳ない、だって。ウゲッ。

2013.06.29

もう何日も家を荷造りして、FBIからの邪魔はごくわずかで、もっと書類にサインしろと言ってくるだけ。こんなあれこれやらされるって、拷問。エドのことを思い出させる細かいものを山ほど見つけるなんて。まるでキチガイ女みたい、掃除して、それからベッドのエドの側をじっと見つめたりして。でももっと多いのが、なくなってるものを見つけること。ＦＢＩが取っていったもの。技術系はもちろんだけど、本も。残したのは足跡、壁の傷痕、ほこり。

2013.06.30

ワイパフのヤードセール。サンドラの「全部持ってけ、一番高値の人」のクレイグリストでの広告に三人が反応した。やってきてエドの人生、ピアノ、ギター、バーベルを漁り回した。身の回りにあると耐えがたいか、本土に送ると高くつきすぎるものすべて。男たちはピックアップトラックにめいっぱい積んで、そしてまた戻ってきて二度目に積んでいった。自分でも驚いたことに、そしてサンドラも驚いたと思うけど、漁られるのは別に気にならなかった。でも連中が姿を消した瞬間、二度目に行ってしまうと、大泣きしてしまった。

2013.07.02

今日すべて発送を終え、残るはフトンやソファだけだけれど、これは捨てる。ＦＢＩが家宅捜索した後で残っていたエドのものは、小さな段ボール箱におさまるくらいだった。写真いくつかと洋服、片方だけの靴下がたくさん。法廷で証拠に使えるものは皆無、ただ二人がいっしょに暮らした生活の証拠だけ。サンドラはライター燃料を持ってきて、金属ゴミバケツを裏のラナイに持ってきた。エドのものすべて、写真も衣服もその中にぶちこんで、マッチ箱まるごと火をつけて、投げ込んだ。サンドラといっしょにしばらくすわり、それが燃えて煙が空に昇るのをながめた。その輝きと煙は、ウェンディとキラウエアにでかけた旅行を思い出させた。あの本島にあるでっかい火山。たった一か月強ほど前でしかないけど、もう何年も昔のように思える。自分たち自身の生活が爆発寸前だったなんて、わかったはずもない。あのエド火山がすべてを破壊するなんて知るよしもない。でも、キラウエア火山のガイドが、火山が破壊的なのは短期だけなのだと言ったのを思い出した。長期的には、それが世界を動かす。島を作り、地球を冷やし、土を肥やす。溶岩流は無軌道に流れ、それから冷えて固まる。空気に放出する火山灰はミネラルとなって降り注ぎ、地球を肥沃にして新しい生命が育つようにする。

第29章　愛と亡命

本書を読む旅路のどこかで、一瞬何かの用語について意味がわからなかったりもっと調べたかったりして、検索エンジンに打ち込んだとしよう――そしてその用語が何らかの形で怪しければ、たとえばXKEYSTROKEといった用語なら――おめでとうございます。あなたもシステム入り。自分の好奇心の犠牲になったわけだ。

でも何もオンラインで検索しなくても、関心ある政府はじきに、あなたが本書を読んでいたことを突き止める。最低でも、これを持っていることはじきにバレてしまう。これを違法にダウンロードした場合でも、ハードコピーをオンラインで買ったり、本屋でクレジットカードで買ったりした場合でも、すぐにわかってしまう。

読みたいだけだったのに――最も強烈に親密な人間活動、言語を通じた心の融合に参加したかっただけだったのに。でもそれだけで十分すぎる。世界と接続したいという自然な欲望があっただけで、世界のほうが勝手にあなたの生活に接続し、一連の世界的に一意な識別子、たとえばメール、電話、コンピュータのＩＰアドレスに自己を吹き込んだ。そうした識別子を、あらゆる電子通信チャンネルで追跡する世界的なシステムを作ることで、アメリカの諜報業界はあなたの生活データを記録して永遠に保存する力を自分に与えた。

そしてそれは皮切りでしかない。いったんアメリカのスパイ機関が、人々の通信すべてを受動的に集められると自分自身に証明して見せたら、こんどは能動的にそれを改変し始めた。人々に送られるメッセージに攻撃用プログラム、または「エクスプロイト」のかけらを混ぜることで、人々の言葉以上のものの獲得能力が開発された。いまや連中は、デバイスすべての完全な支配を奪えるし、デバイスのカメラやマイクも含めすべて操作できる。つまり何らかの現代的なマシン、たとえばスマホやタブレットでこれを読んでいるなら——この文を読んでいるなら——連中もそれを追跡して、あなたを読める。ページをどのくらいの速度でめくるのか、各章を順番に読むか飛ばし読みするのかもわかる。そして読んでいるあなたの鼻毛を見たり、読みながら唇を動かしたりするところも喜んで我慢するだろう。それがほしいデータをもたらし、あなたをはっきり同定できるようにするかぎり。

これが二〇年にわたる抑制なしのイノベーションの結果だ——あなたの支配者だと夢見ている、政治階級と専門家階級の最終製品だ。場所がどこだろうと、時間がいつだろうと、あなたが何をしようとも、あなたの人生はいまや、白日のもとに曝されている。

＊

大量監視が定義からして、日常生活に絶え間なく入りこんでくる存在だとすれば、ぼくはそれがもたらす危険と、それがすでに引き起こした被害も絶え間なく人々が認識する存在にしたかった。メディアへの開示により、ぼくはこのシステムを報せたかった。その存在は、わが国も世界も無視できないものだ。二〇一三年以来、認知度はその範囲も中身も高まってきた。でもこのソーシャルメディアの時代では、常に自分に言い聞かせる必要がある。認知だけでは不十分なのだ、と。

アメリカでは、開示についての当初のマスコミ報道は「国民的な議論」を引き起こした。これはオバマ大統領自身が認めたことだ。この気持はよくわかる一方で、それを「国民的」にして「議論」にしたものは、アメリカ社会が初めてそれについての声を持てるだけの情報を手にしたからだという事実にも触れてくれればと思ったのは覚えている。

二〇一三年の開示は特に議会で騒ぎになった。上院も下院もすぐに、NSAの濫用について複数の調査を開始した。こうした調査は、NSAがその大量監視プログラムの性質と有効性について何度もウソをついたこと、最も高いセキュリティクリアランスを持つ課報委員会の議員たちに対してすらウソをついていたと結論づけた。

二〇一五年に連邦控訴裁判所は、ACLU対クラッパー訴訟（NSAの電話記録収集プログラムの合法性を疑問視する訴訟）について判断を下した。法廷は、NSAのプログラムが愛国者法の緩い基準にさえ違反し、さらには違憲である可能性がきわめて高いと判決した。この判決は、NSAによる愛国者法二一五条の解釈に注目した。これは政府が第三者から、外国諜報やテロ操作に「関連する」と考えられる「あらゆる実体的なもの」を要求できるようにしていた。法廷の見解では、政府による「関連する」の定義はあまりに広すぎて、ほとんど無意味だ。なにやら集めたデータが、どこか将来の曖昧な時点において関係してくるかもしれないからというだけでそれを「関連する」と呼ぶのは「先例がなく容認しがたい」。政府の定義を法廷が受け入れなかったことで、少なからぬ法学者たちは、この判決が将来的な関連性というドクトリンを前提とする政府のバルク収集プログラムすべての正当性を疑問視するものだと解釈した。この判決後、議会はアメリカ自由法を可決し、二一五条を明示的に修正して、アメリカ人の通話記録バルク収集を禁止した。この先、そうした記録は昔どおり、電話会社の民間統制下にとどまり、政府がアクセスしたければ、FISC令状をもって個別のものについて要求を出さねばならない。

ACLU対クラッパー訴訟が大きな勝利なのは確かだ。決定的な判例ができた。法廷はアメリカ市民に立ち位置を認めた。アメリカ市民は法廷に立ち、政府による公式には秘密の大量監視システムに異議を唱えられる。でもこの開示から生じた無数の他の裁判が、ゆっくりと熟慮のうえ法廷を通り抜けるにつれ、アメリカの大量監視に対する法的な抵抗は、国際的な反対運動として政府と民間の両部門に完全に実装されるものの、単なるベータ段階でしかなかったことが、ぼくにはますますはっきりしてきたように思える。

ぼくの開示に対する技術資本家たちの反応は即座で強力なものであり、またもや極度の危険が意外な同志を生むことが実証された。文書で明らかとなったNSAは、意図的に自分から隠されている情報すべてをなんであれ集めようと決意するあまり、インターネットの基本暗号化プロトコルですら踏みにじろうとしていた――それにより市民の金銭情報や医療情報などを危険に曝し、その過程で各種の取扱注意データをユーザが信託してくれないと成立しない事業に被害を及ぼしていたのだ。これに対し、アップル社はiPhoneやiPadに強力なデフォルト暗号化を採用し、グーグル社もまたAndroid製品やChromebookでそれに追随した。でも最も重要な民間部門の変化は、世界中の企業がウェブサイトのプラットフォームを切り替え、http（ハイパーテキスト転送プロトコル）を暗号化されたhttps（sはセキュリティを意味する）で置きかえるようになったことかもしれない。これは第三者がウェブトラフィックを傍受できないようにする。二〇一六年は技術史上画期的で、インターネットの発明以来、暗号化されたウェブトラフィックが、暗号化されないものを上回った初めての年となった。

確かにインターネットはいまや、二〇一三年よりはセキュリティが高まってはいる。特にいきなり世界的に暗号ツールやアプリの必要性に対する認識が高まったおかげが大きい。ぼく自身、報道の自由財団（FPF）という、新千年紀における公共の利益のためのジャーナリズムを保護し、強化する非営利財団の主導者という仕事を通じて、そのいくつかの設計と創造にかかわっている。この組織の大きな仕事は、暗号技術の開発を通じてアメリカ憲法修正第一条と修正第四条を維持強化することだ。このためFPFは、オープンウィスパーズシステムズが開発した暗号化メッセージおよび通話ソフトSignalを財政的に支援しており、SecureDrop（最初にコーディングしたのは故アーロン・シュウォーツだ）を開発している。SecureDropは、オープンソースの投稿システムで、メディア組織が匿名内部告発者などの情報源から安全に文書を受け取れるようにする。今日、SecureDropは一〇か国語で提供され、世界中の七〇以上のメディア組織、たとえば『ニューヨーク・タイムズ』『ワシントン・ポスト』『ガーディアン』『ニューヨーカー』などに使われている。

完全な世界、つまり実在しない世界なら、公正な法律によりこんなツールは無用となる。でもぼくたちが持っている唯一の世界では、こうしたツールがいまほど必要とされたことはない。法律を変えるのは、技術標準を変えるより無限に困難だし、法的イノベーションが技術イノベーションに後れを取るかぎり、制度組織はその時差を濫用して、自分の利益を促進しようとする。そのギャップを埋めるため、法律が保証できない、または保証したがらない重要な市民の自由保護を提供するのは、独立したオープンソースのハードウェアやソフトウェア開発者の仕事に任されることになる。

ぼくの現状では、法は国ごとに固有だけれど、技術はそうではないということを絶えず思い知らされる。あらゆる国は独自の法的コードを持っているけれど、コンピュータコードはどこも同じだ。技術は国境を越え、ほとんどあらゆるパスポートを持っている。法律を通じて生まれ故郷の監視レジームを改革しても、ぼくが亡命している国のジャーナリストや異議申し立て者には必ずしも役にたたないけれど、暗号化したスマートフォンならそういう人々にも役にたつということが、年月を重ねるにつれてぼくにはますます明らかになってきている。

*

国際的には、ぼくの開示は濫用の長い歴史を持つ場所で、監視についての論争を復活させるのに役立っている。市民たちがアメリカの大量監視に最も反対した諸国は、その政府がアメリカの監視に最も協力した国々だ。つまりファイブアイズ諸国（特にイギリスのGCHQはNSAの主要パートナーであり続けている）やEU諸国となる。ドイツは、そのナチスや共産主義の過去に直面するため多くの活動を行ってきたが、この断絶の筆頭例を示している。ドイツ国民や議員たちは、NSAがドイツの通信を監視してアンゲラ・メルケル首相のスマートフォンすら標的にしていたと知って唖然とした。その一方で、ドイツの主要な諜報機関BNDは、無数の作戦でNSAと協力し、NSAが自分でできない、またはやりたくない監視をいくつか代理でやってあげたりしているのだ。

世界中のほとんどあらゆる国が、似たような板挟み状態にある。国民は激怒しているのに、政府は加担している。監視を民主主義に反するものと考える市民に対する統制を維持するため、監視に依存している選出政府はすべて、実質的に民主主義であることをやめている。こうした地政学的な規模での認知不協和は、個人のプライバシーに関する懸念を、人権という文脈の中で国際的な議論に復活させるのに一役買っている。

第二次世界大戦末以来初めて、世界中の自由民主的な政府は、プライバシーを老若男女すべての自然な生まれながらの権利として議論している。そうする中で、かれらは一九四八年の国連による世界人権宣言に立ち戻っている。その第一二条はこう述べる。「何人も、自己の私事、家族、家庭若しくは通信に対して、ほしいままに干渉され、又は名誉及び信用に対して攻撃を受けることはない。人はすべて、このような干渉又は攻撃に対して法の保護を受ける権利を有する。」あらゆる国連宣言と同じく、この野心的な文書は施行可能なものではないが、核による残虐行為とジェノサイドの試みを生き延び、空前の難民や無国家者たちの氾濫に直面していた世界における、国境を越えた市民の自由に新しい基盤を育むものとして意図されていた。

　EUは、いまだにこの戦後の普遍的理想主義の勢力下にあり、いまや国境を越えた初の組織として、そうした原理を実践し、プライバシー保護について標準化された法的枠組みとともに、加盟国全域での内部告発者保護を標準化しようとする新しい指令を確立した。二〇一六年にEU議会はGDPR（EU一般データ保護規則）を可決した。これは技術的覇権の侵略を抑えるためにこれまで作られた最も大きな試みだ——EUは技術的覇権を、アメリカ覇権の延長だと考えているからで、これは決して不公正な考えではない。

　GDPRはEU市民を「自然人」と呼び、それが「データ主体」でもあると述べる——つまり個人同定可能なデータを生成する人々、ということだ。アメリカでは、データは通常、誰であれそれを集めた人のものとされている。でもEUはデータを、それがあらわす人の財産としており、このため人々のデータ主体性を市民権保護の対象として扱える。

　GDPRは疑問の余地なく、大きな法的前進だけれど、その国際性ですら局地的すぎる。インターネットは世界的だ。人々の自然人性は決して、データ主体性と法的に同義にはならない。その大きな原因の一つは、自然人は一度に一つのところにしか暮らせないけれど、データ主体は多くの場所に同時に暮らしているからだ。

　今日では、誰であれ、身体的・物理的にどこにいようと、その人は別のところ、外国にもいる——複数の自己が信号経路に沿ってうろついており、故国と呼べる国もなく、それなのに通過するあらゆる国の法律に制約される。ジュネーブで暮らした生活の記録はベルトウェイにある。東京の結婚式写真はシドニーで新婚旅行中だ。バナラシでの葬式のビデオがアップル社の iCloud に上がっていて、それは主にぼくの故郷の州であるノースカロライナ州と、部分的にはパートナーのアマゾン、グーグル、マイクロソフト、オラクルのサーバ上にあり、ＥＵ全域、イギリス、韓国、シンガポール、台湾、中国に散在している。

データは遠く広く彷徨う。データは果てしなく彷徨う。

人は生まれる前からそういうデータを生成しはじめる。技術が人々を子宮内で検出するところから始まり、そしてデータは死んだあとも拡散し続ける。もちろん、意識的につくり出した記憶、みんなが保存したがる記録は、人々の生活から――ほとんどは無意識のうちに、同意なしで――企業や政府監視により絞り取られた情報のほんの一部でしかないぼくたちは、惑星史上これが成り立つ初の人々だ。つまりデータの不死性に悩まされている最初の人々なのだ。集めた記録が永遠の存在となる。だからこそ、ぼくたちには特別な使命がある。こうした過去についての記録が、ぼくたちに敵対する形で使われたり、子供たちに敵対するよう使われたりするのを止めねばならない。

今日、ぼくたちがプライバシーと呼ぶ自由を奉じているのは新世代だ。９・11にはまだ生まれていなかったこの人々は、生涯にわたり、この遍在する監視という怪物の下で暮らしてきた。こうした若者たちは、それ以外の世界をまったく知らないので、新しい世界をひたすら思い描き、そうした彼らの政治的創造力と技術的な創意工夫がぼくに希望を与えてくれるのだ。

それでも、いまぼくたちが自分のデータを取り戻すために行動しなければ、子供たちにもそれができないかもしれない。そうなったら彼らや、その子供たちもまた捕らわれてしまう――その先の世代はどれも、前世代のデータという亡霊の下で暮らすよう強いられ、情報の大量アグリゲーションに曝されて、それによる社会統制と人間操作の可能性は、法の制約のみならず、想像力の限界すら超えたものとなる。

ぼくたちの中で未来を予言できる者はいるだろうか？　そんなことを敢えてする人すらいるだろうか？　最初の質問への答は、実際には誰もいない、というものだ。そして後者への答は、あらゆる人、特に世界のあらゆる政府や企業、というものになる。これがぼくたちのデータの使途なのだ。アルゴリズムは確立した行動のパターンを分析し、それを先に延ばすことで未来の行動を予測できる。一種のデジタル予言だが、手相読みといったアナログ手法よりも精度は決して高くない。こうした予測可能性が計算される、実際の技術的仕組みを深掘りすると、その科学が実は反科学的であり、名前が致命的にまちがっているのだと理解できる。予想可能性というのは、実は操作なのだ。本書が好きだから、ジェームズ・クラッパーやマイケル・ヘイデンの本も好きでしょうと告げるウェブサイトは、情報に基づく推測を提供しているのではなく、こまやかな脅しを提供しているのだ。

自分たちがこんなふうに利用されるのを許してはいけない。未来を阻むように使わせてはいけない。ぼくたちのデータが、まさに売るべきでないもの、たとえばジャーナリズムを売りつけるのに使われるのを許すべきではない。そんなことを許したら、ぼくたちの手に入るジャーナリズムは単に、ぼくたちの求めるジャーナリズム、あるいは権力を持った人々が与えたがるジャーナリズムになってしまい、必要とされる正直な集合的対話にはならない。ぼくたちが曝されている神のような監視を、市民得点の「計算」や犯罪活動の「予測」に使わせてはならない。どんな教育を受けられるか、どんな職を持てるか、そもそも教育を受けたり職を見つけたりできるのか、指図させてはいけない。財務的、法的、医療的な経歴を元にした差別に使われてはならないし、まして民族や人種を元にした差別に使われてもいけない。そうしたものは、データがしばしば仮定したり押しつけたりする構築物なのだ。そしてぼくたちの最も親密なデータである、遺伝情報がある。これがＩＤに使われるのを許せば、それはぼくたちを被害者にして、改変するのにさえ使われてしまう——ぼくたちの人間性の本質そのものを、その統制を目指す技術のイメージ通りに作り替えてしまうのだ。

もちろん、いまの話はすべて、とっくの昔に起こってしまっている。

*

追放：二〇一三年八月一日以来、ティーン時代の自分が「追放」というのをオフラインから切断されるという意味で使っていたことを思い出さない日はない。WiFiが死んだ？　追放だ。電波が届かない？　追放だ。そんなことを言っていた人物が、いまのぼくには実に青臭く思える。ずいぶん遠い存在に思える。

いまのぼくの生活がどんなものか尋ねられると、あなたたちとかなり似ていて、かなりの時間をコンピュータの前で過ごすんですよ、と答えることが多い——読み、書き、やりとりを行うのだ。マスコミが「明らかにされない場所」と呼びたがるものから——これは実は、そのときモスクワでたまたま借りている寝室二つのアパートのどこかでしかないのだけれど——ぼくは世界中の壇上に己を投影し、デジタル時代の市民の自由保護について、学生や学者、立法者、技術屋たちの聴衆に向けて語る。

時には、報道の自由財団の理事仲間たちと仮想会議を開いたり、ヨーロッパ憲法および人権センターの法律チームと話をしたりする。それ以外の日には、ただバーガーキングを買ってきて——自分の忠誠先は揺るがない——ゲームをやる。もはやクレジットカードは使えないので、海賊版を拾ってくるしかないのだけれど。いまの存在の中で不動なのは、アメリカの弁護士にして話し相手、そして全面的な顧問である、ACLUのベン・ウィズナーとの毎日の面談だ。彼は現状の世界に対するガイド役を務めてくれて、世界のあるべき姿に関するぼくの妄言も我慢して聞いてくれる。

それがぼくの人生だ。二〇一四年の凍える冬に、リンジーが訪問してくれて、それが大幅に明るくなった――ハワイ以来顔を見るのは初めてだった。あまり期待しないようにした。というのも、自分がこんな機会に値しないのはわかっていたからだ。値するのは、平手打ちがせいぜいだ。でもドアを開けたとき、彼女はぼくの頬に手をあて、ぼくは愛してると言った。

「黙って。わかってるから」と彼女。

お互い黙って抱きしめ合った。その呼吸の一つ一つが、失われた時間を埋め合わせようという誓いのようだった。

その瞬間から、ぼくの世界が彼女の世界になった。それまでぼくは、屋内をうろつくだけで満足していた――実際、ロシアに来る前からそれがぼくの好みだった――でもリンジーは頑固だった。ロシアは初めてだから、一緒に観光客になるのだ。

ぼくのロシアの弁護士、アナトリー・クチェレーナは、この国への亡命を認めさせるのを手伝ってくれた――空港にくるときに通訳をつれてくるだけの先見の明を持った唯一の弁護士だったのだ。彼は教養豊かで才覚のある人物であり、ぼくの法律問題を処理するのと同じくらい、土壇場でオペラのチケットを入手するのも上手だった。ボリショイ劇場でボックス席二つを手配してくれたので、リンジーとぼくは着飾ってでかけた。正直言って、ぼくは乗り気ではなかった。人が多すぎるし、それがあまりにギチギチとホールに詰め込まれている。リンジーはぼくの不安が高まるのを感じ取った。明かりが消えて幕が上がると彼女はこちらに身を乗り出し、わき腹を小突いて囁いた。「ここの人で、あなた目当ての人なんかいないわよ。お目当てはあっちよ」

リンジーとぼくはまた、モスクワの美術館のいくつかにでかける。トレチャコフ美術館は、ロシア正教の聖像画について、世界で最も豊かなコレクションを持っている。教会のためにこうした絵画を作った芸術家たちは、基本的には契約業者だったんだ、とぼくは思った。だから通常はその作品に署名もできないし、またしたがらなかった。こうした仕事を生み出した時間と伝統は、個人の業績認知はあまり重視していなかった。リンジーとぼくがそうした聖像画の前に立っていると、若い観光客、ティーンの少女がいきなりぼくたちの間に割り込んだ。外で認識されたのはこれが初めてではなかったけれど、リンジーがここにいるので、見出しネタとしてずっと価値が高い。ドイツ語訛りの英語でその少女は、ぼくたちといっしょにセルフィーを撮っていいかと尋ねた。自分の反応の理由はいまでもわからない——このドイツ少女の、おずおずとした礼儀正しい頼み方のせいだったのか、あるいはリンジーの常として気分を盛り上げ、尊重し合うという存在のせいだったのかもしれない。でもぼくはまったくためらうことなしに、同意した。少女が二人の間でポーズを取り、写真を撮るときに、リンジーはにっこりした。そして少し応援しますという優しい言葉のあとで、彼女は姿を消した。

ぼくは一瞬後にリンジーを美術館から引きずり出した。その子が写真をソーシャルメディアに投稿したら、無用な注目がすぐに集まりかねないと恐れたのだ。いまでは、そんなことを考えた自分が愚かに思える。ぼくは不安にかられてオンラインをチェックし続けたけれど、写真は出回らなかった。その日も、翌日も。ぼくの知るかぎり、それが共有されることはなかった——単に個人的な瞬間の個人的な記憶として撮られただけだったのだ。

*

外に出るたびに、外見を少し変えようとする。顎ひげを剃ってみたり、ちがうメガネをかけたり。寒さは昔から嫌いだったけれど、でも帽子とスカーフは世界で最も便利で目立たない匿名性を提供してくれることに気がついた。自分の歩き方のリズムや速度を変え、お母さんの賢い助言にもかかわらず、道を渡るときには車のほうを見ないようにする。このせいでぼくは、ロシアではほとんどあらゆる車についている車載カメラに一度も捉えられていない。CCTVを備えた建物を通り過ぎるときにはうつむき、誰も通常ぼくをオンラインで見るような形では見ることがない――つまり正面から写真を撮られることはない。かつてはバスや地下鉄も不安だったけれど、いまやみんなスマホを見るのに忙しすぎて、ぼくを二度以上見る人はいない。タクシーに乗るときには、住んでいるところから何街区か離れたバス停や地下鉄駅で拾ってもらう。そして降りるときにも、目的地から数街区離れた場所で降ろしてもらう。

今日、ぼくはこの広大で見慣れぬ街を遠回りして、バラを探すつもりだ。赤いバラ、白いバラ、青いスミレさえ見つけよう。見つかるどんな花でも、そのどれも、ロシア語名は知らない。うなって指さすだけだ。

リンジーのロシア語はぼくのよりうまい。またもっと笑うし、もっと辛抱強く、鷹揚で親切だ。

今夜、ぼくたちは記念日を祝う。リンジーは三年前にここに引っ越してきて、二年前の今日、ぼくたちは結婚した。

謝辞

二〇一三年五月、香港のホテルの一室にすわって、会いに来てくれるジャーナリストが一人でもあらわれるだろうかと気を揉んでいたときには、これ以上はないほど孤独だった。その六年後、ぼくはまったく正反対の状況にいて、非凡かつますます拡大するジャーナリストや弁護士、技術屋、人権支持者たちの世界的な部族に受け入れられた。彼らには果てしない恩義がある。本書を終えるにあたり、著者として本書を可能にした人々に感謝を述べるのが伝統で、もちろんそれはやるつもりだ。でもこの状況を考えると、ぼくの人生を可能にしてくれた人々——ぼくの自由を支持してくれて、特にオープンな社会を保護するために、絶え間なく無私の活動を続けてくれた人々や、ぼくたちを結び合わせ、他のあらゆる人々を結び合わせる技術をも保護しようとする人々に感謝しなければ、片手落ちというものだろう。

過去九か月にわたり、ジョシュア・コーエンはぼくを文章教室に連れ出し、収拾の付かない回想や唐突な宣言を本にまとめてくれた。その成果を見て、彼が誇りに思ってくれることを祈る。

クリス・パッリス＝ラムは、抜け目ない辛抱強いエージェントとしての腕を実証し、サム・ニコルソンは鋭く明瞭にしてくれる編集と支援を提供してくれた。これはギリアン・ブレイクからサラ・ベルシュテル、リヴァ・ホッハーマン、グリゴリー・トヴビスまでメトロポリス社のチーム全員についても言える。

このチームの成功は、その構成員たちの才能を証明するものだし、またそれをとりまとめた人物の才能を示すものでもある——それはぼくの弁護士ベン・ウィズナーで、ぼくの友人でもあるといえるのは光栄だ。

同様に、ぼくを自由の身にしておくために疲れ知らずの働きを見せてくれた国際的な弁護士チームにも感謝したい。また組織にとってかなりの政治的リスクがあった時期にぼくの味方となってくれた、ACLU局長アンソニー・ロメロと、その他これまでずっとぼくを支援してくれたACLU職員、たとえばベネット・スタイン、ニコラ・モロー、ノア・ヤチョット、ダニエル・カーン・ギルモアにも感謝したい。

さらにボブ・ウォーカー、ジャン・タヴィティアンと、アメリカンプログラム局の彼らのチームによる作業のおかげで、ぼくはメッセージを世界中の新しい聴衆に広めることで生計を立てられるようになった。

トレヴァー・ティムをはじめ報道の自由財団の同輩たる理事たちは、真の情熱である、社会のためのエンジニアリングにぼくが復帰する余裕と資源を与えてくれた。特にFPF運営マネージャのエマニュエル・モラレスと、現在のFPF理事ダニエル・エルスバーグに感謝したい。彼は世界に自分の正当性のモデルを提供し、またぼくにその友情の暖かさと気配りを与えてくれた。

本書はフリーなオープンソースソフトで書かれた。Qubesプロジェクト、Torプロジェクト、フリーソフトウェア財団に感謝したい。

締め切りを抱えての執筆がどんなものかを思い知らせてくれたのは、その達人たるグレン・グリーンウォルド、ローラ・ポイトラス、ユアン・マックアスキル、バート・ゲルマンだった。そのプロ精神は、熱烈な誠実さに裏付けられている。自分でもこうして編集を行ったいま、脅しに屈することなく、その信念に意味を与えるだけのリスクを負った彼らの編集者たちに対する畏敬の念も新たにした。

最も深い感謝の念は、サラ・ハリソンのために取ってある。

そしてぼくの心は家族とともにある。拡大家族と直接の家族の両方だ。お父さんのロン、お母さんのウェンディ、聡明なお姉さんのジェシカだ。

本書を書き終える唯一の方法は、書き始めと同じだ。リンジーに対する献辞。彼女の愛が、亡命から人生をつくり出してくれるのだ。

著者

エドワード・スノーデン｜Edward Joseph Snowden

ノースカロライナ州エリザベスシティで生まれ、メリーランド州フォートミードの影で育つ。システムエンジニアとして訓練を積み、CIA職員となって、NSA契約業者として働く。その公共サービスのため、ライト・ライブリフッド賞、ドイツ告発者賞、真実表明ライデンアワー賞、国際人権連盟からのカール・フォン・オシエツキー・メダルなど無数の賞を受賞。現在は報道の自由財団理事会の議長を務める。

訳者

山形浩生｜やまがた・ひろお

一九六四年、東京生まれ。東京大学大学院工学系研究科都市工学科およびマサチューセッツ工科大学大学院修士課程修了。大手シンクタンク勤務の頃から、幅広い分野で執筆、翻訳を行う。著書に『新教養主義宣言』『たかがバロウズ本。』ほか。訳書にレッシグ『コモンズ』、クルーグマン『クルーグマン教授の経済入門』、ショート『ポル・ポト』ほか。

スノーデン 独白
消せない記録

二〇一九年一一月二〇日 初版印刷
二〇一九年一一月三〇日 初版発行

著者 エドワード・スノーデン
訳者 山形浩生
発行者 小野寺優
発行所 株式会社河出書房新社
〒一五一-〇〇五一 東京都渋谷区千駄ヶ谷二-三二-二
電話 〇三-三四〇四-一二〇一(営業)
〇三-三四〇四-八六一一(編集)
http://www.kawade.co.jp/

組版 KAWADE DTP WORKS
印刷・製本 三松堂株式会社

Printed in Japan ISBN978-4-309-22786-3
落丁本・乱丁本はお取り替えいたします。